台南文学の地層を掘る

日本統治期台湾・台南の台湾人作家群像

大東和重［著］
Kazushige Ohigashi

関西学院大学出版会

台南文学の地層を掘る　日本統治期台湾・台南の台湾人作家群像

関西学院大学個人特別研究費による

目次

序章

植民地の地方都市における「文壇」と「文学」

——日本統治期台湾・台南の台湾人作家たち

一　台南の文学青年たち

運河に達する銀座の夜のプロムナードを水蔭（＝楊熾昌、引用者注）[1]と僕は新鮮な恋を求めて歩く。ステッキは書物でありたいものだ。

疲れて僕たちは〝森永〟のボックス、ときには〝トヨダ〟の一隅に身体を横へる。僕たちは一杯の紅茶をすゝる。ジャスミンの煙りがお互の顔の苦悶を消してしまふ。

僕たちは泣も笑ひもしないだらう。泣くことも笑ふことも出来ない。来る日も来る日も、僕達は街を、僕にとつて或ひは田舎の畔道を彷徨ふことだらう。そしてアルコールとニコチンとヴェロナアルと恋とアヴァンチュールと不幸と、さうだ！

これだけ揃へば青春になんらの不足はない筈だ。


利野蒼（＝李張瑞）「感想として…」（『風車』第三号、一九三四年三月）

昭和戦前のある謄写版の同人雑誌に掲載された、当時二十代前半の文学青年の手になるエッセイには、青春ならではの鬱屈と気取りが見受けられる。背景として夜の都市の遊歩道とカフェ、小道具として紅茶と酒と煙草、恋愛と失恋、薬が配されている。「ヴェロナアル」は芥川龍之介も愛用したという睡眠薬である。[2]

しかし文中の「銀座」は、東京のそれでも、現在も全国の地方都市にしばしば見られるそれでもない。当時日本の植民地統治下にあった、台湾南部の地方都市台南の、「台南銀座」と呼ばれた末広町(すえひろちょう)通り（現在の中正路(ちゅうせいろ)）である。[3]「運河」も同様で、台南銀座の西の突き当りまで物資を運んでいた、台南と外港安平を結ぶ「台南運河」を指す。「森永」は昭和戦前の台南に瀟洒(しょうしゃ)な喫茶店を構え、東京など内地に留学経験のある知識人にとって、近代的な都市文化の香りのする数少ないオアシスだった。

写真 0–1　台南運河
出典：『日治時期的台南』
（何培齊主編、台北：国家図書館、2007 年）

筆者の利野蒼(りのそう)は「本島人」、つまり台湾の漢族で、本名は李張瑞(りちょうずい)（一九一一―五二年）、台南出身のモダニズム詩人である。地元の名門台南第二中学校を卒業後、一九三一年から内地に留学し、東京農業大学で学んだというが、東京滞在の詳細は不明である。[4]三四年当時、嘉南大圳(かなんだいしゅう)組合に勤め、台南市内からも近い台南州新化郡に住んでいた。文中の「田舎の畔道を彷徨ふ」とは、技師として農村に勤務していたことを指すが、李はしばしば市内に出ては、台南市内出身で二中の同窓でもある盟友の詩人、楊熾昌(ようししょう)（筆名に水蔭萍(すいいんぴょう)等、一九〇八―九四年）らと文学を語り、街を歩いた。李が職務で足を運んだと想像される、市中心部の嘉南大圳組合事務所の建物は、日本統治末期の四〇年に建てられ、今も現役の美しい姿を見せてくれる。

およそ近代的な文学や文化とは縁遠い、その一方で街の隅々にまで古い慣習の沁み込んだ、いかにも台湾らしい風貌をたたえる古都台南を、東京銀座のカフェで芸術の空気に浸った経験のある文学青年の李張瑞や楊熾昌は、「芸術を忘却した街・タイナン」と呼んだ（李「感想として…」前掲）。しかしこの植民地の地方都市にも、一九二〇年代から四〇年代半ばにかけて、日本語や中国語による文学の花が開いたことがある。

写真0-2　嘉南大圳組合事務所
出典：『台南市日拠時期歴史性建築』（傅朝卿、台南：台南市政府、1995年）

日本人の手になる日本語文学では、前嶋信次（一九〇三―八三年）・國分直一（一九〇八―二〇〇五年）・新垣宏一（一九一三―二〇〇二年）の三人が、一九三〇年代から四〇年前後にかけて、市内の旧制中学校や高等女学校で教鞭を執りつつ、地元紙『台南新報』（一九三七年『台湾日報』と改称）の学芸欄を舞台に活動した。[5] 大正・昭和初期の文学から強い影響を受けつつも、土地に根差した随筆や考証・小説を発表し、「台南学派」と呼ばれた。作家や批評家の集まりとしての「文壇」は、大日本帝国の首都東京に圧倒的な規模で存在したが、植民地の地方都市にも渺たるものながら文学芸術の輪がなかったわけではない。

日本統治期の台南で花開いた、日本人の手になる日本語文学については、台南に旅した佐藤春夫（さとうはるお）（一八九二—一九六四年）・西川満（にしかわみつる）（一九〇八—九九年）、台南に育った庄司総一（しょうじそういち）（一九〇六—六一年）を加えた計六人を対象に、拙著『台南文学　日本統治期台湾・台南の日本人作家群像』（関西学院大学出版会、二〇一五年）で描いた。しかし台南で文学を愛好したのは日本人だけではない。台湾人による、日本語・中国語、さらには台湾語を用いた文学活動があった。[6]

序章では、日本統治期の台南で活動した台湾人文学者を概観しながら、植民地地方都市の小さな「文壇」における「文学」について考えてみたい。

二　植民地地方都市の小さな「文壇」——塩分地帯と風車詩社

台南は台湾の古都であり、台湾の複雑な歴史が地層のように刻みこまれている。一六二四年、アジアの海域へと貿易網を広げていた新興国オランダが、南部の台南に拠点を設けたことから、この島の歴史は始まる。それ以前にも、現在「原住民族」（先住民族）と呼ばれるオーストロネシア語族の人々が居住していたものの、文字を持たなかった。台湾に居住した人々の手になる記録が残るのは、東アジアで日中間の仲介貿易に従事していたオランダが、地の利に目をつけ、安平や台南に砦を築いて以降のことである。まもなく鄭成功（一六二四―一六六二年）がオランダを追放し、さらに清朝が鄭氏政権を滅ぼすなど、目まぐるしい勢力交替がつづく中、十七世紀以降、台湾海峡を渡って漢族が台湾へと流れ込む。主に福建省南部から「閩南人」（福佬人）、広東省北部からは「客家人」が押し寄せ、台南に先住していた原住民族は内陸や山地へと追いやられた。

一八九四年に始まる日清戦争の結果、台湾は日本に割譲され、約五十年間の日本統治が始まる。「内地人」と呼ばれた日本人に対し、台湾人は「本島人」と呼ばれた。現在人口約二千三百万人強の台湾で、台北市周辺（台北・新北市）に七百万人近くが住むのに対し、台南市の人口はわずかに二百万人弱で、高雄・台中・桃園各市に次ぐ第五位にすぎない。しかし台南は清末まで一貫して、台湾の政治経済文化の中心地だった。日本統治期の一九三八年、全島の人口は約六百万人、総督府が置かれ近代化の進む台北市が最多の約三十万人となっていたが、台南市はこれに次ぐ約十二万人の殷賑の商都で、二位の座を保った。台南市は嘉南平原の穀倉地帯、人口約百五十万人の台南州に属し、台北州の約百十万人よりも多かった。

しかも古都台南には、島都台北や、南部の新興港湾都市高雄とは異なる特徴があった。日本人が台北や高雄に集住し、日本人居住区や社会を形成する一方で、台南は依然として台湾人が人口の圧倒的多数を占める街でありつづけた。一九三八年末で台南市の人口は約十二万四千人、うち本島人約十万四千人に対し、内地人は約一万七千人、割合は約十四パーセントだった。台北市で約二十九、高雄市では約二十四パーセントである。人口稠密な台南州では内地人の割合はさらに小さく、わずかに三パーセントである（台湾全体で五パーセント）。濃厚な伝統文化が息づく台南は、台湾人の住む、台湾語の話される土地だった。

古都の風貌は街を飾る樹木にもあらわれる。戦前の著名な民族活動家・企業家で、『台湾民報』の経済部長でもあった陳逢源（一八九三―一九八二年）は、台南出身である。[7] 戦前に刊行された随筆集『雨窓墨滴』（台北：台湾芸術社、一九四二年八月）の、「古都台南の床しさ」で、離れて十数年経つ故郷台南の景観について、台北と比べながら次のように語った。[8]

写真 0-3　空中から見た台南市街
出典：『日本地理大系 11　台湾篇』（山本三生編、改造社、1930 年）

> 試みに林デパートの屋上か、若くは赤崁楼あたりから見下ろせば、先づ市街の大部分が樹木を以て蔽はれてゐる事を発見するであらう。而も此等の樹木が多くは数十年か、又は百年以上の星霜を経て来た榕樹（＝ガジュマル）とか、龍眼とか、檨仔（＝マンゴー）とか、羊桃（＝楊桃、スターフルーツ）とか、連霧とか、さういつた南台湾特有の喬木であるから、台南は新開地でないとの実感が油然と起るに違ひない。

古いのは樹木だけではない。高所から見下ろしたとき目に入るのは、伝統的な様式を残した建築の数々である。

更に驚くべき発見は台南市街の屋根の大部分は尚古い台湾磚瓦であり、それが不規則に何処までも連なつてゐる事だ。台湾の一、二を争ふ大都市の中枢部でさへ彼女の外貌こそ一変したが、一たび其の懐に飛込めば、昔ながらの面影が斯くも濃厚に残つてゐる事は、一寸他で見られない現象であらう。さうして市街の西寄の一角に龍宮の如く屹立してゐる赤崁楼の建築美は、支那建築のよさを十二分に現はし、とこしなへに三百年来の歴史を物語つてゐる。

それら建築の中には、台南が古都であることをもっとも感じさせてくれる、古い廟や寺が随所に交じる。

写真 0-4　天后宮（媽祖廟）
出典:『府城今昔』（周菊香、台南:台南市政府、1992 年）

台南には古色蒼然たる旧市街に配するに到るところに寺廟の多き事を特色とする。何しろ一廓の町毎に必ずや鎮守の寺廟がある。例年の盂蘭盆は旧暦七月十五日のみに行はれるのでなく、毎年旧暦七月一日より月末まで一箇所か若くは二箇所の町毎に、一定の順番を以てお祭りをするといふ大騒ぎであつた。それ程寺廟が多く大抵の神様や仏様がそれ〴〵の本拠を持つてゐる。何か市街全体の御祭りがあれば、各々御輿に担がれて街中を練り廻るが如きは正に神様や仏様のオンパレードだといへよう。先づ寺廟の目ぼしいものを挙げれば孔子廟、文昌祠、関帝廟、開山神社、天后宮、水仙宮、三山国王、天公壇、嶽帝廟、五帝廟、普済殿、城隍廟、五妃廟、開元寺、法華寺、竹渓寺、弥陀寺、清水寺等あつて之を枚挙するに暇がない。

古い樹木、建物、寺廟に飾られた古都台南でも、一九三〇年代に入ると、台湾人による近代的な文学が生まれる。まず日本語を用いて活動した二つのグループを見てみよう。

昭和戦前の一九三六年二月四日、台南北郊の佳里に住む左翼の文学者、呉新榮（一九〇七—六七年）は、台南市内に住むモダニズム詩人楊熾昌や郊外の新化に住む李張瑞と初めて顔を合わせた。[9] 翌日の呉の日記には次の記述がある。

昨朝、奇珍兄と別れてから、車を駆って〔市内の〕台南医院へ行き王烏硈先生を見舞った。（中略）二時の車に乗って佳里に帰る。まもなく郭水潭と林精鏐、徐清吉が、李張瑞と楊熾昌の二人を案内してやってきた。二人はいわゆる「薔薇の詩人」で、夜酒仲売ですき焼きを食べた。

（張良澤総編撰『呉新榮日記全集』第一巻、台南：国立台湾文学館、二〇〇七年、一八八頁。

原文は中国語、引用は拙訳に拠る、以下同じ）

台南州北門郡に属する佳里街は、台南市周辺の小規模な地方都市の一つである（現在は台南市佳里区）。沿海の瘠せた土地柄から、「塩分地帯」と呼ばれる。郷土愛強く人文の気風盛んなこの地で、一九三〇年代、呉新榮を中心に文学活動が展開されていた。

呉新榮は佳里近くの将軍庄出身で、台湾人の通う公学校を卒業後、一九二五年から内地に留学し、岡山の金川中学校や東京医学専門学校（現在の東京医科大学）で学んだ。在学中に文学及び左翼運動に関わり、卒業後東京の病院に勤務した後、三二年に帰台し、故郷に近い佳里で医院を営みながら、文学活動を開始する。三三年地元の文学青年らと文化団体「佳里青風会」を結成するも、官憲の圧力で解散するが、三四年台中で台湾人作家を中心に設立された「台湾文芸聯盟」の刺激を受けて、三五年六月佳里に支部を設立し、機関誌『台湾文芸』に筆を執った。その後も、台湾人が中心になって三五年台中で創刊された『台湾新文学』や、四一年台北で創刊された『台湾文学』、金関丈夫（一八九七―一九八三年）や池田敏雄（一九一六―八一年）ら日本人が中心になって四一年に創刊された『民俗台湾』などに協力し、詩や小説、考証の随筆を発表した。

呉新榮は戦前は主に日本語で、戦後は中国語で執筆した。一九八一年に『呉新榮全集』全八巻（張良澤主編、台北：遠景出版事業公司）、九七年に『南瀛文学家　呉新榮選集』全三巻（呂興昌・黄勁連総編輯、南瀛文化叢書57、台南：台南県文化局）、二〇〇七―八年には『呉新榮日記全集』全十一巻（張良澤総編撰、台南：国立台湾文学館）が刊行された。現在では戦前の南部を代表する作家として遇されている。

日記に登場する人物を拾ってみよう。郭水潭（かくすいたん）（一九〇七―九五年）・徐清吉（じょせいきつ）（一九〇七―八二年）の二人は、一九三三年「佳里青風会」結成時からの文学仲間である。ことに呉新榮の盟友、郭水潭は、塩分地帯を代表するもう一人の詩人である。当時北門郡役所に勤めながら、多田利郎（南溟）の主宰する「南溟楽園社（なんめいらくえんしゃ）」に加わり、詩誌『南溟楽園』に詩を書いていた。三二年に帰台した、同じく文学を愛好する呉と意気投合し、生涯にわたる親交を結んだ。[10] 戦前の日本語による創作は中国語訳され、『南瀛文学家　郭水潭集』（羊子喬主編、南瀛文化叢書33、台南：台南県文化局、一九九四年）に収められている。呉や郭が三五年六月、「台湾文芸聯盟佳里支部」を設立する際に加わったのが、やや年少の王登山（おうとざん）（一九一三―八二年）・林精鏐（りんせいりゅう）（筆名に林芳年（ほうねん）、一九一四―八九年）であり、少し遅れて荘培初（そうばいしょ）（青陽哲（せいようてつ）、一九一六―二〇〇九年）が加わる。[11] 林芳年にも作品集『台湾塩分地帯文学鉅著　林芳年選集』（台南：中華日報社出版部、一九八三年）、『曠野裏看得見煙囪　林芳年日文作品選訳集』（葉笛訳、南瀛文化叢書142、台南：台南県政府、二〇〇六年）がある。

一九三二年に帰台した呉新榮を待ち受けていたのは、地元の文学仲間だけではない。三〇年代半ばは、戦前の台湾文学の最盛期だった。二〇年代までの台湾の文学活動は、中国語によるものが中心だったが、三〇年代に入ると内地留学を経験した台湾人作家たちが、中央文壇からの刺激を受けつつ、日本語を用いた活発な創作活動を開始し、また台湾在住の日本人作家も続々登場する。三二年一月台北で『南音』（中文）が創刊されたのにつづき、三三年七月東京で『フォルモサ』（日・中文）、三四年七月台北で『先発部隊』（中文、第二号は『第一線』と改称し、日・中文）などの文芸雑誌が生まれる流れの中、三四年五月に台中で「第一回台湾全島文芸大会」が開催された。台湾人を中心に八十余名が参加し、初めて全島規模の台湾「文壇」が成立したといえる大会である。これを受けて「台湾文芸聯盟」が結成され、十一月に台中で『台湾文芸』（日・中文）が創刊された。三五年十二月にはもう一つの文芸雑誌『台湾新文学』（日・中文）も創刊され、また台湾の主要新聞が学芸・文芸欄などで紙面を提供するなど、文学を発表する場が一気に拡大した。

呉新榮ら塩分地帯の文学青年は、地元で活動をともにしたのみならず、全島文芸大会などに連れだって出席した。彼らの主な発表の舞台は、『台湾文芸』『台湾新文学』などの文芸雑誌や、台中の新聞『台湾新聞』の文芸欄で、ときに合同で詩を発表した。『台湾文芸』第三巻第三号（一九三六年二月）の「塩分地帯の人々　文聯佳里支部作品集」や、『台湾新聞』における特集（新聞が残存しないため詳細不詳）がそれである。

塩分地帯の文学活動は遠方の台湾人作家からも注目された。呉新榮の回想によれば、「台湾文芸聯盟支部が成立して以来、来訪してきた文人墨客の数は知れず、ここは「詩人の街」で、およそ文学関係者であれば、ここを一度は巡礼せねばならないかのようだった」という。[12]実際、近くの台南市からはもちろん、台中や台北から当時の代表的な台湾人文学者たち、楊逵・張文環・巫永福・楊雲萍・陳紹馨・黄得時らが訪問してきた。また東京の呉天賞（一九〇九―四七年）は「塩分地帯の春に寄せて」（『台湾文芸』第三巻第二号、一九三六年一月）で、「文化の花は塩分地帯にこそ咲け。文学のきづなに結ばれた皆様こそ羨ましき限り」との言葉を贈った。台中の呂赫若（一九一四―五一年）は「詩についての感想」（『台湾文芸』第三巻第二号、一九三六年一月）で、「島の詩が感傷、虚無、等々といふ倒錯した状態にゐる」中で、『台湾新聞』掲載の「佳里支部」の詩集は、群を抜いて目ぼしいところがあつて、頼もしい傾向を生んだことは特筆せねばならない」と期待した。

呉新榮に代表される塩分地帯の詩風は、日本のプロレタリア文学の影響と、植民地統治下にある父祖代々の土地に対する強い愛着がないまぜになった、独特の風格を持つ。東京の「文壇」と呼応しながらも、土地との対話や民族の意識が基調にあった。

塩分地帯の活動と時を同じくして、台南市内にも一つの文学グループができていた。一九三六年に佳里を訪問した楊熾昌や李張瑞による、「風車詩社」である。楊と李は、台南の詩人仲間の、林永修（筆名林修二、一九一四―四四年）・張良典（筆名丘英二、一九一五―二〇一四年）らと語らって、三三年「風車詩社」を結成し、同人雑誌『風車』を刊行した（計四号を刊行したというが、現存するのは国立台湾文学館所蔵の第三号のみ）。土の匂いのする塩分地帯とは対照的な詩風で、都会的で硬質もしくは典雅なモダニズムである。

風車詩社の中心人物は楊熾昌（一九〇八―九四年）である。楊は台南市内出身で、地元の公学校を経て小学校を卒業後、一九二四年台南第二中学校に入学、文学活動を始め、のちに文学上の盟友となる李張瑞と相知る。二中を卒業した楊熾昌は、三〇年日本へ留学、東京の文化学院で学んだというが、詳細は明らかでない。[13] 三一年台南に戻り、三三年から『台南新報』学芸欄の編集を担当した。これを機に、楊や李は発表の場を得たのみならず、執筆・投稿者と知り合い、風車詩社の活動へとつながったと思われる。地方都市の文学愛好者にとって、地元紙の学芸・文芸欄は格好の舞台だった。『台南新報』学芸欄の黄金時代は二度あり、一度目がこの楊熾昌編集により、風車詩社の面々が活躍した一九三〇年代半ばで、二度目は四〇年前後、岸東人(とうじん)(一八八八―一九四一年)が編集し、前嶋信次・國分直一・新垣宏一らの「台南学派」が活躍した時期である。

楊熾昌は一九三五年末に『台湾日日新報』記者となって台北へ移った。翌年台南支社に配属され戻ったものの、風車詩社の活動は短く終わった。しかし彼らが文学を捨て去ったわけではない。塩分地帯の詩人連が台中の『台湾新聞』に発表の舞台を持っていたのに対し、楊らは台北の『台湾日日新報』学芸欄を、編集担当の西川満の理解を得て、詩を発表する場所とした。

楊熾昌や李張瑞・林修二らは当時の台湾では数少ないモダニズムの詩人である。ことに楊熾昌は、西脇順三郎(一八九四―一九八二年)や春山行夫(一九〇二―九四年)、雑誌『詩と詩論』などから強い影響を受け、シュルレアリスムの詩作を展開した。『水蔭萍作品集』(呂興昌編訂、葉笛訳、台南市作家作品集、台南:台南市立文化中心、一九九五年)や、『南瀛文学家　林修二集』(呂興昌編訂、陳千武訳、南瀛文化叢書81、台南:台南県文化局、二〇〇〇年)などの中国語訳が出て、近年台湾詩史の視角から再評価が進んでいる。[14]

しかし当時の台湾の文学者の多くは、呉新榮が典型的なように、左翼の文学に共感を寄せていた。

一九二三年の関東大震災前後から三一年の満洲事変前後まで、中央文壇ではプロレタリア文学が一世を風靡し、東京留学経験者はその影響を受けた。民族解放を念願とする台湾の青年たちにとって、マルクス主義は大きな魅力だった。呉新榮が帰台後も購読したのは、知識人から支持されていた左翼的な総合雑誌『中央公論』や『改造』であり、三〇年代のプロレタリア文学雑誌『文学評論』『文学案内』だった。[15] 呉が楊や李をいわゆる「薔薇の詩人」と皮肉を込めて呼んだのは、芸術至上主義に対する反感からである。[16] 東京の文壇で見られた『詩と詩論』と『戦旗』の間の対立は、台湾の地方都市の文壇にも持ち込まれていた。

　とはいえ、風車詩社は台湾文芸聯盟との関係こそなかったが、台湾における文学や芸術の興隆を願う点において、塩分地帯の呉新榮らと変わりはない。李張瑞は「感想として…」（前掲）で、呉らが盛んに寄稿していた台中の『台湾新聞』が、文学に紙面を提供していることを称讃しながら、「近頃喧しく文芸復興の声を聞く。中報文芸（＝『台湾新聞』文芸欄）に花を咲かしてみる気はないか」、「いづれにしても冬眠はいゝ加減にして起上るべき期だと思ふ」と期待を記した。楊熾昌も『風車』第三号の「編輯雑記」の末尾で、「フオルモサの春が来てゐる。島の詩人よ！　エツセイストよ…／元気よく冬眠より眼を開き起ち上がらんか――／よき島の文学のために」と呼びかけた。

　楊熾昌や李張瑞のモダニズム詩にしても、一見芸術のための芸術でありながら、やはり台南という土地との対話から生まれた作品となっていた。一九三〇年代の台南における小さな「文壇」の「文学」は、遠く東京文壇の潮流を汲みながらも、台湾人が人口の圧倒的多数を占め、隅々にまで台湾の伝統が沁み込んだ、植民地の地方都市における創作という性格において規定されていた。

三　台南の中国語文学——台南芸術倶楽部

呉新榮や楊熾昌は、日本統治期の台南で主に日本語を用いて創作した。しかし台南にあったのは日本語の文学だけではない。戦前は中国語作家として、戦後は『台湾風物』の編集者として、台湾史顕揚に尽くした台北の王詩琅（一九〇八—八四年）は、台湾の新文学には中国語と日本語の二言語による各潮流があり、中国語文学の拠点は、北部の台北萬華、中部の彰化、そして南部の台南の、計三ケ所にあったと回想する。[17]

呉新榮の日記によれば、楊熾昌・李張瑞との初対面から約二ケ月後の、一九三六年四月十五日、台南市内で「第一回文芸座談会」が開催された。

午後六時三〇分、車を貸し切り、妻と徐清吉、郭水潭、王登山、黄平堅、林精鏐、黄清澤諸君と台南へ向かう。（中略）料理屋「銀水」に行き、台南第一回文芸座談会に参加した。主催者は楊景雲（東亜新報台南支局長）、荘松林（台湾新文学社台南代表）の二人である。来賓は私たち塩分地帯の仲間以外に、張星建（台湾文芸聯盟本部）、頼明弘（台湾新文学本社）、葉紫都（未完成芸術社代表）、趙櫪馬、許君五、張慶堂諸君やその他の人々だった。（中略）座談のテーマは、一、台湾の文芸運動の現段階について論評する、二、台南の芸術団体の組織を促進する。（中略）後者については、台南で別に独立した文芸団体を組織することにみな賛成した。十一時に解散し、南国カフェにいってビールを飲み、十二時に解散した。

（『呉新榮日記全集』第一巻、前掲、二一〇頁）[18]

座談会出席者のうち、徐清吉・郭水潭・王登山・林精鏐、そして黄平堅（一九一一―二〇〇五年）と黄清澤（生没年不詳）は塩分地帯の文学仲間である。

一九三四年の台湾文芸聯盟成立により全島規模のネットワークが形成されていたため、座談会には遠方からの来賓もいた。台中から来た張星建（一九〇五―四九年）は聯盟の中心人物の一人で、機関誌『台湾文芸』の編集兼発行人だった。同じく台中の頼明弘（一九一五―五八年）も聯盟結成時のメンバーだが、聯盟と袂を分かった台南出身の楊逵（一九〇五―八五年）が三五年末に『台湾新文学』を創刊すると、これに加わった。両者に厳然たる対立があったわけではなく、呉新榮らは『台湾文芸』と『台湾新文学』のいずれにも関わった。「未完成芸術社代表」とある葉紫都は未詳である。

座談会の主催者のうち、『東亜新報』（一九三四年末に台中で創刊）の台南支局長とある楊景雲も詳細不明だが、もう一人の荘松林（筆名に朱鋒、一九一〇―七四年）は、日本統治期の台南における、中国語による文学活動の中心人物の一人である。[19] 台南市内出身で、台南第二公学校（のちの宝公学校）、台南商業補習学校を卒業したが、中国大陸の五四新文化運動の影響を受け、中国語を学んで中国語書籍を読み、二七年台湾海峡を渡って対岸の厦門（アモイ）に赴き、集美（しゅうび）中学で学んだ。台湾人のうち多数を占める閩（びん）南（なん）人（福佬人（ホクロー））が日常用いる、中国語方言の一つ「閩南語」は、一般に「台湾語」と呼ばれるが、中国大陸で成立しつつあった「国語」、つまり北京語をもととする標準中国語（書き言葉は古文の「文言文」に対し「白話文」とも称する）とは、大いに異なっていた。

一九二〇年代の台湾では、二一年に始まる「台湾議会設置請願運動」や、同年設立の「台湾文化協会」による啓蒙活動を中心に、台湾人による民族運動が高揚していた。文化協会は左右の派閥対立を経て解消され、二七年「台湾民衆党」が結党された。一方東京では、二〇年に留学生らによって「新民会」が結成され、機関誌『台湾青年』を創刊（二二年『台湾』と改称、二五年廃刊）、二三年には『台湾民報』が創刊された（当初半月刊、二五年から週刊）。『台湾民報』は二七年から台湾での発行が始まり、三〇年『台湾新民報』へと改称、民族運動の重要な発表機関となった。

『台湾民報』誌上では、北京留学経験のある張我軍（ちょうがぐん）（一九〇二—五五年）らによって、中国の文学革命が紹介された。民族意識が高まるこの一九二〇年代、台湾へと紹介された中国の新文化運動から啓発を受けた荘松林は、恐らくは厦門で直接に新文学の息吹に触れ、帰台後は台湾民衆党指導下の民族運動の列に加わり、文学活動を開始した。

しかし、戦争の時代が近づく一九二〇年代末、日本内地では左翼運動に対する弾圧、台湾本島では民族運動に対する圧迫が強まり、台湾民衆党は三一年に解散させられる。荘松林も逮捕されること二十度余りに及んだ。台南の文学仲間である趙櫪馬らと三二年「赤道報社」を設立し、中文雑誌『赤道』を創刊し小説を発表したが、二度発禁となった。荘は『赤道』の後継誌刊行を断念した経緯について、「満洲事変後の時代にあって、日本の警察当局は台湾の民族運動に弾圧を加え、（中略）口実を設けて左右両翼の活動家を逮捕して投獄監禁し、公然と合法政党及び各種の団体を解散する命を下した。仲間たちは散り散りになり、計画していた刊行物も流産となった。／これ以降、私は歴史文献を読む時間を持つようになった」と回想する。[20] 三二年当局から厳しい戒告を受けた荘は、政治運動から遠ざかり職に就く一方で、文学やエスペラント、台南の民俗研究などに没頭する。

　日本統治期の台湾人による政治と文化の活動は、多くの場合、民族運動におけるコインの両面である。呉新榮らに典型的なように、文学活動は民族の矜持の発露で、荘松林の場合も同様だった。表だった政治運動を避けるほかない荘らは、文化活動に重点を置く。一九三五年十二月に台中で楊逵が『台湾新文学』を創刊すると、荘松林らはこれに賛同して、翌三六年七月までに、市内の仲間で「台湾新文学台南支社」を設立し、中国語で小説などを書いて盛んに寄稿した。『台湾新文学』へは呉新榮らも賛同を表明し、郭水潭との連名で「台湾新文学社に対する希望」（『台湾新文学』創刊号、一九三五年十二月）を発表、日本語による作品を数多く寄せた。荘松林はまた、同年十月には趙櫪馬や張慶堂らと「台南芸術倶楽部」を組織した。[21] こうした流れの中で、台南文芸座談会の第一回が開かれたのである。

　台南市内からの参加者のうち、許君五は詳細不明だが、趙櫪馬（一九一三―三八年）と張慶堂（生没年未詳）の二人は、荘松林とともに台南の中国語文学を支えた。趙櫪馬は台南市出身で、『先発部隊』や『台湾新文学』、地元台南の中国語旧文学の新聞『三六九小報』などに小説を発表した。一方張慶堂は台南州新化郡出身で、『台湾文芸』『台湾新文学』に五篇の短篇小説を発表した。張の小説は『台湾作家全集・短篇小説巻・日拠時代4　陳虚谷・張慶堂・林越峯合集』（張恒豪編、台北：前衛出版社、一九九一年）に収められている。

一九三〇年代半ばの中国語による文学は、プロレタリア文学の色彩が濃い。王詩琅は荘松林の短篇を評して、「この時期の中文による創作は、主な傾向として異民族による統治の下にあった台湾人の苦難を反映し、日本人の残虐行為を暴き出すもので、荘松林の作品内容もこのタイプに属していた」とする。[22] 現在の目から見て文学作品としての価値が高いとは必ずしもいえないが、その文学は中国新文学の影響を受け、中国の北京や上海の「文壇」と遠く連動している。

写真0-5　台南駅
出典：『府城今昔』（周菊香、台南：台南市政府、1992年）

一九三六年末、中国文壇を代表する作家の一人、郁達夫（一八九六―一九四五年）が、日本訪問の帰途台湾に立ち寄り、台南も訪れた。郁は大正日本に長く留学し、二一年文学団体

「創造社」を結成、同年刊行の『沈淪』で一躍中国新文学の旗手となった。[23] 荘松林は郁達夫南下の報に接し鶴首して待ち受け、十二月二十七日台南駅のホテルに投宿した郁を訪問した。[24] 荘は「会郁達夫記」（『台湾新文学』第二巻第二号、一九三七年一月）に詳細な記録を残した。

郁達夫の台南滞在は二泊三日で、荘松林は到着翌日の早朝、夜と面会し、最終日の朝には駅で見送った。二日目夜の会談の際には、荘や趙櫪馬ら市内の文学者以外に、佳里の呉新榮・郭水潭・徐清吉の三人にも声をかけた。日本留学経験が長い郁達夫は開口一番、日本語で「みなさん中国語はわかりますね？」と訊ねたという。会見前には、郁といえば狷介孤高の人物だと思い描いていたが、案に相違した。

　郁達夫氏に会見するまでは、かつて『創造月刊』や『読書月刊』で見た氏の写真から、病弱で意気消沈した、また孤独な人物だと思っていた。今回会見して、氏が以前とは全く異なることを知った。健康で、立ち居振る舞いは明朗快活、喜色満面で親しみやすく、おりおり顔には微笑を浮かべ、やさしく穏やかに話をする。（中略）やはり私たち文芸という分野を同じくする者同士は意気投合しやすいもの

写真 0-6　台南駅構内の待合室

出典：『台南市日拠時期歴史性建築』（傅朝卿、台南：台南市政府、1995 年）

のようで、氏のこの非常にいい印象は私たちの脳裡に刻まれ、今後忘れることはないだろう。

〔原文は中国語、引用は拙訳に拠る〕

『創造月刊』は一九二六年に創刊された創造社の文芸雑誌である。中国大陸で学び、五四新文化運動の影響を受けた荘松林にとって、郁達夫は中国新文学の輝かしい星の一つだった。三七年の日中戦争勃発後、荘は中国語による文芸活動から、日本語による台南民俗研究へと転換していくが、荘が寄稿していた『民俗台湾』の編集者池田敏雄の回想によれば、中国語に比べ日本語はやや不得意だったという。[25]

台南の台湾人文学者には、楊熾昌のようにもっぱら日本語を用いた場合もあれば、呉新栄のように日本語での執筆を便利としながら中国語も用いた場合、あるいは荘松林のように中国新文学の洗礼を受け、中国語での創作に情熱を注いだ人物もいる。一九四二年当時、台南市内で玩具店を開いて生計を立てていた荘を訪ねた池田は、中国広州の中山大学が刊行する『民俗週刊』を見せられたという。荘にとって台南や台北・台中以外に、知的刺激の源泉として「文壇」があるとすれば、それは東京ではなく、中国の北京・上海・厦門・広州などの大都市にあった。台南出身の文学者には、劉吶鷗（りゅうとつおう）（一九〇五―四〇年）のように、東京留学を経て、上海文壇でモダニズム文学の旗手として活躍した人物もいる。劉には『劉吶鷗全集』全五巻（康来新・許秦蓁編、南瀛文化叢書91、台南：台南県文化局、二〇〇一年）がある。

一九三七年に日中戦争が勃発すると、中国語による文芸活動の範囲は狭まる。荘松林はしばらくの沈黙を経て、今度は日本語で台南民俗研究の諸篇を発表し始める。直接のきっかけとなったのは、四一年の『民俗台湾』創刊だった。荘は堰（せき）を切ったように、台南の年中行事や台湾語の語源などに関する考証を寄せる。戦後には地元の新聞や地方史の雑誌に、中国語で数多くの考証を書いた。荘の中国語による民俗研究は近年、『文史薈刊（わいかん）』復刊第七輯（台南市文史協会、二〇〇五年六月）の「荘松林先生台南専輯」として一冊にまとめられた。

荘松林が民俗研究に没頭したきっかけはもう一つあり、次のように回想している。

> 文学をするのに、なぜまた古い文献の仕事をするようになったのか。（中略）私たちが文献を重視したのは、実のところ三六九小報から受けた影響が非常に大きい。その重要性に早くから気づいたのは、後日史書を編纂する材料とするためではなく、古い文献から材料を探し出し、文芸創作や劇作の材料とし、新しい書き方で作品を作るためである。こうすれば、日本の警察による発禁を避けられ、しかも歴史文化を発揚する新しい道を切り拓くこともできる。[26]
>
> 〔原文は中国語、引用は拙訳に拠る〕

荘松林が影響を受けたという『三六九小報』は、一九三〇年から三五年まで台南で出された中国語の刊行物（三・六・九の数字がつく日に、月計九回刊行）である。荘らが新文学の書き手であるのに対し、台南は中国伝統文学の流れを汲む、台湾旧文学「文壇」の一つでもあった。一九〇六年に台南で、旧文学の文人である、蔡玉屏（蔡国琳、一八四三―一九〇九年）・趙雲石（趙鍾麒、一八六三―一九三六年）・連雅堂（連横、一八七八―一九三六年）らによって、「南社」が設立され、のちに陳逢源らも加わった。呉新榮の父呉萱草（一八八九―一九六〇年）や、楊熾昌の父楊宜緑（一八七七―一九三四年）らも南社の成員だった。『三六九小報』はこれら旧文学の詩人たちが、一九三〇年になって創刊した新聞である。[27]同じ中国語といっても、こちらは文言文による作品が多数を占めた。『三六九小報』には詩文以外に、台南に関する考証も数多く掲載された。旧派の文人たちによる台南発掘が、政治はもちろん文化活動もままならない閉塞状況に追い込まれた、新派の荘松林に刺激を与えたのである。

しかも『三六九小報』掲載作の中には、台南市出身の許丙丁（一九〇〇―七七年）の『小封神』（一九三〇―三一年）のように、台湾語を部分的ながら用いた小説も掲載された。『許丙丁作品集』上・下（南台湾文学作品集、呂興昌編校、台南市立文化中心、一九九六年）刊行以来、旧文学から通俗文学、演劇活動・台南研究まで、許はその多彩な活動が注目されている。戦前は警察官をしながら南社に加わって漢詩などの旧文学作品を発表し、『三六九小報』刊行に及んで、台湾語の散りばめられた白話文の小説『小封神』を発表した。

台湾では多様な民族構成を反映して多種の言語が用いられているが、多数を占める閩南人が主に話し言葉として用いる台湾語は、台南では日本語・中国語とは比較にならないほど日常的に話されていた。台湾語こそ台湾人の言語だという意識が、一九三〇年代の一部の台湾知識人の間に育ちつつあったものの、日本統治期に何度も台湾語の表記法が提唱されながら、文学の言語として成熟することはなかった。許丙丁の『小封神』においてその意識がわずかに地表に露出したわけだが、使用言語の問題は台南のみならず、台湾文壇のもっとも重要なテーマだった。

四　日本人文学者との交流、及び敗戦直後の日本語文学
——『中華日報』日本語版

塩分地帯・風車詩社・台南芸術倶楽部に集った台湾人文学者と、同じく台南で活動していた日本人文学者、ことに「台南学派」の前嶋信次・國分直一・新垣宏一との間には、何らかの交流はあっただろうか。両者の間の交流は盛んだったとはいえないが、個人的なつながりがなかったわけではない。

塩分地帯の呉新榮や郭水潭は、民族考古学者の國分直一と、一九四二年以降親しい交流があった。台南市近郊の農村地帯で、平埔族の壺を祀る習慣を研究していた國分は、『台湾文学』（第二巻第一号、一九四二年二月）に掲載された、呉新榮「飛蕃墓」（署名は大道兆行）を読んで佳里を訪問する。呉も國分とたまたま同時期に、平埔族の壺神に関心を抱いていたのだった。以降國分は呉・郭と親しい関係となり、同年呉が妻を亡くした際には、告別式に参列し花束を捧げた（呉「亡妻記　逝きし春の日記」『台湾文学』第二巻第三号、一九四二年七月）。

一方、呉新榮と新垣宏一は、芸術至上主義の新垣の評論（不詳）に対して呉が反論を書くなど（「象牙塔之鬼　主駁新垣氏」一九三五年九月十三日作、『台湾新聞』に掲載も、原文は参照できず）[28]、互いに相容れない文学観の持ち主だった。ただし呉の盟友郭水潭は、一九四〇年の記事「昭和十五年度の台湾文壇を顧みて」（『台湾芸術』第一巻第九号、一九四〇年十二月）で、國分や新垣が地元紙『台湾日報』（『台南新報』の改称）誌上で発表していた台南研究を好意的に評した。

風車詩社の楊熾昌や李張瑞が、前嶋信次や國分直一と直接の面識があったかどうかは不明だが、生粋の文学青年だった新垣宏一が楊や李の存在を承知していたことは間違いない。台北帝大生だった新垣は李張瑞の詩を、「台湾新文学の最優秀」と呼んで絶讃した（「新文学三月号評」『台湾新文学』第一巻第四号、一九三六年五月）。台南の文学を考証した「台湾文学艸録（一）」（『台湾日報』一九三八年九月十六日）では、台南の詩人として楊熾昌・丘英二（張良典）に言及した。新垣は『台南新報』学芸欄に映画評を寄稿したことがあり、もしかすると交流のあった李張瑞を通して楊熾昌から依頼を受けたのかもしれない（署名は新垣光一、「「或る日曜日の午後」を観る」、「「独裁大統領」を観る（ＭＧＭ）」、『台南新報』一九三四年六月二十四日、七月一日）。逆に楊や李が、彼らと入れ替わるように一九三七年以降『台湾日報』に盛んに執筆した新垣に対し、注目した可能性も充分にある。

荘松林は同じく台南の民俗や歴史を愛する前嶋信次や國分直一と親しい交流があった。前嶋は荘死去の際の追悼文で、一九三七年台南の中国語書店で荘と知り合ったいきさつを語り、荘ら台南研究に従事する台湾人学究と面識を得たのは、「私が台南に住んだ八年間の大切な記憶の中でも、求めがたい珠玉の一頁」だと記した。[29] 荘を『民俗台湾』に紹介したのは、編集を担当した池田敏雄の回想によれば國分直一だが、[30] そもそも荘を國分に紹介したのは前嶋ではないかと思われる。前嶋や國分からの刺激で台南研究を始めた新垣宏一の随筆に対しても、荘は後々まで言及した。台南の日本人文学者らともっとも深く交流したのは、日本語を創作言語とした呉新榮や楊熾昌らではなく、主に中国語を用いていた荘松林だった。

　ここまで紹介してきた、一九三〇年代に活躍した台南の文学者は、台湾人・日本人いずれも一九〇〇年代及びその前後に生まれた人々だが、四〇年代に入ると、さらに下の世代の日本語作家が登場する。

　一九三七年に日中全面戦争が始まると、塩分地帯・風車詩社・台南芸術倶楽部に拠った台南の台湾人文学者たちは、発表の場を失い、沈潜を余儀なくされた。四〇年代に入ると、呉新榮や荘松林は民俗研究に表現の場を見出していくが、文学の活動は沈滞していた。しかしこの時期も文学活動自体が途切れたわけではなく、また台南で二〇年代に生まれた新しい才能が育ちつつあった。邱永漢・王育徳や葉石濤らである。

　邱永漢（一九二四―二〇一二年）は台南市内の豊かな家庭に生まれた。父は台湾人の実業家で、母は台湾語も操る日本人だったが、父方の台湾の戸籍に入った。主に日本人が通う南門小学校を卒業し、難関中の難関だった台北高等学校の尋常科（旧制中学に相当）に進学する。文学を愛好し、自ら雑誌を作り、一九四〇年代には西川満の編集する『華麗島』や『文芸台湾』に詩を寄せた。[31]

邱永漢と同い年の王育徳（一九二四―八五年）も、同じく市内の豊かな家庭に生まれた。主に台湾人が通う末広公学校を卒業した王は、兄の進学した台北高校尋常科を受験しようと台北に赴き、同じく受験生の邱永漢と初めて会う。兄の育霖から南門小学校にいる「邱という優秀な子」の話を聞いていたが、鼻筋の通った聡明そうな顔立ち、訛り一つない日本語を話す邱は見事合格し、王は失敗した。[32]このときから邱永漢と王育徳のライバル関係が始まる。王は地元の名門、主に日本人が通う台南第一中学校に入学し、前嶋信次に歴史を教わった。台北高校に進学後は文芸部に所属し、雑誌『翔風』に小説や評論を書いた。東京帝国大学に進学するも、戦争が激しくなると台南に戻る。

一九四五年日本は敗戦し、台湾は祖国中国へと復帰する。王育徳は台南一中（母校ではなく、戦前の二中の改称）で教員をしながら、新時代への希望に燃えて演劇や文芸活動を展開した。[33]

私は教師と演劇活動のほかにも仕事をした。

龍瑛宗氏が『中華日報』新聞の日文版編集長として台南にやって来て、私に協力を求めたのである。龍瑛宗氏の名前は、『文芸台湾』で知っていた。かれは「パパイアのある街」で雑誌『改造』に入賞した著名な台湾人作家であった。私をかれに紹介したのは、育彬弟のグループの一人の葉石濤という文学青年であった。[34]

『中華日報』は、戦前の『台南新報』が一九三七年『台湾日報』と改称され、戦後の国民党政府による回収後に再度改称された、台南の地元紙である。四六年まで日本語版が設けられていた。龍瑛宗（一九一一—九九年）は『改造』の懸賞小説に応募して佳作となった「パパイヤのある街」（一九三七年四月号掲載）で一躍名を知られた、台湾文壇の著名作家である。四六年の短い期間、台南に赴任し、『中華日報』の日本語版を編集した。

戦後の台湾南部文壇を代表する作家・評論家・文学史家である葉石濤（一九二五—二〇〇八年）も、台南の恵まれた家庭に育ち、末広公学校を経て、一九三八年、主に台湾人が通う台南第二中学校（戦後は一中へと改称）に進んだ。早くから文学を愛好し、日本文学や海外文学の翻訳を濫読、創作を始め、四三年中学卒業後は、西川満主宰の『文芸台湾』の編集を約一年間手伝い、その折龍瑛宗の面識を得た。四四年台南に戻り市内の国民学校の教師となるが、徴兵され日本兵として終戦を迎えた。台南に着任した龍瑛宗は、まだ二十歳そこそこの葉石濤に執筆を求めた。葉は二中で同学年の、王育徳の腹違いの弟育彬と親しく、近所の王家にしばしば出入りしており、友人の兄を龍へと紹介した。

王育徳とその兄育霖は前嶋信次の教え子であり、二人とも新垣宏一と親しい交流があった。葉石濤は台南二中の生物教師、金子壽衛男（一九一四—二〇〇一年）を通して、國分直一に親炙し、また前嶋の存在も承知していた。葉石濤が戦後長い沈黙を経て、中国語作家として復活してから書いた代表作の一つ、『西拉雅族的末裔』（台北：前衛出版社、一九九〇年）は、台南の日本人による民族学研究が遠く響いた作品である。邱永漢も新垣と親しく[35]、台南の日本語文学の最後の世代は、日本人文学者たちと結びついていた。

王育徳や葉石濤が筆を執った『中華日報』日本語版が、台南における日本語文学の、最後を飾る舞台となった。葉は次のように回想する。

龍瑛宗氏は日本語版に特別に場所を設けて、日本語による文学作品を掲載した。龍氏自身世界文学の名著を紹介するコラム「名作巡礼」や小説・エッセイを発表した。龍氏は私にもこの文芸欄に原稿を書くよう求めた。私以外に、もう一人の最も活躍した日本語作家が、東京帝大生の王育徳氏である。（中略）王育徳氏の当時の思想は左傾しており、非常な興味を持って五四運動を研究していたが、これは氏が東京帝大で「支那哲学」を専攻したことと関係あるだろう。（中略）言い換えれば、氏は反帝国主義、反封建主義だった。このように「祖国」（＝中国）の文化を深く愛し、「祖国」に対し熱い夢を抱いていた台湾の知識人が、なぜ台湾を離れ日本に行って以後、中国人の一切の文化を否定する台湾独立運動の中心人物の一人となったのか。二・二八事件ゆえだ。[36]

〔原文は中国語、引用は拙訳に拠る〕

一九四七年に起きた「二・二八事件」の当時、王育徳は共産党と直接の関係はなかった。しかし旧制中学時代から社会主義思想に触れており、旧制高校時代には「相当かぶれていた」が、これは「当時の高校生としては一種の流行であった」（王育徳「兄の死と私」[37]）。呉新榮や荘松林の世代から、王育徳の世代まで、左翼思想は独立運動とないまぜになって、台湾の若い知識青年たちを捉えた。二・二八事件は、いったんは「祖国復帰」を歓迎した彼らの夢を砕いた。

日本の敗戦、台湾の中国への復帰を経て、日本人文学者は台湾を去った。二・二八事件などの国民党による台湾人弾圧、さらに一九四九年、内戦に敗れた国民党政府の台湾移動を背景に、邱永漢と王育徳は亡命し、葉石濤は逮捕を経て長い沈黙を余儀なくされ、台湾人の文学は大きく変化していく。『中華日報』日本語版は、日本統治下の台南に花咲いた日本語文学の最後のひとひらであり、転換期における希望と不安の表現となった。

五　植民地地方都市における「文学」の意味

これまで見てきたように、一九三〇年代から四〇年代にかけて、帝国日本の中央文壇から遠く離れた植民地の地方都市台南でも、文学者のグループが複数生まれ、お互いに関わり刺激を与え合いつつ、小さな「文壇」が形作られた。東京はもちろん、台湾島内にも台北や台中といった、より多くの文学者の集まる都市があった。古都台南は、近代的な都市文化の面では「芸術を忘却した」退屈な街だった。

しかし台南にも、戦後に学者として大きな業績を残すことになる、文学を深く愛好した前嶋信次や國分直一のような日本人はもちろん、東京留学を経験し、総合雑誌やプロレタリア文学雑誌・モダニズムの詩誌から養分を吸収し、自らの存在を確認するように創作活動に励んだ、呉新榮・楊熾昌のような台湾人の文学者がおり、その一方で中国に留学した荘松林のような文学者もいた。彼らの周りに、塩分地帯・風車詩社・台南芸術倶楽部のような輪が作られ、一九三〇年代、台湾全島で盛り上がる文学運動の熱気を受けて、台北や台中の運動と連携しながら、地元台南や各地の新聞雑誌に作品を発表した。

ただし日本人と台湾人の文学活動には、共通点もあれば相違点もあった。台南出身の文人陳逢源は、「古都台南の床しさ」(『雨窓墨滴』前掲)で、台南に住んだ日本人がひとしなみに愛し、去ってのちは懐かしんだ花木、鳳凰木を讃えつつも、それが昔からの景色ではないことに触れている。

最後に台南の風景を語るには何(ど)うしても逸(いっ)すべからざるものがある。然(しか)しこれは古いもの、床しさでなく、新らしく培養された美しさである。今から二十余年前の事であつたらう。街路の並木として先づ停車場から台南州庁までの間に鳳凰木が植付けられ、引続き孔子廟の附近まで延長したが、現在では昼でも暗くなる程よく繁茂してゐる。其の後ところ〴〵によく植付けられ、今や台南市内を更に一段と緑化した新しい風景となつた。それが六月頃になると、あの深藍色の密葉の間から目も醒むるが如き紅い花が高い木梢に一面開き乱れた時、其の濃艶な色彩の強さ、鮮やかさは、之を形容するに適切な言葉がないであらう。それは桜や、桃や、牡丹の如き、優美華麗な感覚でなく、南国の強熱な恋の象徴としか考へられない潑剌(はつらつ)たるものである。[38]

台南に住んだ日本人文学者たちは、初夏の台南を燃えるような深紅の花で飾った熱帯樹、鳳凰木をいとしみ、くり返し描いた。一方台湾人は、古都にこの新しい景観をもたらしたのは、日本の植民地統治だったことを忘れてはいない。もたらしたのは街路樹だけではない、近代的な都市計画や建築・道路など以外に、日本語や日本文学ももたらされ、鳳凰木が咲き乱れるように日本語文学の花が咲いた。

台湾人の書くものにおいて、鳳凰木は必ずしも台南の象徴ではない。台湾人の記憶には、鳳凰木とともに日本語がもたらされる以前の、古い台南の姿が刻まれている。新しく培養された美しさは、台南の風景を構成する要素の一部にすぎない。台湾人による文学は、たとえ日本語を用いていても、日本人のそれとは相貌の異なるものとなった。

台南はその歴史ゆえに、民族や言語の層が複雑に積み重なった街だった。台南市内と近郊の小都市、プロレタリアとモダニズム文学、日本語と中国語・台湾語、新文学と旧文学などの対立があることで、小規模ながらも輻輳(ふくそう)する文学空間が形成された。彼らの活動は、遠く東京や上海などの「文壇」から押し寄せる新しい波を受けとめつつ、父祖伝来の土地が植民地として支配される眼前の現実を見つめながらなされた。

そこに働くのは中央文壇とは異なる力学である。中央文壇における作家という職業や文学的な出世・成功とはほど遠い営為だったが、文学が自らの存在を確認する作業の一つであるなら、台南にあったのも文学の一つの姿ではあった。

第一章

植民地の地方都市で、読書し、文学を語り、郷土を描く

——日本統治下台南の塩分地帯における呉新榮の文学

一　日本語で書かれた台湾人の日記

日本国の澎張〔膨脹〕は日本語の范〔氾〕濫を意味する。私のこの小さい個人的な城塞ではこの范〔氾〕濫を防ぐことが不可能である。私の私生活に日本語を取り入れてゐる事実と同様に私の日記に日本語を歓迎することは極めて自然である。憶(おも)へば私は生れ落ちる時は已に日本統治下の人間である。そして前半生は完全に日本語にて教育されたる人間である。この極めて重大な事実は私をして日本語を語り、日本語を書かしめるのである。（中略）私は日記を書くことは私の生活を記録することである。故に私の生活を知りたい人々又は自己に最も分り易い言語を以って日記を書かねばならないことは当然と云はねばならない。

（引用文中の〔　〕は原注、傍線引用者）[1]

一九三八年（昭和十三年）一月四日付のこの日記の作者は、呉新榮(ごしんえい)（筆名に史民(しみん)・兆行(ちょうこう)・震瀛(しんえい)など、一九〇七—六七年）、台湾南部の中心都市台南の近郊に住む、開業医・文学者である（『呉新榮日記全集』第二巻、張良澤総編撰、台南：国立台湾文学館、二〇〇七—八年、四頁。以下『日記』と呼び、巻・頁数については〔二巻四頁〕と記す）。前年の三七年七月、盧溝橋事件を契機に、日中全面戦争が始まってまもない時期の記述である。

台南は台湾で最も長い歴史を誇る古都である。日本統治下の一九三八年当時、台北の人口約二十八万人に対し約十二万と、台北に次ぐ繁華な都市だった。[2] しかし日本統治期の一九二〇年代以降に勃興する台湾新文学の拠点は、台北と台中の二都市にあった。島都台北は、台北高等学校・台北帝国大学などの高等教育機関を擁し、日刊紙『台湾日日新聞』や『台湾新民報』が刊行されていた。中部の台中では、一九三〇年代半ばに台湾人作家を中心に「台湾全島文芸大会」が開催され、本格的文芸雑誌『台湾文芸』や『台湾新文学』、文芸欄の充実した地元紙『台湾新聞』が刊行された。

写真 1-1　佳里の街角、震興宮
出典：『旧情南瀛　台南県老照片之一』
（謝玲玉著・姜博智主編、南瀛文化叢書 49、台南：台南県立文化中心、1996 年、呉南図氏提供写真）

一方古都台南にも、『台南新報』があり、日本人の記者や教員たちによる創作活動があったものの、組織的活動は見られなかった。そんな南部で、台南の北郊、「塩分地帯」と呼ばれた台南州北門郡佳里庄（三二年より佳里街、現在の台南市佳里区）の周辺では、文学活動が盛んだった。その中心人物が、呉新榮である。

呉新榮は佳里の豊かな家に生まれた。父は伝統文学の詩人で、台南の旧文学結社「南社」の成員だった、呉萱草（一八八九－一九六〇年）である。呉新榮は地元の公学校（本島人＝台湾人の通う学校）を卒業後、一九二一年、台南の総督府商業専門学校予科に入学した。これは当時の台湾の、台湾人を対象とした最高学府三校の一つだが（他の二つは、台北に医学専門学校、農林専門学校）、日本人対象の教育機関へと進学する道は閉ざされていた。二五年から岡山の金川中学校に学び、創作を開始する。[3] 二八年東京医学専門学校に入学、左翼運動に関わり、淀橋警察署に拘留されるなどの経験を持つ。一方で台湾人学生らと文芸雑誌を創刊し、詩や散文、評論などを発表した。卒業後は左翼の社会運動家、山本宣治（一八八九—一九二九年）を記念した日本無産者医療同盟の五反田病院に勤めるも、三二年九月に帰台した。

故郷将軍庄に近い佳里庄で叔父の医院を引き継いだ呉新榮は、一九三三年十月地元の文学青年らと文化団体「佳里青風会」を結成する。官憲の圧力で解散させられるが、三四年台湾人作家を中心に「台湾文芸聯盟」が設立されたのを受けて、三五年六月には「佳里支部」を設立し、『台湾文芸』に作品を発表した。台湾人中心に三五年に創刊された『台湾新文学』や四一年創刊の『台湾文学』、金関丈夫（一八九七—一九八三年）や池田敏雄（一九一六—八一年）らにより同年創刊された台湾の漢族を研究対象とする『民俗台湾』にも協力した。[4]

急逝した妻を悼む「亡妻記」（『台湾文学』第二巻第三／四号、一九四二年七／十月）など、日本統治期の創作は多く日本語によるが、商専予科時代に中国語を自力で習得し、[5] 日記の一部は中国語で記された。戦後は、一九五三年創刊の『南瀛文献』（台南県文献委員会）を編集するなど、台南の郷土研究を進めつつ、中国語で創作した。

生前の出版は『震瀛随想録』（台南：琑琅山房、一九六六年）のみだが、死後自伝『震瀛回憶録』（台南：琑琅山房、一九七七年）などが刊行され、[6] 一九八一年にこれらを収めた『呉新榮全集』全八巻（張良澤主編、台北：遠景出版事業公司）、九七年に『南瀛文学家　呉新榮選集』全三巻（呂興昌・黄勁連総編輯、南瀛文化叢書57、台南：台南県文化局）、二〇〇七年には、一九三三年から六七年までの日記を翻刻し、日文には中訳を施した『呉新榮日記全集』全十一巻（張良澤総編撰、台南：国立台湾文学館）が刊行された。[7] 台湾では研究が進んでおり、単著だけでも、施懿琳（しいりん）『呉新榮伝』（南投：台湾省文献委員会、一九九九年）、林慧姃（りんけいせい）『呉新榮研究　一個台湾知識份子的精神歴程』（台南：台南県政府、二〇〇五年）が出ている。[8] 日本では河原功（かわはらいさお）による呉新榮旧蔵雑誌に関する貴重な研究がある。[9]

台南及び塩分地帯は、作家を輩出しながら台湾文学の中心地となることなく、また雑誌を刊行するなどの活動を見なかったため、台北や台中に比べ影が薄い。そんな中、呉新榮は南部を代表する文学者として、塩分地帯で主導的役割を果たしたのみならず、台北や台中の活動と連携し、佳里医院は全島の台湾人作家たちの訪問するところとなった。

本章では、呉新榮の『日記』を手掛かりに、一九三〇年代、「日本語の氾濫」を受けつつ苦闘した、植民地の地方都市におけるある文学者の活動を、読書・読者の観点から概観してみたい。『日記』や戦前の雑誌など、公刊

写真 1-2　佳里医院

出典：『旧情南瀛　台南県老照片之一』（謝玲玉著・姜博智主編、南瀛文化叢書 49、台南：台南県立文化中心、1996年、呉南図氏提供写真）

資料に依拠して、日本統治期の台南及び周辺地域の文学活動の一端を描くに過ぎないが、日本統治下台南の台湾人による文学を考える端緒としたい。

二　読書すること——新聞、雑誌、購入方法

『呉新榮日記全集』は、中国語で記された一九三三年から三七年まで、日本語で記された三八年から四四年まで、戦後は再び中国語で記された日記を収める。東京留学中の日記は二九年、警察署拘留の際に没収された。以来日記をやめていたが、今では活動などに従事せぬ以上、忌避する理由もなく、「日記は私たちの生命の記録だ」（原文は中国語、以下三七年までの日記は同じ）との決意のもと、再開した（一九三三年九月四日〔一巻二頁〕）。

ただし、呉新榮のもとには「高等刑事」も時折監視に姿を見せており（一九三三年九月五日〔一巻六頁〕）、記述は慎重を強いられたと推察される。一九三八年日記を日本語で記し始めてすぐに、「一日よりの日記を和文で書く、慣れざること甚し。憶（おも）へばこれも十年振り位になるか」（一月三日〔二巻四頁〕）とある。東京時代は日本語を用いていたことからすると、三七年まで中国語を使用したのは、もしやに備え、慎重を期したのかもしれない。

呉新榮の日記に記されたのは、日常生活、親戚や地元の人々・文学仲間との交流など以外に、日々

の感想、中でも読書の記録である。一九三三年九月四日の日記には、趣味は読書を除けば、鳥を飼うのと庭仕事、と記す〔一巻四頁〕。医院は必ずしも忙しい日ばかりではなかった。三八年一月七日の記事〔二巻六頁〕では、「遂にほんとの冬がやって来た。強い北風が砂を捲いて吹いて来る、街は殆んど通る人が少ない、従って患者も多い筈がない。私は読書して時間を過すよりよい方法がないと思ふ」と記すように、暇があれば読書に耽った。

読書の目的は、「新年来余暇には出来るだけ読書に志せし故多に進渉〔捗〕せり。余は読書する毎に自己の精神的惰落に良心的呵嘖を感ず。この時代的苦悶と行動的無力を嘆ずるのみ」（三八年一月十五日〔二巻一〇頁〕）とあるごとく、読書による人格形成が根底にあり、さらに社会問題と対決する姿勢がある。一九二五年から三二年まで日本で教育を受けた呉新榮に、教養主義的発想が濃厚にみられるのは当然だろう。読書の範囲は、内地と台湾の、日本語と中国語書籍（古文を含む）の両方に及ぶ。

『日記』でしばしば出てくる、新聞と雑誌について見てみよう。

一九三三年九月四日の記事〔一巻四頁〕によれば、呉新榮がよく読んでいた新聞は、『大阪朝日新聞』、台北の『台湾新民報』、台中の『台湾新聞』、地元台南の『台南新報』（『日記』では『南瀛新報』とあるが、「南瀛」は台南地方を指すため、『台南新報』のことと思われる）である。雑誌は、『日本医事新報』以外に、『中央公論』『改造』で、例えば三八年一月十五日の記事〔二巻一〇頁〕に、『中央公論』の一月号を読了、との記述があるなど、しばしば言及される。五年後の三八年十二月三十日の記事〔二巻一七四頁〕では、中央公論社の読者カードに、購読紙を『大阪朝日新聞』『台湾新民報』、雑誌を『中央公論』『日本医事新報』と記した、とする。

『大阪朝日新聞』は、一九一〇年代から本誌の付録として地域ニュースを掲載する「鮮満版」などを発行していた。「台湾版」は三三年十一月に創刊、四四年八月まで刊行された。『大阪朝日』の「朝鮮版」について、水野直樹は、三七年時点で『京城日報』の配布部数約三万部に対し、『大阪朝日新聞』は六万六千部で、購読者のほとんどは在朝日本人だったとする。[10] 台湾にも同じことがいえるのかはわからないが、購読者に、内地の事情を継続して知りたいと考える日本留学経験者を含めることができるだろう。

一方、『台湾新民報』は、台湾人の経営する唯一の新聞である。一九二〇年東京で創刊された『台湾青年』を母体に、二三年『台湾民報』が創刊され、二七年から台湾での発行が始まり、三〇年に『台湾新民報』と改称した。台湾議会設置請願運動を支援するなど、台湾人のための台湾を打ち出した紙面で、文芸関係の記事も多く掲載された。

呉新榮は幹部の一人、同郷の北門郡出身の呉三連（一八九九―一九八八年）と面識があった（一九三三年九月十四日の日記など）。また記者の劉捷（一九一一―二〇〇四年）は評論家でもあって、一九三五年八月一日に訪問を受けた。『日記』には「Caffe Suzuranで昼食をとり文学を談ず、非常におもしろい」（原文は中国語）との記述がある（一巻一二九頁）。その後も劉が三七年中国へ赴くまで、頻繁な交流があった。ただし、『新民報』の文芸関係記事の充実度は時期にもよる。台湾文壇が形成されつつあった一九三六年の時点で、河崎寛康「台湾の文化に関する覚書（二）」は、「本島人の手になる唯一の日刊紙「台湾新民報」が文芸問題に全く無関心で、相当多数の本島人文芸愛好家に一顧も与へない」と批判している（『台湾時報』第百九十五号、一九三六年二月）。

台北にはもう一つ、『台湾日日新報』があった。内地人を主な読者とする島内最大の新聞だが、呉新榮が購読していないのは、総督府の御用紙的な、内地人向けの性格からかもしれない。また文芸面については、一九三四年から西川満（みつる）（一九〇八―九九年）が文芸部に入り拡充されたが、河崎寛康は先の文で、学芸欄は「相当の紙面を提供してゐるにも拘らず、不活発無気力極まる状態」で、その理由として「取入れる文芸が何等台湾の特殊性を有たず、文芸の時事的興味の無い、それこそジャーナリスティックな価値を有してゐないがため」と批判している。後述するように、当時の呉新榮は台湾という郷土にこだわる文学姿勢を持ち、西川のような芸術至上主義的態度に強く反発していた。

台中の『台湾新聞』を読んでいた理由は、田中保男（やすお）編集のもと、文芸面が充実していたためである。呉新榮は一九三三年あたりから数多くの詩や評論などを寄稿するが[11]、新聞がわずかしか残っていないため閲覧が困難で、詳細は不明である。三三年九月五日の記事には来訪者として『台湾新聞』の記者「郭古老」が登場し、三五年の「第二回台湾全島文芸大会」では田中と面会した。呉新榮は回録で、塩分地帯の文学仲間が「気を吐く」上で必要な「通気口」として、最初に場を提供してくれたのが『台湾新聞』の文芸欄、次が『台湾文芸』、そして『台湾新文学』だったと記している。[12]

地元の『台南新報』については、編集者で詩人の楊熾昌と一九三六年以降交流を持ったが、楊はすでに『台南新報』を離れており、呉新榮が文芸欄に記事を寄せることはなかったようである。

次に雑誌を見てみよう。一九三三年十月二十五日の記述に、台南市の書店で『文芸』創刊号と『経済往来』十一月号を買った、とある（一巻三六頁）。改造社の『文芸』はこの年十一月の創刊。日本評論社の『経済往来』は文学作品も数多く掲載する総合雑誌だった。内地の雑誌がさほど遅れず台南の書店に届いていたことがわかる。また三五年一月六日の記事では、『台湾文芸』を読了、『文芸』と『文学評論』はまもなく読み終える、との記述がある（一巻六六頁）。自らも関わる台湾発行の文芸雑誌を読んでいたのはもちろん、内地の文芸雑誌も読んでいた。

ただし、『日記』にしばしば登場する内地の雑誌は、『中央公論』『改造』である。これら総合雑誌二誌は、大正から昭和戦前にかけて知識人により広く読まれた。呉新榮の自伝的な小説「友情 「青年時代」の一章」（署名は朱南化、『台湾新文学』第一巻第八号、一九三六年九月）は、大正末から昭和初期の留学時代を描き、金川中学校校長、「自由主義者」の服部純雄（一八八七―一九四五年）が実名で登場する。本屋でばったり出会った校長は、分厚い雑誌を持つ主人公周世山に、「何を買つた？」と問いかける。「雑誌です」「『現代』ですか」「いや『改造』です」。

かつて周世山は、「米国仕込み」の校長を「新英雄」と仰ぎ、「自由主義に心酔した」ものだった。しかしマルクス主義は岡山の山間の学校をも席巻した。時代遅れとなった校長について、「彼（＝服部）が執筆してゐる雑誌『現代』の読者でなくして『改造』の読者であることを彼は一寸驚いたらし」く、数日前に世山の口にした「「ブル」とか「プロ」とか云ふ詞を尚理解し得ない状態」だったと描く。しかしそれでも当時の世山は、日本人女性との恋愛に悩む友人に向かい、涙ながらに反対を表明する、「激熱なる民族主義者だつたのだ。一時自由主義を心酔したが彼にとつてやはり民族あつての自由」だった。それが二年後、東京に出たころには、「もう僕はあの偏狭な民族主義者ではないよ。（中略）吾々は現在この民族的桎梏よりも階級的桎梏の方を問題にしなければならない」と語るように変化していた。そして、「愛の力で総てを解決する」と語る友人に対し、「世山はこのキング愛読者を軽蔑な目付で睨」むのである。

永嶺重敏によれば、『中央公論』は明治末年に「一流大家を起用した小説重視の文芸路線」が成功をおさめ、大正には「知識人エリートの必読雑誌」へと擡頭、昭和に入っても地位は揺るがなかった。講談社の『キング』が大衆読者から支持される一方で、「高等学校生や大学生等の青年知識人やその予備軍においては『改造』『中央公論』を中心とする総合雑誌が伝統的に主読雑誌の位置を占めていた」という[13]。文学とマルクス主義が売り物だったわけで、左翼運動と関わりのあった文学青年呉新榮にとって、愛読誌と呼んでもよい雑誌であり、帰台後も読みつづけていた。

呉新榮が内地留学中、及び帰台後に購入した雑誌は、呉自身によって抜粋・合本とされた。官憲の目に対する警戒から、中身は複雑に組み合わされている。現在台北にある呉三連台湾史料研究中心が所蔵し、河原功が詳細な調査を行った[14]。合本は大きく一九二七年から三二年までの内地留学時期と、帰台後の三三年から三九年までに分かれ、自身の関わった雑誌以外に、『改造』『中央公論』は両期間を通じて抜粋が収録されている。留学時期は『戦旗』『労働者』『インタナショナル』『政治批判』など、[15]多種類のプロレタリア文学雑誌や左翼雑誌からの抜粋を収める。帰台後は雑誌の種類が減り、『文学評論』『文学案内』『詩人』などを収める。[16]

『文学評論』（ナウカ社、一九三四年三月—三六年八月）は、ナルプが解体しプロレタリア文学が迎えた冬の時代、渡辺順三（一八九四—一九七二年）らにより「政治主義的偏向を克服」する方向で刊行された雑誌である。出獄してきた中野重治らとも関係が深くなり、「いつの間にかプロレタリア文学の流れの中心に立つような形」になっていた。[17]一年遅れて出た『文学案内』（一九三五年七月—三七年十二月）は、貴司山治（一八九九—一九七三年）を中心に刊行された雑誌で、『文学評論』同様、プロレタリア文学に共感する作家も執筆者に迎えた。

両誌について特筆すべきは、植民地の文学に積極的に誌面を提供したことである。台南州新化郡大目降出身の作家、楊逵（一九〇五—八五年）の「新聞配達夫」は、『文学評論』（一九三四年十月）に入選第二席として掲載された。以後楊逵は両誌にしばしば記事を寄せた。中でも「台湾の文学運動」（『文学案内』第一巻第四号、一九三五年十月）、「台湾文学運動の現状」（『文学案内』第一巻第五号、一九三五年十一月）、「台湾文壇の近情」（『文学評論』第二巻第十二号、一九三五年十一月）、「台湾文壇の明日を担ふ人々」（『文学案内』第二巻第六号、一九三六年六月）など、台湾の文学を内地の中央文壇へとまとまって紹介した。「台湾文壇の明日を担ふ人々」の末尾には、「評論方面では陳紹馨、呉新榮、頼明弘、劉捷など」とある。呉新榮の名前が内地の市販雑誌に出たのは、これが最初ではないかと思われる。

『文芸』や『経済往来』なども手にしている以上、呉新榮が左翼への関心からのみプロレタリア文学雑誌を読んでいたとは思われないが、河原功は、「日本内地滞在期に左翼思想・左翼文学の洗礼を受けた呉新栄は、台湾に戻ってからもそれを精神の支えとし、日本プロレタリア文学に最後まで寄り添って生きていた」と指摘する。[18] 日中戦争開戦後に「開拓文学」などの国策文学が出てくるまでは、台湾を含む植民地の文学に強い関心を示すのは、プロレタリア文学しかなかったことも、これらの雑誌を購入した理由の一つだろう。

一九三八年十一月十三日の記事〔二巻一四六頁〕には、中国語の雑誌『風月報』も出てくる。三五年五月創刊の娯楽雑誌『風月』が前身で、停刊後三七年『風月報』として再刊、三九年の第九十期から呉漫沙（一九一二―二〇〇五年）が主編となり文芸雑誌としての性格を強め、四一年『南方』と改称、四三年十月に停刊した。日中戦争が始まってからも中国語を用いつづけた点で、台湾人作家にとって一つの拠り所だった雑誌である。

読書を趣味とする呉新榮だが、書店で雑誌書籍を購入したとの記述は稀である。台南には先述のように新刊書店があり、また、台南の開山町には「藤川書店」という古本屋があった（一九三八年八月五日〔二巻一〇二頁〕）。しかし書店での購入よりも、しばしば登場するのは、「東京の読書新聞大洋社で注文した」（三八年九月十七日）〔二巻一二二頁〕といった記述である。

「読書新聞大洋社」の詳細は不明だが、『讀賣新聞』を例にとると、一九三五年四月三日に「月刊雑誌」『読書新聞』の広告が掲載されている。「本邦唯一の読書指針」「陽には働け　灯には読め」「全国読書家絶対支持の雄誌」「四月号無代進呈」「尚巻末には各種文芸大懸賞あり」「左記へハガキで申込次第見本無代急送！」といった宣伝文句が列記されている。また、同じく『讀賣』三六年四月七日の広告には、「第百三回　新本特売速報！　大奉仕！の七割引内外超提供!!」として、穂積八束『憲政大意』（日本評論社、一九三五年七月）などの書籍がずらりと並び、「御注文は振替・小為替・郵券代用何でも結構何卒送料御加算の上、直接（中略）読書新聞大洋社へ御注文をお願ひ申上ゲます」と記されている。つまり、本の通信・割引販売の会社だと思われる。『讀賣』での「新本特売速報」は三六年から掲載され始め、三八年から四〇年までは毎月のように掲載されている。広告は『大阪朝日新聞』にも掲載されていた。

呉新榮は書籍についてはこの通信販売を利用することが多かったと思われる。また河原功は、『文学案内』などは台湾の書店での購入ではなく、内地から直送してもらっていたことを、総督府による発禁などの観点から検証している。[19]

以上のように読書の経験を確認すると、呉新榮が「日本語の氾濫を防ぐことが不可能」と述懐するのも無理ないだろう。呉新榮は中国語を学んだ経験があるとはいえ、教育は日本語で受け、内地の岡山や東京でも学んだ。日本語以外を使って読み、書くという選択肢は、実質的になかったのである。

三　文学を語ること——塩分地帯の文学ネットワーク

呉新榮の佳里の住居「小雅園」には、三日にあげず来訪者があった。親族関係が密接かつ複雑だったのみならず、開業医だった呉には、地元の有力者たちや、東京医専卒業者を中心に同業者との交際があり、また文学者として地元及び全島の文学青年たちとの交流があった。

呉新榮の居住した佳里は、台南市内からバスなどを利用して向かう近郊の田舎町である。交通の便は大都市ほどすぐれず、農業地帯で、格別名勝旧跡等があるわけでもない。しかし、驚くべき数の台湾人作家たちが呉新榮のもとを訪問した。一族及び地方社会の有力者としてのみならず、寡黙ながら信頼できる人間性や、台湾文学に対する見識が、自ずと呉新榮の存在を文学の世界でも重からしめたと思われる。ここでは台湾の地方都市における文学のネットワークについて見てみる。

『呉新榮日記全集』に最も頻繁に登場する人物は、同郷の詩人で文学上の盟友、郭水潭（筆名に郭千尺、一九〇七—九五年）である。北門郡役所に勤めていた郭と知り合ったのは、一九三二年呉新榮が帰台し「佳里医院」を開いたころだった。郭水潭はすでに多田利郎（南溟）編集発行の『南溟楽園』（のち『南溟芸園』）に拠る詩人として名を成しており、楊逵が内地の文芸雑誌『文学案内』に掲載した「台湾の文学運動」（前掲）では、王登山（一九一三—八二年）とともにその名が紹介されていた。現在作品の多くは、『南瀛文学家　郭水潭集』（羊子喬主編、南瀛文化叢書33、台南：台南県文化局、一九九四年）で見ることができる（ただし戦前の日本語による創作は中国語訳のみ）[20]。

一九三三年十月、呉新榮は郭水潭・徐清吉（一九〇七―八二年）らと語らって文化団体「佳里青風会」を結成したが[21]、やがて官憲の圧力の前に解散の憂き目を見た。三五年六月には王登山・林精鏐（筆名に林芳年、一九一四―八九年）なども加えて「台湾文芸聯盟佳里支部」を設立した。発会式には、本部の委員長張深切（一九〇四―六五年）や楊逵の妻葉陶（一九〇四―七〇年）が来場、台南市内からも来賓があり、三十余名が参集した（呉新榮「佳里支部発会式通信」『台湾文芸』第二巻第八・九合併号、一九三五年八月）。のちにはさらに下の世代の荘培初（筆名に青陽哲、一九一六―二〇〇九年）らも加わった。メンバーのうち、年少の優れた詩人林芳年にも、中訳された作品集『曠野裏看得見煙囱　林芳年日文作品選訳集』（葉笛訳、南瀛文化叢書142、台南：台南県政府、二〇〇六年）がある。

若き詩人たちの活動舞台は、その土地が海沿いの塩分を多く含む土地柄だったことから、「塩分地帯」と呼ばれた[22]。『日記』では一九三五年十二月二十日、「塩分地帯」なる呼称が初めて登場する〔一巻一六八頁〕。呉新榮はのちに「町と仲間」（署名は大道兆行、『台湾文学』創刊号、一九四一年五月）で文学仲間について語り、また戦後にも「塩分地帯的回顧」で、この「台湾文学の一小部分」やメンバーの個性について、懐かしく語った[23]。「町と仲間」から少し引用してみる。

曾つてこの町に十指に余る同じ仲間があつた。老人達からは穀つぶしだと罵しられ、権勢家からは禄でなしだと嘲けられたのらくらの集まりであつた。

それでもこの仲間は自から地方青年の先駆者だと任じ、独特な気風を養成すべしだと互に励み合つたものである。又時には文学や政治を談じ、時には詩や歌を作つて自から誇りとした程であつた。そしてこの仲間が、この町の一角を横行闊歩（かつぽ）した日には、むしろ壮観さへ呈してあつた。彼等は意気に感じては大に飲んで胸をたゝき恋を語りては互に抱いて泣くことさへあつた。

遠方の文人墨客（ぼつかく）はこの風を聞いてはこの無名の町を訪ね、この奇異な仲間と歓談することが屢々（しばしば）あつた。

写真 1-3　北門郡の塩田

出典：『日治時期的台南』
（何培齊主編、台北：国家図書館、2007 年）

呉新榮らの生まれ育った、佳里を中心とする北門郡一帯は、呉三連ら、台湾を代表する企業集団を作った、「台南幇（パン）」の面々を産んだ土地である。土地の瘠せた劣悪な生活環境のため、刻苦精励、倹約や教育を旨とする気風が育まれたという。また、「台南幇」を研究した謝國興によれば、「長期にわたって発展してきた宗族社会の環境に加え、生活のために奮闘してきた共通の体験は、この地区の人々をして郷土をめぐる特別濃厚な一体感と感情を持たせることとなった」という。[24] これは呉新榮にも当てはまる特徴で、親族や同郷者との密接な紐帯、それゆえの強い郷土愛が、文学の根底にある。

塩分地帯の文学青年たちは、始終呉新榮のもとに集まっては、文学談義に花を咲かせた。地元で活動をともにするのみならず、全島大会には連れだって参加した。残念ながら日本統治期の塩分地帯では雑誌などが出されることはなかった。台南市内出身の葉石濤（ようせきとう）（一九二五―二〇〇八年）はその理由として、医者としての多忙な生活、また地方の有力者として地元の大小の事務に煩わされた点を挙げている。[25] 刊行物こそなかったが、合同で詩を発表した。『台湾新聞』における特集（現存せず）や、『台湾文芸』第三巻第三号（一九三六年三月）の「塩分地帯の人々　文聯佳里支部作品集」がそれで、呉新榮を筆頭に、郭水潭や林芳年らが詩を寄せている。

こうした活動は、遠方の台湾人作家たちも注目するところだった。一九三六年の正月、彼らから年賀状をもらった東京の呉天賞（一九〇九―四七年）は、「塩分地帯の春に寄せて」（『台湾文芸』第三巻第二号、一九三六年一月）で、「文化の花は塩分地帯にこそ咲け。文学のきづなに結ばれた皆様こそ羨ましき限り」と、次のように言祝（ことほ）いだ。

塩分地帯は、日ごとに海の響きが聴けるでせうな。大洋の息吹き潮風は娘たちの頬つぺたをさすつてゆくことでございませうな。帆前船ではなくて、石油焚（だ）きの小蒸気船さへあれば、あの港々の大気を震（ふ）るはす汽笛の閑（のど）かな鳴りわたりも聴けることでありませうな。なつかしのへリコン、詩的連想の豊かな塩分地帯よ、小鳥たちがねんねする時、そのたそがれのみ空にミユウゼズが彼女らの妙なる歌を奏でる頃、皆様の詩魂と、そして皆様の愛する人々の上に幸こそ多くあれ。

実際は、佳里のあたりはやや内陸の農業地帯で、海岸から相当な距離がある。とはいえ、塩気も含めて、海の匂いが近くまで迫っている土地である。

また台中の呂赫若（一九一四—五一年）は、「詩についての感想」（『台湾文芸』第三巻第二号、一九三六年一月）で、「島の詩が感傷、虚無、等々といふ倒錯した状態にゐる」中で、『台湾新聞』に発表された「佳里支部」の詩集は、群を抜いて目ぼしいところがあつて、頼もしい傾向を生んだことは特筆せねばならない」と讃えた。呉新榮らにとって嬉しいエールだったことだろう。

一九三二年に帰台した左翼文学青年呉新榮を待ち受けていたのは、佳里の文学仲間のみならず、三〇年代半ばから四〇年代前半にかけての、台湾文学の戦前の最盛期であった。複数の組織が生まれ、文芸雑誌が出た。

一九三二年一月に『南音』（中文）が創刊されたのにつづき、内地留学生たちが三三年三月に東京で「台湾芸術研究会」を結成して、七月に文芸雑誌『フォルモサ』（日・中文）を創刊する。三三年十月には台北で「台湾文芸協会」が結成され、翌年七月に『先発部隊』（中文）を創刊するなどした。そして三四年五月、台中で台湾人作家八十余名が参加して「第一回台湾全島文芸大会」が開催された。その結果、台湾初の全島規模の文学団体「台湾文芸聯盟」が結成され、十一月『台湾文芸』（日・中文）

が創刊された。

この台湾文芸聯盟の支部を、一九三五年六月に佳里で結成したわけである。呉新榮の回想によれば、「台湾文芸聯盟支部が成立して以来、来訪してきた文人墨客の数は知れず、ここは「詩人の街」で、およそ文学関係者であれば、ここを一度は巡礼せねばならないかのようだった」とする。実際、近くの台南市からはもちろん、台中や台北から当時の代表的な台湾人文学者たち、楊逵・張文環・巫永福・楊雲萍・陳紹馨・黄得時らが訪問してきた。[26]

佳里支部結成の直後の八月には、「第二回台湾全島文芸大会」が台中で開かれた。出席した呉新榮は、翌年に「第二回文芸大会の憶出　文聯の人々」（署名は呉史民、『台湾文芸』第三巻第六号、一九三六年五月）を記した。各地から参集した、内地人三人を除く台湾人作家たちとは、誌上で名は知っていても多くは初対面だったが、「同じ道を歩むものなればすぐ懇意になつて」文学を語る。その興奮は、一年後の記録にもまざまざと刻まれている。

黒い台湾服を着て破れた靴を履き、痩せぎすで風采に頓着ないため、「小使位だらうと思つて」、「挨拶もせず見向きもしなかつた」相手が、あの楊逵だと知って恥じ入ったり、精力絶倫、泰然自若な態度で不遜にも感じられる「好男子」の劉捷に頼もしく感じたりと、人物スケッチが楽しいこの一文からは、台湾人による台湾文学のための文壇が成立しつつあることへの深い喜びが感じられる。大会の興奮は、『日記』の一九三五年八月十・十一日にも記された。

ただし、呉新榮にとって大会や『台湾文芸』の刊行は、単なる文学活動ではない。東京支部の呉天賞の報告が、聯盟の活動は『台湾文芸』が発行されていさえすればよいと聞こえたとき、呉新榮は激越に反応する。「彼は「台文」を台湾文学運動の機関誌と見ないで単なる娯楽機関と見てゐる様に吾々が感ずる。若し吾々が君から受けたこの印象が正しかつたら君は「台文」よりも「キング」を買つた方がいゝかも知らない。「台文」は決してお坊ちゃんの好きさうな文学を書くものでなくして「台文」それ自身に社会的使命があるのだ」。呉新榮の文学に対する姿勢は、末尾の、「古来芸術のない民族に文化があつたか。文化のない民族は結果滅亡のみだ」との発言にも表れている。

写真 1-4　日本統治期の台南市（本町通り、現在の民権路）
出典：『三五風華造府城　紀念台南建城 280 週年特展図録』（詹伯望他、台南：台南市文化資産保護協会、2005 年）

塩分地帯や全島規模の文壇以外に、古都台南でも、小さな文壇が形成されつつあった。『日記』を見ると、呉新榮は週に一回以上の頻度で台南へ出かけている。必ずしも用事があるわけではない。台南は人口多く、南部の中心都市である。呉新榮の住む佳里から台南までの交通手段は、バス・タクシー・オートバイなどであった。呉新榮は地元のタクシー会社に出資していたため、その車を利用することが多かった。朝から出かけることもあれば、夕食後に出かけることもある。しばしば夜中の二時、三時に帰宅したり、ホテルや親戚・友人宅に泊まったりした。

呉新榮が台南で最もしばしば出入りしたのが、「天国」「南国」「明星」などの「カフェー」である。例えば一九三八年三月一日の記事〔二巻三二頁〕では、「吾等は一年中苦労してゐるが只こゝに於ける数時間だけ若き日を楽しめることが出来た」とする。「天国」の七人の女給を紹介しつつ、「吾々はこれらの女性の経歴を書こうとしてこの頁を埋めた（の）ではない。然し天国はあく迄天国に終らせたいものである。そこにある夢は何時も実現性のない夢である。只ある時代から逃避した一群の可憐な人間の夢である」と記す。台南での楽しみは、カフェでの文学談義、「酔仙閣」「松金楼」などでの飲食や、林デパートでの買い物などで、また「世界館」や「宮古座」などの映画館でしばしば映画を楽しんだ。

写真 1-5　林デパート
出典：『大台南市文化資産特展図録』（詹伯望他、台南：台南市文化資産保護協会、2011 年）

都市の娯楽以外に、台南在住の文学仲間と会うことも大きな楽しみであった。台南でも文学団体設立の機運が盛り上がり、一九三六年四月十五日、「第一回文芸座談会（台南）」が開催された。『日記』によれば、主宰者は東亜新報台南支局長の楊景雲（生没年不詳）、台湾新文学社台南支部代表者の荘松林（一九〇九—七四年）である。塩分地帯の面々や、台南市芸術倶楽部の趙櫪馬（一九一二—三八年）・張慶堂（生没年不詳）ら、地元の参加者ら以外に、台湾文芸聯盟本部から張星建（一九〇五―四九年）、台湾新文学本社から頼明弘（一九一五―五八年）らが参会した。座談のテーマは、「第一、台湾文芸運動の現段階についての検討、第二、台南における芸術団体組織の促進」（原文は中国語）である。新聞雑誌が乱立する現状を肯定し、台南に別に独立した文芸団体を組織する点で賛同を見たが（一巻二一〇頁）、残念ながら団体そのものは組織されなかったようである。

写真 1-6　宮古座
出典：『台南市日拠時期歴史性建築』
（傅朝卿、台南：台南市政府、1995 年）

呉新榮は『台南新報』記者で詩人の楊熾昌（一九〇八―九四年）とも交流した。知り合ったのは、『日記』によれば一九三六年二月五日のことで、郭水潭らが楊熾昌・李張瑞（一九一一―五二年）を医院へと案内してきたのだった。楊熾昌は台南第二中学校を卒業して、三〇年から東京の文化学院で学び、在学中にモダニズム詩を作り始め、三二年ボン書店から『熱帯魚』を刊行するなどしたという（現存せず）。三三年帰台し、李張瑞・林修二（一九一四―四四年）らと「風車詩社」を結成した。これらの詩人たちは現在再評価が進んでおり、楊熾昌の中訳作品集『水蔭萍作品集』（呂興昌編訂、葉笛訳、台南：台南市立文化中心、一九九五年）や『林修二作品集』（呂興昌編訂、陳千武訳、台南：台南県文化局、二〇〇〇年）などが刊行されている。

こうして、塩分地帯で文学グループを結成したことが基盤となり、また全島規模での台湾人による文壇が成立しつつある時期に際会したため、台南や他地方の作家たちとの交流が開けていったのである。

呉新榮自身が作家を訪問することもあった。「台湾文学の父」として尊敬を集めていた、呉同様医者兼作家の頼和（一八九四―一九四三年）を訪問したのは、一九三七年二月十一日のことである。十七日の「現代台湾十傑」という日記では、「文学者」として頼和を挙げている（一巻二八九頁）。また一九三七年四月八日の日記では、『改造』の懸賞小説に入選した、龍瑛宗（一九一一―九九年）の「パパイヤのある街」を読み、「作者は台湾人で、これが台湾人の日本の中央文壇に進出した最初の人である」（中文）と記した（一巻三〇四頁）。長年愛読してきた『改造』に、台湾人の書いた小説が掲載されたことには、感慨を禁じ得なかったと思われる。

また中国の作家郁達夫（一八九六―一九四五年）が、一九三六年末に日本からの帰途台湾に立ち寄り、台南を訪れた際には、台南市内の荘松林や塩分地帯の仲間と連れだって、鉄道ホテルに訪問、文学を談じた。呉新榮は郁達夫を、「魯迅の死後中国で郭沫若と肩を並べる中国文壇の重鎮」と記した（『日記』一九三六年十二月二十八日（一巻二七一頁））。

全島の台湾人作家たちとの交流の一方で、台南在住の日本人文学者たちとの交流は薄かった。わずかに呉新榮の戦前の代表作「亡妻記　逝きし春の日記」（『台湾文学』第二巻第三号、一九四二年七月）に、

「台南のK先生」として出てくるのは、台南第一高等女学校の教員をしつつ、民族考古学の研究に没頭していた、文人肌の学者、國分直一（一九〇八―二〇〇五年）である。

急逝した妻の告別式の日に、「台南のK先生は自からわざ〳〵花束を捧げて来られたことも只光栄と云ふ外はない。私はその好意を謝する為めに先生の研究なされた「安平壺」に活けて故人の霊前を飾つた」というのは、國分が塩分地帯の平埔族に伝わる、壺を祀る習慣について研究していたからである。[27] 戦前の台南で教鞭をとった学者には、國分以外にも、イスラム研究者の前嶋信次（一九〇三―八三年）、そして作家の新垣宏一（一九一三―二〇〇二年）がおり、それぞれ台南を異なる角度から描いた。[28] しかし前嶋との交際は見られず、新垣とは、後述するように台北帝大在学中の新垣に対し反駁文を書いており、好意を抱いていなかった。台南にいた日本人文学者のうち、呉新榮が心を開いたつきあいをしたのは、郷土研究を通じてつながった國分のみだった。

このように見て来ると、呉新榮の文学的視野は、その民族観や社会観と重なり、故郷の塩分地帯、台南地方、そして台湾の大きさに限定されていたことがわかる。東京の中央文壇とのつながりは、左翼思想の連帯という思想的見地からのものだが、根底には民族主義があり、文学的共感ではなかった。言語的には宗主国日本の版図に属していた呉新榮だが、「祖国」である中国大陸の文学に対しては中国語を介して共感を寄せていた。これらが背景となって、日本語を用いながらも、日本文学や日本文壇の論理とは異なる力がそこでは働いていたことが推察される。

四　郷土を描くこと――「吾らの文学」

呉新榮の戦前の創作の多くは日本語を用いている。どのような意図を持って、どのような読者に向かい、創作していたのだろうか。

呉新榮が『台湾文芸』(第二巻第六号、一九三五年六月)に「史民」の署名で初めて発表した詩「生れ里と春の祭」は、郷土を歌う。「塩分地帯の同志に捧ぐ」と前書された詩は、「一、川」で、「生れ里を巡るこの川／この川は私の動脈だ／汝が永遠に波打つ時／吾は永遠に詩を歌ふであらう」と始まる。「二、村」を引用してみる。

あゝ昔我が祖先が死を以て／守り通つて来た村だ
この村は私の心臓／我が高鳴る心臓に／昔戦つた血が沸いてゐる
土地と種族を守つた鉄砲蔵
(中略)
栄誉と富貴は／母の子守歌になかつた筈だ
然し私は夢みて歌ふであらう／只正義の歌を真理の曲を

故郷を自らと一体化し、牧歌的な風景を描きつつ、全篇に植民地支配に対する抑えがたい憤懣が満ちている。

「四月廿六日　南鯤鯓廟」（署名は史民、『台湾文芸』第二巻第十号、一九三五年九月）は、台湾最大規模の廟、地元の代天府を「民族文化の表象」とし、鄭成功を「漢族の英主」と崇め、より露骨に台湾を歌う。

この日四月廿六日に／我等の聖祖延平郡王（＝鄭成功）が
紅毛を追ひ澎湖を領略して／ゼーランジヤ城に上陸したのだ
爾来祠を興し廟を築きて／漢族の英主民間の義士を祭つたのだ
（中略）
人々よ四月廿六日を銘記せよ／迷信ごとや祭騒ぎではない
この日は追憶の日瞑想の日／そしてこの廟は義民の記念塔
我が子孫に孫すべき遺産だ

由来も知らず祭日にいそしむ台湾の人々に対し、この詩は民族の覚醒を呼びかける。

このような台湾人意識は、「疾走する別墅」（署名は史民、『台湾新文学』創刊号、一九三五年十二月）にも明らかである。妻子を連れて二等客車に入ったところが、「四五のキモノやタキシードの人種が／こちらをきよろ〳〵見てゐるではないか！／私は急に私の不恰好な洋服や／泥だらけの靴に気を取られた」。そして夜が更けるにつれ「私達は冷く感じた／やはり赤切符〔三等車〕の人間の温さが／ましてその体臭の香りを懐しく思つた」。

呉新榮の文学上の立場は鮮明である。「思想」（署名は呉史民、『台湾文芸』第三巻第三号、一九三六年二月）の第三連は次の通りである。

思想から逃避する詩人達よ
夢みることは君達の一切なら／もつと夢みる方がよい
だが最後に君達は醒める時があらう／その時君達は驚駭に戦く(おののく)であらう
何んと君達の書いた美しい詩の屍(しかばね)を／退屈な人達のみがいぢつてゐることよ

植民地台湾において芸術至上主義は「屍」であると明白に否定されている。呉にとって「詩の本質」は、「熱き血流ほとばしるこの肉塊が／地上に産み落した瞬間から已に詩だから」という点にある。

これらの詩の背景には、一九三〇年代半ば、台湾において全島規模の文壇が形成されかけていたという情勢がある。台湾人作家によって文芸雑誌が続々創刊され、全島規模の団体が作られつつある激しい動きは、当時の評論に敏感に書き留められている。劉捷は「一九三三年の台湾文芸界」（『フォルモサ』第二号、一九三三年十二月）で、同年の「台湾の文芸界は頗る有意義に展開された。これは前年からの連続と見られるが分けて空前の大躍進を遂げたと言ふべく台湾に於いては輝かしい文芸史の一頁である」、「台湾はのび〳〵としてどん〳〵気勢を揚げてゐる」と喜びを記した。

その一年後に呉坤煌（一九〇九―八九年）は、三五年二月に開かれた「台湾文聯東京支部第一回茶話会」で、「最近政治経済の急進に押出されて今まで閑却されてゐた台湾の文化に注目する者が多くなつて来、それに伴つて台湾の文芸も漸次進歩の傾向を示してゐる。（中略）台湾の文芸機関が雨後の春筍の如く勃々として芽萌えて来た。台湾の情緒を表してゐる作品も内地の雑誌に進出し、中央文壇に上らうとしてゐる。かゝる時期に文聯が、諸同志を集めて台湾文芸の大般的開拓の為に尽してゐる。こゝ二三箇年の台湾の文芸は地平線から頭を擡げて来たやうだ」と語った（『台湾文芸』第二巻第四号、一九三五年四月）。

台湾文学擡頭の興奮は、塩分地帯の文学青年たちにも共有されていた。一九三五年六月の佳里支部結成に際し、郭水潭は「台湾文芸聯盟佳里支部宣言」（『台湾文芸』第二巻第八・九合併号、一九三五年八月）を記した。これまでも、文芸愛好家の集まりとして文芸グループはあった。十数年来、台湾文学、台湾文壇といった言葉がくり返されてきた。しかし「真にその輪郭をあらはして来たのは、極最近のこと」だとする。「台湾文壇」の中で、支部の果たす役割について、単なる聯盟の拡大ではなく、「吾々は鮮明に吾々のローカル的見地よりして、この拓け行く吾等の塩分地帯に、さゝやかなりとも文学の花を植付けるべく意気込む」と宣言した。台中の本部以外に置かれた支部の中で、佳里支部は嘉義・

埔里（ほり）につづく成立だった。つづいて鹿港（ろっこう）・東京・台北支部が作られ、一九三五年八月に台中で「第一回台湾文芸聯盟大会」、つまり「第二回台湾全島文芸大会」が開催された。

郭水潭の用いる「ローカル」なる用語には格別の意味が込められている。一九三〇年代前半に形成期を迎えた台湾文壇では、「郷土文学論争」が起きた。これは、郷土文学の中身についてよりも、中国の白話文を用いるのか台湾語を用いるのか、台湾語の場合は文字をどうするのかという、使用言語をめぐる議論だった。それが三〇年代半ばに至ると、劉捷が、「郷土文学がよかれ悪しかれと言つてゐる中に昨年来から日本文を以て台湾のローカルカラーたつぷりの創作が新民報紙上を賑はしてゐるのは広義に見る大きな郷土文学の収穫」として、林輝焜（りんきこん）（一九〇二─五九年）の『争へぬ運命』などを挙げるように（「一九三三年の台湾文芸界」前掲）、使用言語の問題は後退する。

そもそも日本語を中心とした雑誌『フォルモサ』創刊号の「創刊の辞」は、「台湾には固有の文化文芸があったか？」との疑問に始まり、台湾の「特殊事情」を語り、「台湾青年諸君！　自らの生活をより自由に豊富にする為に台湾の文芸運動が我々青年の手に依つて始められなければならぬ」と訴えた（一九三三年七月）。『台湾文芸』創刊号では、巫永福が、「吾々は台湾人である。吾々は吾々が此の世に生れ出たと同時に宿命的な必然的な遺伝的諸性向を持つてゐる。吾々の性向はその気質や体質に現はれて来る他種族との相違を示す。その故に吾々は台湾人である」と語り、さらに「吾々の言語は今では、本島語と日本語と支那語との錯雑である。吾々の時代と環境と吾々が台湾人なるが故にこの情態に立ち至つたのだ。吾々は留意しなければならない。吾々はあらゆる影響下にあることを。吾々が台湾人風に行為し感覚してゐる。これは自然なことなのだ。これは大に注意すべきことなのだ。この理論から派生する時吾々の郷土文学を持つ」と語った（一九三四年十一月）。このように、一九三〇年代半ば、使用言語の問題はかなり後退するとともに、「台湾の文化」「台湾人」が「ローカルカラー」「郷土文学」の目的とされ始めていた。

もちろん、郷土文学＝台湾・台湾人を描く文学という単純化によって、かつて郷土文学論争であれほど議論となった、使用言語の問題が棚上げされている点に対し、辛辣な疑義を呈する者もあった。台南のモダニズム詩人李張瑞は、「土着の文字を持たぬ僕等の悲劇」を語り、「僕等が和文で書く時、（それが台湾独特の生活、風俗を表象したとしても）果してそれが台湾文学と云へるかどうか、単に台湾色を盛つた日本文学に帰するのではないか。この島の文学する友は「台湾文学」なる空しい文字に捉はれて自分が和文を使用して書いてゐる事を忘れ勝ちである」と迫る（「反省と志向」『台湾新文学』創刊号、一九三五年十二月）。しかし一九三〇年代半ば、このような声はかなり少数になっている。

使用言語の問題が後退した理由としては、何といっても、日本による統治が始まって四十年以上が経過、日本語教育が普及し、高等教育機関が日本語に限定されていたことにより、知識層の日本語能力が飛躍的に高まったことが挙げられる。オーストロネシア語族の先住民族の天地だった台湾の南部に、オランダが貿易拠点を築いたのは十七世紀半ばである。その後支配者は、鄭氏政権、清朝と交替し、日清戦争の結果、台湾は一八九五年に日本へと割譲された。日本による統治は、呉新榮の日記開始の時点で、すでに四十年近くが経過していた。

呉新榮の日常生活は、仕事中は洋服を着て革靴を履き、帰宅すると和服と下駄に換え、就寝には寝巻を着、沢庵や味噌汁や刺身をしばしば食べる、というものだった。「日本語で談話し、日本語で書物をなす、はては日本的方法で物事を思考へ〔し〕処理する、総てが便利〔だ〕からだ。その便利と必要は同化の欠くべからざる条件である。吾々は已にその便利と必要に迫ま〔ら〕れて同化された台湾人である。如何なる人も吾々を日本人と非〔否〕認することが出来ない」（一九三八年一月十九日〔二巻一二頁〕）と語る。「日本語の氾濫」は防ぎようもなかった。冒頭に引用した『日記』に見られるように、「私の生活」を、「私の生活を知りたい人々」に向けて記録する上で、日本語がすでに「最も分り易い言語」となっていた。[29]

『日記』には数多くの葛藤が書き込まれている。一九三八年三月十二日の記事〔二巻三四頁〕には、「愛の植民地」と題した詩が掲載されている。「若しも君は愛の植民地であれば／私はその侵略者であらうか／その結果君に齎らすものは／文化と教養、幸福と平和であれば／この侵略は罪悪であらうか」。この詩を書いたとき、すでに日中戦争は始まり、台湾はより強い枷に縛られつつあった。幾分の諦念はあるにせよ、呉新榮の答えははっきりしている。「文化と教養、幸福と平和」がもたらされても、それが一方的な支配である限り、受け入れがたいはずだ、と。もちろん呉新榮らの活動は、もたらされた「文化と教養」を逆に利用して活動することで、「侵略者」に対抗するものだった。

かくて台湾主義が盛り上がりつつある際に、中央の文壇とネットワークのある楊逵が、一九三五年十二月の『台湾新文学』創刊に際して、内地の作家に依頼した、「台湾の新文学に所望する事」なるアンケートは、一つの刺激となったと思われる。質問事項は、「植民地文学の進むべき道」と「台湾に於ける編輯者作家読者への訓言」の二つである。

作家たちの回答に共通して見られるのは、「植民地文学はまた地方主義の文学である。その意味でその土地の匂ひ、伝統、歴史性、社会性、生活性と云つたものを体系づけることによつてのみ発展すべきである」（新居格）、「植民地には、植民地の、特殊の生活があると思ひます。／その特殊性を、具体的に文学に生かすことが植民地作家の最大の任務」（貴司山治）、「日本文学の翻訳であるやうな文学であつてほしくない」（平林たい子）といった、「地方主義」や「特殊性」を期待する意見だった。その一方で、「私は植民地文学だとか工場文学だとか、内地文学だとか細かい区別をつけたくありません」（葉山嘉樹）、「私は、例へばこの朝鮮に発生した朝鮮文学を特に「植民地文学」といふ特殊の名称を附し、そういふ狭い世界に閉じ込めようとは考へてゐなかつた」（張赫宙）といった意見もあった。「地方色を生かす事に一つの途は有るべく、地方的感情の習慣や地方的に興味ある特殊事情等を見逃してはならぬと願申候。然し乍ら（中略）その地方に取材したもの以外には至つてはならぬ道理は無く、（中略）殊更に植民地文学と称して作品に区別を設ける事にも一応の疑義は有之候」（石川達三）のように、特殊性と普遍性のいずれに文学の本質が存在するかの対立は、しばしば一人の意見の中に共存してもいた。

ただし、日本人作家たちの意見は、「我々は本当の生活が知りたいのであつて、殊更に植民地らしい作り事は興味がない」（橋本英吉）という点ではほぼ共通する。「殖民地のリアルを、方法をあやまたずに仔細に書く」（細田民樹）、「諸君でなければ書けない無数の文学的素材がある筈だから、それを正しい創作方法と、優れた表現技術とで、精力的に発表して欲しい」（槇本楠郎）というように、マルクス主義の観点にもとづき植民地の現実を描き出し、内地の読者に見せてほしい、というものである。中央文壇を志向するところのあった楊逵の質問ゆえに、誘導的な部分はあるものの、それにしても日本人作家たちに、「読者の中には内地の人が多いやうであるが、なるべく台湾土着の読者を中心とすることは大切であらうと思ひます」と語った徳永直を除けば、台湾人のための台湾文学、という視点はきれいに抜け落ちている。

　こういった日本人作家たちの姿勢に強く反発したのが、郭水潭「文学雑感」（『新文学月報』第二号、一九三六年三月）である。「過去から今日につながるところの、殊にそれが植民地台湾文学としての場合に於ける主義主張なるものが、一貫せる脈搏があり、またはイデオロギイ的独特性とでも云ふものが、深刻に、鮮明に、吾々の間に呼びかけつゝ、呼びかけられつゝあつたであらうか？」と反省を促す。郭によれば、現在の台湾文壇は、「同じひとつの台湾文学なる花園に対して、吾々は過去不用意にも、雑多の種子を落してしまつた」。その改革を迫る焦燥から、「いま正に台湾新文学運動といふのが擡頭しかけて来た」。

　『台湾新文学』創刊号に寄せられた内地の作家のアンケートから、郭水潭は「植民地台湾文学が明かに成立し得ることを発見した」という。

同時にまたイデオロギイ的台湾文学に対する不満の声が、中央からも台湾からもはつきりときかされたことがある。これにかゝはる事柄の当、不当はしばらく措いて、単なる言語の出発から、イデオロギイ的台湾文学を否定することの愚しさは、これを問題にすべく、あまりにも低劣である。私は飽迄信ずる。台湾の歴史に立脚した文学上の把握の正しさ、及びこの強調された空気によつて、台湾文学は再出発しなければならない。従つてこれからの仕事の上に中央諸作家の台湾新文学に寄せる、極めて示唆に富んだ有用な意見を取り入れることは勿論、同時にこれら諸作家の意見をそのまゝ無条件に信奉することは早計であるから、寧ろ全面的に批評を開始するのが当然であると思ふ。なんとなれば、台湾歴史及びその歴史に敷衍しつゝ誕生せる植民地台湾文学は、中央諸作家の研究に値ひする好箇の題目であること以上に、歴史を台湾に受ける吾々は、歴史そのものゝ中にあり、且つ歴史と共に動きつゝあることの自覚に基くからである。

「創作上困難極まる国語の問題と苦闘しつゝ」とあるように、日常台湾語を話す郭水潭らにとって、日本語が水や空気のごとくあるわけではない。しかし、日本語がすでに台湾人にとってもメッセージを送る重要な手段となっている以上、言語の選択はもはや重要ではない。重要なのは、台湾の歴史の中に生きていることの「自覚」である。

郭水潭のように「イデオロギイ的台湾文学」とまで呼ばずとも、それはもっと素朴な感覚で読者から求められていたと思われる。楊杏東「『台湾文芸』の郷土的色調」（『台湾文芸』第二巻第十号、一九三五年九月）はより率直に「吾らの文学」登場への喜びを語る。

> 「台湾文芸」を手にして僕は禁じ得ないよろこびと親しみを感ずる。「台湾文芸」なるが故に持つ特殊のこの愛着の情感こそは同胞の誰もが体験する所の実感ではなからうか。真実を言へば日本文壇を賑はしてゐる様な作品を繙き、東京の一流雑誌をよんでゐるよりも或意味に於いて更に大きい感慨と愉悦を覚えるのだ。何故に然るか。吾等は無言の裡に其の所以を知悉する。同胞によりて育まれ、同胞に向つて呼びかける吾らの文学なるが故である。其の盛る内容が未だに稚気あるを免れないにしろ、そして又譬へ「台湾文学」は未だ文学の域に達してゐない等と瘠気炎を吐く輩があつてもだ。僕は只郷土的色彩を濃厚に盛つたあの「文字の羅列」のみにてこの僕の胸琴が高鳴ると敢言しよう。ましてや見よ！　それ等の文字は一つ一つが吾らに故郷の山河を語り、郷土の慕情を囁いてくれるではないか。そして同胞の生きぬかうとする意気力が沸々とたぎつてゐるではないか。

日本語で書くからといって、その作品が日本人に向けられているわけではない。呉新榮の詩は、台湾人が台湾人に向かって、「故郷の山河」や「郷土の慕情」を語りかける、「吾らの文学」であった。

戦後、自らの詩作を回顧した「新詩与我」（『笠詩刊』第五期、一九六五年二月）で、帰台後に発表した詩について次のように記す。

私はすでに内心に理想主義を抱いていた。だから日本人の台湾人に対する横暴な政策を目の当たりにして、当然ある種の反抗する心が生まれた。日本人の統治下で、私たちの心の苦悶を表現するのは、かなり困難なため、この時代の作品は少ない。わずか二十五首を「震瀛詩集」稿第二巻に収めるのみだ。しかしこの時代の作風は、かなり意気揚々とし、また対外的に公然と私たちが自由・郷土及び芸術を愛することを宣言している。[30]（原文は中国語）

しかし、ローカルカラーに込められた、民族の解放を基調とする台湾人意識に対し、台湾に住んではいても、日本人作家の多くは鈍感だった。当時台北帝国大学の学生だった新垣宏一は、楊逵が編集する『台湾新文学』への感想として、「よく、「郷土色を出せ！」と言つてゐる方があるやうですね。わたしは、何が郷土色か？　をよく考へてほしいと思ひます。創作の価値はその人のウデマへにあること――が第一ですね」と冷笑的である（「反省と志向」、署名は新垣光一、『台湾新文学』創刊号、一九三五年十二月）。そもそも台湾人の作家と読者に、日本の純文学に近づくことを求めていない人々もいる点を理解しておらず、「たゞ台湾にゐる――といふハンデキヤツプだけを利用して、自分の創作的なウデマへの鍛錬をせず、ローカルカラーばかりを売りものにするのは、ちよつとずるいみたいです」と語る新垣は、台湾人作家の視線も中央の文壇だけを見ている、と考えている。台湾人の比較的少ない高雄の「純日本的町」で育ち、台北高校進学後も「左翼になじめない」文学青年だった当時の新垣にとって、無理ないことだった[31]。

呉新榮は、新垣が少し前の『台湾文芸』に発表した、演劇活動に奔走する若い男女の心理の機微を、観念的かつ唯美的に描いた未完の小説「訣別」（第二巻第六号／第七号、一九三五年六月／七月）や、北原白秋『邪宗門』を模したごとき「切支丹詩集」（第二巻第八・九号、同年八月）を念頭に置いてだろう、新垣の主張に強く反発した。新垣が他に発表した文学論（不詳）に対する呉新榮の反論、「象牙塔之鬼　主駁新垣氏」では、新垣の、「文学は大衆のものだというのは荒唐無稽な話で、実際には文学は少数者の占有物だ」、「芸術のための芸術」といった論点に反駁している（一九三五年九月十三日作、『台湾新聞』一九三五年に掲載。原文は日文を参照できず、張良澤による中訳を使用[32]）。

ただし、新垣宏一はまもなく一九三七年、台南州立第二高等女学校の教員として台南へ赴任、台南生活を経て作風に変化が生じ、台南の現実を描くようになる。「本島人生徒がほとんどの二高女での、つまり台南での生活は、私にとって一生忘れえぬ幸福な人生の時でありました。台湾っ子として生まれながら本当の台湾を知らぬ私が、目ざめたのは、土地の上流をはじめとして、すべての人達との交流から多くの事を得たことです。私の日本人としての二世意識が、無意識の「台湾人」に変わっていたわけです」[33]。二高女は本島人のための教育機関であり、また古都台南は、台北はもちろん新垣の育った高雄とも異なり、伝統的建築や習慣の残る、本島人が圧倒的多数の世界だった[34]。

新垣宏一に対する反発には、呉新榮の左翼文学青年としての一面も考慮すべきだろう。左翼の立場が鮮明な楊逵が、『台湾文芸』の編集方針に不満を抱き、一九三六年十二月に『台湾新文学』を創刊したとき、呉は郭水潭・王登山とともにその編集部に加わった。呉新榮と郭水潭両名による「台湾新文学社に対する希望」（『台湾新文学』創刊号、一九三五年十二月、呉の署名は呉兆行）では、過去数回の会合で討論した「新文学の定義」について、「現実な社会生活をより以上に引き上げる文学即ち進歩的文学であると云ふ結論に到達した」、ゆえに我らは『台湾新文学』を支持する、と述べる。郭水潭が回想で、「私たちはプロレタリア文学に傾いていた」とするように[35]、この「進歩」は当然ながらマルクス主義におけるそれを指す。

しかしこの左翼思想にしても、根底にあるのは、台湾への思いである。台湾人作家たちが左翼思想に親近したのは、呉新榮がそうであったように、まず民族の解放を願ってのことだった。日本人のプロレタリア作家たちが、民族よりも階級の問題を優先していたのと対照的に、彼らにとっては階級闘争の前に戦うべき、民族の自由を勝ち取るための闘争があった。呉新榮は当時の自らの主張を、「台湾を解放して政治の自由を求める」こと、「社会を改造して経済の平等を求める」ことの二点だったと振り返る[36]。

呉新榮は台湾という規模での文壇の成立を切望していた。「文壇寸感」（署名は呉兆行、『台湾新文学』第一巻第五号、一九三六年六月）では、「よく「島の文壇」とか「島の詩人」とか云つて台湾の文壇や台湾の詩人を表現する。私はこの表現の仕方を好まない。吾々台湾在住者はどうしても台湾を島とだけ思はない。又思ひたくない。只島と云へば澎湖（ほうこ）島や琉球島の様や処しか聯想し得ない。台湾より小さい四国さへ島とは云はない」と述べ、「吾々は台湾文壇又は台湾詩人と呼びたい。もうそんな島国根性的な名称は止めた方がいゝと思ふ」と語った。それは「吾らの文学」を希求してのことだった。日本語を用いながら、日本の文学や文壇とは異なる論理で、異なる読者に向かって書くこと。それは限定された文学であり、ときには文学と呼びがたい稚拙さや性急な、短絡的とも見える論理が見られる。しかし文学で表現する切実さにおいては、著名作家のそれに劣るものではない。切実さの由来をたどれば、植民地の地方都市という条件、台湾の古都の周辺地域で、屈辱と自負心のないまぜになった心情がうかがえる。

五　郷土研究へ

一九三〇年代半ば、呉新榮が期待した、台湾人作家による台湾文壇の成立は、三七年の日中開戦とともに潰える。『台湾文芸』『台湾新文学』の両誌はすでに停刊、塩分地帯の活動も滞る。日記こそ書きつづけるが、呉の創作も三八年からほぼ途絶えた。「日本人が一切の情報と宣伝を統制したので、台湾人は聾啞者のごとく振る舞う他なかった。夢鶴〔＝呉新榮〕も以前のように意気軒昂とはしておられず、態度も自然と徐々に消沈し、万事が積極から消極へ、主体的から受け身へと変わった」[37]。

呉新榮が一九四一年、日中戦争が始まって以降ばらばらとなっていた仲間たちへ送ったメッセージ、「町と仲間」（署名は大道兆行、『台湾文学』創刊号、一九四一年五月）には、淋しさと懐かしさが満ちている。

仲間が一人去り二人去り行くとこの町も段々淋しくなつた。然し春になると白柚の花が決まつて馥郁たる香を発して開き、夏になると夕立が相変らず芭蕉の欉葉にバタ〳〵と音を立て丶やつて来る。そして秋にもなれば明月が檳榔の梢に揺られ、冬にもなれば季節風が木麻黄の並木にビュー〳〵と響き渡つて行く。

事変前（＝「支那事変」、一九三七年七月七日の盧溝橋事件に始まる日中戦争を指す）、であつたから殆んど五箇年になつたでせう、町もそしてこの町を包んでゐる自然も昔と変らないが人間とそしてその人間の奥底にある心が如何に変つたでせう。

塩分地帯の静まり返ったようすは、かつてエールを贈った呂赫若が、四一年の時点で、「南部には佳里の若い文学者達が居る。呉新榮氏、郭水潭氏、王登山氏、林精鏐氏が居る。久しく消息に接しないがどうしてゐることだらう」と呼びかけるほどだった（『台湾文学』創刊号、一九四一年五月）。呉新榮の盟友郭水潭は、呉の「町と仲間」に対し、反応せずにいられなかった（「法被を着る日」『台湾文学』第一巻第二号、一九四一年九月）。

私はこの友人の切なる要請にうなづかれると共に、測り知れない侘(わび)しさをじつと堪(た)えて行くばかりである。／曾(かつ)て歩いて来た棘(いばら)の道に幾度となく躓(つまず)きながらも、お互に同志と呼び合へる親しみの中に、こよなき純情を守りつゞけて来たのであつた。／曾て世に容れられずして、屡々(しばしば)嵐に向ひながらも、広くロマンに生きようとする喜びの中に限りなく貧しさをいたはつて来たのであつた。

吾々が祖先より受け継いだ尊きたゞひとつのものは、生れながらの貧乏と戦ひ抜くひと振りの鍬(くわ)でしかなかつた。そのひと振りの鍬もて乏しき遺産なる塩分地帯の上に文化の花を咲かせようと企てしは、他ならぬ仲間の愚しさであつた。この愚しさの故に一層の不遇がつき纏(まと)ひ、一層の貧困が加はつても、ひとすぢの信念と、ひたむきに進まんとする堅き誓ひのもとに、吾々は不断にきたへられつちかはれ、且(か)つこの世にまたとなき友情の美しさを知つた。

涯(はて)なき荒地の上にいくらかづゝ、樹が茂り出すと耕す人らは更に大きく憩(いこ)ひの森をゑがいて勇気を新たにした。大いなる収穫を約して堆肥(たいひ)のピラミッドが築かれた。その堆肥のピラミッドに謎のスフィンクスを立たせたいと考へたのも、やはり仲間達の類ひなき淋しさからであつた。／されど、謎のスフィンクスはつひに立たずして、代りに悲憤慷慨の叙情詩人が彫りなせる、いくつかの墓碑銘が並び立つてゐた。未だに身罷(みまか)り逝(ゆ)かざる貴き仲間のために、既にも用意されたるその碑文を読めばかゝり知らざると雖(いえど)もそのすべてを知り、どんなにかほめ讃(たた)へてくれることであらう。

呉新榮が再び筆を執るのは、一九四一年五月、張文環(ちょうぶんかん)（一九〇九―七八年）らにより台湾人作家中心の『台湾文学』が創刊され、また同年七月、金関丈夫・池田敏雄ら日本人中心とはいえ、旧友陳紹馨（一九〇六―六六年）ら台湾人研究者らも加わった、漢族の風俗習慣を研究する『民俗台湾』が刊行されて以降である。『台湾文学』創刊号に「町と仲間」を書いて、去った仲間への哀惜を込めつつ、塩分地帯の活動を振り返ったのち、「飛蕃墓」（署名は大道兆行、『台湾文学』第二巻一号、一九四二年二月）、「続飛蕃墓」（『民俗台湾』第二巻第七号、同年七月）、「歐汪地誌考」（『民俗台湾』第二巻第八号、同年八月）、「帯双妻」（『民俗台湾』第二巻第十一号、同年十一月）、「媳婦仔螺」（『民俗台湾』第三巻第十一号、一九四三年十一月）などの郷土研究を、堰を切ったように発表する。『民俗台湾』では「佳里特集号」を組む予定があったが、これは結局実現しなかったものの、郷土研究の仕事は戦後もつづけられた。

戦前台北で民俗研究をした池田敏雄は、『台湾文学』を創刊した張文環には「強烈な郷土色の反映」が見られた、この「郷土色」は一九七〇年代に再び議論となった「郷土文学」の源流だとするが、[38]「郷土」にこだわったのは張一人ではない。日本留学で『改造』などを通して左翼思想を受容しつつ、塩分地帯で郷土台湾を歌う文学の花を咲かせた呉新榮もその一人である。植民地の地方都市の、そのまた近郊の田舎町にまで日本語が氾濫する中、時の武運強くして威勢に誇る中央文壇と対峙し、郷土の読者へ郷土の声を届けようと自矜を固守する作家たちがいた。それは日本語で書かれていても、もう一つの「日本文学」などではない。緲小たりとも「日本文学」の論理を瓦解せしめんと挑む一つの戦いだった。

第二章

古都で芸術の風車を廻す

——日本統治下の台南における楊熾昌と李張瑞の文学活動

一　芸術を忘却した街、台南

玉蘭が匂ひ、強烈な陽光が照りつける、南の古都、台南の初春。僕達の〝風車〟も稚体ながら〝3〟といふ記号が付いたのである。

芸術を忘却した街・タイナン――僕たちは殊更にさう呼んでゐる。それが僕たちの最大の恥辱であることをも僕たちは知つてゐる。この街に僕達の〝風車〟が廻り出して僕達はお互に各自の小さな努力の跡を示し合ひ心の中を割つて僕達は亦(また)語り合つて来た。

利野蒼「感想として…」（『風車』第三号、一九三四年三月）

利野蒼(りのそう)、本名李張瑞(りちょうずい)（一九一一―五二年）は、日本統治期に活躍した、台南州新豊郡関廟庄出身の詩人である。台南第二中学校を一九二九年に卒業した李張瑞は、「日本農業大学」で学んだとされるが、日本留学時代の詳細は不明である。三四年当時、台南州新化郡の嘉南大圳(かなんだいしゅう)組合に勤めていた。李は文学仲間の楊熾昌(ようししょう)らとともに、前年の三三年、「風車詩社」を結成、ガリ版刷りの同人雑誌『風車』を十月に創刊し、計四号を刊行したという（現存するのは国立台湾文学館所蔵の第三号のみ）。引用は李の、第三号刊行に際しての感想である。

台湾の近代文学は、一九二〇年代半ばに中国語を主な使用言語として勃興した。三〇年代半ばに至って日本語文学が勃興し、三四年五月に台中で全島規模の文芸大会が開かれ、「台湾文芸聯盟」が成立、同年十一月に『台湾文芸』が創刊された。李張瑞や楊熾昌が台南で同人雑誌を創刊するのはその直前、三三年十月のことである。台湾の文学活動が、同人雑誌を除けば、新聞の文芸欄を中心に展開していた時期に当たる。李のいた南部の台南は、当時台北に次ぐ台湾第二の都市とはいえ、文学活動は活発とはいえなかった。三三年から楊熾昌が『台南新報』の学芸欄を担当するに及び、ようやく活動の拠点ができた。その勢いを駆って風車詩社を結成、同年十月『風車』を刊行したのである。

写真 2-1　台南第二中学校

出典：『重道崇文　台南人百年老照片　大員印象・教育図像』（詹伯望主編、台南：財団法人台南市文化基金、1998 年）

『風車』の中心人物は、李張瑞の盟友、楊熾昌（ようししょう）（筆名は水蔭萍（すいいんぴょう）・柳原喬・南潤・森村千二郎など、一九〇八―九四年）である。[1]楊熾昌は台南市出身、日本統治期の台湾日本語文学を代表する詩人の一人である。台南第二公学校から転学して台南第一尋常高等小学校を卒業後、一九二四年台南第二中学校に入学する。主に日本人が学ぶ台南一中に対し、二中は主に台湾人が学ぶ中等教育機関だった。楊はここで文学活動を始め、のちに文学上の盟友となる李張瑞と相知った。

一九二九年に台南二中を卒業した楊熾昌は、三〇年日本へ留学、東京の文化学院で学んだという。三一年中に台南へ戻り、三三年から『台南新報』の学芸欄を担当する。同年、詩人仲間の李張瑞、林永修(りんえいしゅう)（筆名は林修二(しゅうじ)・南山修、台南州曾文郡麻豆街出身、一九一四―四四年）、張良典(ちょうりょうてん)（筆名は丘英二、台南州新豊郡仁徳庄出身、一九一五―二〇一四年）らと「風車詩社」を結成した。三五年末に『台湾日日新報』記者となり台北へ移るが、翌年から台南支社に勤務する。戦後は台南で『公論報』に記者として勤め、五三年に台南ロータリークラブから『赤嵌(せきかん)』を創刊、編集を担当した。

写真 2-2　台南新報社、戦後は中華日報社

出典：『紅城光影　恋恋紅城故事集』
（鄭道聡、台南：台南市政府文化局、2013 年）

楊熾昌は日本統治期台湾の日本語モダニズム詩を代表する詩人として、近年評価を高めている。戦前に刊行された単行本は残念ながら残っていないが、[2]『台南新報』や『台湾日日新報』に掲載された詩は現在でも読むことができる。また、戦前の詩を収めた戦後刊行の詩集『燃える頬』（台南：河童茅舎、一九七九年）や、戦前・戦後のエッセイを集めた『紙の魚』（台南：河童書房、一九八五年）も見ることができる。[3]『燃える頬』の「あとがき」には、台湾の詩誌『風車』『媽祖』『華麗島』『文芸台湾』や、日刊紙

『台湾日日新報』『台湾新聞』『台南新報』の文芸欄、日本の詩誌『椎の木』『詩学』『神戸詩人』に発表した詩を集めた、とあるが、日本の詩誌については詳細不明である。[4]

また中国語訳の作品集『水蔭萍作品集』（呂興昌編訂、葉笛訳、台南市作家作品集、台南：台南市立文化中心、一九九五年）が刊行され、この翻訳を用いた研究が盛んに進められている。研究書には黄建銘『日治時期楊熾昌及其文学研究』（台南市作家作品集、台南：台南市立図書館、二〇〇五年）があり、伝記や交友関係、西脇順三郎ら日本のシュルレアリスム詩人から受けた影響などを考証した、実証的で優れた研究である。[5] 楊以外の風車詩社の詩人については、羊子喬・陳千武主編『広潤的海』（台北：遠景出版事業公司、一九八二年）が中訳された詩を収録し、個別の詩人では『南瀛文学家　林修二集』（呂興昌編訂、陳千武訳、南瀛文化叢書81、台南：台南県文化局、二〇〇〇年）が刊行されている。[6]

本章では、黄建銘らの研究を承けつつ、日本統治下の台南という街で、楊熾昌と李張瑞がどのような文学運動を展開しようとしたのか検討する。二人は台南で寄り添うようにして文学活動を展開したため、文学観には共通する部分が多い。しかし近年研究の進む楊に比べ、李には残された作品や資料に限界がある。よって、まず楊熾昌の日本留学について論じ、次に楊を中心に、李張瑞の文学論も参照しつつ、二人が台南で目指した文学とは何だったのかを論じ、最後に楊の詩や短篇を李のエッセイも参照しながら読み解く。李張瑞の詩については別稿を期し、本章では楊熾昌を主、李張瑞を副として、日本統治期の台南における二人の文学活動の輪郭を描いてみたい。

二　日本留学とモダニズム文学——『詩と詩論』の洗礼

楊熾昌・李張瑞ともに一年から三年程度の短い期間ながら、日本に留学した経験を持つ。残念ながら李張瑞についてはその経験に関する資料を発見できていない。ここでは楊熾昌の日本留学、及び『詩と詩論』を代表とするモダニズム詩との接触について見ていく。

楊熾昌の父楊宜緑（一八七七—一九三四年）は、台南の伝統文学の結社「南社」の一員だった。旧詩を作る父の一人息子として生まれた楊熾昌は、幼いころから本ばかり読んでいたという。回想「残燭の焔」（『紙の魚』前掲）では次のように記す。

旧制中学二三年から文学書ばかり読みふけり、図書館の本は殆んど読みつくし、それが身について国副の五島陽空という先生から非常にかはいがられた。芥川龍之介の『鼻』や『くもの糸』などで先生と論じ、その文体などいろいろの話を聴いた。

学校の雑誌が創刊されるというので、「古城に嘯く」の詩を載せて騒がれた。そこから文学と縁をもち筆に親むことになつた。[7]

文学への強い愛着からか、一九二九年三月に台南二中を卒業した楊熾昌は、翌三〇年日本へ留学する。回想によれば、旧制佐賀高校を受験したというから、三〇年の早い段階で日本へ向かったのではないかと思われるが、不明である。[8] 受験は失敗、そのまま東京に出て三ケ月の放浪生活を送った後、文化学院に入学したが、これも何月のことかは不明である。

東京にて放浪三ケ月、銀座の「コロンバン」というバテイセ（菓子店）に足しげく出入した。そこでお茶を飲み、音楽を聴いて、喫茶店にたむろする文士たちの快談する姿を好奇の眼で見つづけた。当時の喫茶店では新しい生活が生れ、新しい言語とスタイルが生れるところである。神田には「透明な家」という喫茶店があつた。この名称に関する限り近代精神の希望にかなえるものというべきである。私は銀座の街のテイブルからそれらのゼスト（形態）、そしてエロキユシヨンの微妙なまた複雑なポエテツクエモーシヨンあるいはエランビタール（生の躍動）を感ずる。銀座裏には「白い扉」、尾張町の裏通りには「ユウロオブ」がある。非常に代表的喫茶店であつた。銀座一丁目の「ブラジレイロ」も時々出かけた。室内は証明と家具とスペエスにおいて色彩的にも幾何学的にも非常に近代人の嗜好を尖鋭に満足させた店でそのコーヒーは有名であつた。[9]

〔傍点引用者、以下同じ〕

銀座の「コロンバン」は一九二九年の開店で、文士たちが数多く通ったことで知られる。楊熾昌より三歳年下の野口冨士男（一九一一―九三年）は、楊と同じ一九三〇年、文化学院に入学した文学青年だった。同時期の東京の文学的空気を体験した野口は、『私のなかの東京』で、「昭和三年から銀座へ出はじめた私が最初にしたしんだのは、やはり喫茶店」だといい、「コロンバン」も「ブラジレイロ」も通った、「武田麟太郎、高見順、北原武夫らに逢ってモナミやコロンバンでコーヒーを飲んだ」と回想している。[10]「コロンバン」は三四年四月、楊が東京に一ケ月滞在した際の詩にも出てくる（「貝殻の寝床　東方の詩集より」『台南新報』一九三四年五月十六日）。

楊熾昌へのインタビューなどにもとづく呂興昌「楊熾昌生平著作年表初稿」によれば、楊はこの時期、詳細は不明だが、龍胆寺雄（一九〇一―九二年）や岩藤雪夫（一九〇二―八九年）と知り合ったとされる。[11]この両者の名前は、楊熾昌が東京に留学した一九三〇年前後の文壇をよく表している。

龍胆寺雄は一九三〇年四月に結成された「新興芸術派倶楽部」の中心人物である。同年新潮社の「新興芸術派叢書」の一冊として『街のナンセンス』、改造社の「新鋭文学叢書」の一冊として『放浪時代』を刊行するなど、得意の絶頂期にあった。「私は懸賞当選というような過程で、突然文壇に現れ、モダーニズム文学という文学流派の中で、中心的存在となり、新興芸術派文学という、プロレタリア派に対する対抗路線で、いちばん先頭に立って闘って、一躍ジャーナリズムの世界で、華やかな存在となった。言葉通りの流行作家だった」（『人生遊戯派』[12]）。戦後の本人による、かなり思い込みも激しいと思われる回想であるゆえ、差し引いて読まねばならないが、「中心的存在」という自称はあながち虚言とも思われない。高見順（一九〇七―六五年）が『昭和文学盛衰史』で、三〇年当時龍胆寺が「新興文壇のボス」だったことを記し、[13]新興芸術派の一人だった舟橋聖一（一九〇四―七六年）も同様の証言をしている。[14]

龍胆寺雄については、李張瑞のエッセイ「秋窓」（『台南新報』一九三四年十一月十二日）に、楊熾昌から借りた『文芸』（一九三四年七月）に掲載されていた、波紋を呼んだ「M・子への遺書」への言及がある。李と楊は顔さえ合わせれば文学を談じていたが、二人の間で、龍胆寺の名前が話題に上ったことがあったと推測される。

一方、岩藤雪夫はプロレタリア文学の『文芸戦線』派の新進作家だった。一九三〇年六月「屍の海」を『中央公論』に発表、翌月には改造社から刊行した。同年岩藤の代作問題のために、平林たい子らが『文芸戦線』から脱退する事件が起きるなどしたが、活躍を見せていた最中である。例えば楊熾昌が東京にいた当時の、総合雑誌の花形である『改造』の新年号、三一年一月号には、横光利一や川端康成、あるいは前田河広一郎（まえだこうひろいちろう）といった芸術派・プロ派文壇の大物と並んで、龍胆寺と岩藤の小説が掲載されている。編集者だった水島治男（はるお）（一九〇四―七七年）によれば、三〇年から三八年の創作欄への岩藤の登場回数は、プロ文作家中、葉山嘉樹や藤森成吉・小林多喜二に次いで、平林たい子と並ぶ五位の回数（五回）だったという。[15] ただし楊熾昌の作品には、龍胆寺と岩藤の創作から強い影響を受けた形跡は見られない。

楊熾昌は彼らの紹介で、文化学院の西村伊作（いさく）（一八八四―一九六三年）と面談、芥川龍之介について論文を書き、中途入学を認められたという（「年表初稿」に「大東文化学院」とあるのは「文化学院」の誤り、黄建銘の指摘による）[16]。楊と同じ一九三〇年に文化学院に入学した野口冨士男は、慶應義塾の普通部を卒業し、文学部予科に進学したものの、落第を機に中退、文化学院文学部を五月末に受験して、中途入学した。野口の回想によれば、教師だった作家石浜金作（一八九九－一九六八年）の簡単な面談と作文の試験だけで入学を許されたというから、紹介さえあれば入学を随時受け入れたようである。[17]

西村伊作の作った、自由な校風で知られた文化学院には、芸術部以外に文学部が開設されていた。初代の部長は菊池寛（一八八八－一九四八年）で、教師も専任として石浜や三宅幾三郎（いくさぶろう）（一八九七－一九四一年）らがいた。川端康成（一八九九－一九七二年）が週に一度教壇に立つなど、菊池の息のかかった、文藝春秋社と関係の深い作家や批評家が多く教えていた。当時作家が創作を教授した学校には、明治大学文芸科、日本大学芸術科、そして文化学院があった。教師の顔ぶれには、新感覚派ないし新興芸術派の作家が多かった。プロレタリア文学全盛期にあって、「自分たちの時代がもう一度来るのを待つ、雨宿りの状態」だったと野口冨士男は推測している。[18] それら若いモダニズム作家たちから、楊熾昌も薫陶を受けたことになる。

ただし、文化学院で文芸活動をした野口冨士男は、同級生や当時の文学仲間について、『いま道のべに』（講談社、一九八一年）や『文学とその周辺』（筑摩書房、一九八二年）所収の「二十歳前後」などで詳しく回想しているが、楊熾昌らしき名前は出てこない。また、「二十歳前後」では、当時の学院は「お嬢さん学校、ブルジョア学校」と外部からは見られていたが、実態は「半数ちかくが、当時の言葉でいえばマルクス・ボーイないしガール」だったらしく、「西神田署へ持っていかれた者は決してすくなくなかった」という。[19] つまりモダニズム文学の空気は必ずしも濃くなかったようだが、楊熾昌がプロレタリア文学への親近感を示したことはない。

また文化学院で学んだ台湾人には、楊雲萍（一九〇六—二〇〇〇年）がいる。楊雲萍は日本大学予科を卒業後、一九二八年文化学院文学部創作学科に入学、三一年に卒業した。[20] 楊雲萍と交流のあった西川満（一九〇八—九九年）によれば、三四年の冬、菊池寛が来台した際には、楊が「文化学院時代、菊池さんの弟子だった」関係で、西川が菊池を案内して、台北郊外の楊の家へと案内したという（「「鬼哭」について」[21]）。楊雲萍と同時期に、楊熾昌が文化学院に在籍していれば、全校生徒が三百人ほどの小さな学校ゆえに、同じ台湾人同士、お互いその名を知っていた可能性があると思われるが、その形跡はない。また楊熾昌については、楊雲萍のような文化学院時代にさかのぼる交流の跡は見つけられない。

短い東京滞在中、楊熾昌はモダニズム詩、中でもシュルレアリスム詩に触れた。戦前の詩を集めた詩集『燃える頬』（前掲）の「あとがき」で次のように記した（六一頁）。

私が関係した当時の日本詩壇は辻潤、高橋新吉のダダイズムが詩の形式を破壊し、既成秩序を否定した運動であつた。「詩と詩論」の春山行夫、安西冬衛、西脇順三郎などのシユールレアリズムの系譜の上に開花した詩における新らしいジャンルのイメージと造型を打ち出した主知的モダニズムの詩風は、言語の躍動、鋭い感覚、人生の野性味といつたもので共通性をもつていたといえよ

う。詩壇に嵐が吹いたのは勿論である。（中略）

当時の若々しい覇気はアバアンギヤルトの芸術性を意図するうちに素直な抒情をゆつたりと伸(のば)すことが出来たのである。散文体詩のなかからメルヘン的な幻影を重ねたイメーヂとメタフオアが、快い音響をもつて、何か涼しい風になびいていく夢に似て揺動する。私は眼をつむると瞼(まぶた)の底に明るい水のゆらぎを感じ、無意識から醒めかかると、本能的な衝動がいつたん鮮麗な円型に変えられ、再び無意識へもどる。私の内部は透つた炎で焼かれた傷痕を永久に残し、若若しい皮膚は太陽で焦がし、かくして健康的な眠りをねむる。

日本近代文学の大きな転換期の一つが、一九二三年の関東大震災前後における新興文学の勃興、中でも二四年の『文芸戦線』と『文芸時代』の二誌の創刊にあることは、この時代を文学青年として生きた、高見順『昭和文学盛衰史』や野口冨士男『感触的昭和文壇史』にくり返し説かれてきた。両派の対立は、プロレタリア文学優位を増しつつ、三二年以降官憲が左翼文化運動に対する弾圧を強め、プロレタリア文学が壊滅するまでつづく。楊熾昌が東京に留学した三〇年は、プロレタリア文学がモダニズム文学を圧倒しつつ、両者がしのぎを削っていた時代である。

プロレタリア文学の全盛期は、『戦旗』が刊行されていた一九二八年から三一年である。『戦旗』の編集長だった山田清三郎（一八九六―一九八七年）の回想によれば、発行部数の最高は二万六千部だった。発禁になる恐れがあったので、店頭に出せば競うように買う人があり、新宿紀伊國屋では一日数百部売れたという。[22] 台湾からの留学生には、楊熾昌同様台南出身で、一九二五年から日本に留学していた呉新榮（一九〇七―六七年）のごとく、プロレタリア文学に親近感を抱く人々が多かった。[23]

その一方で、一九二四年十月創刊の『文芸時代』に集まった横光利一（一八九八―一九四七年）らの新感覚派や、高橋新吉（一九〇一―八七年）の『ダダイスト新吉の詩』（辻潤編、中央美術社、一九二三年二月）などの、関東大震災前後のアヴァンギャルド芸術運動を淵源とする、モダニズムの文学も、プロレタリア文学の攻勢を前に命脈を断たれたわけではない。小説の分野では、舟橋聖一らの『文芸都市』（一九二八―二九年）や、龍胆寺雄らの『近代生活』（一九二九―三二年）を経て、三〇年から「新興芸術派叢書」（新潮社）、「新鋭文学叢書」（改造社）が出るなど、横光らの下の世代の作家たちが活躍を始めていた。詩については、『戦旗』と同じ二八年、春山行夫（一九〇二―九四年）の編集した『詩と詩論』が、ヨーロッパの二十世紀文学を紹介、現代詩を作り上げる上で決定的な役割を果たした。

一九二三年にアナーキスト詩人として『赤と黒』を創刊し、プロレタリア・モダニズム両方の詩における先駆者となった、壺井繁治（一八九七―一九七五年）は、二八年に『戦旗』と『詩と詩論』が創刊され、両派の詩集が続々刊行されたことを指して、「ナップを中心とするプロレタリア文学運動の昂揚と、「詩と詩論」によるシュウル・レアリスム運動の抬頭とが際立った二つの対極的文学現象」だと指摘している。[24]

『詩と詩論』は一九三〇年前後の詩壇を代表する雑誌である。服部伸六（一九一三―九八年）は、「季刊の分厚な雑誌『詩と詩論』は出版の日には店頭に山積みされていた。それも二、三日のことで、その日買わないと、すぐ売り切れた」という。[25]ただし編集の春山行夫の回想によれば、千冊刷って売れるのは六百冊くらい、全くの赤字で、また「芸術と批評」叢書も千部印刷して三百部売れないものもあった。しかし春山自身が、「『詩と詩論』が日本のそれまでの詩壇を消滅させ、ポエジー論による前衛的な詩を展開した功績は大きかった」と誇るように、『詩と詩論』はシュルレアリスムを中心とした詩の革新を強力に推進した。[26]

中でも若い詩人たちへの影響は甚大だった。天野隆一（一九〇五―九九年）は、「この新鮮な『詩と詩論』の出現は、若い詩人たちについて、驚異と同時に歓喜であった」と回想している。[27]中野嘉一は『前衛詩運動史の研究』で、大正末から昭和初頭に未来派やダダイズム、アナーキズムの詩が従来の詩の伝統を否定・破壊し、この準備期間を受けて、『詩と詩論』が登場した、と論じる。そこで展開された運動について、「詩的思考の変革、方法意識のうえで知的な新しさを顕示したのが、シュルレアリスム詩運動の実践」であり、「文学を心情から知性に奪還する試み」だった、と総括している。[28]『詩と詩論』の編集者春山行夫、また中心人物だった西脇順三郎（一八九四―一九八二年）に対する楊熾昌の傾倒は、「ジョイスアナ　「ジョイス中心の文学運動」を読む」（『台南新報』一九三六年四月七日）や「西脇順三郎の世界」（『風車』第三号、一九三四年三月）にうかがえる。

このモダニズム詩の流行を出版の面で支えていたのが、第一書房とボン書店である。西脇順三郎の詩論などを刊行した第一書房については、長谷川郁夫『美酒と革嚢　第一書房・長谷川巳之吉』（河出書房新社、二〇〇六年）に詳しい。一方、登場したばかりのモダニズム詩人たちの、薄く瀟洒（しょうしゃ）な詩集を刊行したのが、ボン書店である。

内堀弘『ボン書店の幻　モダニズム出版社の光と影』（ちくま書房、二〇〇八年）によれば、処女出版は一九三二年夏、春山行夫編、北園克衛装幀、「生キタ詩人叢書」と広告された四冊である。八月に竹中郁（一九〇四―八二年）『一匙の雲』、北園克衛（一九〇二―七八年）『若いコロニイ』、九月に春山行夫『シルク&ミルク』、十一月に近藤東（一九〇四―八八年）『抒情詩娘』が出た。翌三三年一月には安西冬衛（一八九八―一九六五年）『亜細亜の鹹湖』、六月に阪本越郎（一九〇六―六九年）『貝殻の墓』と、モダニズム詩を代表する詩人たちの初期の詩集を刊行した。これらモダニズム詩の旗手たちについて、楊熾昌は「詩論の夜明け」（『台南新報』一九三四年十一月十九／二十五日／十二月二十二日）や「『詩の周囲』阪本越郎詩論集を読む」（『台湾日日新報』一九三五年八月二十三日）で触れている。ボン書店は三四年五月には、中国の詩人、黄瀛（一九〇六―二〇〇五年）の『瑞枝』を刊行してもいる。

楊熾昌の『燃える頬』（前掲）巻末の著書目録には、詩集『熱帯魚』をボン書店から一九三〇年に刊行した、との記述があり、また『紙の魚』（前掲）には三二年との記述がある。ボン書店の活動は三二年からで、記憶違いがあると思われる（楊の戦前の蔵書はすべて戦災で焼失したという）。また、内堀弘『ボン書店の幻』の「ボン書店刊行書目」に、『熱帯魚』の名はない。しかしボン書店出版の詩集は、多くは五十頁に満たない程度の薄さで、部数も二百を超えるものは少なく、定価も初期のものは二十五銭と格安であった。自費出版とはいえないまでも、著者の負担も求めつつの刊行であった。楊熾昌が一部を負担しつつ詩集を出していてもおかしくはない。しかし『ボン書店の幻』掲載の当時の広告などを見る限り、少なくとも三二年のような早い時期とは思えない。

モダニズム詩に開眼した楊熾昌の日本留学は、留学の翌一九三一年父宜緑が病気となって帰台したため、短期間で終わりを告げる。留学、帰台ともに月日がわからず、日本滞在がどれほどの期間だったのかはっきりしない。しかしこの短い留学の間に、三〇年前後の日本で、若い詩人たちを中心に盛り上がった、シュルレアリスムを中心とする前衛詩運動の洗礼を受けたことは間違いない。

楊熾昌は晩年に次のように記す。

> 私はよく詩人であり、作家であると言はれるが、それを一番嫌悪する。私は自身詩を書いたり、小説、評論を書いたりしているが、詩人であり、作家であると自認した気持はひとつもない。皆他人が私につけたレッテルであり、せいぜい一人の文化人としてなら甘んじてうけようが、この台湾にシユ(ママ)ールアリズ(ママ)の詩風を持ちこんだ創始者として認められたことは高くかはれて、一つの誇りとしている。[29]

では帰台後の楊熾昌は、どのようにして日本語によるシュルレアリスムの詩風を台湾に持ち込んだのだろうか。

三　台南での文学活動――『台南新報』学芸欄と風車詩社

一九三一年台南に帰った楊熾昌は、翌三二年一月に結婚した。帰台後の楊の詩が『台南新報』に掲載されるのは、この三二年一月十八日の「短詩」からで、翌三三年一月十六日の「青白い鐘楼」からは続々掲載される。また三三年から、楊は『台南新報』学芸欄の編集を担当した。これを機に、楊や李張瑞の文学活動が活発になるのみならず、執筆者や投稿者と知り合いとなり、それがより大きな文芸活動へと広がっていく。台南の文学愛好者にとって、楊の編集する学芸欄は文学活動の格好の舞台だった。また彼らの個人的な結びつきが、風車詩社の結成をもたらした。

一九三四年三月刊行の『風車』第三号に掲載された、李張瑞の「感想として…」は、文学や芸術から遠く離れた台南に居住する味気なさを嘆いている。それは逆に、文化面における僻地にあっても、文学や芸術に対して抱く強い愛着、またようやく仲間を得て文学の活動を展開し始めた喜びをよく伝

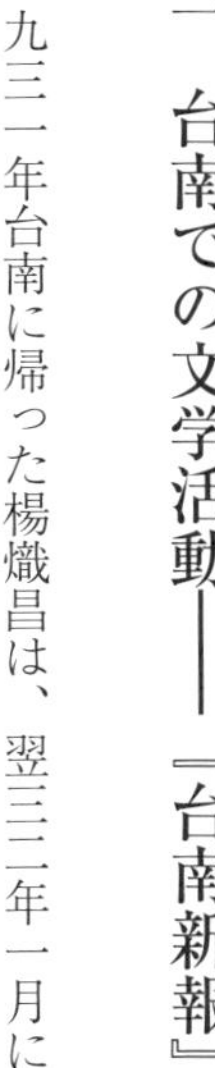

写真 2-3　台南新報社（左手）、台南駅（正面）
出典：『府城今昔』（周菊香、台南：台南市政府、1992 年）

えてもいる。

> ふた口目には僕たちは非芸術的なる台湾の現状を嘆いた。
> 芸術の抹殺——先づこの悲劇と僕達は闘はねばならなかつた。
> 年に一度あるかなきかの絵画展覧会。それをも指導的立場にあらねばならない〝新聞〟でさへがヂヤーナリズムに立つてマヽ子扱ひにする。これは強ち〝新聞〟にのみ罪をきせるわけにはゆかないだらうが、幾分にでもこの方面に積極的な眼を向けて呉れたらと僕は思ふ。（中略）
> 相前後して僕はデイトリッヒの*Song of Songs*とガルボの*Grand Hotel*を東京から帰台して一箇年振りで始めて世界館で映画を見たわけだが僕はアッサリ台湾に於ての洋画の鑑賞を断念して了つた。僕の早計である事を僕はどんなにか願つてゐることだらう。然しこの事実、それが僕たちに今のところどうにも出来ない事であつたなら、あゝそれは又なんと悲しむべきことか。

李張瑞は植民地台湾の「非芸術的」な現状を嘆く。ことに地方都市の台南において、嘆きはより深かったと思われる。

ただし台湾全体でいえば、一九三〇年代半ば、全島規模の文壇がようやく形成されつつあった。日本留学生たちの文学活動がきっかけとなって文学活動が活発となり、三四年五月に台中で全島規模の文芸大会が開かれ、「台湾文芸聯盟」が成立し、十一月から『台湾文芸』が刊行された。これらの背景には、要因として、日本留学経験者たちが日本の文壇から刺激を受けて、日本語による創作活動を開始したこと、また一九三〇年代前半当時、台湾の主要な新聞四紙が、学芸・文芸欄などで紙面を提供しつつあったことが挙げられる。主要四紙とは、台北の『台湾日日新報』と『台湾新民報』、台中の『台湾新聞』、台南の『台南新報』である。

楊熾昌は『風車』第三号（一九三四年三月）の「編輯雑記」（署名は「ミヅカゲ生」）で、「三日刊紙、台日、中報（台中の『台湾新聞』）、南報が新らしい足並を見せてゐる。就中(なかんずく)、台日の文芸欄復活は絶大なる喜び」だと記す。自らも『台南新報』の学芸欄を担当し、文学振興の責任を感じていたと思われる。「文学を没却した島ではどうしてもシッカリ足並を組んで行かなければウソだ。ジャーナリズムの立脚点に起ちて雄々しい島人が叫びを指導していってこそぺーパーの使命なれ！」と、他の新聞の学芸欄にも団結を呼びかけている。

台湾の主要日刊紙の中でも、李張瑞が「感想として…」（前掲）で、「〝台湾新聞〟の存在とあの行き方に敬意を表すると共に感謝したい気持で一ぱいだ」と記すように、台中の『台湾新聞』は記者田中保男の尽力で、文芸欄が充実していた。楊逵らとも親しく、文学者間のネットワークが築かれ、呉新榮ら塩分地帯の詩人たちもよく寄稿した。新聞の文芸欄という、広い読者に向けて発表の舞台があるという点が、一九三〇年代に台中をして台湾文壇の中心地たらしめた一因と思われる。李は「感想として…」でさらに、「〝新聞〟の文芸欄を見渡してみる。先づ〝中報〟（台湾新聞の略称）では水曜日ときまつて一週に一面は出る。恐らく島内新聞文芸欄随一の観があり事実またオソリテイでもある。あの文芸に対する新聞社の深き理解は大に買ってやるべきだ」と称讃を惜しまない。

李張瑞が末尾で『台湾新聞』に対し、「近頃喧しく文芸復興の声を聞く。中報文芸に花を咲かしてみる気はないか」と呼びかけたのは、当然『台南新報』学芸欄を拠点に花を咲かせつつあった、己ら自身に対する発奮の言葉でもあるだろう。「いづれにしても冬眠はいゝ加減にして起上るべき期だと思ふ」と記すのは、自らに活を入れるものである。楊熾昌も同じく、『風車』第三号の「編輯雑記」の末尾で、「フォルモサの春が来てゐる。島の詩人よ！　エツセイストよ…／元気よく冬眠より眼を開き起ち上がらんか――／よき島の文学のために」と呼びかけた。

実際、『台南新報』の学芸欄は、一九三三年の年末あたりから、楊熾昌の編集により、精彩を放つようになっていた。『台南新報』学芸欄の場合、台南二中の同窓だった楊と李張瑞のつながりを除くと、個人的つながりは薄い。まず楊熾昌が『台南新報』学芸欄を担当して刷新すると、しばしば投稿する常連が現れ、彼らが集まって風車詩社が結成された、という順かもしれない。いずれにしても、新聞と団体はともに台南在住の文学愛好者たちをつなぐ役割を果たした。李張瑞は「感想として…」で次のように語る。


文学を真面目に勉強でもして行こうとする人、さうした人々が一つのサークルになって進んで行く事は大変いゝ事だとおもふ。さうして一つになって作品を発表し合い、又発表された作品をマヂメに批評して行ってこそ始めて良き成果が収められるのではなからうか。それには自分達の同人誌を持つ事も結構であるが、比較的読まれる範囲の広い新聞紙に依るのも文芸欄の編輯者さへその気持になって指導の立場に立って呉れたら、それこそ力強いものだらう。

一九三四年から三六年にかけて、『台南新報』学芸欄に集まった人々について簡単に見てみよう。李張瑞は「感想として…」に以下のように記す。

南報〔＝台南新報〕は一時大変な不振であったが最近になって再び活気を呈するに至った。こゝの投稿者は定連のやうなものが出来てゐるが、或る意味から言ふと大に喜ばしい現象であると思ふ。こゝでは先づ水蔭萍の名が挙げられる。親友である事が僕に彼の事を書く妨げともなる。唯彼の努力の成果を僕は気永に待てばいゝのだらう。佐藤氏は動き出したやうだ。エッセイスト柊木健で新たなるスタートをするか。外田ふさ氏の真摯な精進〔二文字判読不能〕注目に価するものだ。北川原幸友氏のポエジイは印象に残つてゐる。時岡鈴江氏も仲々新鮮なエスプリを覗かしてゐる。そろ〳〵〝南文藝〟復興が叫ばれていゝ頃だ。勉強はマジメにやるべきだ。最近その息吹が感じられるのが先づ何より喜ぶべき事である。

「佐藤氏」とは佐藤博を指すと思われ、『台南新報』に文芸批評などの記事が多く見られるが、詳細は不明である。李張瑞は佐藤＝「柊木健」としているが、両者は別人で、のちに柊木健から抗議が出ている。
「外田ふさ」とは、のちの戸田房子ではないかと思われる。戸田は一九一四年東京に生まれ、五歳のころ台湾に渡った。少女時代のほとんどを台南で過ごし、台南第一高等女学校を卒業した。『台南新報』の学芸欄に詩を発表、風車詩社に加わる。三八年台湾を離れ上京したが、その後も西川満主宰の『華麗島』や『文芸台湾』に詩や随筆を寄せた。[30] 上京後は、楊熾昌も寄稿していた『文芸汎論』に詩や小説を発表した。[31] その一つ、「南方の町」（第十巻第二号、一九四〇年二月）は、「島の古い都」台南を描いた小説である。四一年『文藝首都』の同人に加わって、戦前から戦後にかけて活動した。[32] 五八年から平林たい子の筆記者を務めたという。著作に『燃えて生きよ　平林たい子の生涯』（新潮社、一九八二年）、『詩人の妻　生田花世』（新潮社、一九八六年）がある。[33]
戸田房子は『詩人の妻　生田花世』のあとがきに、台南時代について、「私が文化に縁遠い南方の島で暮らしていた少女の頃」と記している（二〇六頁）。恐らく文学少女だった戸田にとって、身近に文学の感じられない台南での生活は索漠としたものだったのかもしれない。だが『台南新報』学芸欄は、彼女に自己表現の場所を提供した。一九三三年十二月九日に掲載の「十一月のスケッチ」以下計四篇の詩は、台湾の季節や行事、食べ物や日常生活を題材に、素朴なタッチの詩である。
北川原（きたがわら）幸友は、幸朋（ゆきとも）が正しい。「台湾文芸雑誌興亡史」（三）（編輯部、『台湾芸術』第一巻第三号、一九四〇年三月）によれば、一九二七年四月に台北で『朱雀』という雑誌を発刊、翌年の七月までつづいたという。また二九年九月には藤原泉三郎編の雑誌『無軌道時代』の同人に加わったという。詩集

『氷河』（東京：成史書院、一九四二年）によれば、台北に十歳頃から三十歳近くまでの約二十年間住んだといい、恐らく三〇年代後半に東京へ移ったと思われる。しかし四〇年代に入っても、西川満が主宰した『媽祖』や『文芸台湾』などに東京から詩を寄せている。[34] 三〇年代半ばになぜ『台南新報』に詩を書いたのかは不明である。

時岡鈴江は不明だが、『台南新報』一九三四年二月十三日に詩「灰色のデッサン」が掲載されている。

『台南新報』学芸欄にしばしばその名が登場する人物には、他に、島元鉄平・三木武子（「三木べニ」は同一人物か）・新垣宏一（署名は「新垣光一」）・北小路晃・林修二（林永修）・吉村敏らがいる。このうち、楊熾昌と李張瑞が中心になって文学愛好者たちを結集したのが風車詩社だが、現存する『風車』が第三号しかないため、メンバーが誰だったのかややはっきりしない。第三号執筆者は、楊熾昌（「柳原喬」は楊の筆名）・李張瑞、及び慶應義塾大学に学んでいた林修二の三人であるが、これ以外に、張良典（丘英二）や戸田房子・岸麗子・島元鉄平（いずれも詳細不明）もメンバーだったとされる。[35]

李張瑞は台中の『台湾新聞』に発表した「詩人の貧血　この島の文学」（一九三五年二月二十日）で、一九三〇年代半ば、台中で「台湾文芸聯盟」が結成され『台湾文芸』を創刊、台北では西川満らの『媽祖』が出るなど、台湾各地で同人誌が出ている現状に比し、「依然として淋しいのは台南だ」と嘆く。「水蔭と僕（利野）の小説（ママ）MOULIN が三号出たきり。僕は極くたまにしか台南に出られないが、森永のボックスで水蔭と二人で飲む紅茶には常に淋しい影が流れる。お互いにジヤスミンの煙りで顔の表情を蔽（かく）すのではあるが……」。同様の感想を李張瑞も、『風車』第三号の「編輯雑記」に記した。
街歩きに「疲れて僕たちは〝森永〟のボックス、時には〝トヨダ〟の一隅に身体を横へる。僕たちは一杯の紅茶をすゝる。ジャスミンの煙りがお互の顔の苦悶を消してしまふ。／僕たちは泣も笑ひもしないだらう。泣くことも笑ふことも出来ない。来る日も来る日も、僕達は街を、僕にとつて或ひは田舎の畦道を彷徨ふことだらう」。

写真 2-4　台南銀座（末広町通り、現在の中正路）
出典：『日治時期的台南』
（何培齊主編、台北：国家図書館、2007 年）

こうして『台南新報』学芸欄と風車詩社を拠点に、若い文学愛好家たちのサークルができた。そこではお互いの作品を批評し合う場面が見られるようになる。島元鉄平「『風車』を見る」（『台南新報』一九三八年十二月九日）は、『風車』の恐らく第二号（現存せず）に対する批評だが、極めて辛辣である。楊熾昌執筆らしいエッセイに対し、「統制を失つた文体」、「君の対象に立向ふ把握性は頗る散漫であり表皮的であり謂（い）はば思ひつき程度の「言葉」の羅列」だと手厳しい。詩欄は「各人単色」ゆえに「莫大な損害」があり、創作は「水準以下」、「之れを創作（小説）と思ふのは作者の認識不足で之れは「感想」とでもして発表さるべき性質のもの」、末尾には「勉強は気まぐれにせず、まじめにやつて下さい」とある。だがこの批評がきっかけとなって、島元は風車詩社に加わったという。

これ以降は、お互いへの敬意をうかがわせる批評が出てくる。柊木健「感じたこと二、三　台湾の文壇に就て」（『台南新報』一九三四年二月十三日）は、李張瑞の詩について、「僕は此の詩人の詩を両、三回みてゐるが勉強する人の少ない台湾の詩壇では却々優秀な人だと思う」、ヴァレリーやコクトーにも通じた、「タレントがあり楽しく唄ふやうな気持のある詩人」との批評がある。また佐藤生（佐藤博か）「感想断片　無思索的なものの中から」（『台南新報』一九三四年四月三十日）は、「水蔭氏へ呈す」とされた楊熾昌論である。

李張瑞は古都に花咲いた文学の論戦を歓迎した。「平和など呪はれてあれ、どしどし論戦をやる事だ。（中略）赤嵌楼の夕日を眺めようではないか、みんなでさ、仲良く」（「衝撃隊　印象批評」『台南新報』一九三四年六月一日）。ここには文学を語る仲間を見出した喜びが溢れている。

しかし楊熾昌や李張瑞の新しい文学運動が、必ずしも周囲の文学愛好家たちから歓迎されていたわけではない。彼らの主張は、当時『台湾文芸』『台湾新文学』に拠る台湾人の文学者たちが、民族解放の理念からマルクス主義やプロレタリア文学と近しい関係にあったのとは、かなり隔たりがある。日本の中央文壇で見られた対立、『詩と詩論』と『戦旗』の間にあった対立は、ここ台湾にも持ち込まれていた。同じ台湾人の文学愛好家同士、狭い台南だからといって、呉越同舟とは行かなかった。

李張瑞は「詩人の貧血　この島の文学」（『台湾新聞』一九三五年二月二十日）で、プロ文に対し強い語気で反発を記している。

台湾文学――これもさうしたものがあると見て――の今迄の動向を見るに、殆ど此の国のプロ文学の形式に倣つて、台湾の農民、又は植民地で賓あるが故の種々の不平などを、痛切な文字で――彼らは好んで痛切悲凄な文字を使用したがる――愚痴つぽく書き列べた、たゞそれだけだと言つても決して過言ではないと思ふ。

島の事情なり環境なりからプロ文学に走るのは肯づけない事はない。その上日本文壇に於けるプロ文学の過去の隆盛がさうした人々に影響を与へたのは言ふまでもない。

然し或る意味の英雄主義からプロ文学を選ぶやうな安易な文学態度は絶対に排すべきだ。プロ文学の二、三の作品でも読むともう農民の代弁者になつた気で書くなんて寒心せざるを得ない。この島にこの傾向が濃厚であるのは悲しい事実だと思ふ。

又文学はあくまで一つの独立した芸術であつて、断じて何等かの手段に利用されるものではない事を僕は固く信じてゐる。

一方楊熾昌は、一九三六年に河崎寛康なる人物と小さな論争を経験している。河崎が『台湾新文学』第一巻第二号（一九三六年三月）に書いた「台湾の文芸運動に関する二三の問題」は、『台湾文芸』があるにもかかわらず『台湾新文学』が創刊された理由について、楊逵の個人的な人間関係に起因するのではないかと疑い、台湾の文学運動に求められるべき「政治的意義」「進歩的意義」を説いた。また『台湾新文学』掲載の作品に対しては、「台湾の特殊的現実の描き方が不十分」で、「極めて重要な政治的認識不足」がある、と指摘した。つまり台湾の文学運動を左翼的見地から検討したものだが、楊はこれに不満を感じたらしく、「植民地文学よ、政治的立場以前の個所に戻れ」なる一文を発表した。これに対し河崎からは、「揶揄(やゆ)す」なる返答の文が公表された。これらのやりとりは掲載紙等不明だが、「揶揄す」に対する楊からの返答は、「勝手に喋舌(しゃべ)る　河崎寛康君寛恕せよ」として『台南新報』に掲載された（署名は「森村千二郎」、一九三六年四月十五日）。

楊熾昌は、「台湾の文学界の一般的現状に関しては余り知識を持つてゐない」としながら、次のように述べる。

作家になる前に政治的立場のあつた人には言ひ分があらうが、現象的に、それはさうとしても、その人達が政治的立場を棄てゝも文学をもう一度考へ直したり、修練したりする程の技術的な問題に一考を及ぼす必要はなからうかと考へたのである。そんな必要はないと言へる人は政治的立場のはつきりしすぎる人でそのしすぎる事と文学の技術的な方面との連絡について反省の要求があつてもいゝと言ふ事を接近さしたいと思ふのだ。

例へば「媽祖」と言ふ雑誌による人々と「新文学」の人々とは立場も方向も截然(さいぜん)区別されてゐる。この区別をとり除くと言ふ事は既に立場を持つた人にとつては実際的には不可能であるかも知れないが、然し「媽祖」に集まる人々の眼の中のパッションに学ぶべき点なしとしないのではないかと考へた。

楊熾昌や李張瑞らは、詩誌『媽祖』の主宰者である西川満の、「政治的立場」とは一線を画した芸術至上主義に対し、ある程度の共感を抱いていたと思われる。西川は一九三三年五月に帰台し、三四年一月から台湾日日新報社に勤め、七月から『台湾日日新報』の文芸欄を担当していた。西川の活動に対し、李は『風車』第三号（一九三四年三月）掲載の「感想として…」で早くも注目し、「台日は専ら専門的評論を時たまに載せてゐる。こゝの西川満氏の存在は心強い」と記した。楊も、同号の「編輯雑記」に「台日の文芸欄復活は絶大なる喜び」と記している。

西川満主宰の詩誌『媽祖』は一九三四年十月に創刊され、楊熾昌や李張瑞も詩を発表した。中でも『媽祖』第六冊（一九三五年九月）には、「諸家断墨」なる『媽祖』への感想コーナーがあり、楊も讃辞を寄せている。「西川氏独特の優美なイメイヂが心にくい迄に透過され、霊・肉二界のファンタジアを飛翔せしめて恍惚が苦悩を呼び、苦悩が恍惚の空に昇天するやうな不可思議な淳化した世界が漂ふ。これは氏の持つ高遠な新しい手法のリリクによる端厳なるポエジイの凱歌である。（中略）氏のこの拡大された詩的領域の典雅、荘重が常に散文運動の真髄を通して新しい台湾の文学に寄与し、詩と散文の輝しい凱歌は氏を中心として挙げられつつある」。楊熾昌は「秋窓随筆　読んだものから」（『台湾日日新報』一九三五年十月三日）でも、雑誌『文芸汎論』が設けた「文芸汎論詩集賞」に触れた際に、第五回で西川が功労賞を受賞したことに言及した。「西川満氏の「台湾風土記」等は『汎論』の名物とまでなつている」とし、さらに「「文芸汎論」が台湾の空にまで姿を現はしたことは私たちにとりてこの上もない喜びであり、本島の文学運動を助長、啓発する上に多大の望みがかけられてゐる」と讃えた。

西川満との友好的な関係はその後もつづく。西川が『台湾日日新報』で一九三六年二月から三月にかけて組んだ「台湾詩人作品集」には、楊熾昌・李張瑞・林修二の詩が掲載されている。楊熾昌は「洋燈の思惟（一）」（署名は「南潤」、『台南新報』一九三六年四月二十六日）で、矢野峰人（一八九三―一九八八年）がローデンバックの詩を訳した『墳墓』（媽祖書房、一九三六年）を称讃したが、それ以上に西川の媽祖書房に讃辞を贈る。

およそ美書刊行といふ仕事は内地に比しあらゆる不便と最悪の条件に位置せる本島としては考へるだけ無暴なことだ。殊に文学書の刊行といつたら本島では見られない風景である。この点、台北の媽祖書房の存在は全く一つの驚異である。私も年来の愛書家で、人一倍に本を愛する男だ。だから実際に良心的な出版屋から上梓された本はその本を手に取つたゞけでもう既にその内容は読む前に楽しく感ぜられるのだ。（中略）

媽祖書房は刊行者が詩人であり芸術家である為めに、一つの出版には実に微細な神経を働かせ、本島の持つ特殊的芸術味を円熟に盛り、総じて典雅なアトモスフヰアを現はしてゐる。「媽祖祭」

からスタートしてより今度の「墳墓」の豪華出版に至るまでの歩みは並大抵の凡人の出来る仕事ではない。それは媽祖書房主の持つ烈しい芸術的情熱と欠損をも度外視した感激性に依るものである。それ故に媽祖書房の出版物は本島の乾燥した生活の慈雨であつたり、香気ある風であつたりする。私どもはこの書房主の情熱を失せないやうに絶対的支援を送らねばならない。殊にこの島の読書人にとつてそれが亦一つの義務でもある……

一方西川満は、一九三九年一月に発表した「台湾文芸界の展望」（『台湾時報』）で、ごく簡単にだが、「台南にあつて詩作にいそしむ水蔭萍氏、今は在京する饒正太郎、戸田房子、橋本文男、林修二の諸氏等、いづれも鋭敏な新精神を詩に表象してゐる」と紹介した。そして三九年九月に西川を中心として結成された「台湾詩人協会」に楊熾昌も加わり、機関誌『華麗島』創刊号（十二月）に詩を発表した。台湾詩人協会には、塩分地帯の呉新榮・郭水潭・林精鏐・荘培初らも会員となったほか、台南出身の王育霖や邱永漢（邱炳南）も加入し、さらに台南の日本人、新垣宏一や喜多邦夫も加わるなど、全島の詩人を網羅する団体となった。楊・郭・王・邱は創刊号に詩を発表、新垣や戸田房子も詩を寄せた。この台湾詩人協会が発展して四〇年一月に設立された「台湾文芸家協会」にも楊熾昌は加わり、『文芸台湾』創刊号（同月）に詩を発表している。

楊熾昌は西川満や新垣宏一らと面識もあった。林修二が一九三八年六月に記した手稿に、かつて西川・楊・新垣とともに台北帝国大学の島田謹二（一九〇一―九三年）から招待を受けて晩餐をともにしたと記されている。[36] 林は一九三三年から日本に留学し、慶應義塾大学予科を経て英文科に在学していたが、年に一度ほど帰省していた。いつのこととは確定しがたいが、晩餐が台北でのことだとすると、楊熾昌が台北に居住するのが一九三五年末から翌年にかけて、新垣が台南に移るのが一九三七年七月だから、林修二が三六年三月末に帰省した折ではないかと推測される。[37]

以上のような楊熾昌らの立場は、台南近郊の塩分地帯でプロレタリア文学に親近しつつ文学活動を展開していた呉新榮らと対照的である。呉は台湾詩人協会にこそ加わったが、西川満とは一線を画していた。呉新榮は楊熾昌に対し、少なくとも当初は敬遠の気味があった。三六年二月五日、恐らく李張瑞・楊との初対面と思われる日の日記には、「この二人はいわゆる「薔薇の詩人」」という皮肉な呼び方をした。[38] 呉新榮はまた、一九三五年、芸術至上主義的な文学青年だった新垣宏一との間で、芸術に関する立場をめぐって論争した経験がある。[39] 南部の高雄出身の新垣は、『台南新報』学芸欄に二度映画評を寄せており（「「或る日曜日の午後」を観る」『台南新報』一九三四年六月二十四日、「「独裁大統領」を観る（MGM）」『台南新報』一九三四年七月一日）、楊や李らと寄稿者としてつながりがあった。

楊熾昌の芸術至上主義的な立場は、その読書からもわかる。四家哲三「四月雑記　水蔭君訪問記」（『台南新報』一九三六年四月七日）は、楊の書斎を描写していて面白い。

門を入つた直ぐそばに萍君の書斎をあつて、卓子の上には三田文学、文芸汎論、セルパン、媽祖、詩学、灰皿、ペン、インク――と並んでゐたが彼の神経の集注の仕方の純粋なのが判る。

もう一つの書物卓子では彼が書翰をした丶める。赤い傘を持つた電気スタンドとスクラップ・ブックとそれから硝子（ガラス）の函に納まつた生蕃人形と壺がある。（中略）スクラップ・ブックは内地、台湾を問はず新聞紙上に掲載された諸作家の作品が実に丹念に貼りつけられてある。彼の椅子の置いてある背後の書棚のとびらも開けてもらつたが、シェクスピヤ全集、芥川龍之介全集、岩波の講座類を除けば殆んど、詩集並びに詩に関する著述許（ばか）りである。彼の詩に対する愛着の清らかさを示すもの許りであつた。

書斎につゞいて日本座敷。そこには洋服タンスと奥さんの鏡台が置いてあつたが、それらは水蔭君が本島人である事を忘れさせさうなものであつた。

植民地の知識人が、愛読する雑誌や書籍を容易に他人の目に触れさせることがなかった点は、念頭に置く必要がある。だが呉新榮が『改造』『中央公論』などの進歩的総合雑誌、そして恐らくカモフラージュしながら『文学案内』などのプロ文雑誌を愛読していたことと対比すると、[40] 楊熾昌の雑誌の選択はいかにもモダニズム詩人らしい。

『三田文学』は当時第三次で、石坂洋次郎（一九〇〇－八六年）の人気作『若い人』を連載するなど、続々新人作家を送り出す黄金時代を迎えていたし、何より楊熾昌の敬愛する西脇順三郎がしばしば書いていた。一九三一年創刊の『文芸汎論』は、『詩と詩論』が廃刊された後、芸術派の詩人に舞台を提供した雑誌である。竹松良明によれば、「西欧の詩と詩人に対する尽きない関心」を基調に、

「学匠的、高踏的」な雑誌で、「つい最近まで跳梁したプロレタリア詩群の怒号とも、前衛詩派の喧騒とも絶縁された世界」という趣きの、詩や随筆を中心とした総合文学雑誌で、四四年まで刊行された。[41] 三一年に第一書房から創刊された『セルパン』は、春山行夫編集の芸術派の雑誌で、『詩と詩論』の詩人たちが執筆陣である。『詩学』は三四年十一月にボン書店から創刊された『L'ESPRIT NOUVEAU』(第一—三冊)の、三五年三月、第四号からの改題である。[42] 第十二号まで刊行されたという、規模は小さいが『詩と詩論』の系譜を継ぐ詩誌である。楊は上記のうち、『文芸汎論』と『詩学』に詩を寄せた。[43]

楊熾昌の読書傾向は、梶井基次郎、『星座』と石川達三、『文芸汎論』などを評した、「秋窓随筆 読んだものから」(『台湾日日新報』一九三五年十月三日)にもうかがえる。夭折した梶井を愛惜し「檸檬」への偏愛を語り、「私たちはあの陶酔的な、斬新な果実の香りのある芸術境の中に常に剃刀(かみそり)のやうな鋭い自己批判を見出す」、「檸檬」は「散文詩の如きもので詩とロマンのエスプリが完全に美しい程に溶け合つてゐる」と語るとき、そこには楊熾昌の目指す詩境がうかがえるだろう。また石川達三の『蒼氓(そうぼう)』をはじめとする作品評で、「この底力のある雄大なスケールと着実な洞察力のある作家」と語る際には、散文への理解もうかがえる。三五年四月の『星座』創刊号で『蒼氓』を読み、また芥川賞受賞後改めてそれを『文藝春秋』で再読している点で、広く日本の雑誌に注意を払い、手に入れていたことがわかる。

楊熾昌の読書について、中でも注目したいのは、詩誌『驢馬』への言及である。これはあの有名な中野重治や堀辰雄の『驢馬』ではない。兵庫の詩人詩村映二（一九〇〇—六〇年）が姫路で出していた詩誌である。季村敏夫によれば、一九三五年四月に創刊、七号まで出たという。[44] なぜ楊熾昌がこの地方で出ていたマイナーな雑誌、詩人詩村に注目したのか不明だが、詩村は楊熾昌が読んでいた『L'ESPRIT NOUVEAU』第一冊（一九三四年十一月）から『詩学』第五冊（一九三五年四月）まで詩を掲載していた。また、西川満の『媽祖』でその名を目にしたことも考えられる。日本の文壇にも広くネットワークを持っていた西川は、『媽祖』を諸家に献じ、寄せられた感想を第六冊（一九三五年九月）に掲載した。室生犀星・日夏耿之介・萩原朔太郎・西脇順三郎・堀口大学ら、錚々たる詩人たちが感想を寄せる中に、詩村映二も含まれ、掲載順は楊熾昌のすぐ前である。とはいえ、詩村の詩は当時の主要詩誌に掲載されていたわけではなく、数も決して多くはなく、地方のマイナー詩人にすぎない。楊熾昌の日本の詩壇への広い目配りと読書の広さ、詩人たちとのつながりがうかがえる。[45]

以上のように、現代的な文化に乏しかった台南に、『台南新報』学芸欄と風車詩社を中心に、文学を愛好する人々のネットワークができた。楊熾昌がシュルレアリスム詩人だったからといって、風車詩社の詩人たちがみなモダニズムの信奉者だったわけではない。しかし恐らくは、プロレタリア文学に対して一定の距離を感じる、芸術愛好家たちの集まりだったと思われる。ことに楊熾昌はその読書から察するに、日本語による文学に強い情熱を燃やしていた。

四　台南の少女・娼婦を描く――詩と短篇

台南を舞台とする楊熾昌の作品はどのようなものだったろうか。

すでに検討したように、楊熾昌と李張瑞の両者は、プロレタリア文学とは一定の距離を置いていた。しかしそれは彼らが、植民地台湾にあって純粋な芸術にのみ陶酔する生活を送っていたことを意味しない。台南近郊塩分地帯のプロレタリア詩人呉新榮は、西川満や新垣宏一とつながりのあった楊熾昌と、当初さほど親密ではなかった。前述したように両者の実質的な初対面は一九三六年二月五日である。ごく近くに住みながら、呉が『台南新報』に寄稿した形跡はない（主な寄稿先は台中の『台湾新聞』）。楊が『台湾日日新報』に移ってからも、西川を敬遠したのか、寄稿の様子はない。

しかし呉新榮の日記を見ていくと、一九三九年五月十八日以降、両者は互いに訪ね合う仲となる。呉が台南市内へ出ると、『台湾日日新報』の台南支社に楊熾昌を訪ねた。[46] 交流は戦後まで長くつづいた。呉は民族の解放を願うプロ文の立場から、郷土への強い愛着を詩に詠っていた。恐らく呉は、楊熾昌や李張瑞が、自らとは異なる角度から、植民地という現実と、文学を通して向かい合っていることを、三九年以降に発見したのではないだろうか。

呉新榮は日本語の洪水の中で、自らの理念を内容において表現することを優先し、日本語を用いて郷土を描くこと自体には異議をはさまなかった。一方、李張瑞は呉と異なり、くり返し使用言語の問題にこだわった。『台湾新文学』創刊号（一九三五年十二月）のアンケート「反省と志向」では次のように記す。

土着の文字を持たぬ僕達の悲劇を感ずる。皆が騒いでゐる台湾文学がどんなものか僕には充分に理解出来ないが、僕達が和文で書く時、（それが台湾独特の生活、風俗を表象したとしても）果してそれが台湾文学と云へるかどうか、単に台湾色を盛つた日本文学に帰するのではないか。この島の文学する友は「台湾文学」なる空しい文字に捉はれて自分が和文を使用して書いてゐる事を忘れ勝ちである。（和文で書くからには和文で書かれた日本文学から掛らねばならぬし）台湾色を盛つた日本文学なら別として日本文学から離れた別個の「台湾文学」が存するかどうか？

李張瑞はまた「詩人の貧血　この島の文学」（『台湾新聞』一九三五年二月二十日）でも、次のように記した。

僕達が文学してゆく上に最初にぶつかる難関は何か、と云へば、文字を持たぬ、伝統の文学を持たぬ民族の悲哀である。これは誰もが痛感する所だらう。いつかの台湾文学自殺論に僕は同感する所が多かつた。祖伝の文字を持たぬ僕達は和文で書くか漢文（白話文）で書くかせねばならない。勿論それが土着の言葉でない限りそれが直ちに僕達の生活――表現の上から云つて、例えば無学な農民の会話、台湾の女の独特な会話のモチイーフなど――を写せるものでない事を知つてゐる。

僕は漢文が出来ないから和文で書く。民族の代弁者になる野心は毛頭無いし、唯、文学詩の分野に突進したいと思ふだけである。

この問題意識は、濃淡の差はあれ、楊熾昌も共有していたと思われる。台湾という植民地で、土着の言葉を文字にして表現することの困難な被支配者の「民族」が、支配者の言葉を用いて、台湾を描くこと。この問題は、形式に敏感なモダニズム詩人の楊熾昌や李張瑞をして、純粋なポエジーへと向かわしめた要因の一つではないか、と思われる。だが、表現としての抽象度が上がることは、必ずしも台湾の現実と直面しないことを意味するわけではない。

李張瑞の詩については、まだ資料の収集が不十分で、残念ながら全面的な検討が難しい。比較的多くの作品を見ることのできる楊熾昌の創作について、以下検討してみる。シュルレアリスムの詩に意図や意味を見出すことは、詩自体を台無しにする行為かもしれないが、台南という土地における文学活動と架橋する意図から、楊の詩を読み解いてみたい。

気をつけておかねばならないのは、楊熾昌の作品は、必ずしも完全にオリジナルでないものが混じっている点である。黄建銘の指摘によれば、楊の詩や詩論には、西脇順三郎の詩をそのままなぞったものが含まれる。「檳榔子の音楽　ナタ豆を喰ふポエテッカ」上・下（『台南新報』一九三四年二月十七日／三月六日）は、末尾に記された参考書籍、西脇順三郎『ヨーロッパ文学』（第一書房、一九三三年）及びポール・ヴァレリー『文学』（堀口大学訳、第一書房、一九三〇年）以外に、西脇の他の著書が参照されている。西脇の『輪のある世界』（第一書房、一九三三年）所収の「檳榔子を食ふ者」、及び『シュルレアリスム文学論』（天人社、一九三〇年）所収の「ナタ豆の現実」がそれである。模倣というより、表現をそのまま用いている箇所がある。黄氏は慎重に、「素材」という呼び方をしているが、見方によっては剽窃に近いといえる。[47]

筆者は日本の『詩と詩論』を中心に活躍した詩人たちの創作に通暁しているわけではなく、楊熾昌の詩や詩論の独自性の弁別には困難を感じる。およそ「オリジナル」を前提とすることに、シュルレアリスム詩を論じる場合どの程度の意味があるか、一考する必要があることを差し引いても、慎重に読み進める必要がある。そのため論の中心が確実に楊熾昌の表現と見なせる、台湾を題材とした作品に偏ることを断っておきたい。

またこの「参照」の問題は、楊熾昌の台湾文学史における位置づけとも関わる。三木直大は楊熾昌を、台湾現代詩のモダニズムの先駆として評価しながらも、「日本語文学としてのつながりと被植民地状況を前提とすると、そのシュルレアリスムはきわだって特異というわけではなくな」る、と指摘している。[48] 近代日本の詩史に楊熾昌の詩作を置いたとき、その詩は西脇順三郎ら、首都にまします詩神たちが巻き起こしたシュルレアリスム詩の嵐の、周辺的な、亜流と呼ぶほかない現象として捉えることができる。

さらにいえば、楊熾昌の詩を、フランスのシュルレアリスムの提示した、強烈な「切断の意識」（塚原史[49]）と比べたり、あるいは呉新榮らによる、植民地支配に対する違和を表明した同時代の詩作と並べたとき、三木直大の、「激しい社会批判性は楊熾昌の作品にはありません」という指摘も首肯される。その詩は台南の局地的な現象としてあった。日本の文壇との連携はもちろん、台湾全島の文学とも明確なつながりは見出しにくい。

しかしその一方で、一九三〇年代半ばの台南における、若い詩人の果敢な試みに、文学的熱気が立ち上っているのも事実である。それは私見によれば、台南という街に限定された活動だったからこそではないか、と思われる。というのも、楊熾昌の詩作は、日本文学の影響を直接に受けつつも、台南・台湾を舞台として特に主題化することで、日本文学との連続性を切断している。また、台湾の植民地支配に対面しつつも、芸術至上主義的な立場から文学の自律性を重んじる点で、文学よりも民族が優先される、「主人持ち」の文学となることを免れている。しかも台南という植民地を掘り下げることが、少なくとも台南や台湾に関心を抱く者に対する、強い訴えにつながっているのではないかと思われるのである。

楊熾昌の初期の詩「短詩」（『台南新報』一九三二年一月十八日）は、「タイナンの舗石道（しきいし）を歩いて／行つた人」とあるように、台南を舞台とする。翌年の「青白い鐘楼」（『台南新報』一九三三年一月十六日）

に、「僕はパンをカジリながら／南方の街を歩いて行く……」とあるのも、台南をほのめかすだろう。これらのみならず、楊の詩の多くは舞台を台南に設定している。あるいは、台南と限定できない場合でも、「フォルモサ　島の影」(『台南新報』一九三三年二月八日)や、「植民地の空の下」なる表現の見られる、「幻影」(『台南新報』一九三三年二月七日)がそうであるように、舞台は台湾であることが多い。

また楊熾昌の台南・台湾を舞台とした詩に登場する人物は、「フォルモサ　島の影」の「島の少女達」のごとく、圧倒的に少女が多い。詩論「炎える頭髪　詩の祭礼のために……」(『台南新報』一九三四年四月八日)では、窓から入ってくる「バナナの音と水牛の歌と海風と波の音」や、「人間の夕暮を月琴に唄」う「島の乞食たち」などの「華麗なる天使」を、「ポエジイの使者」と呼んでいる。しかし島の風物の中で、「ポエジイの使者」をもっとも頻繁に務めるのは、少女たちである。しかも「短詩」に、「死の国へ……／白い暁の中へ消えて行つた人」とあるように、彼女らは死の刻印を押されている。自ら死んだのではなく、他者によって死へと追いやられた存在である。

「使者」でありしばしば「死者」でもある少女は、しかし決して黙して語らぬ存在ではない。「短詩」で、「冷たく横はつた死人」女性の、「心臓が胡弓(こきゅう)をひいてゐる……」、あるいは「真赤な血を吐いて死んだ女／今もその血潮に濡(ぬ)れた唇が／アルレグロのテンポで唄ひつゞけてゐる……／虐殺者の歌／あゝ……血の讃美歌を歌つてゐる」とあるように、死者は横たわり、あるいは彷徨(さまよ)いつつ、音楽を奏で、歌声をあげている。「青白い鐘楼」でも同様に、少女の「足が「死」に踊つてゐる」一方で、「新時代を吸入した彼女はコスチユウしたリアルに暁の鐘をついてゐる……」。しかもこれらの少女は、「誰か霞んだ鐘楼に立つてゐる…／売春婦が寒さで死んだのだ……」とあるように、娼婦である場合が多い。

台南という街が、死の刻印を押された少女、娼婦と結びつけて描かれるのはなぜだろうか。

写真 2-5　長老教会台南神学院教室
出典：『台南市日拠時期歴史性建築』
（傅朝卿、台南：台南市政府、1995 年）

「幻影」（『台南新報』一九三三年二月七日）では、「寝台に臥てゐる女。／病んだ彼の妻は赤いリンネルをかぶつて唄つてゐる／踊る青い天使のミユジックだつて――」とあるように、女は「彼の妻」となっているが、天使の音楽を歌っていること、死に近しい存在として女性を形象する点では通じる。そして次の一連で、「植民地」が登場する。「落ちて来た凄まじい夜の息。／閑却された植民地の空の下に吹雪は何時に起るのだ……／冷笑の中を消えゆく凶悪なヴイジヨンである……」とある「植民地の空の下」は、これまでの詩の舞台だった台南を明確に規定する。死を刻印された女とは、植民地となった台湾の中でも、本島人が圧倒的多数を占めるかつての台湾の中心地、植民地統治の進む現在では島都として栄える台北と比して「閑却」された位置にある、台南の暗喩だとはいえないだろうか。
「フォルモサ　島の影」（『台南新報』一九三三年二月八日）では、「停車場」「街路樹」「カフェー」「橋梁」が描かれるが、「ガードの下で泣いてゐた女は胎児を隠してゐる」し、カフェーの女は「波の歯形の門の方へ」歩いていくし、橋の上では少女が「白い二ツの腕をさしのべ」、「島の少女達」は「幻影の中に立つてゐた」。こうした女性たちの顔が、浮かんでは消え、消えては浮かぶ。その女たちこそ、かつて「フォルモーサ」、華麗島と呼ばれた台湾の古都、台南の「島の影」である。

ここで詩以外の作品を参照したい。楊熾昌が残したのは詩や詩論だけではない。現在楊の作品としては、戦前に発表され『燃える頬』に集められた詩、『紙の魚』に集められたエッセイ以外に、短篇小説がわずかに残る。現存するのは二篇で、一つが「花粉と唇」（『風車』第三号、一九三四年三月、署名は「柳原喬」）、もう一つが「貿易風」（一九三四年七月二十／二十八日、署名は「柳原喬」）である。短篇小説と詩を同列に置くことには慎重でなければならないが、この短篇が詩に登場する要素と相当の割合で重なる点を考えると、詩に重ね合わせて読み解いてみたい誘惑に駆られる。というのも、カフェの女給を描いたスケッチ風の「花粉と唇」、台湾海峡を船で渡る娼婦を描いた「貿易風」の二篇は、いずれも少女を描く。中でも後者は短いながら、本格的な構造をもった短篇である。しかも植民地南部の都市で追いつめられた少女の娼婦を描いて、道具立てが詩と重なる。

まず「花粉と唇」を見ると、この掌篇（しょうへん）は「僕」とバーに勤める少女との交渉を描く。店が終わってから、「僕」は少女に誘われ、「これ等街の女の身上話（みのうえ）は多少誇張であれ、聞いても悪くないものばかりだ」という動機から、この「街の天使」の部屋を訪れる。「黒ずんだ路次」を、「微温い夜風の中で肩をすぼめ」ながら、「沈黙した建物」にたどり着いた「僕」は、「こふ言ふ種類の女の新鮮な抽象体」に惹かれて、「家庭人」としての自制を振り切り、一夜をともにする。翌朝、紙片に残された「昨夜はアリガタウ……／さよなら！」の文字、そして筆跡の上の濃い唇の跡とバラの花粉を見て、「僕は強い敗北を意識」する。およそ断片的なスケッチにすぎないが、ここには、「路次」に住む「街の天使」から突きつけられた、「文学書の間」には見つけることのできない世界の開示がある。

娼婦の少女の生活を正面から描いたのが、「貿易風」である。港町高雄を離れ、台湾海峡の対岸を目指して船に乗り、「一人ぼつち海を渡る」哀しい少女の回想と、東シナ海で船に襲い掛かる貿易風の嵐の予兆を描いたこの作品は、短いながら密度の高い文体と構成の作品である。「亜熱帯の生ぬるい風が吹いて海からは果実の香気が流れて来る」港町高雄の旗津、「漁夫の町、娼婦の町、魚の匂ふ港市」の路地の奥で、少女は十三歳にして「女になつた」。「慎」なる男から「強烈なる蓄性の愛情と体臭」を「血液の中に流」された少女は、その後も「血液には雑多な皮膚と異臭が入り乱れて流れ、発散し絶間ない新陳代謝」をする娼婦の生活を送る。

楊熾昌は自伝的なエッセイ「残燭の焔」で、この「貿易風」に言及している。

若い時の東京、銀座より浅草、台湾では芸妲から娼婦の町、貧民窟などよくきたない美に惹かれて歩き廻つた、卅四、五歳の作品はそんなものが多く、港町に頽廃の美を求めたところに高雄の旗

> 後の船町が好きであつた。南報に入選した貿易風は旗後が舞台であり、「薔薇の皮膚」が台湾日日に入選した作品で清風荘のサナトリウムが舞台であり、看護婦と血を吐く患者の愛を描いた。（中略）人影一つない運河に一人死に場所を求めて歩いていた女と会つて、夜の孤独の感情が危く女を殺すところだつた。清艶、余情、枯淡、妖美とならべてみると幽玄の理念の幅は広いが一つの作品を支えている軸をほの暗さ、翳りとみるとその軸がそのまま「きたない美しさ」につながる。（中略）
>
> 私の過去の作品は殆んどが醜の美であつた。一部の批評家は「頽廃の美」を追ふ作家として私を評したが、それはそれで良いと思う。（中略）「腐魚の愛」という過去の作品も「醜」の美を追つた短篇である。一人の娼婦を描いて、そのジメジメした港町の家で客をとる女の性の発露を、周囲の背景、照明などの作用形式で女の濡れた裸、指の感触を描いた。[50]

「頽廃の美」を語って楊熾昌が念頭に置いているのは、台南の街を描いて絶大な影響力を持った作品、佐藤春夫「女誡扇綺譚」（一九二五年五月、雑誌『女性』に発表され、翌二六年二月、単行本『女誡扇綺譚』として第一書房から刊行）ではないかと思われる。

「女誡扇綺譚」は安平の港を描くシーンから始まる。安平に足を踏み入れた「私」は、「荒廃の美に打たれ」る。安平は、「廃港」「廃市」と呼ばれ、「衰頽した市街は直ぐに目に映る。さうして若し心ある人ならば、そのなかから凄然たる美を感じさうなものだ」と、そこに「美」が発見される。

安平の描写につづき、台南市街においても「私」の目に入るのは、「廃墟」「廃屋」であり、強烈な「美」を感じさせる事件は、この「廃墟」「廃屋」において起こる。打ち捨てられた頽廃の中にこそ「美」が存在するとは、「女誡扇綺譚」が送るメッセージの一つである。

楊熾昌は幼いころ佐藤春夫に会ったことがある。一九二〇年、佐藤が台南を訪れた当時、楊の父宜緑は、『台南新報』漢文欄の編集を担当していた。新聞社へよく遊びに行っていた楊熾昌は、社でたびたび佐藤と会い、赤嵌楼などの名勝を訪れるガイドを務めたという[51]。高雄の旗津半島の「路次」から説き起こす「貿易風」は、安平の「沼を埋め立てた塵塚の臭ひが暑さに蒸せ返つて鼻をつく厭な場末」、「土着の台湾人のせせこましい家が、不行儀に、それもぎつしりと立並んでゐる」「貧民窟」のような「廃港」から始まる、「女誡扇綺譚」と共通する。いずれも「頽廃の美」を描くのである。

写真 2-6　安平港
出典：「珍稀老照片選輯」（台南：台南市文化資産保護協会）

また「女誡扇綺譚」の悲劇は、少女を幼くして借金のかたに売買する伝統台湾の習慣に起因するが、楊熾昌はこの問題を「楂媒嫺と花」（『台湾日日新報』一九四一年八月五日）で取り上げ、形を変えて残るこの「人道問題」を嘆いている。彼女らの名は「何故か大抵美はしき花の名」で、「台湾の花々を見れば楂媒嫺を思ひ出し、この可憐なる花と共に楂媒嫺の薄幸を思ふ。この花を□〔一字不明〕ひ取る理不尽なる主家の暴挙は常に台湾の社会に波紋を投じ、一つ〳〵暗に散つてゆくこの花のはかなさを哀しむ」。なぜ楊がこの問題を取り上げたのか、いきさつは不明だが、「女誡扇綺譚」に何らかの触発を受けていた可能性もある。

「貿易風」で台湾南部の港町の路地は、「ジメ〴〵とした陰気さと性慾の感覚にのみ人間性の伸張をヨギなくさせられてゐ」る場所として描かれた。路地で少女が愛する男から与えられる「人間性」は、「本能の磁力に依つて動」く「肉体」を提供することでしかない。しかしその、「セメントと精力の匂ひ」を男の身体に感じる生活を通して、少女は「自分の力が亦成長してゆくのを知る」。油で光った水と船舶から出る、煙で濁った空気の中、波止場を野良猫のように客を求めて徘徊する少女は、一円や一円五十銭の金を求めて男を誘い、漁師たちにからかわれ、警察に追われる。「最後のものまで出して生活費を求め」る生活に、やがて深い哀しみを抱く。

少女はたった一つの柳行李に全財産を詰めて、母の死んだ対岸の街を目指し、台湾海峡を渡る船に乗り込む。

　　どうせ死ぬんならマザアの死んだ対岸の街で死にたい。マザアの死んだ対岸の褐色の街はもつと生活には開放された所だと聞いてゐる。
　　屹度、その土地は私の性格を入れてくれるだらう。台湾の私を捨てるためにこの船に乗つて——

さうして新しい東洋の私になる。

海に対する恐怖もなく私は夜の海気を深く呼吸した。

対岸の街が「マザア」の土地であること、「強烈なる蕃性の愛情と体臭」を血液に送り込まれ、「雑多な皮膚と異臭」が入り混じったおかげで、「女」となり「成長」を遂げたとしても、そこにあるのは少女を圧迫する生活で、つねに拘束された息苦しさが漂うこと、そんな自身への強い哀しみを抑え切れず、「台湾の私」を捨て、再生するため、母なる土地を目指して旅立つこと。この短い物語が語るところは、解説の必要もないほど明確だと思われる。しかしその行く手には、「貿易風」が生暖かい風を送り、船を包み込もうと「強大な低気圧」が侵入しつつある。発表は一九三四年七月、すでに満洲事変から三年が経過し、南南東からでこそないものの、大日本帝国という強い低気圧が東アジアの空を蔽いつつあった。台湾から逃れ出たとて、そこが「開放された所」だという保証はない。

楊熾昌はシュルレアリスム詩を作ったといっても、その感触は、西脇順三郎や北園克衛の硬質なポエジー、意味を徹底して排除した詩とは異なり、何らかの象徴や意味を読み取ることがかなりの程度可能なものとなっている。詩には短篇を重ね合わせることの可能な余地がある。「主知主義」を称し、現実との対応関係を拒否する姿勢を見せていても、詩には彼の生まれ育った、現在も生活する台南の街が描かれている。詩の端々に、台南という街が顔をのぞかせ、詩の感触を規定する働きを持っている。

短篇「貿易風」は高雄の旗津を描くが、発想は台南を描いた詩と重なる。初期の「短詩」を例に、両者をつき合わせると、この詩は植民地支配下の街を絶望した少女が彷徨する様を描いた詩として見えてくる。

「短詩」冒頭の、「タイナンの舗石道を歩いて／行つた人／うつむいて行つた人／死の国へ……／白い暁の中へ消えて行つた人」の後ろ姿は、「貿易風」の、台湾海峡の黒水溝（こくすいこう）へと、「真黒い夜の東支那海」を、「真黒い水」をかきわけ進む船に乗り、「黒い風」を受けつつ孤独に旅立った、娼婦の姿と重なる。「短詩」ではつづいて、消えて行った人の後ろ姿から、彼女の人生が回想される。「虐殺された女人の首……／あゝ……君の恋人が笑つてゐる／君の恋人が笑つてゐる」とあるのは、生きるために娼婦となった女の境遇と重なる。「虐殺された女人の首」の恋人が笑っているばかりなのと同様、「貿易風」の「慎」なる恋人も、少女の思いと裏腹に遠い存在で、たとえ少女が海で死んだと知っても、「慎の性格ではやはり口笛でも吹いて波止場を歩き、港の女と遊んでいくだろうよ」と承知している。

「短詩」は、「黎明」に訪れた一瞬の「美しい夢」の後に、「ガス灯の立つてゐるアヲギリの下／白い手袋　女が／独り立つて……」とつづく。「女」は街の路地から路地へと彷徨い、「秋のにほひ」を経て「冬」になると、「海上の濃霧（ガス）のやうに冷たい」空気にさらされる。「冴えた夜空」の凍った星に照らされたとき、そこに浮かび上がるのは、「眠れる女」である。「冷たく横はつた死人／彼女は魂の花園を散歩してゐる……／心臓が胡弓をひいてゐる……」。

「短詩」の詩は末尾で、「真赤な血を吐いて死んだ女／今もその血潮に濡れた唇が／アルレグロのテンポで唄ひつゞけてゐる……／虐殺者の歌／あゝ……血の讃美歌を歌つてゐる」とあるように、死んだ女の歌う「血の讃美歌」である。港町をわずかな金を求めて身体を売って歩く、「貿易風」の娼婦の少女の姿、そこに吹く風も血生臭く、やがて強大な低気圧に囲まれることになる。その運命と、「短詩」のイメージは強く結びつくのである。

以上のような詩と短篇の重なりは、「青白い鐘楼」、「月光」（『台南新報』一九三三年一月十七日）、「幻影」、「フォルモサ　島の影」などにも部分的に見られるし、「花のある窓」（『台南新報』一九三四年十二月四日）においては、船の「エンジン」が「遠い植民地の空」に響く中、「エンジンは歌ふ海の歌を歌つた少女よ……」と呼びかけるように、「貿易風」の一場面のようなイメージが描かれる。「静脈と蝶」（『媽祖』第五冊、一九三五年七月）における「少女」の「縊死体」、また「少女は悪魔のやうにねむる」という「窓帷」（『媽祖』第十三冊、一九三七年三月）も重なってくる。

モダニズム詩を作る楊熾昌や李張瑞らは、リアリズムを基調とする一九三〇年代半ばの台湾においては異端だった。李張瑞は「詩人の貧血　この島の文学」（『台湾新聞』一九三五年二月二十日）に次のように記す。

> 水蔭の詩なり、僕の詩は、郷の人々からはエトランゼ扱ひにされてゐる。その人々に僕はこゝではつきり答えておく。

僕達はそこら辺の人々が書くやうな不平なり反抗心なりが無いのではない。あへてそれを書かないまでの事だ。それがいゝ事なのか悪い事なのか今の所僕にも分らない。大きな文学と云ふもの、見地から考へたら僕達の文学態度も受け容られると思ふ。

楊熾昌のシュルレアリスム詩を抽象的なポエジーにのみ注目して読み進める限り、そこには「不平」や「反抗心」は見られない。しかし台南・台湾という文脈に還元したとき、その詩や短篇には、少女・娼婦に託する形で表現された、植民地台湾への凝視が浮かび上がる。松浦恆雄は「壊れた街 Tainan Qui Dort」（一九三六年五月、『燃える頬』所収）を代表例に、楊熾昌が「日本や西欧のモダニズムの潮流を自己流に咀嚼しながらも、植民地下の台湾の現実と厳しく拮抗する詩句を幾つも書きつけている」と評している。[52] 楊熾昌の詩や短篇は、呉新榮ら塩分地帯の詩人らとは異なる角度からの、楊の生きた現実に即した文学の表現であり、東京滞在で吸収したシュルレアリスムを用いて、台南に芸術の風車が廻る場所を作ろうとした、彼らの活動の結晶なのである。

五　フォルモサの亜熱風

『台南新報』と『風車』を中心とする、台南の若い詩人たちの文学活動は、しかし短い期間で終わりを迎えた。楊熾昌は、「私はシユルレアリズを日本より台湾に移植し、七人で始めた機関誌「LE MouLin」（風車）は文学上の新風を吹きこむ試みであつたが、世間一般の不理解から受け入れられず袋叩きのウキ目にあつて四期で廃刊した経験からその憶出は深刻である」と回想した。[53]

一九三四年八月、楊熾昌の父宜緑が亡くなる。父は死の直前に、「作家への夢は消えてしまつた後に生きる道は新聞記者になることだ」との遺言を残した。父宜緑が息子の精神世界にどの程度影響を与えたのか不明だが、「南社」の年少の成員だった許丙丁（きょへいてい）（一九〇〇―七七年）によれば、宜緑の人柄は、「正義感が強く、気短で、不正に対しては怒って妥協しなかった」という。[54] また盧嘉興「民初台南抗日詩人楊宜緑」は、日本による植民地統治に対し不満を抱き、強烈な民族意識を抱いていたとする。[55] 父の性格は息子楊熾昌にも何がしか通じるかもしれない。

楊熾昌によれば、「わたしは親父の亡くなつた後にも詩か短篇など書いて、日本詩壇にも乗り出し、ひとかどの文筆趣味に生き、またある新聞の文芸欄をアルバイトで編輯していた」が、結局父の教えに従い、新聞社の入社試験を受け、一九三五年十二月、台湾日日新報社に入った。[56]『台南新報』という拠点を失った詩人たちの活動は頓挫した。

現在、台湾文学史、中でも詩史が書かれる際に、楊熾昌の活動は必ず一定の言及を受ける。しかしその詩が、太平洋戦争や光復を経て、日本統治期の日本語文学が過去のものとなり、完全に忘却されたのち、ようやく「発見」されるには、長い時間が必要だった。ただし「発見」されたにしても、楊熾昌の文学的影響がどの程度であるかは、かなり疑問である。三木直大は対談で、「台南という地方都市から台湾島内の他の地域への、同時代的広がりをもたなかったようにみえる」としている。[57] その詩が戦後の現代詩勃興の中で発掘されたとはいえ、日本で『詩と詩論』が果たしたような、時代を切断する役割は持たなかった、というほかないだろう。

そしてもう一点、この小文の試みは必ずしも楊熾昌の目指した文学世界とは異なることも、記しておかねばならない。楊熾昌は詩論「炎える頭髪　詩の祭礼のために……」（『台南新報』一九三四年四月八日）で、台湾はことさら「詩的思考に恵まれてゐる」とし、「吾々の産み出す文学はバナナの色彩であり、水牛の音楽であつたり、亦は蕃女のマドリゴオでもあつた」として、次のように記す。

フォルモサの南の熱帯的な色彩と風は絶えず私の蒼ざめた額に、眼球に、唇に、熱気を与へて呉れる。私はこの時、透明なる思考といふものを考へる。これはこのフォルモサの亜熱風の中から吹いて来る。吾々はこの思考の風の中に含まるゝ透明性を忘れ勝ちである。こゝでポエジイに於て透明なる思考を使用した作品は意味に於いて不透明になる。（中略）現代に於て吾々は最早や作品の意味を求めることは止めた。これ等の世界の持つ透明性が必然的に作品のフオルムと思考を定着すれば良いと思つた。

本章の試みは、すでに意味において不透明となった作品に透明な意味を求め、逆に透明なはずのポエジイに浸食した植民地台湾の「亜熱風」に不透明さを見るもので、その点楊熾昌の詩に対する無理解というべきかもしれない。

だが「フォルモサの亜熱風」は、そこにしかない個別性において透明になりきれるはずもなく、生み出された作品に対して個別的な意味を求める欲求も、ことに描かれた街を知る者には抑えがたい。そして、楊熾昌や李張瑞の文学活動が限定されたものであったことと、それらの活動が現在の台湾の文学に語りかけるものを持つこととは、矛盾するものではない。詩としての達成については、日本語文学の大きな流れの中に位置づけるなど、慎重な判断を要するが、彼らの文学は少なくとも『詩と詩論』には存在しない性質のもので、ことに台南に関心を抱く者には強い魅力をもって迫る。文学は必ずしも中央の著名作家のものだけに限られるわけではなく、西脇順三郎や北園克衛らを測るのとは異なる物差しを手に、芸術の風車を廻そうとした楊熾昌や李張瑞を見つめるとき、芸術を忘却していた植民地の地方都市台南に、「フォルモサの亜熱風」が吹き、文学の「熱気」が立ち昇り、少女たちの「血の讃美歌」が聞こえてくる。

第三章

台南の民俗と台湾語

——荘松林の文学活動と民俗研究

一　台南の中国語文学者

荘松林（筆名に朱鋒、朱烽、尚未央、康道楽等、一九一〇―七四年）は、日本統治期の台南における、中国語による文学活動を主導した人物の一人である。[1] 台南に生まれ、台南第二公学校（のち宝公学校と改称、現在の立人国民小学校）、台南商業補習学校（のち台南商業専修学校と改称、現在の国立台南高級商業職業学校）を卒業するも、台湾の民族運動や中国大陸の五四新文化運動の影響を受け、中国で教育を受けようと志す。一年間中国語を学んで中国語書籍を読み、二七年、台湾海峡を渡って対岸の厦門へと赴き、集美中学で学んだ。

一九二九年に集美を卒業し台南に戻ってからは、台湾民衆党指導下の民族運動の列に加わって政治や文化活動に従事し、民族主義の色彩が濃い文学活動を展開する。しかし戦争の足音が近づく一九二〇年代末、日本内地では左翼運動に対する弾圧、台湾本島では民族運動に対する圧迫が強まり、台湾民衆党は三一年に解散させられる。荘松林も逮捕されること二十度余りに及んだという。三二年、当局から厳しい戒告を受けた荘は、政治運動から遠ざかり、職に就く一方で、文学・民俗学・エスペラント運動などに没頭し、台南における中国語による文学運動の中心人物として活躍した。

一九八〇年代以降の台南研究の隆盛にともない、台南の民俗研究の先駆者である荘松林に対しても注目が高まっている。荘松林が戦後の一九五七年、成立に尽力した台南市文史協会の刊行する『文史薈刊』は、二〇〇五年六月、復刊第七輯にて「荘松林先生台南専輯」の特集を組み（葉瓊霞・蔡銘山総編集）、荘の数多くの台南研究を再録した。[2] 荘松林の文学活動については、王美恵「荘松林的文学歴程及其精神（1930–1937）」（『文史薈刊』復刊第八輯、二〇〇六年十二月）や、荘永清「以文学介入社会「台南芸術倶楽部」作家群初探」（『文史薈刊』復刊第十輯、二〇〇九年十二月）などの優れた研究がある。[3]

本章では、まず荘松林の中国語による文学活動を概観した上で、荘松林が民俗研究を進める際に交流のあった、台南在住の日本人学者たちとの関係に光を当てる作業を行い、荘松林が日本人の台南研究とどのように共鳴したのかを論じる。最後に、荘松林の日本語による民俗研究にどのような意味があったのか考えてみたい。

二　荘松林の中国語による文学活動

荘松林は一九二七年に厦門へと向かう以前の十代後半から、台南で行われていた政治文化運動に関わっていた。荘の回想「憶旧　追念韓石泉先生」（韓石泉先生逝世三周年紀念専輯編印委員会編『韓石泉先生逝世三周年紀念専輯』同会刊行、一九六六年）によれば、厦門留学を目指して中国語を学んでいた荘は、中国で刊行された書籍を求めて、台南市内の中国語書店「興文齋書局」に出入りしていた。これがきっかけとなって、二六年八月、結成準備中だった「台南文化劇団」に加わったという。

荘松林の少年時代、一九二〇年代の台湾では、二一年に始まる「台湾議会設置請願運動」や、同年設立の「台湾文化協会」による啓蒙活動を中心に、日本の植民地主義に抵抗する、台湾人による民族運動が高揚していた。[4]二三年には「台湾議会期成同盟会」が結成された一方、文化協会は左右の派閥対立を経て分裂し、左派は文化協会を継続し、右派は二七年七月に「台湾民衆党」を結党し、八月台南に支部が設けられた。

台南における民族運動を主導したのは、台南出身の医師、王受禄（おうじゅろく）（一八九三―一九七七年）や韓石泉（かんせきせん）（一八九七―一九六三年）らである。荘の一回り年上の韓石泉は、台湾総督府医学校を出て、一九二二年台南市内に黄金火（こうきんか）（一八九五年―？）とともに共和医院を開いた。同年台湾文化協会に加わり、台湾議会期成同盟会にも参加し、のち台湾民衆党の一員ともなった。[5]二三年末には治安警察法違反の疑いで検挙され、二ケ月余の拘留を経験するも、文化協会の支部中最大の党員を擁する、台南支部の中心人物として、信頼を集めながら活動を展開した。[6]

韓石泉によれば、文化協会台南支部の講演会には多くの聴衆が押し寄せ、「人々の士気はますます高揚した」という。[7]当時の『台湾日日新報』を見ると、一九二七年十二月十二日の記事は、「数日前の文化講演会を解散されてグレ出した台南文化協会特別支部では連日講演会を催しては中止解散を命ぜられてゐた」と報道し、逆にその熱気を伝える（「文化協会講演又復解散」）。一年後の二九年一月七日の記事にも、郷土文学の提唱者として知られる黄石輝（こうせきき）（一九〇〇―四五年）の講演が、中止解散させられた旨が記されている。両記事の時期、荘は厦門に留学中だが、前後の一九二〇年代、文化協会台南支部が開いた定期的な講演会で熱狂した台湾人の中に、若き日の荘松林やのちに台南の文化運動において同志となる人々もいたわけである。

台南文化劇団は、韓石泉や黄金火らが結成した。台湾文化協会台南支部の宣伝活動の一環で、演劇は大衆啓蒙の手段だった。荘松林はこれに加わって、一九二七年三月に台南市内の南座劇場で第一回公演の演出を担当した。しかし当局から思想や行動に対する警戒を受けたため、事態を恐れた父の配慮により、六月には台湾を離れて厦門へ向かう。

写真 3-1　台南文化劇団

出典：『飛揚的年代　「文化協会在台南」特展専刊』（蔣朝根、台北：台北市政府文化局、2008 年、林文哲氏家族提供写真）

一九二〇年代には台湾だけでなく東京でも、台湾人留学生たちによる新しい文化運動が展開されていた。二〇年、台湾中部の名家出身の林献堂（一八八一—一九五六年）を会長に、雲林出身で台南市内の公学校で教えた経験もある蔡培火（一八八九—一九八三年）がリーダーとなり、塩分地帯出身の呉三連（一八九九—一九八八年）など留学生が集まって、「新民会」が結成され、機関誌『台湾青年』を創刊した（二二年『台湾』と改称、二五年廃刊）。二三年には『台湾民報』が刊行され（当初半月刊、のち旬刊から週刊へ）、二七年からは台湾での発行が始まり、三〇年『台湾新民報』と改称し、三二年からは日刊となった。[8] 台湾人の経営する唯一の新聞として、民族運動の重要な発表機関となるとともに、北京留学経験のある張我軍（一九〇二―五五年）らによって中国の新文学が紹介された。民族意識が高まる一九二〇年代、台湾へと紹介された中国の五四新文化運動に啓発された荘松林は、中国語による教育を受けようと、厦門を目指した。[9]

荘松林は一九二七年九月から二九年六月にかけての約二年間、厦門の集美中学で学んだ。当時の台湾人の留学先としては、日本内地が圧倒的に多く、数千人規模に上る。これに対し、中国大陸への留学は、一九二四年で三百人足らずにすぎない。[10]しかし台湾海峡の対岸に位置する厦門は、台湾人の父祖が台湾へと渡航した出発地であり、言語や文化が共通だった。当時中国へと商売などを目的に渡った台湾人はもちろん、祖国中国で教育を受けたいと願う青年たちにとって、有力な候補地の一つだった。中国への留学者約三百人のうち二百人近く、六割以上が厦門に集中した。[11]

台湾と同じく閩南語地域である厦門は、留学に限らず、台湾人にとって中国大陸へ移動する際にもっとも身近な都市だった。日本統治期台湾の中国語文学を代表する作家、台湾中部の彰化出身の頼和（一八九四―一九四三年）は、一九一八年から約一年半、厦門に滞在し、鼓浪嶼に台湾総督府が設けた博愛会医院で働いた。[12]新文学に触れ、白話文で創作を開始するきっかけとなる体験だったとされる。

台湾新文学運動の火付け役となった、台北板橋出身の張我軍にとっても、一九二一年から二三年まで、厦門の新高銀行支店に勤めたのが、最初の中国体験だった。上海を経て二四年北京へ移り、新文学運動の影響を受け、「致台湾青年的一封信」（『台湾民報』第二巻第七号、一九二四年四月二十一日）以降、中国新文学を台湾へと持ち込む。[13] 同じく台北新荘出身の郭秋生（一九〇四―八〇年）は、一七年厦門に渡り、一八年に創立された集美中学に学んだ。帰台後台北の著名な料亭「江山楼」の支配人を務めながら、三〇年に黄石輝が郷土文学を提唱したのを受けて、三一年、郭も台湾語を用いた郷土文学を提唱する。三三年には廖漢臣（一九一二―八〇年）らと「台湾文芸協会」を設立し、三四年に雑誌『先発部隊』を創刊するなど、新文学の発展に貢献した。[14]

荘松林の身近な台南出身者にも、厦門を経験した人々がいた。台南市内に生まれた林占鰲（一九〇一―七九年）は、公学校で、のちに新民会や台湾議会設置請願運動・台湾文化協会の中心人物の一人となる蔡培火の教えを受け、一九一七年厦門へと渡った。しかし革命後の中国に失望した林は、鼓浪嶼で出家しようとするも、断念して台南に戻り、植民地統治に抵抗し漢族文化の宣揚を目指して「興文齋書局」を開いた。[15] 荘松林は厦門に行く前から、林占鰲の興文齋に出入りしていた。同じく台南市内に生まれた林秋梧（一九〇三―三四年）は、幼いころ楊熾昌の父楊宜緑（一八七七―一九二四年）に詩を学び、地元の公学校を卒業後、台湾総督府国語学校（のち台北師範学校）で学ぶも、学生運動に関わって退学した。一九二四年厦門に渡って、二一年に創立された厦門大学文哲学系で学んだとされ、集美中学で教鞭を執ったが、翌年台南に戻る。厦門での行跡は明らかではないが、林の伝記を書いた李筱峰は、当時の厦門で盛んだった抗日運動から刺激を受けたのではないかと推測する。[16] 台南の名刹開元寺で得度して僧侶となる一方、台湾文化協会と関わりを持った。

荘松林が厦門で学びたいという意欲を持ったのは、一九二〇年代の台湾における民族運動の洗礼や、中国の五四新文化運動の影響、厦門で学んだ経験を持ち、台南で運動に従事していた、林占鰲や林秋梧らとの交流がきっかけではないかと想像される。

とはいえ、林占鰲、林秋梧にしても荘松林にしても、彼らが厦門でどのような経験をしたのか、具体的には不明である。[17] 一九二〇年代、海外へ向かった台湾人のうち、六割以上が厦門を目的地とした。その中で学生は大きなグループだった。二三年に結成された「厦門台湾尚志会」以降、いくつもの組織が結成され、現地の抗日運動から刺激を受けながら、反植民地運動を展開した。[18] 荘松林らは恐らく、中国語を学びつつ、新文学の息吹に直接触れ、また抗日運動からも刺激を受けたと思われる。

荘松林が厦門に赴く少し前の、『台湾日日新報』一九二六年十二月十二日には、「厦門不穏　本島人集美中学生　赤化宣伝に帰台」なる記事がある。集美中学で学ぶ台湾人が左翼思想に染まり、台湾へと「赤化宣伝書」を持ち帰ろうとしたのを没収した、と報じている。中国語書店が衰微していた当時、厦門へ留学した台湾人学生は、民族意識や抗日思想を深める中で、託されて書籍を購入したり、「各人ができるだけ名著や雑誌を選んで持ち帰り、友人たちに送」ったり、帰台の際に税関で悶着を起こすこともあったという（春丞「日據時期之中文書局」）。[19] 厦門に留学した台湾人は、民族主義とともに左翼思想にも接した。

のちに荘松林と交流を持つ、桃園出身の李献璋（一九一四―九九年）も、一九三〇年代に厦門の集美中学で学んだ経験がある。妻李楊玲秋の回想によれば、厦門で北京語による教育を受け、五四運動等の影響に接し、排日運動を経験した。その結果李献璋は、「中国人という意識を増す材料を身につけ」、「急進的民族精神を喚起され」、「かなり社会主義的な思想を行動に表し」、祖先崇拝や位牌信仰の廃止を主張するなどしたという。[20] 李献璋の厦門経験には荘松林と重なる点が多い。

一九二九年六月、集美中学を卒業し台南へ戻った荘松林は、今度は上海の大学への進学を希望したものの、荘の思想や行動を不穏と認めた当局から海外渡航の許可が下りず、断念した。[21] 台南で民族運動に従事しようと決意した荘松林は、帰台後、留学中の二八年二月に結成された「赤崁（せきかん）労働青年会」に加わる。台湾の伝統的宗教観念や迷信を打倒しようと、『台湾民報』に「反対普度宣言」を発表した（第二百七十三号、一九二九年八月十一日）。赤崁労働青年会は三〇年に、「絶対地反対普度」「打倒一切的迷信」を旗印とした『反普特刊』を刊行し、荘は「ＣＨ」や「ＫＫ」の署名で「我們的反普運動」や独幕劇「誰之過」を書いた。「我們的反普運動」には、当時の左翼青年の思想、唯物主義や反宗教、社会主義などがうかがえる、と李筱峰は指摘する。[22] 赤崁労働青年会と同年、労働者の権利を主張して結成された「台湾工友総連盟」の台南区支部の活動にも、荘松林は加わる。起訴や罰金、拘留などを経験し、当局による圧力を感じつつも、民族運動に関わった。

写真 3-2　赤崁労働青年会

出典：『飛揚的年代　「文化協会在台南」特展専刊』（蔣朝根、台北：台北市政府文化局、2008 年、林文哲氏家族提供写真）

荘松林は民族運動と関わる形で文学運動も展開した。一九三〇年秋に台南の文学仲間である林占鰲・宣鰲兄弟や林秋梧・趙櫪馬・盧丙丁・陳天順・鄭明らと、興文齋書局に「赤道報社」を設立し、十月に中文雑誌『赤道』を創刊した。当時出されていた『伍人報』『洪水報』などと同じく、左翼青年たちの刊行物である。荘松林は「女同志」（創刊号）や「到酒楼去」（第二号）などの小説を発表した。この雑誌に関わった一人、趙櫪馬（一九一三―三八年）は同じく台南市出身で、荘とともに台南の中国語文学を支えた人物の一人である。文学雑誌『先発部隊』や『台湾新文学』、地元台南の中国語旧文学の新聞『三六九小報』などに小説を発表した。

しかし一九三〇年代に入ると、台湾人による民族運動は大きな弾圧に直面する。日本内地でも、三一年九月の満洲事変勃発前後、共産党をはじめとする政治運動への弾圧が強化された。台湾でも三一年には民衆党や共産党が弾圧を受けて壊滅する。当時運動をともにした荘松林の仲間雪村（本名不詳）は、当時を次のように回想する。

民国十五年（＝一九二六年）、台湾文化協会が起こり、私は青年運動の路線を歩んだ。荘松林兄が（集美中学を）卒業して（厦門から）帰ってくると、私たちは轡を並べていっそう台湾の青年運動にとりくんだ。最初は白話文の読書会から始め、赤崁労働青年会を組織し、文化劇に加わり、祖国の文化を台湾へ注ぎ込むことを目的とした多くの活動を行ったが、日本の警察から注視され監視され、日本政府の苛烈な政治や干渉を受けて、私たちは要注意人物とされた。私たち二人は自ずから形影相伴う仲となり、拘禁されるときには、二人組で警察の拘留所に入れられた。当時は「留置場」を我らが第二の住まいと呼んだ。活動するたびに、日本の警察から監視され、背後には私服の警察がついてきたが、私たちも慣れたもので、監視者たちをまいたこともある。〔原文は中国語〕[23]

写真 3-3　台南市警察署（現在の台南市美術館）
出典：『台南市日拠時期歴史性建築』
（傅朝卿、台南：台南市政府、1995 年）

荘松林は一九三二年、当局から政治活動をやめて正業に就くよう促された。『台湾日日新報』一九三二年七月十四日の記事「戒告思想漢　命速就職」や、三二年七月二十一日の記事「覔有去処」には、思想方面で当局から監視を受けていた荘松林が、七月九日、台南市警察署で署長から、職に就くよう戒告を受けた、との記事が出ている。これを機に、政治と距離をとることを余儀なくされた荘松林は、文学や民俗、エスペラントなどの活動に沈潜することを余儀なくされた。

一九三〇年代半ばの荘松林の文学活動には、塩分地帯の呉新榮（ごしんえい）（一九〇七―六七年）や、台南市内の楊熾昌（ようししょう）（一九〇八―九四年）らの場合と同じく、志を同じくする仲間がいた。一九三六年の「台湾新文学社台南支社」の設立と、同年十月の「台南芸術倶楽部」の結成は、民族運動を展開した仲間のうち、文学を愛好する者の集まりだった。

一九三五年十二月に台中で楊逵が『台湾新文学』を創刊すると、荘松林や趙櫪馬はこれに賛同して、三六年七月までに、市内の仲間と「台湾新文学台南支社」を作り、中国語で小説などを書いて盛んに寄稿した。『台湾新文学』の附録『新文学月報』第一号（一九三六年二月）に、荘はハガキを寄せて、「台南の成績は私だけで誌友四十五名八十部突破する積りです（中略）今月一杯で二百近く出るだらう」と報告している。『台湾新文学』へは、すでに前年の三五年六月、「台湾文芸聯盟佳里支部」を設立していた呉新榮らも賛同を表明した。呉は郭水潭（一九〇七—九五年）との連名で「台湾新文学社に対する希望」（『台湾新文学』創刊号、一九三五年十二月）を発表、日本語による作品を数多く寄せた。

「台湾新文学台南支社」設立と同年の、一九三六年十月には、荘松林は趙櫪馬や鄭明、張慶堂、董祐峰（一九一三—四三年）、徐阿壬、黄漂舟らと「台南芸術倶楽部」を組織する。[24] 荘の回想「不堪回首話当年」によれば、台南芸術倶楽部は文芸と演劇の二部門を設け、さらに台湾文献整理委員会を置いて、台湾関係の文献の収集や整理考証を目指したという。[25] メンバーの一人である張慶堂（生没年未詳）は台南州新化郡出身で、『台湾文芸』『台湾新文学』に五篇の短篇小説を発表した。張の小説は『台湾作家全集・短篇小説巻・日拠時代4　陳虚谷・張慶堂・林越峯合集』（張恒豪編、台北：前衛出版社、一九九一年）に収められている。

こうした流れの中で、一九三六年四月十五日、台南市内で「第一回文芸座談会」が開催された。荘松林は主催者の一人である。台南市と周辺地域の文学芸術愛好家を集め、組織化された運動を展開することが目的だった。

一九三〇年代半ばの荘松林の活動の特徴は、文学と民俗学の成果を融合した中国語作品の発表である。三六年六月、厦門に留学して台湾の民俗に対する関心を深めた李献璋は、『台湾民間文学集』（台北：台湾新文学社）を編集刊行した。[26]「台湾歌謡」と「故事」を集めた一冊には、彰化の頼和や楊守愚（一九〇五―五九年）、屏東・高雄の黄石輝、雲林の蔡愁洞（一九〇〇―八四年）、台中の林越峯（一九〇九年―）、台北の朱点人（一九〇三―四九年）・王詩琅（一九〇八―八四年）・黄得時（一九〇九―九九年）・廖漢臣ら、当時の台湾各地の代表的な中国語文学者らと並んで、荘松林も寄稿している。

『台湾民間文学集』に収録された荘松林執筆の作品は、赤崁（台南）の「故事」計四編である。台湾語を用いて記載された「台湾歌謡」（歌仔）に対し、いずれも基本的に中国語（白話文）を用いる。台南と周辺地域に残る人口に膾炙した歴史的伝説を題材とし、中でも「鴨母王」は有名な朱一貴（一六九〇―一七二二年）の乱を描く。康熙六十年（一七二一年）、朱一貴は蜂起し台南へと進軍し、皇帝を名乗るも、三日天下に終わった。「林投姉」は由来がはっきりしないが十九世紀半ばの伝説とされ、「売塩順仔」「郭公侯抗租」も十九世紀半ばの伝説である。

荘松林ののちの回想によれば、あるとき李献璋が訪ねてきて、『台湾民間文学集』を編んでいるので、台南地方の「民間故事」（伝説）をいくつか書いてほしいと頼まれた、という。なぜ伝説を小説の手法を用いて書いたのかについては、「執筆するに当たり、伝説にはそれに固有の体裁や書き方があると承知してはいたが、異なるスタイルを創り出し、読者の好みに合わせようと考えた。伝説の材料を取り出してきて、歴史的な考証を加え、その後小説の書き方を用いた。その結果伝説と歴史小説の中間的な体裁の作品となった」とする。[27]『台湾民間文学集』について詳しく論じた豊田周子は、まず同時代評を検討して、台湾語や台湾文化が抑圧されつつあった時期に、「異なる立場の台湾知識人が、新しい台湾文化の創造という共通の目的にむかって議論を戦わせ、『民文集』を編集するための共同体を形成」したことに注目した。そして作品の特徴として、「台湾の新たな文化を創造し、台湾の歴史を台湾人自らの手で記述しようとする、戦略的かつ政治的な意図が働いていた」と指摘する。中でも荘松林の作品について、「詳細な情景や具体的な内面描写を特徴とする小説叙述の方法がとられた」と論じる。[28]

台湾新文学は一九三〇年代半ばに、中国語と日本語の両方を用いた活動において隆盛期を迎えた。ことに二〇年代以来展開された、中国語を用いた台湾人の文学活動は、民族運動としての側面が強かった。王詩琅は三〇年代半ばまでの台湾人による中国語文学について、「当時の文学、中文の文学は（中略）抗日とは切っても切れない」と語る（「王詩琅回顧」）[29]。呉新榮にしても荘松林にしても、文学活動を純粋に芸術的な関心から行っていたわけではない。表だった政治運動を避けるほかない荘らにとって、民族の矜持を表現する手段は限られていた。荘松林の伝説にもとづく創作は、二〇年代以来の台湾の民族運動の延長線上にあった。

また一九三〇年代半ばの中国語による文学は、プロレタリア文学の色彩が濃い。王詩琅は荘松林の短篇を評して、「この時期の中文による創作は、主な傾向として異民族による統治の下にあった台湾人の苦難を反映し、日本人の残虐行為を暴き出すもので、荘松林の作品内容もこのタイプに属していた」と評する。[30] 現在の目から見て、文学作品としての価値が高いとは必ずしもいえない。しかしその文学は、中国新文学の影響を受け、中国の北京や上海の「文壇」と遠く連動しつつ、中国語で台湾という土地に根差した独自性を表現するものだった。[31]

三　台南の日本人学者たちとの交流

荘松林は一九三〇年代前半から半ばにかけての台南で、志を同じくする仲間とともに民族運動や文学運動を展開した。荘らの活動は、当局から尋問や尾行、捜査などの干渉を受け、ときには刑を科されて入獄することもあった。荘松林自身、雑誌の発禁や、二十度余りの逮捕などを経験した。また経費は、指導する幹部や富裕な党員、賛同する民衆からの寄附に頼る苦しいものだった。荘松林の回想「憶旧　追念韓石泉先生」（前掲）によれば、それは「民族精神」ゆえの活動だった。

しかし一九三七年七月七日の日中戦争勃発前後、官憲の圧力に耐えられず、活動は停止する。「ここに至って、台湾の表立った民族運動は、終わりを告げた」[32]。

一九三〇年代末以降、文学活動を続けることが困難になった荘松林は、民俗研究へと方向を転換する。荘にとって主要な舞台となったのは、金関丈夫（かなせきたけお）（一八九七―一九八三年）や池田敏雄（一九一六―八一年）らの日本人によって、一九四一年七月に台北で創刊された雑誌『民俗台湾』である。

荘松林は一九二〇年代末から三〇年代にかけて、主に中国語による文化活動に関わってきた。日本語で書き始めるのは、『民俗台湾』が創刊されて関わりのできる、四〇年代に入ってからである。日本人を中心に、日本語で漢族の民俗研究を進めた『民俗台湾』と、荘はどのようにして関係を持ったのだろうか。

荘松林は『民俗台湾』に対し創刊直後から注目した可能性がある。というのも、荘は陳紹馨（ちんしょうけい）（一九〇六―六六年）が『民俗台湾』や『台湾時報』に書く文章を好んで読んでいたという。[33] 陳は『民俗台湾』に創刊号（一九四一年七月）から書き始めており（「小説「陳夫人」に現れたる台湾民俗」）、常連執筆者の一人だった。

『民俗台湾』の編集を担当した池田敏雄は、荘松林死去の際に記した回想「朱鋒的回憶」（王詩琅による中国語訳、原文は不明、「悼念民俗学家荘松林先生特輯」、『台湾風物』第二十五巻第二期、一九七五年六月）で、荘との出会いについて詳しく記している。荘を池田に紹介したのは、同じく台南で考古学や民族学の研究に従事していた、國分直一（こくぶなおいち）（一九〇八―二〇〇五年）だった。國分は台南第一高等女学校で教えながら、台南の歴史に関する生き字引とも称すべき、郷土史家の石暘睢（せきようしょ）（一八九八―一九六四年）らと協力して、台南研究を進めていた。國分にとっては荘松林も、台南研究において志をともにする一人だった。

ただし、荘松林は國分と会う前に、台南第一中学の教員だった、歴史学者の前嶋信次（一九〇三―八三年）と交流を持っていた。荘は恐らく、前嶋を通して國分と知り合ったと思われる。

前嶋信次が台北帝大を離れ、台南一中へ赴任したのは、一九三二年四月のことである。当初は研究の現場を離れ失意にあった前嶋だが、やがて古都台南の歴史に興味を覚える。古書をひもとき、街を歩きながら、台南の歴史に対する造詣を深めた前嶋は、三四年以降、地元紙『台南新報』に「石卓奇談　児玉将軍と曹公圳碑」一―三（『台南新報』一九三四年一月一／十六／十七日）を掲載するなど、台南研究を進めた。この記事を手始めに、新年になると『台南新報』には、前嶋の流麗な筆になる、台南歴史散歩の記事が掲載された。三六年一月一日から十日にかけての「台南行脚」全七回や、三七年一月一日から十二日にかけての「初春訪古」全五回などである。荘と出会ったころには、前嶋は台南史研究者として、地元でも知られる存在になっていた。[34]

写真 3-4　興文齋書局

出典:『飛揚的年代　「文化協会在台南」特展専刊』（蔣朝根、台北：台北市政府文化局、2008 年、林宗正氏提供写真）

前嶋信次の回想「哀悼朱鋒荘松林先生」（中国語訳、訳者不詳、『台湾風物』第二十五巻第二期、「悼念民俗学家荘松林先生特輯」、一九七五年六月）によれば、前嶋が荘松林と初めて会ったのは、一九三七年四月二十一日である。場所は、台南の本町通り、「大井頭（だいせいとう）」の近くにあった中国語書店「興文齋書局」だった。前嶋が店内で何気なく本をめくっていると、話しかけてきた人がいた。それが荘松林で、手渡された名刺には「興文齋気付」とあった。すでに見たように興文齋は、荘にとって民族運動の先輩である林占鰲・宣鰲兄弟が経営しており、荘は中国で教育を受けようと決意したころから出入りしていた。

前嶋は当日の日記を回想に引用している（日本語原文が不明のため、中国語訳から筆者が日本語に訳した）。

> 興文齋に行くと、三十四、五歳の人が『陶村詩稿』について私に話しかけてきたので、しばらく話しつづけた。その人は台湾文学や歴史に対して濃厚な興味と深い造詣を有していた。荘松林と名乗り、別に朱鋒の号があり、文章もよく書くという。私を知っており、文章も読んだことがあるらしい。李献璋氏編著の『台湾民間文学集』を私に示したが、中にその人の書いた文章がいくつかあったので、一冊購入した。

荘松林が読んだ前嶋信次の文章とは、恐らく前嶋が一九三六年正月、地元の『台南新報』に連載した「台南行脚」全七回（一九三六年一月一／四―七／九／十日）である。荘が戦後に発表した「台南与胡適」（『台南文化』第二巻第四期、一九五二年一月）は、前嶋「台南行脚」の連載第一回「胡適」に言及している。

胡適博士〔一八九一―一九六二年〕が『四十自述』なる自叙伝を発表したとき〔亜東図書館、一九三三年〕、台湾の民族運動は下り坂の時期に当たっており、日本帝国主義の狂風の前にすべてが破壊と弾圧を受け、大陸から入ってくる雑誌書籍は統制され、手に入れることができなかった。幸い当時台南市第一中学校に前嶋信次先生という日本人教諭がいて、台湾の風物にすこぶる関心を抱いて研究し、「台南行脚」なる一文を著した。〔中略〕

前嶋氏による紹介のおかげで、人みな敬慕する胡適博士が幼年時代、台南に住んだことがあると知った。「同郷人」としての限りない親しみを覚えずにいられなかったし、この上なく名誉にも思ったのだった。[35]〔原文は中国語〕

この荘松林「台南与胡適」には、前嶋信次「台南行脚」から長い引用がある。新聞に発表された前嶋の「台南行脚」は、その後書籍などに収録されたことはない。一読感銘を覚えた荘が、切り抜きを戦後まで、大事に保存していたものと思われる。荘は同じく戦後に発表した、「有関黄清淵先生二三事」〔『南瀛文献』第一巻第三・四期、一九五三年十二月〕でも、前嶋の「枯葉二三を拾ひて」〔『愛書』第十輯、一九三八年四月〕に触れ、黄清淵に関わる箇所をすべて翻訳している。

前嶋信次と荘松林は初対面の折に、鄭成功にまつわる伝承や、『陶村詩稿』の刊行、台湾出身の進士、朱一貴の乱などについても話した。荘松林は一年ほど前、『台湾民間文学集』に朱一貴を題材として「鴨母王」を書いたばかりだった。当時三十三歳の前嶋は、荘を同年輩の三十代半ばと見た。

学識深い荘に対し、教えを請うことが多かったゆえに、そう思い込んだという。しかし荘は実はまだ二十七歳で、前嶋よりはるかに年少だった。

東京や台北など、研究の中心から離れて、台南に八年間住んだ孤独な前嶋信次にとって、荘松林や石暘睢・黄清淵ら、台南の郷土史家との交流は、渇いた心を癒す貴重な時間だった。荘と石の二人は見識高く人情に厚い学究だった。荘松林を追悼した回想には、若い日々の交流を思っての懐かしさがにじむ。

> 石暘睢先生が世を去ってすでに十年、今また荘松林先生が幽明境を異にされた。私一人遠くに住んで、古稀の年齢となり、残された歳月はいかほどであろうか。遅かれ早かれ故人の後を追ってこの世を去るに違いない。そのときには若かりし日のように、夕日が照り映える台江（たいこう）の海辺、波の音が高く響く鯤鯓（こんしん）の城のほとりにて、石氏や荘氏と思うさま文学を語り、歴史談義をし、悩みもなくそぞろ歩きたい。これが私の夢である。

荘松林にとっても、前嶋信次との出会いは嬉しいことだった。回想「懐念石暘睢先生」によれば、荘が一九二九年、台南研究の先達、石暘睢と知り合ったのも、この興文齋書局においてである。台湾史の大家、連横（連雅堂、一八七八―一九三六年）ともここで知り合った。石暘睢・連雅堂・前嶋の三人と相知ったことを、「私にとって生涯追憶するに値する時期だと思う」と回想した。[36]

荘松林は兄事していた石暘睢に関する回想で、石と親しく交流した日本人を四名挙げ、それぞれについて詳しく紹介している。台北帝国大学教授だった金関丈夫を除く、前嶋信次・國分直一・新垣（にいがき）宏一（こういち）（一九一三―二〇〇二年）の三人は、台南に住み、歴史や考古、民俗学において成果を挙げた人々である。石暘睢と前嶋の関係について、「交流は極めて密で、休日になるたび、誘い合って名勝古跡を尋ね史料を採集した」といい、國分についても、「形影相伴って、先史遺跡を調査し、史料を検討し、あるいは民族調査などの仕事に従事した」、新垣については、「つねに石先生に導かれて市の内外で民族調査を行い、多くの収穫があった」とした[37]。荘松林自身、前嶋・國分とは親しく交流した。

國分直一が台南第一高等女学校に赴任したのは、前嶋信次に一年半遅れ、一九三三年九月のことである。前嶋をはじめとする、台南の中学校や高等女学校で教鞭を執りながら研究する学者たちから刺激を受けて、國分も台南研究に従事する。もし荘松林が國分と先に知り合っていれば、必ずや前嶋に紹介していただろう。よって、荘が前嶋と出会った三七年四月以降、前嶋がさらに國分へと荘を紹介したと推測される。

國分直一も前嶋信次同様、台南研究を進める過程で、石暘睢と荘松林から大きな援助を受けた。國分の「連雅堂氏と先史学」（『民俗台湾』第二巻第九号、一九四二年九月）の末尾には、「この文を草するに当り、三六九小報を見せて下さつた上に種々助言を与へて下さつた朱峰氏に感謝申し上げねばならない」との記述がある。また一九四三年刊行の『壺を祀る村』の序では、『民俗台湾』の主宰者である金関丈夫・立石鐵臣（てつおみ）・池田敏雄に対してだけでなく、「台南に於ける親しい同志であつた郷土史家として著名な石揚睢氏、陳保宗氏、朱峯氏らに御助力や御教示を受けたことは多大」だと謝辞を述べた（旧版、二頁）。國分らしい粗忽さで、荘松林の筆名「朱鋒」（まれに「朱烽」）が、「朱峰」や「朱峯」に化けているが（石暘睢も石「揚」睢と誤記されている）[38]、台南研究において石暘睢や荘松林がいかに日本人学者に協力し、日本人学者が恩恵を蒙っていたかがわかる。

写真 3-5　法華寺（もと夢蝶園）
出典：『府城今昔』（周菊香、台南：台南市政府、1992 年）

荘松林も國分直一の台南研究から刺激を受けた。特に顕著なのは、國分の平埔族研究からの影響である。荘は戦後に発表した「宋硐（安平壺）」（『台南文化』第二巻第一期、一九五二年一月）で、國分の「阿立祖巡礼記」上・下（『民俗台湾』第二巻第七／八号、一九四二年七―八月）に触れている。これは、かつて台南周辺に居住していた平埔族、シラヤ族の壺を祀る習慣についての、國分による実地調査の記録である。すでに失われたと思われていたシラヤ族の痕跡をたどる國分の壺神追跡は、同時期にシラヤ族に関心を持っていた呉新榮との交流を生み、また荘松林にも刺激を与えた。戦後呉新榮と荘松林は、手を携えて平埔族の研究を行うことになる。同時期の一九四二年四月には、荘松林は石暘睢や國分直一とともに、台南の法華寺から経費を提供されて、李茂春（もしゅん）（?—一六七五年）の墓の発掘を行った。李は鄭氏政権の重臣陳永華（一六三四—八〇年）の友人で、その隠棲の地「夢蝶園」はのちに台南の名刹「法華寺」となった。

こうした交流の中で、一九四一年七月、『民俗台湾』が創刊されると、國分直一は創刊号から常連中の常連執筆者となり、今度は編集者の池田敏雄に対し、荘松林を紹介したのではないかと思われる。池田によれば、本人と会う前に、『民俗台湾』第二巻第四号（一九四二年四月）に寄稿された「語元とあて字」で、初めて荘を知ったという。この寄稿自体、國分の紹介を経てのものだろう。

池田敏雄が台南に荘松林を訪ねたのは、一九四二年初夏のことだった。この訪問は、『民俗台湾』第二巻第五号（一九四二年五月）の「台南特輯号」と関わってのものと思われる。台南へ行く前に、池田は台南北郊の小都市佳里に立ち寄り、初めて呉新榮を訪ねた。呉新榮は『民俗台湾』に、一九四二年七月の第二巻第七号から執筆する。掲載したのは「続飛蕃墓」（署名は大道兆行）で、同年二月に『台湾文学』第二巻第一号に発表した「飛蕃墓」の続編である。平埔族の探索をしていた國分は「飛蕃墓」を読んで狂喜し、呉のもとを訪ね、両者の交友が始まる。呉が『民俗台湾』に書いたのは、その続編である。荘松林の場合と同様、この寄稿も國分が呉に執筆を慫慂（しょうよう）した可能性が高い。初夏の南部は蓮霧（れんぶ）の白い花が咲く季節で、甘い香りが漂う中、和室にしつらえた呉新榮の「瑣琅山房」で、塩分地帯の詩人たち、郭水潭や徐清吉（じょせいきつ）（一九〇七—八二年）らと夜中まで話し込んだ。

その翌日、池田敏雄は台南市内に荘松林を訪ねた。官憲から厳しく監督され、就業を迫られてやむなく開いた小さな玩具店で、荘は池田の来訪を歓迎した。合歓の木が白い花を咲かせる下で売られていたマンゴーの酸味を、池田はその後も忘れなかった。のち池田は、荘松林の著作選『南台湾民俗』（婁子匡編、台北：東方文化書局、一九七一年）で、荘が蓮霧やマンゴーについて語ったエッセイを読む（「蓮霧」、初出は『中華日報』「海風」第六百六十九期、一九五〇年五月十日。「檨仔」、初出は同第六百七十二期、一九五〇年五月十七／十九日）。さらに荘松林逝去の報に接して、呉新榮の随筆集『震瀛随想録』（台南県：琑琅山房、一九六六年）にも、二種の果物が出てくることを思い出した池田は、初夏の台南訪問を思い出し、懐かしさを禁じ得なかった。

『民俗台湾』の「台南特輯号」編集後記で、「孟甲生」つまり池田敏雄は、特集の意図について、「われわれ民俗研究に携はる者にとつて、台南は古く和蘭人（オランダ）の據台、鄭成功の統治下を経て、更に清朝の領有となつてからは府城の地として発展した市街であり、それより改隷（かいれい）四十有余年後の今日に至るまでその間幾多の変遷はあつたが、今尚台湾の旧都としての面目を保持してをり、旧時を偲ぶ名勝旧蹟はもとより、民俗的な伝統のよく継承されてゐる土地として見のがすことは出来ない」と述べた。古都台南に、台湾の民俗を愛好する同好の士が住む喜びを、かみしめながら記したことと思われる。

池田敏雄によれば、特集を組むに際し國分直一の協力を仰いだといい、特集の執筆者の多くは、國分が紹介したと思われる。日本人は、「台南小史」の國分、「グラフ　台南の風物」の写真を担当した渡邊秀雄（写真解説は國分）、「台南の招牌」の淵田五郎（小学校教師だったかと思われる）の三人で、他の特集関係の執筆者は台湾人である。そのうち「台南古蹟史志」の楊雲萍（よううんひょう）（一九〇六―二〇〇〇年）のみ台北士林の人で、「台南年中行事」の朱鋒こと荘松林、「台南の石敢当」の石暘睢、「台南の音楽」の陳保宗（台南師範学校教師）が台南の人だった。

『民俗台湾』以前に、『文芸台湾』が「台南特輯」を組んだことがある（第三巻第二号、一九四一年十二月号）。だがこの特集に執筆したのは、國分直一や新垣宏一、喜多邦夫や永松顕親で、台湾人は石暘睢一人である。また喜多や永松はごく短い寄稿で、台南研究として充分な厚みではなかった。『民俗台湾』の台南特集へと寄稿を依頼されたとき、荘松林には意気込むものがあったと推察される。『民俗台湾』では先に、台北の台湾人居住区である士林の特輯号が組まれた。台湾人が人口の多数を占め、古い習慣の残る台南が特集の対象となったことで、荘は民俗研究の蓄積をもとに腕をふるう、絶好の機会を得たわけである。

荘松林の文学・民俗学的な素地を考える上で重要な要素は、やはり厦門体験である。一九二〇年代の中国大陸における民俗学勃興は、荘に多大な刺激を与えた。池田敏雄が四二年に台南の荘松林を訪れたとき、荘は台南で中国語を用いて刊行されていた伝統文学の娯楽新聞『三六九小報』と、中国広州の国立中山大学語言歴史学研究所から刊行されていた雑誌『民俗週刊』を持ち出して来て、池田に見せた。池田ら日本人が台湾で展開した民俗学は、柳田國男を中心とする日本の民俗学の影響を受けていた。その一方で、『民俗台湾』に寄稿した台湾人の中には、中国の民俗学の成果を継承した人々がいた。荘松林はわざわざ中山大学の『民俗週刊』を持ち出し、池田に自らの学問の位置を示したのである。

台南訪問の際、池田敏雄は荘松林に連れられて、市内の雑貨店を回り、謝雲声編の『台湾情歌集』や『福建故事』を購入した。『台湾情歌集』は広州の国立中山大学語言歴史学研究所が刊行していた「民俗学会叢書」の一冊で、初版は一九二八年である。編者の謝雲声（一九〇〇―六七年）は福建生まれ、中山大学で民俗学を学び、二〇年代は厦門の同文書院で教員をしながら新聞副刊の編集などをした。台湾へ行ったことはなかったが、厦門へと伝わった台湾の民間歌謡を収集した。[39] また『福建故事』全四冊は、厦門の新民書社編譯部が刊行した「民俗叢書」の一部で、三〇年に刊行された。謝雲声は福建の歌謡を収集した『閩歌甲集』（民俗学会叢書、広州：国立中山大学語言歴史学研究所、一九二八年）を刊行するなど、二〇年代に勃興した中国民俗学への貢献が大きかった。中国民俗学の中心人物である、顧頡剛（一八九三―一九八〇年）や鍾敬文（一九〇三―二〇〇二年）がその功績を高く評価していたことは、『台湾情歌集』（鍾序）と『閩歌甲集』（顧序）に付された序文から知ることができる。[40] 荘松林が謝雲声の台湾歌謡収集に関心を寄せていたことは間違いない。

池田敏雄はまたこの前後、嘉義の中国語書店「蘭記書局」でも、謝雲声編『閩歌甲集』（前掲）や玄珠（＝茅盾）『中国神話ＡＢＣ』や劉経菴編『歌謠与婦女』（商務印書館、一九二七年）などの中国語書籍を購入した。[41] 中国語書籍は日中戦争前には輸入が制限つきで許されていた。中山大学を中心とした民俗学の出版物は、戦争前に相当数が輸入されており、売れ残ったものを自身が購入した、と池田は推測している。

荘松林の民俗研究においては、台南の伝統的な文人による、台南の歴史や民俗についての考証を継承した点も見逃せない。荘の回想「不堪回首話当年」の、「私たちが文献を重視したのは、実のところ三六九小報から受けた影響が非常に大きい」との文言からわかるように、荘は旧文学の娯楽新聞『三六九小報』を愛読していた。[42] 戦前の『民俗台湾』に掲載した文章には、『三六九小報』に連載されていた連横の「雅言」に対する言及がある。戦後になっても「宋硐（安平壺）」（『台南文化』第二巻第一期、一九五二年一月）では、連横の「雅言」や同じく『三六九小報』の「台湾考古録」に言及している。

とはいえ、これらの刺激とともに、荘松林の民俗研究において、「台南学派」の日本人、前嶋信次・國分直一・新垣宏一、さらには台北萬華の民俗研究をしていた池田敏雄との交流も、決して小さな要素ではないと思われる。前嶋・國分と比して交流が少なかったと思われる新垣についても、荘は「風獅爺」（『台湾風物』第十五巻第二期（一九六五年六月）で、新垣が戦前に書いた「台南地方民家の魔除けについて」（『文芸台湾』第二巻第二号、一九四一年五月二十日）に触れている。この一文は「民俗学者の注目を引き起こした。しかし世は移り変わり、これまではや二十三年の星霜を数え、とっくの昔にきれいさっぱり忘れ去られた」。

もちろん荘松林自身は、新垣宏一の実地調査から受けた刺激を忘れることはなかった。しかし、新垣が愛着を覚えて考証した「風獅爺」は、荘によれば、市内では大戦中の爆撃や戦後の再開発で失われ、残るは二体のみとなったという。爆撃を受けなかった安平には比較的数が残っていたが、やがてこれも荘の予想通り、姿を消していく。

四　台南民俗・台湾語の研究

荘松林が一九四〇年代、『民俗台湾』に掲載した記事は計十七編ある。そのうち主要な考証文は、「語元とあて字」計七編、「台南年中行事記」計五編、「台湾神誕表」計二編である。

一九二〇年代から文化啓蒙運動に従事していた荘松林は、三〇年刊行の『反普特刊』で、台南の伝統的な宗教行事である「中元普度節」に反対した。日本の施餓鬼に相当する「普度」は、台湾、中でも台南では、「鬼月」つまり旧暦七月に、非常に盛んに行われる。廟を単位に、一ケ月間かけて行われる普度では、豪華な供え物が気前よく用意される。これは無縁仏に対する供応であるとともに、貧者に対する施しでもあった[43]。

かつて荘松林はこの旧習を、左翼青年としての観点から、封建的な迷信として攻撃していた。「毎年この行事――普度のために、莫大な金銭や時間が無駄に費やされてきたが、何ら収穫を上げられないばかりか、自らの生活をいっそう貧しい苦境に陥れ、また自身の階級意識を鈍感ならしめている。よって現在緊急に対策を講じ、無産者の頭からこの種の悪い観念を抜き去り、新興の科学思想を注入するのでなければ、私たちの解放運動は前進しがたいと痛感している」[44]。しかし一九三〇年代半ば以降、民俗学へと足を踏み入れるにつれ、台湾人の伝統的生活習慣に対する考え方は変化していく。

荘松林の「台湾神誕表」上・下（『民俗台湾』第四巻第一／二号、一九四四年一／二月）は、道教や仏教を中心に、台湾に根づいた民間信仰の神々の誕生日を列挙する。台湾は中華圏でも民間信仰の盛んな土地柄である。福建や広東など、移民たちの出身地である中国東南部から請来された無数の神々が、至るところに祀られている。「媽祖」（天后、天上聖母）・「関帝」（関羽、関聖帝君）・「王爺」・「保生大帝」などが代表的な神々だが、台南は古都だけに、「玉皇上帝」のように位の高い神から、「文昌帝君」や「福徳正神」（土地公）のような身近な神々まで、台湾で見られる神々のほとんどが集中して祀られている。

写真 3-6　祀典武廟（関帝廟）

出典：『台境之南　府城地名的故事』（詹翹他、台南：台南市文化資産保護協会、2010 年）

神々の誕生日には決まって盛大な行事が開かれるので、「台湾神誕表」は台湾人の行事一覧と呼ぶことができる。行事の規模は、ささやかな廟であっても、往々にして極めて大きい。現在でも道教の道士がいて、種々の宗教儀礼を行っている。[45] 土地の人々にとって神々は、現在も信仰の対象である。

皇民化運動の掛け声のもと、伝統的な生活習慣への干渉や、寺廟整理が進む中、台南でも古いしきたりが白眼を持って過されるようになった。日中戦争開戦後の台南における、皇民化運動の推進、及び伝統習慣への圧迫について、荘松林より一回り年下の王育徳（一九二四―八五年）は、回想『昭和」を生きた台湾青年―日本に亡命した台湾独立運動者の回想 1924–1949』（草思社、二〇一一年）で次のように述べる。

時局の緊迫という理由で、このころから皇民化運動が大車輪で推進されるようになった。「迎媽祖(ギヤマアツオ)」（媽祖(まそ)行列）が禁止されたのをはじめ、多くの寺廟が整理され、大麻(たいま)（神社のお札）の奉祀が奨励されるようになった。一方で「日本精神」の高揚、国語の普及、台湾人の姓名を日本名に改姓することが推奨された。

「迎媽祖」は有名な台南市の最大の行事の一つで、日本人の市長も行列の先頭に立って街中を練り歩いたものである。「迎媽祖」のときの掛け声や衣装や飾りは完全な台湾調だったが、内地人もそれを容認し、いっしょになって楽しんだ。これが双方の融和にどれほど役立ったかわからない。

（中略）

皮肉なことに皇民化政策が推進されたことで、逆に台湾人意識が芽生えたとも言える。[46]

荘松林の「台南年中行事記」上中下及び補遺二回（『民俗台湾』第二巻第五／七／十号／第三巻第一号／第五巻第一号、一九四二年五／七／十月／四三年一月／四四年一月）は、皇民化運動が進展する中、このままでは失われかねない台南のしきたりを、せめて記録に残したいという、切実な願望の表現となっている。一例として旧暦一月九日の「天壇」についての記述を引いてみる。

初九天公生　宇宙を主宰する玉皇上帝の誕生日で、各家庭では午前一時から盛大に祭る。殊に天壇（天公廟）では、八日夜から市内外の参詣者が雑踏し、実に素晴しいものである。各廟宇も当番の爐主（ろしゅ）等が数日前境民より集めた寄附金によりこの日賑やかな祭典を行ふ。晩方供物を料理して境民が廟に寄り集まり、御馳走をいただく。これを食天公酒と云ふ。

廟に対する信仰をともにする地域の人々（「境民」）が、現在も大切に継承して盛大に執り行う廟の祭りが、簡潔な表現から彷彿されるだろう。太平洋戦争が始まって以降の一九四二年に至っても、台南各地の廟で行われていた祭りが、いかに人々の喜びの源であったかがわかる。

台湾人にとって、廟は心のよりどころであり、周辺の人々をつなぐ場所でもある。そもそも台湾は、海峡を渡ってきた移民たちが、官に頼ることなく、民間の力を合わせて開拓してきた土地である。移民たちは大陸の郷里から守護神を新天地へと持ち込み、廟に祀った。集落には必ず廟があり、台南のような古都となると、街中いたるところに廟があって、地区ごとに信徒で協力して管理維持している。廟の前には広場があって、屋台があったり市場が設けられていたり、民衆が始終出入りするにぎやかな空間を提供しており、祭りとなると盛大この上ない祝祭の空間となる。廟は参詣者の集まる宗教施設であるのみならず、自治や自衛の機能を持ち、規模によっては公益・慈善・教育・娯楽の機能をそなえる。人々が集い、祭りの折には心を一つにする場所だった[47]。台南という街の形成は、廟の存在と切り離せず、廟を見ていくことは、台南の民衆の心のよりどころを見ていくことになるのである。
廟が台湾人、ことに線香の煙が絶えない古都台南の人々にとって、生活の大切な一部であるなら、寺廟整理や伝統的習慣に対する総督府の干渉は、単に表面的な宗教施設の解体や風俗習慣の改変にとどまらず、台湾人の生き方そのものの破壊だった。荘松林が「台南年中行事記」や「台湾神誕表」「語元とあて字」に残そうとしたのは、神々の祭りや年中行事に込められてきた台湾人の生き方であり、魂のようなものだった。

荘松林が交流した前嶋信次や國分直一は、台南研究を進める中で、台南の廟に注目した。前嶋は「台南の古廟」（『科学之台湾』第六巻第一・二号、一九三八年四月）や「台湾の瘟疫神王爺と送瘟の風習に就いて」（『民族学研究』第四巻第四号、一九三八年十月）などの名編を書いた。いずれも前嶋と荘が出会った翌年の発表で、交流があった荘はきっと目にしていたことだろう。國分は「義愛公と童乩と地方民」（『台湾教育』第四百十五号、一九三七年二月）以来、台湾人の民間信仰に注目してきたが、『台南新報』が改称した『台湾日報』に連載した「南都風物図絵」全十四回（『台湾日報』一九四一年十一月七―九／十一／十三―十六／十八―二十三／二十五日）には廟に関する記述が多くあり、また「洋楼と廟」（『台湾日報』一九四二年七月十日）、「三山国王廟」（『台湾建築会誌』第十五輯第五・六号、一九四三年五月）などもある。「南都風物図絵」を除く他の文章は、國分の戦前の著作、『壺を祀る村　南方台湾民俗考』（東京：東都書籍、一九四四年）に収められた。

前嶋信次や國分直一・新垣宏一の台南民俗研究や、池田敏雄の台北萬華の民俗研究は、日本人が台湾の新奇な民俗に向けた好奇心の域にとどまるものではなかったと思われる。成人してから来台した前嶋は別として、國分や池田は幼時に台湾へ移住し、主に台湾で教育を受けた。新垣に至っては、台湾で生まれ育ち、教育のすべての段階を台湾島内で受けた、いわゆる「湾生」である。池田は「わが郷土台湾」と称したが、國分や新垣もその意識を共有していたと思われる。[48] 荘松林と台南の日本人学者たちは、民俗研究を通して、台南・台湾という土地に対する感情を分かち合うようになる。

荘松林が『民俗台湾』に書いた考証の中でも、掲載回数の多い「語元とあて字」(『民俗台湾』第二巻第四/十一号/第三巻第七号/第四巻第二/九/十一/十二号、一九四二年四/十一月/四三年七月/四四年二/九/十一/十二月)は、熱の入った原稿である。考証の対象としたのは、台湾語の語源と、台湾語を表記する際に仮に用いられた、漢字の当て字の当否である。なぜ台湾語の語源や、漢字の当て字にこだわるのかについて、荘は掲載の初回で次のように述べる。

旧慣から解放された本島人の若き知識階級と風俗習慣の違つた内地人研究者にとつて、一番難かしいのは恐らく語元であらう。台湾語に語元のない筈はないが、長い歴史過程を経て、今日一般の使用して居る言葉には訛音(かおん)が多い。従て研究に当り色々な宛字(あてじ)が使はれて居るやうである。(中略)この機会に知つて居る範囲内で気のついたことを書いて置くことも無意義ではなからうと思ふ。

台湾人のうち多数を占める「閩南人」(福佬人)が日常用いる、中国語方言の一つ「閩南語」は、一般に「台湾語」と呼ばれるが、中国大陸で成立しつつあった「国語」、つまり北京語をもととする標準中国語（書き言葉は古文の「文言文」に対し「白話文」とも称する）とは、大いに異なっていた。台湾語は、伝統的な教育機関「書房」で教えられる文言音を除けば、本来口頭の言語であり、どのように表記するかが大きな課題だった。ローマ字と漢字を用いる方法があるが、漢字を用いる場合、どの漢字を当てるかが問題となった。

というのも、台湾語研究者の王育徳によれば、台湾語の語彙は、福建語の記録文献が少なく、中国の異民族や台湾先住民族の語彙が借用されているなどの理由で、「正当な漢字の充てられないのが多い」（「台湾語講座」第七回「台湾語の語彙（1）」[49]）。「20％以上の語彙について、正当な漢字がすぐに思いつかない」し、「文言音、白話音、訓読の三種」の弁別も困難だという（「同情と理解の隔たり」[50]）。つまり、台湾語を漢字で表記する際に、どの漢字を当てるのかは、表記上の大問題というだけでなく、語源を考証する鍵ともなった。

荘松林の活動は主に中国語をもってなされたが、台湾語に対しても関心が深かった。「語元とあて字」では、『民俗台湾』掲載の記事を中心に、荘が目にした台湾語の当て字について、より妥当な漢字を勘案しつつ、語源を探る。

第一回（第二巻第四号、一九四二年四月）で俎上に載せたのは、「作牙」（＝「尾牙」）の「牙」の字である。旧暦十二月十六日は、台湾では「尾牙」の日に当たり、雇用主が被雇用者を饗応する風習がある。この「牙」字について、本来「牙」なのか、あるいは「衛」なのかについて考証している。そのきっかけは、十年あまり前、「暇ある毎に寄合つて討論する連中がその晩も例の通りに寄合つた席上」で話題となったゆえだった。

考証の際に荘松林が引くのは、台南で伝統文学の結社「南社」を作っていた文人による考証である。一つは趙雲石（ちょううんせき）（一八六三―一九三六年）の遺著『旧春行事』であり、もう一つは台南の伝統文人たちが刊行していた娯楽新聞、『三六九小報』に連横（連雅堂）が連載していた、「台湾語講座」（第六十六号、一九三一年四月十九日）である。荘はさらに、中国大陸で刊行されていた代表的な辞書である、『辞源』と『辞海』も調べている。

「語元とあて字」の考証過程からは、荘松林の知的な背景が見えてくる。第二回では中山大学で刊行されていた『民俗週刊』を引用し、第四回では鍾敬文編『蛋歌（たんか）』（黎明社叢書、上海：開明書店、一九二七年）に触れている。第七回では、厦門で布教していた宣教師ダグラス（Carstairs Douglas、一八三〇―七七年）が、一八七三年に厦門で刊行した『厦門語辞典』を引いている。参照するのは、地元台南や、かつて学んだ中国・厦門の文献を中心とするが、日本語文献にも触れており、第七回には、日中戦争が始まったころ「中央公論か改造か」に掲載された随筆を読んだ、と出てくる。

同じく台南に住む学究のうち、日本人については、新垣宏一の記事に言及した。『文芸台湾』第三巻第二号（一九四一年十一月）は「台南特輯」で、台南在住の複数の日本人文学者が記事を寄せたが、荘はそのうち、新垣「露地の細道」の用語を取り上げた。新垣が用いた、「海山宮」や「造美街」に対し、「海山宮と云ふ廟、造美街と云ふ旧街名は未だ聴いた覚えはない」と手厳しく、考証の結果、両者は「開山」及び「倣蔑」の音訛だと推定し、「他にも訛音のまゝあて字を使用してゐる言葉は、まだ沢山ある」と指摘する。

荘松林は「語元とあて字」を、どのような意図を持って書いていたのだろうか。台湾語学者の王育徳によれば、話し言葉である台湾語の白話音は、どの漢字に対応するか考証するのが難しい。「では正しい漢字はなんだ、それを探してみようではないか」と思い立つ、「アマチュア語源学者」が数多く誕生したが、「労多くして効少なし」だったという(『台湾語入門』「文言音と白話音」[51])。

荘松林の場合も、個々の事例の考証が妥当なのか、またさほど価値があるかどうかは不明である。その一方で、荘の語源探索には一貫した意図が込められている。第一回の末尾に記された、「台湾独特な方言」の記述は興味を惹く。台湾語は、福建省南部(閩南)からの移民がもたらした「閩南方言」が、台湾において独自の変化を遂げたものである。よって大きくは閩南方言の、さらに下位分類の一方言に分類される。福建省南部と台湾の人々の間では、閩南方言を用いて話せば通用するわけだが、台湾において独自の語彙を多く生み出しもした。

荘松林がここで検討するのは、豚=「Oa」、犬=「Ka-Lo」、畜生奴=「Cheng-Sin」の三語である。使い慣れた単語だが、いくら語源を尋ねても出てこない。荘松林は余儀なく、「オランダ語か或は生蕃語ぢやないか」と考えていたが、連横の遺著『雅言』を読んで疑問は氷解した。

明が清に滅ぼされ、あくまでも明の天下を取戻さんと、悪戦苦闘を続けた鄭成功が不共戴天の清の皇祖を犬、その一族を豚、手先の漢奸を畜生と視るに至り、一心一念国防国家を建設して清を征服し、引いては南洋迄進出する宏図を企てたが、不幸にして三代目克塽の時、清の康熙二十二年施琅に征服され、我台湾は始めて清の版図に帰属したのである。異朝の統治下に於いても遺民は毫も亡国の恨を忘れず、態と現在の通りに音訛つて畜生扱にして来た次第である。昔内地人がよく本島人を「清国奴」と罵つたが、本島人にとつては「馬鹿野郎」よりも「清国奴」の方が侮辱と思ひ、遂に喧嘩になつた例がある。これも鄭氏以来の気魄が尚些かでも残つて居たためではないかと思ふ。

語源を探索した文章の末尾に、何気なく置かれた一文だが、荘松林の経歴や思想と照らし合わせれば、決して穏やかな内容ではない。なにゆえ末尾でわざわざ、「豚」「犬」「畜生奴」を持ち出すかといえば、異民族の統治下に置かれた「我台湾」の遺民の、「亡国の恨」や「鄭氏以来の気魄」をあえて記すため、ととるほかないであろう。

荘松林の民俗研究の端々にはこの種の気概がうかがえる。台湾の旧習を論じた「三日節と太陽公生」（『民俗台湾』第五巻第一号、一九四五年一月）は、旧暦三月三日の墓掃除と、三月十九日の「太陽公生」なる行事について記す。荘の考証によれば、いずれも鄭成功や明朝と関わる行事で、「太陽公生」は鄭氏政権時代には国家の祭祀として公然盛大に行われていたはずだが、「明の遺民が清の統治下にも拘らず尚亡国の恩を忘れず太陽公生の仮名の下にこの行事を行ってきた」とする。

一九四五年は戦争も敗色が見えてきた時期だが、このまま戦争がつづけば台湾の伝統行事は絶えてしまうとの危機感を、『民俗台湾』に寄稿する台湾人たちは共有していた。荘松林は次のように記す。

> 明の民が明に対する愛国の摯熱と、清に対する敵愾心は、言語年中行事に具現されてゐるばかりでなく他の分野にも現はれてゐる。（中略）はかない民俗の一端ではあるが、死者を椅子の上に立たせ（実際には生者が代理する）笠を頂かせるのも、祖先に会ふ前だけは、清の地を踏まず、清の天を戴かずと云ふ寓意を表はすものだと云はれてゐる。台湾にはこのやうに、鄭氏時代の憎清の遺風が、民俗の隅々にまだ遺つてゐるのである。

民俗の隅々に残っているのは、「抗清」の遺風だけではない。古来綿々と伝わってきた習慣は、台湾が日本の植民地となり、宗主国の制度のみならず言語や文化が圧倒的に浸透してきても、古都台南では路地の隅々にまだ民俗として残っている。戦争が長引くほど失われる危機に瀕する民俗や言語を記録し残すのだという強い意志が、荘松林の記事にはうかがえる。

「語元とあて字」は、台湾語を論じているように見えて、その実台湾語を通して、台湾人の旧習を紹介し論じるものともなっている。第一回は「尾牙」について、第二回は「陰府」の下級官吏である刑事の密偵「差仔」についてだが、「こんな連中は碌な奴ではないから、悪事は手あたり次第、運の悪い者が外出してそれに出逢ふとたちまち祟られて病気になる」というくだりは、当局の監視に悩まされた荘松林の恨み節となっている。

池田敏雄は回想の中で、荘松林がなぜ台湾語の「語元とあて字」にこだわったのかについて、次のように論じた。

朱鋒氏（＝荘松林）には考証癖があったようで、この考証癖や民俗についての関心を満足させるには、台湾語の語源研究は、格好の題材だったに違いない。当時は日本当局が台湾語を全面的に禁止していた時代に当たり、この措置を忍びない気持ちで見ていた朱鋒氏は、語源研究の名を借りて、台湾語の禁止に抵抗していた。（中略）

『民俗台湾』は、雑誌の性格からして、原稿に台湾語の混じることが多かった。（中略）用いられる漢字に決まった字がないので、作者自身に他に考えがある場合は別として、多くが台湾総督府が編集した『台日小事典』で使用された漢字を用いていた。しかし朱鋒氏は真面目で、『台日小事典』に対して不満があるようで、逐一持ち出しては、この漢字では意味が通らないとか、この漢字を用いるべきだとか論じたが、どれも具体的な例を出しての、逐一の指摘だった。[52]

荘松林の台湾語に対する関心は、同じく厦門で学んだ経験を持ち、『台湾民間文学集』を編集した李献璋と共有されている。李献璋は一九三〇年代半ばから台湾語の研究を行い、台湾の歌謡の収集を行った。「台湾方言及其歌謡漫談」全三回（『台湾新民報』一九三四年六月）には、妻の李楊玲秋の回想『思い出すままに』によれば、謝雲声編『台湾情歌集』に異を唱えた箇所があるという。[53]また『台湾民間文学集』は、「歌謡篇」に台湾歌謡を収め、「出版された当時は、多くの人々に伝統への郷愁を喚起し、懐かしがらせ」た[54]。同じことが、日本人の作った辞書に掲載の台湾語当て字に異を唱えつつ、古い民俗を語った、荘松林の考証の数々にも当てはまる。その意図を、少なくとも編集を担当した池田敏雄は受けとめていた。

五　台南の地層を掘り進む

戦後の荘松林は中国語を用いて台南市や台南県の民俗研究に専念した。

荘松林は石暘睢らと、台南市の郷土研究雑誌『台南文化』を創刊した。一方、塩分地帯の呉新榮らは、台南県の雑誌『南瀛文献』を創刊した。両者は交流深く、荘松林は呉新榮らとともに民俗探訪へと出かけ、『南瀛文献』にもしばしば寄稿した。

両者の出会いは恐らく、一九三六年四月十五日に台南市内で開かれた「第一回文芸座談会」であり、つづいて同年十二月二十八日、郁達夫が台南へ来訪した際には、台南駅の鉄道ホテルで一緒に面会した。四〇年代に入って『民俗台湾』に、荘松林が「語元とあて字」（第二巻第四号、一九四二年四月）以降、呉新榮が「続飛蕃墓」（第二巻第七号、一九四二年七月）以降執筆を始めると、両者の関係はさらに密になる。

呉新榮の日記によれば、一九四二年三月二十一日、郭水潭が平埔族の壺を祀る習慣を調査していた國分直一や写真家の渡邊秀雄を案内して、呉宅を訪ねてきた。

今日はこれで一応済んだわけだから一緒に台南で晩飯を食べようとて五時のバスで出発した。(中略)先きに鉄道ホテルに行つてゐる國分氏と落ち合せて晩餐を一緒にした。それが済んで四人は町を歩きながら本屋をあさつた。八時頃になると、茶荘ユーカリに落ち着き、そこで台南の同好者と一夕(いっせき)語ることになつた。台南の民俗同好者は石暘睢、廖漢臣、荘松林、黄田、陳華諸君が来てくれた。彼等は所謂台南学派であるが、話は安平壺を中心に台南史実を色々な方面に渡つた。[55]

一九四四年十二月三十日の日記によれば、『民俗台湾』の主宰者、金関丈夫が台南を来訪中との知らせを受けた呉新榮は、診察を早く切り上げ、他の招待も断り、金関の止宿する台南の旅館「四春園」へと急いだ。『民俗台湾』関係者で食事をするというので、塩分地帯の仲間黄平堅が経営する店へ行くと、「漢文家荘松林、歴史家石暘睢、洋画家顔水龍諸君の他、建築家の高工教師と第一高女の図画の先生等」が集まった。「金関先生は台南の豪傑が一堂に集まつたと非常に喜んだ」。荘松林らの奔走で豊かに並んだ食卓を囲んで、「インフレのことや寺廟のことや陶器のことや、とにかく色々な話題で花を咲かした」という。[56]こういった経緯があって、荘松林と呉新榮は肝胆相照らす仲となり、戦後の台南地方における郷土史研究や平埔族の調査へとつながっていく。

荘松林は一九五七年に郷土研究の団体「台南市文史協会」を、石暘睢・許丙丁・韓石爐・江家錦・連景初・黄天横ら、台南の民俗を研究する仲間と結成し、五九年六月には雑誌『文史薈刊』を創刊した。雑誌は六〇年十二月に第二輯を出して中絶したが[57]、第一輯には前嶋信次が「嘉慶道光間台湾県学教諭鄭兼才年譜」という中文原稿を寄稿し、第二輯には國分直一論文の中国語訳が掲載された。この雑誌を見ると、日本統治期における台日間の台南研究を通した交流が、戦後もつづいていたことを確認できる。

荘松林は戦後も、台南を訪れる研究者にとって親切な案内者の役割を果たした。一九六九年七月に道教研究者の窪徳忠（一九一三―二〇一〇年）が台南を訪問した際には、案内役を買って出て、酷暑を避けて毎朝七時から午前の間、数日にわたって案内をした。以降窪は毎年のように台南を訪問するたび、荘の教えを請うたという[58]。

日本統治下の植民地台湾に生まれた荘松林は、若くして民族運動に関わり、日本の官憲から弾圧を受け、祖国中国で学び中国の文学や民俗学から影響を受けつつ、中国語で活動を展開した。しかし台南の地にあって、同じく台南を愛して研究する日本人との交流は、出発点こそ違え、台南・台湾の地層を掘り進む点において、共同の作業だった。荘が日本人たちの研究を導くとともに、日本人たちによる発掘が荘に影響を与えることもあった。荘が一九四〇年代において表現の場を見出したのも、日本人たちが作った雑誌だった。両者の間にどれだけ理解し合うものがあったのかというと、それはわからない。しかし台南研究において両者が響き合い、手を携えて掘り進んでいったことも、また事実ではあった。

第四章

「歌仔冊」と「歌仔戲」

——王育徳の台湾語事始め

一 台湾語研究者

王育徳（一九二四—八五年）は台南出身の文学者・台湾語研究者・台湾独立運動家である。[1] 市内の豊かな家に生まれた王は、末広公学校を卒業後、地元の名門、台南州立第一中学校（旧制中学）に入学する。

台南第二中学が主に台湾人の学ぶ中等教育機関だったのに対し、王育徳が学んだ台南一中は、主に日本人が学ぶ学校だった。王の入学した一九三六年、入学者百五十八名のうち、台湾人はわずかに二十名である。また、日本人の志願者は一・五倍に満たない倍率だったが、台湾人の倍率は四倍に近かった。台湾人にとって台南一中は南部で指折りの難関だった。[2] 台湾人の卒業生には、夭折した詩人の林永修（林修二、一九一四—四四年）、詩人で医者となった張良典（丘英二、一九一五—二〇一四年）、郷土史家の黄天横（一九二二—二〇一六年）らがおり、日本人では、作家の庄司総一（一九〇六—六一年）、民族考古学者の國分直一（一九〇八—二〇〇五年）、美術史家の上原和（一九二四—二〇一七年）らがいる。

中学卒業後の一九四〇年、王育徳は台北高等学校に進学した。旧制高校時代は文芸部に所属し、若くして創作活動を開始した。四三年東京帝国大学支那哲文学科に入学するも、厳しさを増す戦況を受けて、翌四四年台湾へ戻る。故郷台南市に近い嘉義市役所に勤める中、日本の敗戦を迎えた。四五年から戦前の台南二中が改称した台南一中で教員をしながら、演劇や創作活動を開始する。四七年には台南で「二・二八事件」を経験し、北部にいた敬愛する兄、王育霖（いくりん）（一九一九―四七年）を失った。[3]

一九四九年、国民党政府による弾圧の恐れを察した王育徳は、香港を経て、日本へと亡命する。五〇年、東京大学文学部中国文学語学科に再入学し、さらに大学院へ進学、台湾語の研究に従事した。五八年から明治大学で教鞭を執り、六七年に専任講師となり、六九年には東大から博士の学位を授与された。研究や教育活動の一方で、六〇年「台湾青年社」を創設し、雑誌『台湾青年』を発刊、日本で台湾独立運動を展開した。

写真 4-1　台南第一中学校
出典：『台南市日拠時期歴史性建築』（傳朝卿、台南：台南市政府、1995 年）

王育徳の著書には、『台湾語入門』（風林書房、一九七二年。増補新装版、日中出版、八七年）、『台湾語初級』（日中出版、一九八三年。新装版、八七年）など教科書の他に、台湾通史である『台湾　苦悩するその歴史』（弘文堂、一九六四年。増補改訂版、七〇年。宗像隆幸による増補版『新しい台湾　独立への歴史と未来図』、九〇年）、戦後から同時代の文学を論じた『台湾海峡』（日中出版、一九八三年）などがある。

台湾では一九九〇年代以降、台湾人意識の高まりと民主化の進展の中で、王育徳の台湾語研究や独立運動の意義が再評価されている。二〇〇二年には台湾で中国語訳の『王育徳全集』全十五巻（台北：前衛出版社）が刊行された。[4]

本章では、日本統治末期から戦後初期にかけての王育徳が、「台湾」「台湾人」「台湾語」について関心を深めるに至ったきっかけについて考えてみたい。王は戦後、日本で台湾独立運動を展開し、独立の暁(あかつき)には台湾語が国語になると考えて、その研究や教育・普及に熱意を注いだ。王の台湾語研究については、中川仁「二・二八事件と王育徳の台湾語研究」が論じ[5]、戦後すぐの文学・演劇活動や思想については、岡崎郁子「王育徳の戦後初期思想と文芸」が詳細に論じている。[6]本章では、そもそも王が「台湾語」に対し強い感情を抱くようになったのは、いつごろ、どういった経緯を経てのことなのか、戦前や、戦後すぐの文章、及びのちの自伝『「昭和」を生きた台湾青年　日本に亡命した台湾独立運動者の回想 1924–1949』(草思社、二〇一一年)などを利用しながら検討する。

王育徳の文学や研究を含む活動において、台南に生を享(う)けたことがどのような意味を持つのかを論じ、併せて戦前の日本人による台湾研究との関係にも触れたい。

二　「書房」——台湾語の学習

一九六〇年四月、王育徳が『台湾青年』を創刊した際に、当初から連載したのが、「台湾語講座」である(第二十四回で終了。各回に題が付されているが、本書では基本的に回数と掲載号・年月を記す)。[7]「私達の母語(mother tongue)である台湾語は一体どういう種類の言語であろうか」(第一回)という問いかけから始まるこの講座は、王のそれまでの台湾語研究を集大成している。[8]

王育徳には、「台湾が独立するということは、すなわち台湾人が台湾語を取りもどすということ」（第十回「書房の話」『台湾青年』第十三号、一九六一年十二月）だという信念があった。台湾語研究と独立運動は切り離せないし、台湾語に対する関心は、台湾という土地、そこに住む人々に対する関心と切り離せない。では王は、どのようにして「台湾」「台湾人」「台湾語」に対する興味を育んだのだろうか。

王育徳の台湾観はもちろん、人間形成を考える上で、家庭環境、及び兄王育霖の影響は無視できない。王の父、王汝禎（一八八〇―一九五三年）は一代で成功した商人で、台湾の伝統的習慣に則り、一夫多妻の大家族を持った。五歳上の兄育霖と弟育徳は第二夫人の子で、三男・四男に当たり、同腹には他に二女・四女がいた。第一夫人には養子の長女と長男がおり、第三夫人には三女と次男・五男・六男がいた。王家の跡取りは第一夫人の養子長男のはずだったが、急逝したため、第三夫人の生んだ次男が王家を継いだ。[9]

旧式の大家族の中で、第一と第三夫人からいじめられ通した母を、王育徳が十歳の年に失ったこともあって、育霖・育徳兄弟の仲は極めて睦まじかった。「二人の仲のよさは父も羨むものがあった。文字どおり影の形に添うがごとく、いっしょに勉強し、散歩に出かけ、そして遊んだ」（『「昭和」を生きた台湾青年』[10]）。

兄の王育霖は、のちに弟育徳や、王兄弟の腹違いの弟育彬が後年旧制中学で同級生となる葉石濤（一九二五―二〇〇八年）も通った、市内の末広公学校で学んだ。公学校は台湾人が通う、小学校に相当する初等教育機関である。一方、育徳と同い年で、王家同様市内の豊かな家庭に生まれた邱永漢（きゅうえいかん）（一九二四―二〇一二年）や、弟育彬は、主に日本人の通う南門小学校で学んだ。小学校に進む台湾人はごく少数だったとはいえ、秀才を自負していた育霖・育徳兄弟にとってはコンプレックスの種だった。しかし王育霖は、公学校卒業後、地元の中学校ではなく、全島から選（よ）り抜きの秀才が集まる、台北高等学校の尋常科へと進む。定員は四十人、台湾人にはそのうちわずかに一割のみが当てられる、難関中の難関だった。この学校には邱永漢ものちに合格したが、育徳は落第し、主に日本人が学ぶ台南一中へと進んだ。育彬や葉石濤が通ったのは、主に台湾人が学ぶ台南二中である。

彼らは少年時代からお互いの存在を承知していた。[11] 早熟な邱永漢が一九三九年二月、潤沢な仕送りを使って出した同人雑誌『月来香』第一冊には、王育霖が「王郁琳」の名で、日中両語による詩「春宵吟」を寄せている。[12]

王育霖は台北高校を経て、東京帝国大学法科を卒業した。弟育徳や邱永漢も同じコースをたどり、のちに台北高校を経て東京帝大に学んだ。王育霖は台北高校時代、文芸部に所属し、雑誌『翔風』に小説や評論を発表した。中でも第十七号（一九三八年二月）に発表した短篇小説「明日を期する者」は、いくつかのフェイクを入れながらも自身をモデルにしており、少年から青年時代の王育霖を知る材料となる。

小説冒頭、終業試験を終えて帰省する、主人公「蕭董生（しょうとうせい）」の胸のうちは複雑だった。故郷は「南部の旧い町で、古の風がまだ明らかにたゞよつてゐる処」だった。資産家の家に生まれ、大事に育てられた董生は、外見は幸福そのものだったが、内心は「物さびしいものがあつた」。理由は、「矛盾した社会。矛盾した家族制度」に満ちた、封建的な家庭の悲劇にあった。

董生の母は第三夫人で、第一夫人からいじめられ通しだった。董生自身も第一夫人の胎（はら）に生まれた兄からいじめられた。母と息子二人のきずなは固かった。王育霖は台南を象徴する花、鳳凰木（ほうおうぼく）に託して母への思慕を語る。

> 彼が最も輝かしく見えるのは、彼の愛する美しい母と壮大な庭園の中で、一しよに鳳凰木の花びらを拾ふ時か、或ひは母と共に植こみの間を駆け廻る時であつた。こんな場合には小さい董生は、鳳凰木の花の映りで一さう紅くなつた頬をぴたりと母の胸下につけて、上眼つかひに笑みながら、母の顔を見るのでした。
>
> 「ね、母ちやん、きれいな花ね。あの木の葉は色紙の緑と同じ色ね。僕大好よ。青い木葉もそれから赤い花も。」
>
> さういふと母はいつでも董生の手に口づけしてから、澄んだ声で「え、母ちやんも大好、でもあんなにきれいなのに、いつまでも咲いてゐないですぐばら〱と落ちて来るのは可愛さうね。」と、さびしさうにいふのでした。小さい董生にとつては母は彼のすべてであり、彼は母のすべてであつた。

初夏になると美しく咲いて散る鳳凰木の花のごとく、母は夭折した。台南へと帰省する寝台車の中で、大家族の中で苦悩し犠牲となった亡き母への思いを、主人公はつのらせる。作品の末尾で主人公は、「明日を期する者」というタイトルの通り、「台湾の旧社会」、「この旧い歪められた社会」を憎み、「母をしてかゝる境遇に落さしめたこの歪められた社会制度に対して戦ふ」ことを誓う。[13]

「明日を期する者」に描き込まれた、兄王育霖の感情は、一心同体だった弟育徳にも共有されていたと思われる。というのも、四年後に育徳が、同じく台北高等学校文芸部の雑誌『翔風』に発表した短篇「過渡期」（第二十四号、一九四二年九月）は、大家族における旧習と新時代の葛藤を描いて、兄育霖の童話めいた短篇を深化させた内容となっている。[14] 兄の背中を追った弟は、台北高校で文芸部に入り、兄同様早くから創作を始めた。しかも弟の短篇のタイトル、「過渡期」は、兄の若き日の傑作随筆、「台湾随想」（『翔風』第二十号、一九四〇年一月）の最終節タイトル、「過渡期に生まれて」が響いていると思われる。王育徳の若き日の作品は、五歳年上の兄の足どりをたどるように、同じテーマを変奏しつつ、より複雑に奏でたものが多い。

内地の大学生「文賢」を主人公とする「過渡期」は、当時旧制高校生だった王育徳が、東京帝大生だった兄育霖に仮託して、自らの心情を吐露した作品だと考えられる。兄の「明日を期する者」同様、旧制度を墨守した大家族における悲劇を語る弟の作品も、台南へ向かう列車のシーンから始まる。

故郷台南へと下る列車は、王兄弟にとって深い思い出の対象だった。弟育徳はのちに回想で、台北高等学校生だった兄育霖が、休暇に入るやその晩の急行で帰省してくるのを、「砂漠の旅でのオアシス」のごとく待ちもうけた。夜行が台南に到着するのは朝七時頃、「私一人、入場券を買ってホームに入り、アナウンスがあった後、身を乗り出し、首を長くして汽車が現れるのを、まだかまだかと待つ、あの興奮と緊張は、毎度のことながら抑えることができなかった」（『「昭和」を生きた台湾青年』[15]）。兄弟いずれも小説の冒頭に、台南に着く列車のシーンを配したことからわかるように、兄育霖にとっても、胸中の思いこそ違え、忘れがたい時間だったと推察される。台南の美しい駅舎や、列車が入ってくるホームは、約八十年が経過した現在もそのままの姿をとどめ、王兄弟の感慨をしのばせる。

写真 4-2　台南駅のホーム
出典：『台南市日拠時期歴史性建築』
（傅朝卿、台南：台南市政府、1995 年）

　王育徳の小説「過渡期」の主人公、文賢が家を離れて、高校、大学へと進んだのは、「死んだ母の霊を慰めんが為」だった。季節は夏に入ったばかり、この作品を飾るのも、鳳凰木である。台南に到着し、「駅を出ると、鳳凰木の並木の真紅な花が目に映つた。その花のトンネルを奇才〔使用人〕の人力車に揺られて出迎への者よりも一足先に家に著くのが又一つの楽しみである」。

　ただし王育徳の「過渡期」は、兄の小説に対し四倍の紙幅をもつだけではない。素朴な訴えに終始する「明日を期する者」に対し、台湾の社会と時代を多層的に描いて、二十歳にも満たない青年が書いたと思えぬほどの、読みごたえある小説となっている。

日中戦争や太平洋戦争の時代、皇民化運動が進展する中で、葬式の簡略化や火葬の推進によって、紙製の家を焼いて死者を送るような、「従来の台湾社会一般の明度(ママ)や死人に対する観念」は、根本から揺らいできた。しかも今回、台南の市域拡張に伴い、台湾人が代々尊崇してきた墓地が、移転や縮小を迫られる。風水にもとづき選び抜かれた一等地に墓を置くことが、「陋習」「迷信」と決めつけられる中、先祖を尊ぶ大家族の家長として、主人公の父は苦悩する。近代的な学問を受けた息子文賢にとっても、それは「自己の毀損を意味」した。しかしその一方で、息子は「無学の大衆を指導し向上さしてやらねばならない。之がインテリとしての義務だ」と考えてもいた。小説はこのように、「父子の生活する時限が異なる台湾社会」の矛盾を、より複雑な角度から描いていく。

のちの王育徳を考える上で面白いのは、小説の後半、台湾語の学習へと話が移って行く点である。育霖・育徳兄弟が生まれ育ったのは、台南の伝統的な大家族の家庭だった。父親や祖母は日本語を話さなかった。王と同世代で、同じく市内の豊かな家に生まれ、末広公学校から台南二中で学んだ葉石濤は、当時の言語生活を次のように回想する。


学校や社会の公共の場では、日本語を話さなければならず、一挙手一投足、日本人と同じでなければならない。しかし家に帰ると、まったく別人格へと変身する。日本人の一切を玄関の外へと追い出し、伝統的な生活を送っていた。台湾語を話し、祖先を祀り、お廟に行って線香を焚(た)き、たまに年寄りたちが中国の伝説や昔の物語を語るのを聞いた。[16]

日本統治期に日本語で教育を受けた台湾人の生活や教育を、王育徳は「台湾語講座」の第十回「書房の話」（前掲）で、「世にも奇妙な二重言語生活、二重精神教育」と呼んだ。台南の旧式な大家族の中で育った葉石濤や王育徳は、単に口頭で台湾語を話しただけではない。台湾の伝統的な私塾である「書房」で、正式に文言音の台湾語も学ばされた。「書房の話」によると、五、六歳ころから二十二、三歳ころまで、断続的に十数年間、「書房」で、台湾語を用いて中国の古典を習ったという。[17]

「書房」については、兄育霖が「台湾随想」（『翔風』第二十号、一九四〇年一月）の中で、懐かしさをこめて詳しく説明している。国語を用いて台湾人を教育する公的教育機関、公学校に育霖が通っていたころは、「廟の後殿とか、宗祠（同姓人の廟）内とか」に書房があった。「寺子屋式の私塾で漢文と習字を主に教へる所」である。また王家のように、先生を家に招き、子弟一同が出席する、家塾の形式をとる場合もあった。

王育霖が習った三番目の先生は、台南の旧文学の結社「南社」の著名な文人で、伝統文学の娯楽新聞『三六九小報』の執筆者でもあった、趙雲石（一八六三―一九三六年）である。育霖は趙先生から四書の素読を教わった。趙先生には弟育徳も習った。育徳はのちに趙先生の風貌を、「痩身鶴のごとく眼光炯々としてたいへんおっかなく、勉強ができないと、指を曲げてカツンカツンと頭をたたかれた」と描写している。「父母の趙先生に対する畏敬ぶりは相当なもので、常時香ばしく熱いお茶と水煙管のタバコが用意され、おやつには牛乳とカステラやソバが出され、送り迎えには人力車、節句の〝紅包〟は大きく厚く、（中略）師の威厳をまざまざと印象づけられた」（「台湾語講座」第十回「書房の話」）。ただし、「南社」の年少の成員だった許丙丁（一九〇〇―七七年）によれば、はるかに年長の趙雲石は、「穏やかで親しみやすく、威張った印象は全くない」人柄だったという。[18]

しかし、「台湾式の漢文」を教える伝統的教育機関だった書房も、時代の変遷とともに、数を減らしていく。王育霖は「台湾随想」で次のように記した。

> 近年社会思想の変遷、生活様式の変化、漢文の廃曠、及び国語の普及の為、書房に行く子供は目立つて減少し、且つ書房は認可を得なければ新しく設置することが出来ず、又在来のものでも国語の科目を入れる方針となり、国語を解しない先生達は転業せざるを得なかつた。それで先生の死亡と転業と共に書房の数も急激に減つてしまつた。かやうにして小供時代にあれほど多かつた台南の書房も今では片手の指を屈しても余りがある位にまでなり、漢文を素読する声に交つて国語読本を朗読する声がきこえる書房があらはれ、この二つの音声は或ひは共鳴し或ひは反駁し合つて一種の奇妙な雰囲気をつくり、多情多感な遊子の心を乱打するのである。

台湾語による伝統的な教育の衰退を、若い王育霖が複雑な思いで受けとめていることが伝わる一節である。「国語」、つまり日本語による教育が浸透し、強制されていく中で、台湾語を用い、台湾語の文言音をもって教える書房は急速に数を減らした。書房と公学校についての総合的研究、呉宏明『日本統治下台湾の教育認識』によれば、台湾人に対する近代的な教育機関である公学校が設立された一八九八年、全島に千七百もの書房があったという。[19] しかし台湾教育令が発表された一九一九年には、数を三百と減らしており、書房の新規開設が禁止される三二年となると、書房百四十二に対し、公学校は七百六十二校となっていた。[20] 王育霖が教育を受けた一九二〇年代後半、全島には百五十程度の書房しかなかった。育霖・育徳兄弟はその一つで学んだわけである。

ただし、旧制高校生となった王育霖と同様の感慨を、書房に通っていたころの育霖が、あるいは書房で学んだ経験を持つ台湾人子弟が等しく抱いていたかどうかはわからない。近代的な教育を推進する日本人教育者から、教育内容や環境の面で、当然ながら否定的な評価を受けていた書房は、公学校の普及とともに数を減少させていく。書房がすぐに廃止されなかったのは、公学校が不足していたからにすぎない。子どもたちからすれば、書房は中国古典の素読とともに伝統的な礼儀作法を学ぶ場であり、教師からすれば、旧来の読書人が糊口（ここう）をしのぐ手段であった。ここで教えられた内容が、否応なしに近代化する台湾社会を生きていく上で、どの程度役立つかという点からして、書房は台湾人からも歓迎されない時代遅れの教育機関となっていた。一九三九年には将来的な書房全廃の方針が決まる。王育霖が書房を懐かしんだ四〇年、書房はわずか十七を残すのみだった。[21]

兄王育霖の感慨の背景には、台湾語や台湾の伝統的習慣に対する、意識の成長や変化があったはずである。弟育徳は、のちに書房での漢文学習を回想して、「日本語との二重教育はたいへんな負担で、ことに遊び盛りの子供のころは、まったくの泣きの涙であったが、今にして思えば、あれは父が私たちに残してくれた価値ある遺産の一つであった」と記した。その「今」が育徳を訪れるのは、実はかなり早い。旧制高校で学ぶころには、「漢文の勉強でつけた台湾語の力が思いがけず役立って、父の頑固頭への感謝の念はひとしお深く」なっていた『「昭和」を生きた台湾青年』[22]）。

王育徳の小説「過渡期」に戻ると、主人公の父國松は公学校を出ておらず、国語を上手くは話せない。國松自身、「今は国語が分らなけりや、公務に就くことは出来ないし、又内地人との取引も話が通じないと実際不便だ」と認めていた。しかしその一方で、息子の下手な台湾語を耳にすると、おさえがたく不満がわき上がる。ことに「大陸進出」が話題になる今日、「商売をするには漢文が必要だ」と主張し、息子への手紙も漢文でしたためてくる。

息子の文賢も、幼いころ書房で習うよう父に強制されたおかげで、和漢洋いずれの書物にも通じるようになった。「このことが却つて彼の内容を豊富にしてゐる所以」だと感謝してもいた。帰省した文賢が、父から家庭教師を探すので漢文のおさらいをするよう勧められたとき、有難迷惑と思いつつ受け入れたのは、「漢文に対して津々たる興味を覚える」ゆえだった。

漢文学習を再開した文賢は、父とは異なる価値観を持つと自負しながらも、「どうして漢文は撲滅されなければならないのだらうかと湧き起る疑惑の念に囚はれた」。白い八字鬚をし、禿頭から湯気を上げて教える、旧套な漢文の先生に対し、軽蔑を感じる一方で、「この先生を死なしては漢文は亡びてしまふぞ——百雷のやうに心の別の一隅で何者かが叫んだ」。実際、「過渡期」の書かれた一九四二年当時、書房の数は一桁まで減り、絶滅の危機にあった。息子が漢文を学ぶのを喜んだ父は、自身も五十年来開いたことのない書物を開いて、一字一句の誤音もなく読み上げる。熱が入って血圧の上がった父が、突然卒倒する騒ぎになってはじめて、文賢は、「父の國松だけがこの広い家の中でたつた一人の自分の理解者」だったと感じる。

王育徳の「過渡期」が兄育霖の「明日を期する者」と異なるのは、旧慣残る大家族の悲劇、新旧の世代や価値観の対立を描きつつも、書房での教育や、書房で学んで育った父の世代に対し、懐かしさのみならず、「台湾語」や「台湾人」の価値を見出し、それを積極的に継承する意志を描く点にある。

もちろん、近代的な学校教育を受けた王育霖・育徳兄弟には、台湾の伝統的な慣習に対する反発もあった。兄育霖は、パール・バック『大地』の感想文、「「大地」と台湾旧社会」(『翔風』第九号、一九三八年七月)で、台湾旧社会の悪弊の一つ、女性の使用人制度を、「いわゆる人間売買」だと批判している。台湾では、法的に規制されながらも、養女などの名目で、「奴婢」が売買されたり、抵当代わりにされる旧習があった。育霖はこの「査媒嫺(さぼうかん)」について、「人道上より言つても当然廃止すべきものであるが、長年の習慣の為に急にやめることは難しい」と嘆いた。育霖は「明日を期する者」の中でも、「査媒嫺」について、家の中に「どんなに叱つても、時にはなぐりつけても、何一つ反駁をしない女奴隷のやうな小娘達」が五、六人いたと記している。

弟王育徳の論文「台湾の家族制度」(『翔風』第二十四号、一九四二年九月)は、「祖先崇拝」や「孝道思想」にもとづき牢固として残る、台湾の伝統的な家族制度について詳しく紹介している。育徳が幼時から経験した、旧来の大家族の悲劇に対する憤りが論文の根底にあり、台湾の「数多の欠陥」は「家族制度より発してゐる」と結論する。この論文で育徳も、わずかながら「査媒嫺」に言及している。

とはいえ、王育霖・育徳兄弟が、台南の街やそこに残る台湾人の伝統的な生活を嫌っていたわけではない。育霖は長文の随筆「台湾随想」（『翔風』第二十号、一九四〇年一月）で、台湾語、書房、孔子廟、媽祖の祭や誕生日の行事、台湾将棋などについて懐かしく語った。育霖は、台湾語を用いた「話声」こそ、台湾人の心の声だと考えていた。

> 支那の古い伝説によれば、昔鳥獣の言葉を解する人がゐたさうである。まことに春の小森を散歩する時、若しも囀り鳴く小鳥の言葉を解することができるなら、どれ位楽しく又面白いことであらう。
> I君〔＝育霖の旧制高校の友人、稲田尹を指すか〕が曾て私に、自分は大稲埕や田舎道を歩いてゐると、本島人の娘達が楽しさうに話をしてゐるのに出会ふが、若しも台湾語が解ればさぞ面白いだらうに、と言つたことがあつたが、正にさうだらうと思つた。

写真 4-3　孔子廟

出典：『日治時期的台南』
（何培齊主編、台北：国家図書館、2007年）

私は古い街を歩くのが好きで、よく散歩に出かけるが、内地人と間違へらえる為か、私が通つても平気で他人には聞かせ得ないやうな話を続ける人々も少なくはなかつた。（中略）街を歩いて本島人達が今何を語つてゐるかを聞くことは面白いことである。然し同時に淋しい苦しいことである。私は人々の話声に台湾の息を感じ、脈動を感じ、そして変遷を感ずるのである。

写真 4-4　奎楼書院
出典：『日治時期的台南』
（何培齊主編、台北：国家図書館、2007 年）

「古い街を歩くのが好き」な王育霖は、街角で本島人が話す台湾語に耳を傾けては、「台湾の息を感じ、脈動を感じ、そして変遷を感ずる」人だった。台南に残る古い習俗、そして台湾語に対する育霖の愛着は深かった。そしてこの台湾語に対する愛着を、弟育徳も共有していた。

三　「歌仔冊」——台湾語書籍の蒐集

王育徳は兄育霖の影響で、台湾の古い習慣や台湾語に対し関心を抱くようになっていたが、台湾語への関心を俄然高めるには、直接のきっかけがあったと思われる。それは、「歌仔冊（コアチエ）」の蒐集と解読である。

すでに見たように、王兄弟や葉石濤は、家庭内では主に台湾語、学校などでは日本語を用いる、二重言語生活を送っていた。しかも台南の旧式な大家族の中で育った王や葉は、書房で文言音の台湾語も学ばされた。「旧礼教」のかたまりのような父による強制だったため、「書房での台湾語の習得は無意識的なもの」であり、当時は「漢文を勉強して実益があると思えなかった」（「台湾語講座」第十回「書房の話」）。しかし台北高校に進んでから、「歌仔冊」の蒐集を始めた王育徳は、台湾語そのものに対し関心を抱くようになる。

実は兄王育霖は、台北高校時代に、台湾語で書かれた歌謡、「歌仔（コア）」を記した「歌仔冊」を蒐集していた。[23] 弟育徳もこれに「刺戟（しげき）されて、私も歌仔冊の解読に興味をもった」という（「書房の話」）。「歌仔冊」を読むには、台湾語で読む漢字音の知識を必要とする。そこで夏休みに帰省するたび、新たに叔父の開く「書房」へと通った。[24] 王育徳の小説「過渡期」の主人公が漢文を学ぶ場面には、自身の経験が反映されていると思われる。

王育徳は「台湾語講座」第十七回の「歌仔冊の話〔1〕」（『台湾青年』第三十号、一九六三年五月）で、「歌仔冊」について次のように記す。

歌仔とは大体において、七言（七字）たまに五言（五字）の句が三百ないし四百、つらなった韻文のことで、大抵毎句の最後に韻がふんであるので、聞いて非常に耳ざわりがよい。（中略）この三百ないし四百の句を4枚8ページほどに集めて、一冊のペラペラの小冊子にしたものが歌仔冊である。当時のカネで、一冊2銭、10銭出せばおまけがついて6冊買えた。死んだ兄が歌仔冊蒐集の趣味をもち、それが私にも伝染して、二人で新種発見を競ったという思い出がある。

王育徳は戦後、台湾語の本格的な研究を開始する。東大文学部の卒業論文「台湾語表現形態試論」で材料としたのは、この蒐集した「歌仔冊」だった。[25]「台湾語で書かれた記録を見つけ出すのは、全く容易ではない」中で（第十七回「歌仔冊の話（1）」）、かつて蒐集した「歌仔冊」が貴重な資料となった。

書き言葉の伝統に乏しい台湾語において、表記は大きな問題でありつづけた。キリスト教会で主に用いられたローマ字表記と並ぶ、もう一つの方法、漢字を用いた表記において、質や量の面で主要と呼べるのは、大正期から流行した通俗文学である、「歌仔」を印刷した「歌仔冊」、及び実験的に試みられた台湾語の文学作品である。量的には「歌仔冊」の方がはるかに多い。[26]

兄王育霖も、台湾人の伝統的な生活に深い愛着を持ち、「歌仔冊」蒐集に熱中しただけではない。蒐集の成果として、『翔風』第十八号（一九三八年九月）に長篇の論文「台湾歌謡考」を発表した。弱冠二十歳の文学青年が書いた、上下二段組みで十三頁にわたる、堂々たる論文である。育霖は台湾歌謡、つまり「歌仔」こそ、台湾の民族の感情や生活を反映している、との確固たる信念にもとづき、数多くの歌仔を引用しつつ、その意義や表現形式、分類や変遷を論じた。歌仔について、「古くさいかも知れない。朧ろであるかもしれない。然しそこには人の愛惜をそゝるものがある」として、「旧き台湾を整理」し、記録を後代に残そうとの強い意志を示した。

この兄の「歌仔冊」蒐集、及び研究熱が、弟に「伝染」した。王育徳も、兄育霖が「台湾歌謡考」を発表した四年後、「台湾の家族制度」(『翔風』第二十四号、一九四二年九月)において、「島民の民俗を研究する上に最も有効な材料の一つ」として、「歌仔」を用いた。戦後になると、今度は台湾人の民俗ではなく、台湾語を研究する上で、「歌仔」を記した歌仔冊を用いたのである。

ただし、王兄弟の「歌仔冊」ブームは、当時の台湾人の間でも一般的だったわけではない。「歌仔」は台湾の民衆が歌う、いわば俗謡である。伝統的な知識人からすれば、一顧だに値しない、「無学の大衆」の「通俗読物」である。王育徳によれば、「うちの親仁は私が「歌仔冊」を蒐集するのを王家の子弟にあるまじき振舞いだと叱った」という(第五回、『台湾青年』第五号、一九六〇年十二月)。また東京帝大入学後、一九四四年の夏に帰省した際には、書房を開いている叔父に頼み、「歌仔冊」を教材にして、読解に取り組んだ。文言音だけでは読めない「歌仔冊」のある言葉の意味が、日常使われる台湾語の語彙だとわかったとき、王は「鬼の首でも取ったような喜び」だったが、伝統的な知識人である教師の方は、「軽蔑の念と苦笑」を浮かべていた。王は「台湾語に対する立場、関心の違い」を感じずにいられなかった(「台湾語講座」第十回「書房の話」)。王兄弟のような「歌仔冊」を蒐集する人々が現れるには、きっかけが必要である。

王育徳は兄育霖から刺激を受けて「歌仔冊」を蒐集したが、実は育霖が蒐集を始めたのも、先行する蒐集者から刺激を受けてのことだった。先行者とは、育霖の台北高校文芸部の先輩、中村忠行（一九一五―九三年）や稲田尹（生没年不詳）らである。

中村忠行は王育霖の四歳年長で、雑誌『翔風』でも活躍した。中村の回想「書かでもの記」によれば、新竹に生まれた中村は、台北一中を経て、台北高校時代から文学青年となり、文芸部で活躍した。台湾で生まれ育った、いわゆる「湾生」である。植民地統治が長くなるにつれ、台湾で中等・高等教育を受ける日本人のうち、湾生の割合は増えつづけていた。例えば、同じく湾生で台南出身の吉野信之（一九二二年―）によれば、一九三四年、台南一中に入学した日本人百二十六名（台湾人十九名）のうち、湾生は約百名を占めたという（同編著『大正十年生まれの戦時体験』[27]）。

中村忠行が台北の日本人居住区で過ごした中学高校時代は、「中国的な文化との接触は余りない」生活だった。しかし台北帝大に進学後、中国文学を専攻していた親友の稲田尹からの刺激や、雑誌『台大文学』を創刊したことが、台湾の文化に目を開くきっかけとなる。稲田尹は内地帰省の際に、東方文化学院に勤め京都帝国大学講師を兼ねていた中国文学者、吉川幸次郎（一九〇四―八〇年）から激励を受けて、「閩南語」を学び、「後には本島人家屋の一室を借り、全く中国風な生活を始め」ていた。『台大文学』の印刷所が台湾人居住区の大稲埕（だいとうてい）にあったことから、中村は稲田と連れ立って大稲埕の裏街を歩いた。

この頃、台湾育ちの我々の間に、新しい台湾研究の声が挙ってゐた。（中略）私は、何時（いつ）の頃からか、「歌仔」（台湾歌謡）を集める様になってゐた。

「歌仔」は、袖珍版、二・三頁位な粗末な本で、価も一冊一・二銭から五銭位までのものである。粗末なものだから散佚し易いが、三百点位までなら、さう苦労もせずに集る。私の場合、蒐集の契機となったのは、南洋史学科の学生であった齋藤悌亮君の御尊父がその蒐集に努められてゐて、その数は千点に近く、領台以前の木版刷りのものをも含む珍らしい蒐集であることを聞知して、真似し始めたまでである。稲田君も、私と前後して集め始めた様であるが、同君の方は次第に本格的な研究となり、『台湾歌謡研究』といった著書まで出版される様になった。熱し易く冷め易い私は、やがて蒐集をあきらめ、宝の持ち腐れとしてしまったが、敗戦後、台湾大学教授（社会学）陳紹馨君に懇望されて、同君の所蔵する『創造週報』の完揃と交換してしまったから、海老で鯛を釣った様なものであった。[28]

どちらが海老でどちらが鯛か、今となってはわからない。中村忠行の友人、齋藤悌亮（生没年不詳）は、台北帝大南洋史学講座の一九三七年卒業生で、同年から台南市歴史館に勤務した。齋藤の父から影響を受けた中村と稲田尹は、「歌仔冊」の蒐集に夢中になる。ことに稲田は研究を進め、『台湾時報』第二百五十三号（一九四一年一月）に「台湾の歌謡に就て」を発表し、『民俗台湾』の創刊号（一九四一年七月）から「台湾歌謡集釈」を連載し、さらに台北帝大の助手をしていた四三年、『台湾歌謡集』第一輯を台湾芸術社から刊行した。

「歌仔」に関する紹介研究自体は、一九一〇年代にさかのぼる。一七年に刊行された平澤丁東（清七）編『台湾の歌謡と名著物語』（晃文館）は、幸田露伴が「序」を寄せた、最初の本格的な「歌仔」紹介である。台湾の歌謡・昔譚・小説について記したこの本では、「台湾の歌謡」のうち「俗謡」として、数々の「歌仔」を掲載する。月明るく木陰涼やかで、四季に花咲き甘い果実を結ぶこの地にて、「台湾民人の情感に美しき花は無いであらうか。有るならば那様のものであらうか」という問いに答えた一冊である。涼気ただよう夜になると、「島人も此の機を選び、広場に舞台を架して芝居を開き、其が特有の奏曲は夜の空気を旋転して、吾等散策者の耳に異様の響きを与へ」ると、台湾歌謡の情趣を語った。

また、台湾の民俗に関する著名な書籍、片岡巌『台湾風俗誌』（台湾日々新報社、一九二一年）、東方孝義『台湾習俗』（高等法院検察局通訳室同人研究会、一九四二年）にも、「歌仔」に対し一定の言及がある。しかし台湾の歌謡を分類し、特定の形式に「歌仔」と命名したのは、稲田尹だった[29]。

台湾の伝統的な歌謡の研究は、もちろん在台の日本人ばかりが行っていたわけではない。閩南語はそもそも厦門を中心とする福建省南部の方言で、海峡を渡った移民たちが台湾へともたらした。一九二〇年代の中国で民俗学の研究が勃興し、歌謡の収集が進む中で、台湾や福建の歌仔も収集の対象となり、書籍が刊行された。

中国における歌仔研究の中心人物は、謝雲声（しゃうんせい）（一九〇〇―六七年）である。謝雲声編の『台湾情歌集』（民俗学会叢書、広州：国立中山大学語言歴史学研究所、一九二八年）は台湾の歌謡、つまり歌仔を収める。謝雲声は厦門在住で、台湾に足を踏み入れたことはないが、一九二〇年代に福建の歌謡や厦門へと伝わった台湾歌謡を蒐集した。顧頡剛（一八九三―一九八〇年）ら、中国における民俗学の創始者たちからの刺激や慫慂を受けて、『台湾情歌集』や、福建や台湾の歌謡を収めた『閩歌甲彙』（同前、一九二八年）を刊行した。[30]

中国の民俗学界でも、日本人による台湾歌謡研究は知られていたらしい。『台湾情歌集』に付された著名な民俗学者、鍾敬文（一九〇三―二〇〇二年）の序文には、一九二六年、台湾人学生の書架にあった片岡巌『台湾風俗誌』を見て、台湾歌謡に関心を抱き、書き写して発表した、との記述がある。鍾敬文はまた平澤清七編『台湾の歌謡と名著物語』にも言及している。[31]

中国の民俗学から影響を受けて、台湾の歌謡を収集したと思われる台湾人もいる。李献璋（一九一四―一九九年）は厦門で学んだ経験があり、一九三〇年代に台湾歌謡を収集した。妻の李楊玲秋の回想『思い出すままに』によれば、李の「台湾方言及其歌謡漫談」全三回（『台湾新民報』一九三四年六月）には、謝雲声編『台湾情歌集』に異を唱えた箇所があるという（掲載紙確認できず）。[32] また李献璋が編集した『台湾民間文学集』（台北：台湾新文学社、一九三六年）は、「歌謡篇」に台湾歌謡を収め、「出版された当時は、多くの人々に伝統への郷愁を喚起し、懐かしがらせ」たという。[33]

ただし、王兄弟の戦前における歌仔冊蒐集や台湾歌謡研究には、一九二〇年代後半の厦門における、謝雲声による台湾歌謡収集・出版や、三〇年代半ばの李献璋による収集出版に対する言及は見られない。[34] 主な影響の来源は、やはり台湾在住の若い日本人たちからだったと思われる。

中村忠行・稲田尹らの「歌仔冊」蒐集を、日本人の台湾二世による「新しい台湾研究の声」として広く捉えたとき、この輪には、台南で民俗研究を始めていた、新垣宏一（一九一三―二〇〇二年）も加えることができる。台高で中村と親しく、『台大文学』創刊にも関わった新垣は、齋藤悌亮が台南市歴史館に赴任した一九三七年、台南第二高等女学校へ赴任した。古都台南の魅力にとりつかれ、徐々に台南民俗の研究に没頭するようになる。「歌仔冊」を蒐集した形跡こそ見られないが、台湾の伝統的な風物を愛好し、「雷神記　廟を調査して」全十回（『台湾日報』一九四〇年九月十―十五／十七―二十日）、「風獅仔覚え書　屋上の魔除け人形」全三回（『台湾日報』一九四一年四月十六―十八日）など、優れた考証のエッセイを記した。新垣の研究は、「第二世の文学」上・下（『台湾日日新報』一九四一年六月十七／十九日）で語られるように、台湾二世の手になる新しい台湾研究を自負したものだった。

新垣宏一は王育霖・育徳兄弟と親しい関係にあった。いつごろ交流が始まったのかは不明だが、彼らは台北高校の先輩後輩の関係に当たり、恐らくは台南という地縁、及び文芸愛好を通じて知り合ったものと思われる。東大法科生だった兄育霖と、新垣の勤める二高女の卒業生との間に縁談が持ちあがった際には、台高在学中だった弟育徳とともに兄弟そろって、新垣宅を訪問し相談した。これを材料に書かれた新垣の短篇「訂盟」（『文芸台湾』第五巻第三号、一九四二年十二月二十五日）の書きぶりからすると、王兄弟と新垣の間には相当親密な交流があった[35]。

これも「歌仔冊」蒐集とは関係しないが、王育徳の台湾の伝統民俗への関心は、台南第二中学校の恩師である、前嶋信次（一九〇三―八三年）からの影響も、何がしか考えられるかもしれない。

一九三二年に台南へ赴任した前嶋は、台湾や台南と関わる文献を集め、台湾の歴史が凝縮された台南の街をくまなく歩いて、「台南行脚」全七回（『台南新報』一九三六年一月一／四―七／九／十日）や「初春訪古」全五回（『台南新報』一九三七年一月一日／七―九／十二日）のような名編を、地元の新聞に書いた。[36]王育徳がのちに、「台南一中に入って、いま慶応大学の教授をしておられる前嶋信次先生に歴史をおそわった。当時、先生は台南地方での歴史の権威者で、石馬や石碑の発見発掘があると、新聞に必ず先生の談話がのるのであった」と回想したように（「私はいかにして『台湾』を書いたか」[37]）、四〇年に東京へ戻るまで、前嶋は台南通の代表格として知られていた。

王育徳は台南一中の教師として「とくに印象深いのは歴史の前嶋先生と地理の内田先生」とした上で、前嶋信次について、「気むずかしいところがあって怖かったが、授業がたいへん面白かった」と回想した（『「昭和」を生きた台湾青年』[38]）。前嶋の授業がどんなだったか、王の二歳年上で、同じく台南一中で教えを受け、戦後台南の郷土史研究の中心人物となった黄天横（こうてんおう）（一九二二―二〇一六年）が、次のように回想する。

私がこのような台湾関係の書籍を買ったのには、兄の影響を受けた以外に、中学時代の恩師である前嶋信次の影響が少なからずある。前嶋先生はアラビア史の専門家で、台湾で教鞭を執る間に余暇を利用して当地の歴史を研究し、学校で歴史の授業をする際に最初からしまいまで歴史と関わる話をした。例えば、台南の呉園と関わる話や、第四代の児玉〔源太郎〕総督が民政長官の後藤新平を用いて政治の才能を発揮させたとか、台湾を領有して以来赤字続きだった財政が、やがて毎年黒字を生むまでに営まれた経過や、近代化した社会の基礎を確立しただとか、しばしば鐘が鳴るまで話して、それから学生たちにそそくさと教科書の一節を読ませ、授業を終えるのだった。[39]

〔原文は中国語〕

王育徳と同い年で、台南一中出身、戦後シルクロードを含む東洋美術史家となる上原和（一九二四―二〇一七年）はのちに、教壇で訥々と語る前嶋信次の風貌や、前嶋に引率されて安平のゼーランジャ城跡を訪ねた折のことを懐かしく回想している。「先生のお伴をして安平へ行った日の印象が、いまもなお残っているのは、やはり先生を深く畏敬していたからであろう」[40]。歴史を愛好する台南一中の少年たちに、前嶋は忘れがたい印象を残した。その中に王育徳少年もいたわけである。

このように台湾で生まれた日本人二世、いわゆる「湾生」や、台湾の民俗や歴史に深い関心を寄せる台湾人たちを中心に挙がりつつあった、「新しい台湾研究の声」から、やや後輩の王育霖も触発を受けた可能性が高い。そしてそれが、弟の育徳にも伝染した。王育徳は「歌仔冊の話（1）」（前掲）で、「民俗の芸術性はその土地のものには知覚されず、発見者は常に外部の人」で、「台湾の男女相褒歌の芸術性を、日本人によって評価されたときの台湾人の驚愕は大きいものがあった」とする。その驚いた台湾人の中に、王兄弟も含まれていたものと思われる。

ただし王兄弟にとっての「歌仔冊」は、多分に趣味的な日本人らに対し、もっと意味の深いものだった。王育霖は「台湾歌謡考」で、「台湾歌謡とは台湾の郷土色を持つてゐる歌謡のこと」で、「その根幹をなすものは、やはりこの華麗島の空気であり、山水であり、そして風俗」だとした。

支那の流を汲んだ漢詩に対し、歌は全くこの地の民によつて、作られ発達して来たのである。旧時代に於て、所謂読書人から白眼視されて来た俗謡は、それが為一層民衆と親んで来たのであつた。所謂読書人が難しい規則をいぢくり、高踏的な独善的な漢詩を作つてゐる間に、俗謡はこの熱と光と菓子にめぐまれた島の空気に養はれて、民衆と共に生れ、発展して来たのである。そして土俗色郷土色の少い華麗島の文化史上に、歌謡は木版画及び歌仔戯曲(コアヒ)と共に、特筆すべき足跡を印したのであつた。

中村忠行や稲田尹がどの程度台湾語を理解したのかは不明である。中村についてはその回想から見る限り、台湾語が得意だったとは思われない[41]。新垣宏一や前嶋信次に至っては、台湾語は日常用いられる語彙をごくわずかに理解するのみだったと思われる[42]。そもそも台湾語を話せる日本人は、総督府の通訳官や、職務上の必要から興味を抱いて学んだ警察官、台湾の旧習を調査する上で台湾語を必要とした専門家、言語学者、商売や日常生活で台湾語が必要になった民間人を除けば、極めて少数だった。

例えば、王育徳の幼馴染である、邱永漢の母は日本人だったが、台湾人の夫と結ばれ、西門市場で商売をしていた関係で、日本語アクセントの台湾語を話した。しかし邱によれば、「台湾語の流暢に喋れる日本人は皆無に等しかったから、よく目立つ存在だった」という（『わが青春の台湾　わが青春の香港』[43]）。王育徳より二歳上で、台南で生まれ育った今林作夫（一九二三年―）は、幼少期を回想して次のように述べる（『鳳凰木の花散りぬ』）。

私は台湾語をほとんど話せなかった。買い物をする折に何とか役立つ程度の単語ぐらいしか知らない。台湾語をろくに話せない私が、台湾の文化圏でごく普通に生活できたということは、当時既に、日本語だけで何不自由なく生活出来る基盤があったということになる。つまり私たちは幼児期を内地人のコロニーの中で、まるで内地の都市の郊外か下町の子供たちのように、なにげなく過ごしていたわけだ。

どう思い返してみても、私にはその時期、本島人の子供たちと一緒になって遊んだ記憶がないのである。私の周りにはいつも内地人の子供たちだけしかいなかった。（中略）就学前の日本語を話せない本島人の子供たちと遊べるはずはなかった。[44]

台湾人が人口の圧倒的多数を占める台南においてすら、台湾語の話せる日本人は稀だった。台湾で生まれ育った、いわゆる「湾生」であっても、事情は変わらない。一九三〇年代に至ると、台南においても日本人居住区がかなりの規模で形成されていた。同時に、台湾人には日本語が浸透していく。

同じく「歌仔冊」を蒐集していても、台湾人と日本人の間には決定的な溝があった。

「歌仔冊」に深い理解のあった陳紹馨（ちんしょうけい）（一九〇六―六六年）は、稲田尹『台湾歌謡集』の書評を『民俗台湾』に書いた（第三巻第七号、一九四三年七月）[45]。稲田著書刊行の意義を高く評価しながら、陳は、「信仰や習俗の如く、「意味」として心の中に包蔵されてゐるものは、その意味を表出する言語を通して始めて接近し得るものである。言語は民俗研究の先決問題」だと、「歌仔」の内容よりも、「歌仔」が台湾語で書かれている点への注目を促した。逆にいえば、日本人の「歌仔」研究に欠けていたのは、台湾語に対する理解である。

稲田尹は一九四三年に刊行した『台湾歌謡集』（前掲）の巻頭に、銃後を題材として、国家の守備や出征軍人、軍への寄金などを詠んだ歌仔を置き、次のように記した（一頁）。

> 自らの姓名も記し得ぬ文盲者（もんもうしゃ）が胸を奔り（ほとばし）出る声は、実にわれら同胞の心の叫びに外ならぬ。彼は歌つた。足で拍子をとり、ふるへを帯びた高い声で歌つた。座に在る者凡て（すべ）寂（せき）として声なきその中を高く長く響く歌ごゑの何といふ美しさ。唯一人の内地人たる私を交へて、この雰囲気にあつて、しつかりと、愛する日本！を悉く（ことごと）が懐つた（おも）。（中略）私は目頭の熱くなるのを感じた。美しき日本！　わが愛して止まぬ本島人諸君よ、君等も亦われら内地人を愛して止まぬと信ずる、かたみに通ふ愛のこころごころで、共にこの美しい日本を愛さうではないか。生命をこめて愛さうではないか。

台湾語で歌われる銃後の歌仔に稲田は感涙を催したが、果たして台湾人がどの程度「美しき日本」を思うがゆえに胸を熱くしたかはわからない。『台湾歌謡集』は一九四三年の刊行である。不要不急の書籍を出すには、愛国心高揚等の口上が必要なことは差し引かねばならない。しかし、日本統治期の台湾に住む台湾人と日本人の間にも心と心の交流はあったにせよ、少なくとも宗主国出身の日本人が台湾人を愛し日本を愛するがゆえに、植民地支配を受ける台湾人も、日本人だけでなく「美しい日本」まで愛してくれるだろうと期待するのは、虫のいい話である。

日本人の蒐集家にとって「歌仔冊」は、読んで楽しんだり、台湾民衆の生活や習慣を知る材料とすることはあっても、その音を調べに乗せて耳にし、深い民族的な感情を喚起されるものではない。一方、王育霖にとって「歌仔冊」は、単なる好事家的な蒐集の対象ではなかった。「歌仔」が台湾人の間で育まれてきた以上、そこには台湾人の声が込められている。弟育徳が「歌仔冊」に聞きとったのも、台湾の民俗や台湾語の資料としてだけでなく、連綿と歌い継がれてきた台湾人の声だったと思われる。

四 「歌仔戯」――台湾語による演劇活動

王育徳は戦後の一九四〇年代後半、台南一中で教員をしながら、演劇活動を行った。この演劇活動も、王が台湾語への関心を深める上で大きな意味があったと考えられる。のちに王は、一九五〇年東京大学へと復学する際に、中国文学語学科から東洋史学科への転科を考えた。結局転科しなかったのは、復学を支援してくれた倉石武四郎（一八九七―一九七五年）への義理があっただけでなく、「それに私は演劇運動の体験から、台湾語研究の必要を感じたので思いとどまった」と回想している（「私はいかにして『台湾』を書いたか」[46]）。

王育徳や、弟育彬の友人黄昆彬（こうこんひん）（生没年未詳）が台南で展開した演劇活動は、台湾で戦後もっとも早いものの一つである。王の回想によれば、演劇の脚本を書いてほしいと王に依頼して来たのは、「台南学生連盟」なる組織の委員、黄昆彬だった。[47] 一九四五年十月二十五日の「光復記念日」に開く演芸会で、演劇を上演したいとの希望からだった。王は当初、脚本など書いたことがないからと断り、台湾文化協会で演劇活動をしていた人たちに相談してはどうかと勧めたという（『「昭和」を生きた台湾青年』[48]）。

もし黄昆彬が王育徳のアドバイスに従っていたら、一九二〇年代に演劇活動をしていた、荘松林（一九一〇―七四年）らの再びの出番があったかもしれない。しかし黄は、世代や考え方の違い、また

「かれらは若い者をバカにしがち」だという理由で勧めを受け入れなかった。そして、新時代の演劇の脚本は、台南市内に住む若い知識人で、東京帝大にただ一人進んだ、王育徳にしか書けない、と懇願した。結局、舞台装置やメーキャップは文化協会に頼んだが、王は脚本のみならず演出も担当し、さらに出演することにもなった。

戦後すぐの演劇活動について、王育徳は「演劇を通じて」(『中華日報』一九四六年十月二十一日)で概括している。「私が何故演劇に関与するに到つたか廻りの者は今でも怪訝(けげん)に思つてゐるが、私自身でさへ驚いてゐる」とした上で、一九四五年秋に学生連盟の委員から脚本を依頼され、責任感から引き受けただけで、演出はもちろん、舞台に立つとは全く予期しなかった、という。「一連の運命は実に私の人生にとつて恰(あたか)も青天の霹靂(へきれき)の如きものであつた」。

当初はうまく乗せられただけの王育徳だったが、思いがけず演劇活動に熱中する。「論文や随筆を通じてと同じやうに演劇を通じて台湾の人々に感銘的な従つて苛酷な現状を変革せんとする力を喚起したい」(「演劇を通じて」『中華日報』一九四六年十月二十一日)との希望を抱くようになり、一九四五年十月二十五日、延平戯院で、王育徳脚本・演出・出演の「新生之朝」などを、台湾語を用いて上演した。

なぜ台湾語を使用したのかについて、王育徳は『「昭和」を生きた台湾青年』で次のように回顧している。

自由に台湾語が使える世の中になったのだから、私はセリフを全部、台湾語にした。しかし、台湾語には当時、人口に膾炙（かいしゃ）した表記法がなかった。私は、脚本を歌仔冊式の漢字で書いた。ところが、台湾語を全部漢字で書くのには無理がある。台湾語の中に、漢語起源以外の言葉が数多く含まれているからだ。どうしても当て字を使うことになる。これは歌仔冊で使われてきたやり方で、七言の各句の終わりが韻をふんでいるので解読の助けになる。[49]

王育徳は漢字表記の台湾語で脚本を書き、演出したが、出演する学生たちは戦前の日本語教育しか受けていない。脚本で使われた漢字の、台湾語による発音がわからず、カタカナでルビを振る始末だった。当初の二週間は「即席の台湾語教習所」となった。「『歌仔冊』による独習と、幼いときから父に仕込まれた『四書』や『唐詩選』の素養」が、このとき役立った。さらに「戯曲研究会」を結成し、四五年末に「幻影」などを上演した。しかし一九四六年十月に台南一中の学生が上演した「青年之路」が当局の忌避に触れ、王は注意を受けて、演劇活動は頓挫したという。[50]

いくら東京帝大生だったといっても、頼まれていきなり脚本の執筆や芝居の演出ができるものではない。自分ならやれるとの見込みが、王育徳にあったはずである。戦前の王は、演劇の経験こそなけれ、演劇に対しかなりの興味を抱いていた。王はのちに台湾語を研究した動機として、「若い学生たちに担ぎ出されたのですが、乗り出した以上、ベストを尽くさないわけにいきません。東京留学中に築地小劇場やムーランルージュで観た新劇の内容や精神が大いに参考になりました」と回想する（『台湾語入門』「研究の動機」[51]）。また「演劇を通じて」（前掲）では、さらにさかのぼって、次のように

写真 4-5　大舞台
出典：『台南市日拠時期歴史性建築』（傅朝卿、台南：台南市政府、1995 年）

語っている。

> 私は幼い時から演劇てふものに対して興味を感じてはゐたものの、高校時代、国風劇団について一週間ばかり生活を共にしたこと、永楽座へコンクールの鑑賞に行つたこと、東京時代に偶(たま)に築地小劇場やムーランルージユに通つたこと等は常に第三者の立場としての軽い気持ちに由(よ)るものであつた。

幼時からの興味とは、芝居好きの祖母のお伴をして、台南の劇場「大舞台」で観劇したことを指すと思われる。「大舞台」は一九一一年に作られた、当時台南最大の劇場である。主に「歌仔戯(コアヒ)」を上演していたが、のち「国風劇場」と改称される。[52]「歌仔戯」は、台湾語を用いた伝統演劇である。もともとは地方都市や農村の廟前などで演じられていたが、一九二〇年代に入って劇場で演じられるようになる。三〇年代、日中戦争が始まる前まで、全島で数を増やした劇場で盛んに上演されて、戦前の全盛期を迎えた。[53]

父が株主だった関係で、王家には招待券が余るほどあった。幼い王育徳のお目当ては、お芝居ではなく祖母が買い与えてくれる点心だったが、「のちに私が演劇や歌仔冊（歌仔戯の種本）に深い関心を持つようになったのは、こんなところにきっかけがあったのかもしれない」と回想する（『「昭和」を生きた台湾青年』[54]）。

王育徳はまた、仲のよかった姉二人が、女学生時代、「たいへんな「戯箱（ヒイシヨン）」」だったことを回想している。「戯箱」とは台湾語で芝居の熱心なファンを指し、俳優の衣装箱のようにどこへでもくっついていく、という意味である。育徳が幼時に通った台南の劇場「大舞台」は、「丹桂社」という劇団の本拠地だったが、丹桂社が地方公演に行った留守に、対岸の福建省から「旧賽楽」という劇団が来た。「正音（チアイム）」、つまり北京語による芝居と呼ばれていたが、純粋な北京語だとは思われないという。『三国志』や『七俠五義』などを上演し、激しい立ち回りを見せたこの福建の劇団の役者に、姉二人が熱を上げた。役者を旅館に呼び出したり、巡業先の高雄まで押しかけたという（『「昭和」を生きた台湾青年』[55]）。姉の芝居好きも、育徳が幼時から伝統演劇に関心を持った理由の一つかもしれない。

「永楽座」は台北の劇場で、台北高校在学中に見たものと思われるが、「コンクールの鑑賞」は不明である。

王育徳が東京へ出るのは一九四二年九月以降で、翌四三年東京帝大に入学する。この東京時代の劇場通いの、「軽い気持ち」を引き出したのも、やはり兄育霖からの刺激ではないかと推測される。というのも育霖は四一年に、東京の「築地小劇場」が改称した「国民新劇場」で、庄司総一（しょうじそういち）（一九〇六一六一年）原作の『陳夫人』上演に関わっていたからである。

台南の大家族の旧家を舞台に、台湾人インテリと日本人女性との台日結婚生活を描いた、庄司総一の『陳夫人』は、第一部が一九四〇年十一月に、第二部が四二年七月に刊行された（通文閣）。第一部刊行後の四一年には、「新潮社文芸賞」第四回の候補作となり、第二部刊行後の四三年には、第二回大東亜文学者大会で「大東亜文学賞」を受賞した。[56]

第一部が出た翌年の、一九四一年四、五月、文学座が『陳夫人』を、森本薫・田中澄江の脚色、久保田万太郎の演出により舞台化し、築地の国民新劇場で上演した。当時東京帝大生だった王育霖は舞台考証を手伝った。育霖が関わった経緯は不明だが、しばしば稽古場に来た原作者の庄司総一と親しくなったという。[57]『陳夫人』は同年八月にも新生新派により明治座で上演された。

王育徳は自身の家庭環境と重なる、大家族の因習と葛藤を描いた『陳夫人』を読んでいた（「台湾の家族制度」『翔風』第二十四号、一九四二年九月）。育徳が通った「築地小劇場」とは、恐らく『陳夫人』が上演された築地の「国民新劇場」のことで、一九四〇年十一月に築地小劇場から改称された。四二年九月以降に上京した育徳は、『陳夫人』の上演を見てはいないはずだが、「兄は舞台考証を頼まれ、おかげで多くの新劇人と親しくなれたと手紙に書き、記念写真まで同封してきて、高校生の私を羨ましがらせた」というから（『「昭和」を生きた台湾青年』[58]）、ここに通ったのも恐らく兄の影響だろう。

「ムーランルージユ」は新宿にあった大衆演劇の劇場だが、いつ、どういった経緯で通ったかは不明である。

王育徳が台北高校在学中、演劇に対しどのような関心を持っていたかは、文芸部の雑誌『翔風』第二十二号（一九四一年七月）に書いた論文、「台湾演劇の今昔」に詳しい。戦前日本の学歴エリートである旧制高校生とはいえ、わずか十七歳の筆になるということがにわかに信じがたいほどの、堂々たる本格的台湾演劇論である。量・質において兄育霖の長篇論文「台湾歌謡考」（『翔風』第十八号、一九三八年九月）に匹敵する。

写真 4-6　歌仔戯の舞台
出典：『日本地理大系 11　台湾篇』
（山本三生編、改造社、1930 年）

「台湾演劇の今昔」は、一九三七年の日中戦争開戦までの台湾の演劇を、「文化戯」「支那渡来の戯班」「歌仔戯」の三種に区分した上で、「今日なほ民衆の中に確固たる抜くことの出来ない根底を持つてゐる」「歌仔戯」について詳述する。王育徳は大正から昭和初期にかけての、成熟した「歌仔戯」を高く評価していた。幼時から見慣れていたこともあるだろうが、台高二年生のとき「国風劇団」の地方巡業に参加したことも大きい。

王育徳の回想によれば、王は歌仔戯の「封建制とマンネリズム」に批判の目を向けながら、その「伝統と庶民性」を愛していた（『「昭和」を生きた台湾青年』[59]）。当時の演劇と関わる「進歩」的知識人にとって、感傷や懐旧を主なテーマとする歌仔戯は、反動的であり批判の対象だった。[60] しかし王は、台湾という土地に根差した歌仔戯にだけ見られる特色を評価していた。日中戦争が始まり皇民化運動が推進される中、「歌仔戯」は圧迫を受け、「改良劇」へと転身を強いられる。王が「大舞台」で見た劇団「丹桂社」は、台湾語で「歌仔戯」を上演する、南部でもっとも有力な劇団だったが、[61] 解散か脱皮かを迫られた。「大舞台」は「国風劇場」へ、「丹桂社」は「愛国劇団」へと改称された。

王育徳が国風劇団に密着取材した目的は、表面的には、「いわゆる改良劇がいかにして歌仔戯から脱皮してきたかを、国風劇団から学びとろう」というものだった。しかし実際には、王の関心はそこにはなかったと思われる。王の父が団長と親友だったおかげで、随行を許され、団員と起居をともにした。

> 私は、劇団が中部の斗南(となん)、斗六(とろく)へ十日間の巡業に出るのに参加した。団員の生活はすべてが興味深かった。かれらは夫婦ものが多く、中には子供連れもいた。かれらは幔幕と道具箱でしきられた二畳ほどの空間を居住区としていた。そこで寝起きし、化粧をし、衣装をつけた。夫婦生活はかなりあけっぴろげであった。[62]

国風劇団の巡業を間近に見た経験は、王育徳が台湾の伝統演劇に対して理解を深めるきっかけとなった。王の「台湾演劇の今昔」によれば、「歌仔戯」は、台湾人が主に「台湾白話」を用いて上演し、「台湾独特の歌仔曲が盛に歌はれる」。日中戦争開戦後は、皇民化運動が進む中で、「台湾白話に国語を三割ばかり取り入れ、時には全篇国語で演る」こともあった。台南伝統芸能史の生き証人とも呼ぶべき、「南社」の年少の文人だった許丙丁（一九〇〇―七七年）は、日本語に訳された伝統劇が、大舞台で最初に試演されたのを聴いたという。得体の知れぬ韻律となり、聴衆は吐き気を催した。[63]
王育徳によれば、「歌仔戯」が「歌仔戯」たるゆえんは、「歌仔曲」にある。

> 歌仔曲は台湾の人が長年の中に生み出した民謡であつて、劇に於ては身分の紹介から日常一般の会話、感情に到るまで歌で以てあらはし、歌終れば白話で話し、終れば又噺と共に歌をうたふ。
> （中略）
> 誰かこの妙なる音楽に魅惑され、エキゾチックな光景に故郷を思はない者があらうか。実際南の島、台湾はこの歌仔曲の調がある為にどれ程情趣を増してゐることか、台湾文化に貢献してゐる所は大きいのである。

王育徳にとって国風劇団の巡業に随行した最大の発見は、俳優たちの使う台湾語だった。「歌仔戯」は台湾語で上演する以上、下手では務まらない。台湾語は「語彙が豊富で細微を穿ち妙を得てゐる言葉」であり、「漢文要素」を含んでいるため、上手く話すことは相当に難しい。しかし俳優たちは、「普通の人よりもうまいし、漢文を習つた人に到つては一文一句落さない。聞いて感心させられる程である。純粋な台湾語は劇にのみ保有されてゐると言つても嘘ではない」。王育徳はある俳優の向上心に圧倒された。「今までの台湾の人達が頭から馬鹿にしてきた俳優の中にこんな人も居たのかと、驚き且(か)つ心強く感じた」。

戦後演劇活動を展開した王育徳は、「将来の演劇は歌仔戯でもなく京戯でもなく、一に新劇によつて代表される」という主張を持っていた（「『屠戸』の上演に際して」『中華日報』一九四六年十月九日）。しかし、戦前に歌仔戯を間近に観察して感じた、台湾の伝統演劇が台湾語の「歌仔曲」を通して、台湾人の生命の表現になっているという発見、また「本島の劇は本島の手で」、「一地方の演劇はその地方の住民に依つてのみ活々とした生命が与へられ真価を発揮することが出来る」という演劇に対する期待は大きかった。この刺激が、戦後の王育徳の演劇活動につながったと思われる。

歌仔戯は何より、生きた台湾語で演じられていた。戦後の王育徳の演劇も、この台湾語の生命力を表現し、台湾人に彼らの言葉で新しい声を届けようとする活動となった。

五　「島の真情」を知るために

兄王育霖は二十歳ごろに書いた「台湾随想」（『翔風』第二十号、一九四〇年一月）で、一九三九年に台湾を一周した折の旅行記を引いて、台湾という土地に対する強い愛着を、次のように記した。

私が好むと好まざるとに拘らず、私は絶対にこの島台湾から離れることはできない。縁を切ることはできない。私の肉体を培つてくれたのもこの南の島なら、私の精神のグルンド〔＝土台、引用者注〕を提供してゐるのもこの島なのだ。私がこの島を、おゝ華麗なる島よ、ロマンスの島よ、香りの高い南の島よと呼ばうとも、何たる汚い島だ、何といふ住みにくい島だ、何といふ意地の汚い連中のみ居る島だと罵しらうとも、私はこの島の人間の一人であるといふことから逃れるわけにはゆかない。時には私は私のこの運命を嘆いたこともあつた。時にはこの運命を喜んだこともあつた。（中略）悲しむ前に、喜ぶ前に、私ははつきりとこの島の真情をつかまなければならないとつくぐ思ふのである。

弟王育徳も、一九四一年春、恐らくは兄を真似て、台湾を一周した。そして「この島の真情」をつかもうと、台湾の演劇や家族制度の研究をした。兄から刺激を受けた「歌仔冊」の蒐集や、国風劇団で仔細に観察した「歌仔戯」から、「台湾語」への関心を高めた。王の台湾語研究は、学術的な関心からのみ開始されたわけではない。そこには王の戦前戦後の、台湾語を通して台湾を知り、台湾語を通して台湾人と語り合う体験が息づいており、だからこそ生きた研究となり得ている。

王育徳は「台湾語講座」で、戦前戦後の台湾知識人の台湾語観について、たとえ「大衆に呼びかけて支持を得るには大衆の言語である台湾語」が必要だと頭では理解しても、「インテリの間には台湾語は卑俗な言葉、文化を盛るに適しない言葉というかすかなコンプレックスが心の底にあったようである。（現在の台湾人にだってないとはいえないであろう。）」と記した（第十三回、『台湾青年』第十九号、一九六二年六月）。

王育徳は一九六九年から東京外国語大学で、台湾語を十年以上にわたり教えた。学生に向かい、この授業は恐らく世界で唯一の台湾語講座で、「その誇りをもってもらいたい」、「私は北京語を教えるよりも台湾語を教えるのがずっと楽しい」と説いた。しかし台湾人留学生とつきあいのある日本の学生が、台湾語を習っていると得意気に話すと、「そんなの勉強して何になるの」との返事が来る。「一体どうなっているんですか」と訴える受講者に対し、王は「そういう連中もいるさ」とごまかすほかなかった（『台湾語初級』「東京外大での授業」）[64]。

一方で、恐らく戦後になって、李献璋編『台湾民間文学集』（台北：台湾新文学社、一九三六年）を読んだ王育徳は、荘松林（朱鋒）らが書いた「中国語白話体の「故事篇」を読むに、余り上手なできとはいえない。北京語とも台湾語ともつかない奇妙な文体である。到底民衆の支持を云々する段階には至ってない」と断じた（「同情と理解の隔たり」）[65]。王は台湾で中国語が充分に定着することに疑念を抱いていた。台湾語の使用にまつわる台湾人のコンプレックスを転覆させ、台湾語を口頭のみならず表記言語としても洗練させることが、王の一生の事業だった[66]。

王育徳の戦後の活動について、本書では語ることはできないが、台湾語研究、台湾史研究、台湾独立運動、晩年に身心を消耗させてまで取り組んだ、台湾出身元日本兵への補償問題、そして台湾文学の研究は、互いに分かつことのできない関係にあった。戦後日本で台湾文学を対象とした最初の論文「文学革命の台湾に及ぼせる影響」（『日本中国学会報』第十一集、一九五九年十月）を書いた王は、その後も文学への関心を持ちつづけた。一九七〇年代末からは、戦後文学や同時代文学について論文や評論を書き、『台湾海峡』（日中出版、一九八三年）にまとめた。王はあとがきで、台湾の言語・文学・歴史研究の三分野は「私にとって互いに関連し合っており」、最後に出版した台湾文学研究には「近頃珍しく執念を燃やした」という（二四五頁）。この成果は、尾崎秀樹『近代文学の傷痕　大東亜文学者大会・その他』（普通社、一九六三年。のち『旧植民地文学の研究』勁草書房、七一年。『近代文学の傷痕　旧植民地文学論』岩波書店、九一年）とともに、日本における台湾文学研究の濫觴（らんしょう）をなした。

王育徳は晩年に近い一九八三年、言語学の師、服部四郎（一九〇八―九五年）に送った手紙で、次のように心境を語る。「日本に亡命してこの夏で満三十八年を数えましたが、この間台湾語の記述を中心に〝台湾学〟の研究に打ち込んできました。独立運動も補償要求運動も〝台湾学〟実践面の一つのプロジェクトにすぎないといえますが、肝心の台湾語の研究は学界でほとんど無視された形で、一般社会でもその意義や学問的価値を知る人はめったにありませんでした」[67]。台湾語の研究は王にとって一生の仕事だったが、台湾語の復権を見る前に、志半ばにして仆（たお）れた。しかし一九八〇年代以降の民主化・本土化の流れの中で、台湾語は大きな脚光を浴びる。王はその準備をした一人である。

そして王育徳の台湾語研究には、台南に生まれ、台南の書房で学び、台湾語の芝居を見、台湾語の歌に台湾人の声を見出した、王の戦前の経験がつぎ込まれている。それは時に、やや偏狭な台湾語ナショナリズムにつながりかねない危険性があるにせよ、「国語」の名のもとに日本語や中国語が圧倒的に浸透してくる中で、台湾語を話す人々が自らを取り戻す支えの一つとなった。様々な活動をしながら一筋の道を歩んだ王育徳の、聡明な人が信念を貫いた人生の清々しさを思うとき、台湾語を解さない筆者は、台湾人を充分には理解できない憾みを抱くとともに、王に対し深甚なる敬意を覚えずにいられない。王育徳という人こそ、台湾という土地の美しい結晶だと思わずにいられない。一九四九年、日本に亡命してから、王が再び台湾・台南の土を踏むことはなかった。しかし『「昭和」を生きた台湾青年』を片手に、台南の街を歩くと、そちこちで王兄弟の姿をまぼろしに見るような気持ちになる。台南の街角で台湾語が聞こえてくると、台湾語に耳を澄ませる王育霖を羨んだ、日本人の友人のような気持ちになる。台南の地の霊のようなものが人の形をとるなら、王育徳がそうだったのではないか、と思わずにいられないのである。

第五章

平地先住民族の失われた声を求めて

――日本統治下の台南における葉石濤の考古学・民族学・文学

一　平埔族を描く

葉石濤（一九二五―二〇〇八年）は、戦後の台湾文学を代表する作家・評論家の一人である。[1] 日本統治期に台南市内の、経済的に恵まれた不在地主の家に生まれた。一歳上には、同じく台南市内の裕福な商家に生まれた、邱永漢（一九二四―二〇一二年）と王育徳（一九二四―八五年）がおり、中でも王家はすぐ近所だった。

台湾の伝統的な私塾、「書房」で学んだ後、葉石濤は一九三二年、台湾人が通う末広公学校に入学した。王育徳も学んだ学校だが、邱永漢は主に日本人が通う南門小学校に合格して通った。卒業後、王は主に日本人が通う台南第一中学校に進み、邱は台北高等学校尋常科へと進む一方で、一歳下の葉は、三八年、主に台湾人が通う台南州立第二中学校（戦後は一中へと改称）に入学する。台南二中の卒業生には、台南のモダニズム詩人、楊熾昌（一九〇八―九四年）や李張瑞（一九一一―五二年）がおり、塩分地帯の詩人、荘培初（一九一六―二〇〇九年）も卒業生である。中途退学には、新化出身の作家楊逵（一九〇六―八五年）や塩分地帯の王登山（一九一三―八二年）がいる。葉石濤は二中で王育徳の弟育彬と同級となり親しくした。

葉石濤は早くから文学を愛好し、日本文学や海外文学の翻訳を濫読、創作を始める。金に困らない家に生まれたおかげで、本は買い放題だった。岩波文庫のロマン・ロラン『ジャン・クリストフ』全

写真 5-1　末広公学校
出典：『台南市日拠時期歴史性建築』（傅朝卿、台南：台南市政府、1995 年）

八冊を、台湾人の標準的な一ケ月の生活費を費やして、一度に買ったこともある。父親は眉一つひそめず、喜んでお金を出した。[2]

一九四三年、台南二中卒業後は、台北で西川満（一九〇八—九九年）主宰の『文芸台湾』の編集を約一年間手伝い、龍瑛宗（一九一一—九九年）・呉濁流（一九〇〇—七六年）・楊逵ら、数多くの台湾人作家の面識を得た。[3] この経験が、戦後になって台湾文学史を書く上で、大きな資産となった。四四年台南に戻り、市内の宝国民学校の教師となる。元は宝公学校といい、現在は台南市立の「立人国民小学」だが、さかのぼれば台南第二公学校で、荘松林（一九一〇—七四年）の母校である。三〇年代に建てられ、葉石濤も教壇に立った校舎が、修復を経て今なお現役である。教師をしている間に徴兵され、帝国陸軍一等兵として終戦を迎えた。

葉石濤は戦後も台南市で小学教師として勤めながら、日本語や中国語での創作を継続していたが、一九五一年、共産主義との関係を疑われて政治犯として逮捕され、三年間の獄中生活を送る。先祖伝来の土地は農地改革で失った。出獄後は、嘉義・台南・宜蘭・高雄各県の小学校などに勤めつつ、長い沈黙を経て、六五年から中国語での創作を開始する。これ以降、数多くの評論や短篇小説を孜々として書きつづけた。

写真 5-2　宝公学校（のち宝国民学校、現在の立人国民小学）
出典:『台南市日拠時期歴史性建築』（傅朝卿、台南:台南市政府、1995 年）

小説の代表作に、短篇集『葫蘆巷春夢』（台北：蘭開書局、一九六八年）、『紅鞋子』（台北：自立晩報社文化出版部、一九八九年）、『西拉雅族的末裔』（台北：前衛出版社、一九九〇年）、『台湾男子簡阿淘』（台北：前衛出版社、一九九〇年）、『異族的婚礼』（台北：皇冠出版社、一九九四年）などがある。評論には、『葉石濤評論集』（鍾肇政編、台北：蘭開書局、一九六八年）、『台湾郷土作家論集』（台北：遠景出版公司、一九七九年）、『台湾文学史綱』（高雄：文学界雑誌社、一九八七年）などがある。著作は『葉石濤全集』全二十三巻（小説五巻、随筆七巻、評論七巻、資料一巻、翻訳三巻、台南：国立台湾文学館・高雄：高雄市政府文化局、二〇〇六—九年）に収められている。[4]

台南に生まれ育った葉石濤は、戦後生計のために離れてからも、生涯台南を舞台とする小説を書きつづけた。現在台南の「国立台湾文学館」のそばに、「葉石濤文学紀念館」（元山林事務所）が設けられ、台南を代表する作家として遇されている。葉の諸作を紐解きながら台南の街を歩く、文学散歩の書籍も複数出ている。[5] 陳正雄によれば、小説計百五十篇のうち、台南を舞台とするものは約百二十篇に達するという。[6]

本章では、葉石濤の戦前の文学・考古学・民族学に対する関心と、戦後の創作活動とをつなぐ作業をしてみたい。日本統治期に文学少年だった葉は、日本語を通して日本や海外の文学に接触し、一九四〇年代前半に黄金時代を迎えた、台湾の日本語文学から影響を受けた。その一方で、台南二中の生物の教師だった金子壽衛男（すえお）（一九一四—二〇〇一年）から影響を受けて、考古学を愛好した。さらに台南第一高等女学校の教師で、民族考古学者の國分直一（こくぶなおいち）（一九〇八—二〇〇五年）からも刺激を受けて、平地先住民族である平埔族にも関心を抱くようになる。葉石濤は金子や國分の研究、中でも、いったんは失われたと思われていた平地先住民族の声を探し求める、國分の民族調査から深い影響を受けた。

文学と考古学・民族学への愛好は、戦後の活動にも影響を残したと推測され、特に台南周辺の平埔族であるシラヤ族を描いた『西拉雅末裔潘銀花』にそれは顕著である。葉石濤のシラヤ族を描いた作品については、陳秀卿・林玲玲「発現平埔　葉石濤与西拉雅族書写初探」に、葉の台湾観の視角からの検討がある。[7] 本章では、平地先住民族について日本統治下の台南周辺でどのような探索がなされていたのかについてスケッチしつつ、葉石濤が金子や國分からどういった刺激を受けたのか跡づけてみたい。

二　考古学への愛好――金子壽衛男と博物同好会

葉石濤の代表作の一つに、自らの運命をたくましく切り開いていく、台湾の平地先住民族、平埔族の女性を描いた短篇の連作がある。台南周辺に住む、シラヤ族の「潘銀花(はんぎんか)」を主人公としたこの連作は、葉石濤の代表作の一つとされ、近年日本語にも訳された。[8] まず四作を収めた『西拉雅族的末裔』(台北：前衛出版社、一九九〇年)が刊行され、のち一作を加えて『西拉雅末裔潘銀花』(台北：草根出版、二〇〇〇年)となった(以下、連作の総称としては『西拉雅末裔潘銀花』を用いる)。「西拉雅族的末裔」「野菊花」「黎明的訣別」「潘銀花的第五個男人」「潘銀花的換帖姉妹們」を収め、タイトル通りシラヤ族の女性の半生を描く。舞台は台南市、及びシラヤ族の居住地である新市や隆田など、台南近郊の小都市や農村地帯である。

ストーリーを簡単に紹介しよう。新市庄新店(現在の新市区)に代々住むシラヤ族の潘家は、自らの土地である蓮霧(れんぶ)畑と、台南市内に住む不在地主、龔(きょう)家の小作で生計を立てていた。蓮霧とは、台湾で広く食べられている果物で、しゃきしゃきした触感とさっぱりとした味が好まれる。南部が主な産地で、台南周辺にも蓮霧畑があった。

一人っ子の潘銀花は、学校教育は受けず公学校に通ったこともなかったが、頭の回転の速い、働き者の娘だった。たまたま近所へ狩りに来て怪我をした、龔家の次男英哲(えいてつ)を助けたことから、その運命は大きく変わる。台南市内に出て龔家に仕えることになった銀花は、やがて、花園小学校・台南一中を経て台北医学専門学校を卒業した英哲と結ばれ、子をもうける。しかし、自由奔放で不羈独立の精神を持つ銀花は、「自らの世界で、自らの両手を使って働き、自らと赤ん坊を養わねばならない、そうしてはじめて立派なシラヤ人といえるのだ」と考え、龔家を出る。[9]

『西拉雅末裔潘銀花』は、戦前の日本統治期から戦後の国民党政府時代を背景に、台南及び周辺地域を舞台として展開する。シラヤ族の潘銀花は、漢族で金持ちの御曹司である英哲を最初に、台湾の複雑な政治状況や民族構成を象徴する、複数の男性たちと交わりながら、厳しい時代の中を生きていく。

「野菊的花」では、太平洋戦争で日本の戦局が悪化する時代を背景に、二番目の男である福建系の漢族、王土根の後妻となり、官田庄隆田（番子田）で新しい生活に入るが、夫は米軍機の爆撃で死ぬ。「黎明的訣別」では、戦後の二・二八事件前後を背景に、国民党政府の弾圧から命からがら逃げてきた知識人の朱文煥を匿うも、朱はまもなく特務に連れ去られる。「潘銀花的第五個男人」では、農作業中に大陸から来た兵隊に襲われて第二子を妊娠するところから始まり、山東から来た外省人の汪書安と見合いを経て結婚する。最後の「潘銀花的換帖姊妹們」では、商売を大きくし、縁あって苦しい境遇の女性たちを受け入れるなどして増えた大家族を切り盛りする、たくましい姿を描く。

葉によれば、平埔族を描いた小説は少なく、葉以前に王幼華『土地与霊魂』（台北：九歌出版社、一九九二年。ただしシラヤ族ではない平埔族を描く）があり、葉の後には葉伶芳『鴛鴦渡水』（台北：皇冠出版社、一九九七年）があるくらいだという。[10]

物語の随所に、シラヤ族に関する記述が挿入されている。舞台としては、新化郡の新市庄新店や新化街知母義（ちもぎ）、曾文郡の官田庄隆田（番子田）など、台南市周辺のシラヤ族居住地が選ばれる。作中ではシラヤ族の言葉が、「Ma」（父）、「Na」（母）、「Abiki」（檳榔（びんろう））、「Ibutun」（福建人）、「Zamarit」（天神）、「Arit」（「阿立祖」、先祖）のようにローマ字で、数は多くないものの記される。とはいえ、後述するように日本統治末期には、シラヤ族の言語はほぼ失われていた。作中でも銀花は、シラヤ族の古い歌を歌うことはできたものの、シラヤ語はわずかな単語を覚えるのみだった。龔家の若旦那から訊ねられても、「Zarun」（水）、「Uran」（雨）、「Tabin」（靴）、「Baun」（海）、「Baratiun」（スカート）などの単語を断片的に思い出すばかりだった。

作中では平埔族に伝わる伝統的な宗教上の慣習も描かれる。平埔族はその大部分が、十九世紀半ば以降の宣教師による布教で、キリスト教に改宗した。しかしシラヤ族の伝統的な信仰の対象である、壺神「阿立祖」に対する信仰が、今なお残る地域もあった。「西拉雅族的末裔」には、旧暦九月十六日に行われる祭りへの言及があり、「野菊花」には、陶製の壺が置かれた祭壇に、「阿立祖」へのお供えとして檳榔と砂糖が用意されている、との記述がある。生まれたばかりの赤ん坊を「阿立祖」に保護してもらう「Kei Eiya」（契仔）も、古くからの習慣である。また「尫姨」というシラヤ族女性の憑依者は、銀花の人生を予言する狂言回しとしてくり返し登場する。

葉石濤はシラヤ族に対して、どのように関心を持ち始めたのだろうか。葉はのちの回想で、戦前の生活を振り返り、生まれ育った古都台南は、福建省の漳州・泉州出身者が居住者の大多数を占めたため、「私の小さく狭い生活空間には「その他の民族」が出現することはなく、客家人や山地人（＝台湾原住民族）も同じくこの土地に住んでいるのだという考えがなかった」と記している（「我的客家経験」）[11]。そんな葉に、旧制中学時代、多民族の住む台湾という土地を発見するきっかけを与えたのは、台南二中で教えを受けた、生物学者の金子壽衛男と、金子と連携して台南周辺で考古学の発掘に従事していた、民族考古学者の國分直一の存在だった。

考古学少年としての葉石濤を見る前に、葉の文学愛好に触れておきたい。葉が通った台南二中は、すでに述べたように台湾人が主に通う旧制中学だった。植民地の中等教育機関であり、在学時期は日中戦争開戦後の、戦時色が濃くなる時代に当たる。葉の回想「一個台湾老朽作家の告白」によれば、二中も、主に日本人が通った一中も、軍隊的な管理を行っていた。しかしその一方で、二中の「校風にはかなり濃厚な自由主義的色彩があった」という。「日本人教師は、二、三の極右的な神道主義者を除けば、どの教師も穏やかで親しみやすく、民族差別といったことも多くはなかった」[12]。図書館で発見した『資本論』をこっそり読んでいると、「最右翼の「葉隠」武士のような先生」に見つかったが、「よく勉強してますなぁ」と頭をなでて行った[13]。

勉強が嫌いで、読書が趣味だった葉石濤は、来る日も来る日も文学や哲学の本に読みふけった。台湾で手に入る限りの小説や世界の名著を読んだというが、日本文学を多く読み、二葉亭四迷・幸田露伴・樋口一葉・徳田秋声・夏目漱石・芥川龍之介・横光利一・川端康成などを読んだ。特に泉鏡花と葛西善蔵を好んだという。

外国文学ではフランス文学やロシア文学・北欧文学に親しんだ。フランス文学ではスタンダールやバルザックなどの大家、マルタン・デュ・ガール『チボー家の人々』などを読んだが、ドーデを偏愛した。ロシア文学ではツルゲーネフやドストエフスキー、トルストイなどの文豪を読み、ショーロホフ『静かなるドン』を好んだ。大長篇が好きだったようである。北欧文学ではビョルンソンやハムスン、ラーゲルレーヴを読んだ。文学以外に、哲学や社会科学・考古学の本も読んだ。カントやヘーゲル、アランなどを読み、河上肇『貧乏物語』、マルクス、エンゲルス、カウツキーなどのほか、モーガン『古代社会』を読んだという。

写真 5-3　台南第二中学校

出典:『日治時期的台南』(何培齊主編、台北:国家図書館、2007 年)

興味を惹くのは、中国の古典や現代文学を、日本語訳を通して読んだことである。『三国志』や『水滸伝』、『紅楼夢』など以外に、魯迅や郁達夫も翻訳で読んだという。[14] 葉石濤は戦後すぐの二十歳すぎに書いた日本語のエッセイ「中国女性の肖像」（『中華日報』一九四六年一〇月三日）で、郁達夫の名編「遅桂花」に、「遅咲きの木犀」として触れている。中国語を通して中国文学に接した、一回り上の世代の荘松林とは、異なる接近のルートだった。

小説をたくさん読むと、自らも書いてみたくなる。葉石濤が最初に投稿した雑誌は、西川満が主宰して一九四〇年一月に創刊された『文芸台湾』である。初の投稿作「征台譚」は没になった。つづいて二作目「媽祖祭」を、今度は張文環らが編集して四一年五月に創刊された『台湾文学』に、恐らくは四二年、投稿した。結果は今回も没だったが、『台湾文学』四三年一月刊行の第三巻第一号に、編輯部「一般投稿選後感」なる詳しい選評が出た。

写真 5-4　台南二中の朝礼

出典：『日治時期的台南』（何培齊主編、台北：国家図書館、2007 年）

> 「媽祖祭」六十枚を読んで先づ感ずることは、文学といふものに就て作者はどう思つてゐるか、といふことである。（中略）この作は全く勝手な小説である。一人称が三人称になつたり、小説が雲のやうなものであるならばともかく、我々の生活を描写するものである以上、一定の論理性をもつことはもう言を要しない。（中略）冒頭に万葉歌を引用してゐるが、それも適切性を感じない。文中にも、スタンダール、バルザック、ドビッシーからローマ、チロルの建築、スイスの謝肉祭などと作中人物の会話に表はれる

が、甚だ奇妙である。さういつたものの引用はそれを消化してこそ味があるもので、単なる耳ざはりのための乱用は作者の精神的な問題である。思ふにこうした悪癖は文学初歩者に多く、早くそこから抜けて欲しい。文学に於ける幼稚さといふものは、多くそれを言ふのである。文章は達者なのであるから、もつと素直さを持つて誠実に文学されんことをのぞむ。

『台湾文学』に対する前年末までの投稿計三十余のうち、合評会で検討された八編について、編輯部の意見をまとめた記事である。選評が出ただけで、掲載に至らずとも小さな成功といえるが、十七歳にして自信満々だった天狗の鼻は折られた。のちの回想で、「入選はしたものの、わざわざ書いてもらった批評では完膚なきまでやっつけられた。当時はあんまり頭に来たので批評を書いた奴の八代前の祖先まで呪ったほどである」との憤懣やるかたない思い出を語った。[15]

しかし台南二中時代、小説の執筆と投稿に夢中になるまで、葉石濤は考古学少年でもあった。人生を語った『葉石濤先生訪問記録』で、「私はもともと文学をするつもりはなかった。中学時代は、考古人類学者になろうと夢見ていた」と述懐している。[16] 葉が考古学の発掘に熱中したのは、恩師の一人で博物科の教員だった、金子壽衛男（一九一四—二〇〇一年）の影響である。

考古学少年だった台南二中時代について、葉石濤は「考古夢」（『民衆日報』一九九八年一月十八日）に詳しく回想している。[17] 葉が二中に進学したのは一九三八年で、翌年、葉が二年生のとき、金子壽衛男が「博物同好会」を組織した。日台の生徒たちが参加する中、葉も友人白坂勝に無理やり誘われて加わった。

「博物同好会」と称するからには、動植物を研究するクラブのはずだが、私は全く興味がなかった。しかし金子先生には敬意を抱いていた。博物科の授業において、先生の態度は真面目で穏やかで、台湾人の劣等生を差別することもなかった。金子先生は痩せて小さく、黒縁のひどい近視用の眼鏡をかけていて、顔色は青白く、栄養が足りてない様子だった。[18]〔原文は中国語〕

当初博物学に興味のなかった葉石濤だが、金子壽衛男の熱意溢れる指導のもと、徐々に考古学にのめり込んでいく。金子は、佐賀県有田に生まれ、神戸一中を経て、一九三七年東京高等師範学校を卒業した。[19] 恩師に誘われて台南二中へ赴任し、約四年間奉職する。四一年台北帝国大学理農学部に移り、敗戦後も四八年末まで留用された。戦後は大阪の戦前からの名門校である府立市岡高校で教員として長く教鞭を執りつつ、動物学の研究を続けた。

貝類が専門の金子壽衛男は、台湾の貝類や化石を採集するため、台湾南部の海辺や遺跡を徒歩で回った。集落の周囲に食用に供した貝殻を遺棄した場所があれば、これを詳細に調査し、さらに年古(ふ)りて貝塚と化したものを発掘した。金子は自らの探索を、ユーモアを込めて、「「ごみため」見学」と称した(「「ごみため」雑記」『民俗台湾』第三巻第五号、一九四三年五月)。

採集に回る金子は、いつも質素な身なりで、カーキ色の軍服のような服を着用し、弁当と水筒、発掘物を包む新聞、測量の器具を背嚢に入れ、登山杖と鍬を手にしていた（「考古夢」前掲）。考古学仲間だった國分直一との共同調査は次のようなものだった（「「ごみため」雑記」）。

> 昭和十六年一月、お正月の休みを台南一高女の國分直一氏と共に鵝鑾鼻（がらんび）に近い墾丁（こんてい）〔台湾最南部〕の石器時代遺跡の見学や、大尖石（だいせんせき）の登攀に過した或る一日、林業試験場支所に程近い亀子角（クラール）社を訪ねた。例によつて家屋の並び方をはかつたり、カメラにをさめたり、畝を造らず土を饅頭型につみあげ、その両側に苗を挿した珍しい甘藷の畑つくりを面白くながめたりして、やがて立止まつたのは「ごみため」の側。貝殻が相当散らばつてゐる。早速「ごみため」をほじくりまはす二人を珍しがつて寄つて来た子供や老人をつかまへて私が貝の名前をたづねる。國分氏が記録する。（中略）
>
> やがて貝から乾いてころ〳〵した糞まで調べだし、この辺の人は一体何を食べてゐるのだらうか等詮索最中、犬のものだとわかつて、二人顔見合はせて大笑ひしたのであつた。それから珍しく季節風の凪（な）いだ好い天気の下を船帆石に下り、造礁珊瑚片を一面に敷いた真白な道を墾丁に急ぐ。夜は澄んだ星空に大尖石が黒々と聳（そび）えてゐた。

金子壽衛男や國分直一は、探究心に溢れ、明朗快活で、台湾の庶民と親しく交わる教師たちだった。学究肌でありながら、台湾の大地をいとおしむように、山や海を歩き回った。隔意なく接してくれる教師らに引率されて、実際に発掘を体験した台湾の少年たちは、考古学という学問の面白さ、やがて自らが住む台湾という土地の持つ歴史の複雑さ、豊かさに、心を奪われずにいられなかっただろう。

葉石濤の回想によれば、金子壽衛男は文学好きの國分直一と同じく、文学の愛好者でもあった。金子は台南を去る際、挨拶に伺った葉に、ロマン・ロランの『魅せられたる魂』など、岩波文庫を何十冊も贈った。葉に向かい、「作家になりたいなら、世界の名著を広く読みなさい、井の中の蛙になってはいけないよ」と励ましたという。[20]

葉石濤は博物同好会に入ってから、発掘の魅力にとりつかれる。母親にねだって発掘用の道具を購入し、金子壽衛男に引率されて、同好会の熱心な仲間とともに、日曜日ごとに何時間も歩いて遺跡に向かった。続々発見される先史時代の遺跡、それに自らも貢献していることに、葉は興奮する。戦前の旧制中学は五年制で、将来の定まらぬ多感な年ごろゆえ、教員の影響は大きかったと推測される。台南一中にいた歴史教師の前嶋信次（一九〇三―八三年）は、その強い印象を、教え子の美術史家上原和、郷土史家黄天横や陳邦雄、台湾語学者王育徳らに残した。[21] 二中の金子も師弟関係に恵まれ、葉石濤のみならず、郷土史家の何耀坤も金子から強い影響を受けた。[22]

三　台南地域における考古学の勃興――考古学少年の発掘と発見

考古学少年葉石濤の、赫々たる発掘の成果を確認してみよう。

当時台南市周辺では、考古学の発掘が、台南第一高等女学校に奉職していた國分直一（一九〇八―二〇〇五年）を中心に、台南二中の金子壽衛男ら、中等教育機関に勤める教師によって、大きな興奮と熱意をもって進められつつあった。國分と翁長林正・萩原直哉の共著「台南地方に於ける石器時代遺跡」（『科学の台湾』第六巻第六号、一九三八年十二月）や、國分と金子の共著「台南台地に於ける先史文化遺跡に就いて　第一報・台南西南周縁部の遺跡及遺物」（『考古学』第十一巻第十号、一九四〇年十月）によれば、台南地方では明治末年以降、散発的に遺跡が発掘され、昭和に入ってからも断片的な発掘がつづいていた。

考古学調査が本格化するのは、一九三八年四月、國分直一らが台南台地東南辺に位置する牛稠子遺跡（新豊郡車路墘）を、七月に同じく台南台地南辺の十三甲遺跡を、さらに八月に高雄州岡山郡の大湖貝塚を発見し、石器や土器を発掘してからである。

中でも大湖貝塚の発掘は大掛かりだった。一九三八年十二月に始まる調査では、台北帝大から宮本延人・移川子之蔵・金関丈夫らの学者が南下して参加し、地元台南では國分直一の一高女の同僚翁長林正や、台南市歴史館の齋藤悌亮らが加わって、にぎやかな調査となった（宮本延人「大湖貝塚の調査」

『南方土俗』第五巻第三・四号、一九三九年二月）。國分はその興奮を、「車路墘丘陵の新石器時代の遺跡がみつかつて以来、新しい協力者が次々に出て、新発見が次々になされつゝ、ある事はなんといふ喜びであらう」と記した（「随筆　三本木高地」『台湾日報』一九三九年五月六日）。

國分のいう新しい協力者とは、一高女の同僚翁長林正らであり、二中の金子壽衛男であり、さらにその教え子たちが組織する、博物同好会の面々だった。金子は考古学が専門ではなかったが、動物の化石の発掘は先史時代の遺跡の発掘と重なることが多く、國分直一の教えを乞うたり、一緒に調査に当たることがあった。この輪には、國分と親しかった台南一中の前嶋信次の教え子、陳邦雄も加わった。

一九三九年、葉石濤が最初に発掘に加わったのは、台南市内の北辺、三分子練兵場（二中の北）にある、三本木高地の六甲頂遺跡である。この発掘については、國分直一が「随筆　三本木高地」（『台湾日報』一九三九年五月六日）を発表している。國分によれば、三本木高地の遺跡は、「第二中学の三年生王金梅（江金培の誤記か、引用者注）君が土器の出るのに気づき金子壽衛男教諭に報告したに始まる。金子さんは台南台地の古生物を研究されてゐる人であり、王君は金子さんが特に目をかけてゐられる弟子である」という。金子と博物同好会の発見した遺跡だった。

「随筆　三本木高地」に描かれた発掘は、國分の勤務先の一高女の同僚翁長林正や江頭富夫、遠足気分の一、二年の女生徒らと出かけた、日曜日の調査行である。葉石濤は参加していない。とはいえ、ユーモアある筆致で描かれたこの記録は、十代半ばの生徒らを引率しての発掘の雰囲気を彷彿とさせる。

どうにかしてもう少し確めて見たいと考へ、ある日曜をつぶして調査にいつてみたのである。ところが愉快な事にはどこからどう伝へ聞いたのか、一二年の女生徒たちが弁当や水筒をもつて町はづれに待つてゐたし卒業生の葭谷さんも一行に加はるといふのである。（中略）

貝塚は既に大半崩壊したあとのものらしいといふ事、崩壊した貝の中から土器片や化石化した木炭のやうなものが出る以外には遺物の包含は殆んどなからうと思はれる事などがほゞ見当づけられた。私は初めて参加した人たちに気の毒に思つたので軍の許可が出て掘つてみるとわかるんですがねとお茶をにごした（中略）

「先生おなかがすきました」と少女たちがいつてきたので、丘の木の下にひき上げて弁当をつかふ事にした。見わたすと誰でも大した収穫がないらしく、たゞもううまさうに握り飯を食べてゐるのである。少女たちに収穫がないのは目ができてゐないためであるらしい。それにそんなものを拾ふべく余りに自然の子でありすぎるからでもあらう。（中略）

午後三時、まだ早いが帰らうといふので、また三々五々草をふんで歌をうたひながら帰途についた。（中略）三本木高地の調査のやうなミーア・ロマンスがやがて南方史前史の研究の上に意味をもつ日がこないとはいへぬと思ふのである。

最近のある日、一人の少女考古学者が「この雨で練兵場の草が大分のびましたでせうね」といつてきた。

葉石濤らの少年考古学者も、少女たち同様弁当持参で、当初は「目ができてゐない」まま、遠足や行楽気分で参加したのではなかろうか。

一九三九年二月、金子壽衛男と二中三年生の江金培が、高雄州岡山郡の小崗山で化石を採集中に土器や石器類を発見した。この調査には、五月以降國分が加わり、葉石濤も参加した。数次の調査を経て、年内にその報告である「小崗山発見の先史時代遺物」が、國分と翁長林正との共著の形で『民族学研究』に発表された（第五巻第四号、一九三九年十一月）。國分は金子の協力にくり返し感謝を述べている。葉はこのように、日曜日になると金子について発掘の遠征に出かけた。規模の大きなものでいえば、台南州官田庄隆田（番子田）の国母山遺跡、同じく官田庄の烏山頭遺跡、仁徳庄の牛稠子遺跡、高雄州湖内庄の大湖貝塚、同じく林園庄の鳳鼻頭遺跡などでも発掘に加わった。

高雄の大湖貝塚へはバスの便もあったが、料金が高いので歩いて向かった。いくら考古学に夢中といっても、片道三時間、炎天下を歩むのは、少年たちには苦行だった（「考古夢」前掲）。

目的地に着くとのどが渇いて死にそうで、サトウキビ畑から製糖用の白サトウキビを折って来てかじった。金子先生に見つかると、延々説教があって決して許してもらえない。あるとき先生が見ていない隙にスイカを盗んで食べたことがある。先生もがまんできず一かけら食べてしまった。すると、スイカ畑の持ち主が来て代金を払うまでここを離れないという。ただし、もし持ち主が現れないなら仕方ない。こういう、見て見ぬふりの真似は、金子先生にとって大きな苦しみで申し訳ない気持ちに苛（さいな）まれたことだろう。[23]〔原文は中国語〕

最終学年の五年生となった一九四二年の夏には、博物同好会のメンバー十数人で、テントや飯盒などを用意して、高雄州南部の鳳鼻頭遺跡へと、露営の採集に出かけた。葉石濤が客家人に接触したのは、このときが初めてだった。そして四三年三月、卒業直前の調査では、隆田へ向かう列車から工事中の線路脇に遺跡を発見し、次の新市駅で降りて、永康方面へと線路沿いに駆け戻った。金子によって蔦松（ちょうしょう）遺跡と名づけられたこの遺跡は、七、八百年前の平埔族、恐らくはシラヤ人の集落の跡だという。葉によれば、「蔦松貝塚の発見は、台湾で初めての平埔族の遺跡の出現」だった。[24]

國分直一は「台南台地に於ける先史文化遺跡に就いて」（前掲）に、一九三九年に「金子及台南二中博物同好会員によつて牛稠子の北方（台地東縁部）に網寮高地遺跡、台地西北方周縁地方に三本木・六甲頂・永康・蔦松等の諸遺跡が発見されるに至つた」と記す。末尾の付記でも、「台南二中博物同好会員諸氏」に対し謝辞が述べられている。葉の記憶にはやや前後した箇所があり、例えば金子による蔦松遺跡の発見は、葉のいう一九四三年ではなく三九年だと思われるが、この時期の葉が発見に次ぐ発見に興奮していたことは間違いない。

一九四一年段階における、國分直一による総括的な報告、「台湾南部に於ける先史遺跡とその遺物」（『南方土俗』第六巻第三号、一九四一年十一月）には、それまでに発見された遺跡の一覧が掲載されている。初発見者の中には、遺跡発見数の圧倒的に多い金子壽衛男や、翁長林正・萩原直哉らの考古学仲間がいるだけでなく、前嶋信次の教え子陳邦雄や、金子の教え子江金培、さらに博物同好会のメンバーらしき名前がある。十代半ばの旧制中学生たちの活躍がよくわかる。[25]

その中に、葉石濤の名前も計五箇所に見られる。綱寮遺跡の発見については、金子及び博物同好会員四名の一人として、六甲頂遺跡についても金子及び会員九名の一人として、芭蕉脚・竹篙厝B地点には会員四名の一人として、青葉町B地点については発見者として、葉石濤ただ一人の名が記されている。考古学少年葉石濤の得意を思うべきだろう。

葉の考古学趣味は戦後もつづいた。一九八二年には懐かしの蔦松遺跡で、ガラス質の陶環の破片を掘り当て、数日間興奮がやまなかったという（「西拉雅族的末裔[26]」）。

考古学の発掘経験から、葉石濤は、これらの遺跡を残した人々に対する関心をかき立てられる。葉は「考古夢」で、「私の考古学の夢は、四年の歳月を経て私が卒業し台北の「文芸台湾社」へと向かい就職したため終わりを告げた。しかしこの四年間で、私は科学者が真理を追究する精神を学び、台湾が古来多種族の移民社会であるという事実を認識した」と記す。[27]のちの葉の台湾文学観の根柢には、「台湾は、オランダ、スペイン、日本の侵略と統治を経たが、それはまた「漢番雑居」〈漢族と原住民が雑居する〉移民社会でもあったため、大陸社会とは異なる生活様式と民情がはぐくまれた」という、台湾独自の性格への注視がある（『台湾文学史綱』「序」[28]）。この認識の出発点となったのが、金子壽衛男や國分直一に連れられて従事した考古学の発掘だった。

四　平地先住民族への関心——國分直一と平埔族研究

葉石濤は考古学の発掘を通して、当時台南で考古学や民族学の研究に没頭していた民族考古学者の國分直一とも交流を持った。葉がシラヤ族について詳しく知るには、國分の啓発が大きかったと思われる。

十六世紀前半、オランダが拠点としたころの台南には、オーストロネシア語族の先住民族のうち、平埔族のシラヤ族が居住していた[29]。平埔族は平地や山麓部に居住していたため、台湾海峡を渡ってきた漢族と早くから接触し、漢化が進んで、日本統治期にはすでに、固有の文化や言語が失われつつあった。この平埔族のうち、台南から高雄・屏東にかけて住んでいたのが、シラヤ族である[30]。

シラヤ族には、「四大社」と呼ばれる、新港社（シンカン）（新市）及び大目降社（新化）、目加溜湾社（善化）、蕭瓏社（佳里）、麻豆社（麻豆）があった。その中でも新港社の人々は、もともとオランダが拠点を作った台南市の中心部、プロビンシャ城（赤嵌楼）あたりに住んでいたため、もっとも早くに軍事面や経済面での交渉があった。また宗教や教育の面でもオランダの影響を受けた。オランダ統治期には、宣教師が新港社に入り込んで布教を行い、新港語をローマ字で表記し、福音書などキリスト教関係の文献を新港語に訳し、さらに新港語を用いて教育も行った。[31] 新港語は、新港社のみならず、周辺の他の社での布教・教育でも用いられたという。[32]

新港社をはじめとするシラヤ族の人々は、まずオランダの影響を受け、さらに漢族の移民が大挙して渡来するのを前に、数度の移住を余儀なくされた。新港社の場合、最初にオランダに台南市周辺の土地を譲り、さらに漢族の移民の圧迫を受けて新市の東部へと遷る。また漢化が進み、固有の言語や習慣・信仰は失われていった。[33]

しかしローマ字を用いた新港語は、オランダが去った後も、土地の売買や貸借の契約書として用いられつづけた。清末から日本統治期初期にかけて収集された「新港文書」がそれで、オランダに残された新港語訳のマタイ伝や新港語の語彙集などとともに、失われたシラヤ語を知るための貴重な資料となった。[34]

言語学者の小川尚義（一八六九―一九四七年）は、一九〇五年の時点で新港文書について、「此等文書オ残シタ熟番人ノ子孫ワ今日デワ殆ンド全ク漢人化シテソノ固有ノ言語オ忘レテシマッテイル」と記した（「蕃語文書ノ断片」[35]）。歴史学者の村上直次郎（一八六八―一九六六年）は、一九三〇年の時点で、「新港社は最も早く支那人の移住した所であるから、従つて最も早く支那化し、此の地方に行はれたオランダ人の所謂新港語又はシデイヤ語を話す蕃族は現存せず、新港文書の蕃語を解する者は居ない」、「今は死語となつている新港の土語」と記した（「台湾蕃語文書」[36]）。

一九三〇年代に入って、この失われつつあったシラヤ族の新港語に注目し、現地で調査をする学者が現れる。[37]きっかけとなったのは、台南で行われた台湾文化三百年の行事で、講演などをもとに『台湾文化史説』（台北：台湾文化三百年記念会、一九三〇年）が刊行された。ここに村上直次郎「蘭人の蕃社教化」「台湾蕃語文書」の二篇が収められ、オランダ統治期の新港社に対する教化について、オランダの資料をもとに詳細に紹介し、また新港文書を数多く紹介した。

実際にシラヤ族の言語は死滅したのか、一九三〇年代半ばに至り、最初に現地で調査を行ったのが、前嶋信次と浅井恵倫である。[38]

台南一中の教員だった歴史学者の前嶋信次（一九〇三—八三年）は、一九三〇年代半ば、地元紙『台南新報』に歴史散歩の文章を発表していた。[39]一九三七年の「初春訪古」のうち、二から五（一九三七年一月七—九／十二日）は、「シンカン語」と題し、探索の結果を報告する。前嶋が新港社の所在地である新市を訪ねたのは、前年一九三六年八月末のことである。台南から二つ目の新市駅で下車、現地の上地なる人物に教えを受けて、新港社の人々の子孫が住むという集落を訪ねた。しかし平埔族固有の生活習慣は失われ、服装も言語も漢族と変わりなくなっており、容貌が漢族と異なるように見えるのみだった。老婆から伝来の祭りの衣装を見せてもらうことはできたが、「老人等から新港語を抽き出さうと努力したが、それは徒労に終つた」。あきらめ切れずに上地氏に依頼し調査をしてもらったところ、新市には言語を記憶する者はないが、やや内陸の知母義にはシンカン語を解する者が残っている、との報告を受けたという。

前嶋信次の調査の翌年、言語学者の浅井恵倫（えりん）（一八九四—一九六九年）も調査を行った。[40]浅井はオランダのライデン大学に留学した際に、ユトレヒト大学からマタイ伝の新港語訳を借り出し検討した経験を持つ。留学を終えた浅井は、退官した小川尚義の後継として台北帝大に赴任、一九三六年から平埔族の言語の調査を開始し、三七年二月に台南でシラヤ語の調査を行った。しかし、「菜寮、左鎮、芒子芒、玉井を虱潰し（しらみつぶ）に調べて歩いたが、芒子芒、岡子林に蕃曲を記憶する者数名あつた、言語は単語を記憶する程度」との結論だった（「台大言語学教室の平埔蕃調査」『南方土俗』第四巻第四号、一九三八年六月）。「彼等の固有言語は日常語として滅亡したと云つてよい。たゞ老人が若干の単語と歌謡を覚えてゐるに過ぎない」とも記した（「和蘭と蕃語資料」『愛書』第十輯、一九三八年）。

これらの悲観的な調査結果にめげず、前嶋信次や浅井恵倫のシンカン語探索から刺激を受けて、さらに追跡を行ったのが、國分直一である。[41] 國分は一九四一年夏、シラヤ族新港社の末裔が住むとされる、台南東北郊外、新市庄の新店を訪ねた。恐らくは五年前、前嶋が訪れた新市の集落である。平埔族の古老に故事を聞いて回ったが、嫁入りの衣装を除き、言語をはじめ伝統的な習慣は失われていた。調査の報告は、「平埔族聚落を訪ねて　新市庄新店採訪記」、及びグラフ写真の解説「新市庄の平埔族」として発表された（『民俗台湾』第六号、一九四一年十二月）。

台南地方から嘉義方面にかけて分布してゐる平埔族の村落は、オランダ人が台南地方を占拠してゐた時代には非常な努力をもつて教化した所であつた。主要なる村落には学校が立てられ、ローマ字が授けられた。彼等は鵝毛管を鋭く削つて墨汁をつけて紅毛の字を左から右に横書した。彼等が現在よりも少くとも活発な文化を過去に於いてもつてゐたであらうことは、種々の点からして推察するに難くないのである。それが何に故にその文化や精神生活を失つてしまつたのであらうか。

（中略）

多くは小作か日傭をもつて生業とし、野性的な生気さへ失つてゐる如くに思はれるのである。さういふわけで、せめて台南地方のシラヤ（*Siraya*）のことだけでも探つて、まさに消滅せんとする魂の片鱗なり、習俗なりの一片でも採集しておきたいと思ふ念願切なるものがある。

新市訪問は空振りに終わったが、直後の一九四一年八月、今度は新港社の第二次の移動先、新化街の知母義を訪ねた。その記録が、「知母義地方の平埔族について」（『民族学研究』新第一巻第四号、一九四三年五月。ただし執筆は四二年八月）である。

新港社人が最初に移住したと思われる新市庄新店では、古俗を伝える衣装を持つのはわずかに一人だったが、やや山側に入った新化街知母義では、何人もが「蕃衣」を保存していた。また、平埔族の信仰である祖神を祀る祭場「コンカイ」（「公廨」）は、キリスト教の普及により失われていたが、キリスト教徒ではない家では「アリツ」（「蕃仔仏」、他のシラヤ族では「阿立祖」と呼ばれる）を祀る習慣が残っていた。[42]

平埔族の文化だけではない、言語もわずかながら保存されていた。同じくシラヤ族の住む崗仔林からやってきた、平埔族の故事に通じる鄂朝来が、村の老婦人らとともに、十年ほど前まで歌われていたという、平埔族の言語による「蕃歌」を聞かせてくれた。平埔族の宗教習慣の一つ、鄂氏の祖母が務めていた「尪姨」についても聞くことができた。
また、礁坑仔からやってきた傅祥露（ふしょうろ）は、後日台南まで、「蕃歌」をローマ字で記したノートを持参した。歌詞の内容については、傅氏にも判然としない箇所があるという。「自分たちは祖先の歌を忘れてゐる。歌の意味がどういふ意味をもつかもわからなくなつてゐる。一息に歌ふ所は、そのやうに

写真 5-5　新市庄の平埔族

出典：「新市庄の平埔族聚落」（安武一夫撮影・松山虔三構成、『民俗台湾』第 1 巻第 6 号、1941 年 12 月）

写真 5-6　壺を祀る「コンカイ」（「公廨」）

出典：國分直一『壺を祭る村　南方台湾民俗考』（渡邊秀雄撮影、東京：東都書籍、1944 年）

ローマ字に綴るが、その綴られた言葉はおそらく幾つもの言葉から出来てゐるであらう。然もそれを見出すことも出来ない」と悲しみ嘆いた。とはいえ、傅氏の書き出した「蕃歌」は、國分によって記録に留められた。

鄂朝来や傅祥露は、國分直一の質問に答えて、シラヤ族が伝えてきた、祖先を祀る廟や祭りについて、思い出す限り語ってくれた。

八月十五日には村の長老は衣服を飾り「コンカイ」に集る。「コンカイ」では男の子を生んだ婦人たちが、お嫁入りの時の服をつけ、それぞれの奉納した旗の前に立つのである。(中略) これは労働力をもつた男子の出生を喜ぶその喜びを表現するものであると同時に、男子を生んだ婦人の名誉を宣揚する所の社会的な意味をもつもののやうである。(中略) 鄂氏のこの話を聞いてゐた傅氏はこれははじめて聞く話だといひ、その他三十代、四十代のその時鄂氏の話を聞いてゐたものも一様にはじめて聞くといつた。

國分直一は知母義に残る「シラヤの習俗」について詳しい記録を残したが、それは「死滅への関頭」にある習俗だった。「古い神事なども伝承するものも殆んどなく、古老が僅に語り伝へてゐるに過ぎない」。習俗はもちろん、言語はいっそう失われていた。「言葉が最もよく精神生活の事実を伝へるものとしても、言葉の背後に隠された古い観念を見出さうとするには最早あまりにも言葉は忘却されてしまつてゐる」。

しかし、すべてが失われたわけではない。「蕃歌」をローマ字で記して國分直一に届けた傅祥露は、十数年にわたり採集した、ローマ字や漢字交じりの、シラヤ族の語彙集をもたらした。國分が傅祥露から受け取った、この「傅氏採集平埔族語彙集」（國分『壺を祀る村　南方台湾民俗考』東都書籍、一九四四年にも収録）こそ、葉石濤が『西拉雅末裔潘銀花』でシラヤ語を記す際に用いたものだった。

日本人学者による平埔族研究のうち、少なくとも國分直一の研究を、葉石濤は戦前の当時において承知していた。考古学に夢中になっていた台南二中時代、「人類考古学の専門家」である國分にしばしば顔を合わせたといい、「私は國分先生の著作からいわゆる「生蕃」も「熟蕃」もともに古代のオーストロネシア語族に属することを知った。（中略）國分先生は平地に居住する「熟蕃」、つまり平埔族について深く研究していた。のちに國分先生は台南郊外の新市新店の集落でかっての赤嵌（サカム）社のシラヤ族末裔を訪ね、人々のシラヤ語を記録し、その生活風俗を把握した」と記している（「発現平埔族」[43]）。葉には記憶違いがあり、國分自身がシラヤ語を記録したわけではなく、シラヤ族の子孫がもたらしたもので、また採集地は新市庄新店ではない。とはいえ、遺跡で直面していた平埔族の子孫が、現在も台南周辺に居住すると知った驚きは想像できる。

葉石濤自身、國分直一のシラヤ族探索、恐らくは『民俗台湾』掲載の新市庄新店採訪録に刺激され、一九四二年、中学四年生の春、新市に住む友人から蓮霧狩りに誘われた際に、友人にシラヤ族の末裔が住む場所に連れて行ってほしいと頼んだ。しかし友人はシラヤ族なる存在を知らない。説明を受けて、住民全員がキリスト教徒の集落へと案内してくれたが、観察の結果は容貌を除き、衣服や言語など周辺の農民と異なる点は見当たらず、シラヤ語を一言も聞くことはできなかったという。[44]

葉石濤は國分直一の研究に、戦後も注目しつづけた。「台湾的先史時代」（『国語日報』一九八六年三月十九日）では國分の『南島先史時代の研究』（慶友社、一九七二年）を、「台湾的先史文化」（『台湾時報』一九八六年十月十九・二十日）では『台湾考古民族誌』（慶友社、一九八一年）を参照している。

葉石濤は談話の中で、『西拉雅末裔潘銀花』について質問された際に、「潘銀花については実は大変長い話があります」と語り、國分の壺神巡礼から刺激を受けて、新市庄新店で蓮霧を食べながら進めた採訪を懐かしんだ。[45] 五十年近くも経って、葉が連作の一作目、「西拉雅族的末裔」（『台湾春秋』一九八九年八月）を書いたとき、小説を始める舞台も、同地の蓮霧畑を選んだ。

古い習慣や言語を語り継いだ平埔族の末裔は、消滅を危ぶんだ國分直一の調査を喜び、貴重な語彙ノートを提供した。平埔族の「消滅せんとする魂の片鱗なり、習俗なりの一片」は、後世へと残そうと努めた國分の記録を通して、やがて考古学の発掘を手伝った年少の葉石濤へと伝わる。そして一九八〇年代、台湾で民主化や本土化の進む時代に至って、台湾の多民族性を重視した評論を書くことになる葉は、平埔族の女性を小説の中に描いた。

平埔族に対する関心について質問された際に、葉石濤はユーモアを込めて、「台湾全土で恐らく私一人だけが十三、四歳から台湾のエスニシティの問題を早くも認識し、しかも現在に至るまで研究しつづけていますから、平埔族に関する研究は権威といってもいいでしょうね。（中略）もし私が当時の計画通り帝大に受かっていたら、今の中央研究院の人たちはみな私の弟子という事になったはずです」と語った。[46]『西拉雅末裔潘銀花』へと至る構想が、長い時間をかけて準備されてきたことがわかる。その出発点には、金子や國分らに接することでかき立てられた、台湾の平地先住民族に対する関心があり、それが五十年の時を経て、『西拉雅末裔潘銀花』へと結実したのである。

五　多民族の台湾を描く

戦後すぐの台南では、地元紙『中華日報』(『台南新報』『台湾日報』の後身)に日本語版が設けられており、戦前からの著名作家、龍瑛宗(一九一一―一九九年)が招かれて編集を担当していた。一九四三年に台北で、西川満が主宰する『文芸台湾』の編集を約一年間手伝った折に、葉石濤は龍の面識を得ていた。龍から頼まれて葉は日本語の原稿を寄せ、また台南二中の友人、王育彬の兄育徳を龍へと紹介した。[47]

葉石濤が王育徳との関係を回想した「我所知道的王育徳」(『民衆日報』一九九八年四月二十九―三十)によると、日台南一中の教壇に立っていた王育徳は、東京帝大で中国語を習い、きれいな北京語を話した。小学校で教えていた葉は、放課後北京語を教えてもらいに通ったという。[48]また、日本統治期の台湾文学や、戦後の台湾文学の状況について意見を交換するなど、親しく交流した。

葉はのちに、一九四六年十月まで発行された『中華日報』日本語版、及び王育徳の寄稿した評論について、次のように記した（『一個台湾老朽作家的五〇年代』）。

光復の初期、私はほかにもいくつかの文学活動に参加した。一つは龍瑛宗氏が編集していた日本語版の文芸欄で、日本語を用いて小説や随筆をかなりの数書いた。当時私とともに文章を書いたのは東京帝大の優秀な学生だった王育徳氏である。当時の氏は反帝国主義、反封建主義、儒教打倒を主張する熱血青年だった。得がたいことに北京語に精通し、思想が鋭敏で、優れた才能を持っていた。のちに台湾を逃れて、日本の東京で分離主義の指導者となった。これは氏の兄王育霖氏が二・二八事件で陳儀により惨殺されたことと深い関係がある。[49]〔原文は中国語〕

葉石濤は『台湾文学史綱』でも、「祖国復帰後、中国語でまだ創作できない台湾の知識人が日本語でその思いを表わした作品の存在を知らされる」材料として、『中華新報』日本語版を挙げ、「王育徳の書いた論評は鋭くて急所をついており、孔子の教えと封建制度の相関関係に対する批判は、たいへん見識をもっていた」と記した。[50]

『中華日報』日本語版の文芸関係で精彩を放ったのは、編者の龍瑛宗を除けば、王育徳、そして葉石濤である。台北高校時代から早熟で老成した文才を見せた王は、ここでも落ち着いた、しかし批判精神のこめられた評論を計七篇、小説二篇を寄せた。一方、葉も負けじと書いており、小説三篇、随筆六篇を載せた。

葉石濤は王育徳や邱永漢よりわずかに一歳年下だった。年齢の近い三人のうち、学歴面で飛びぬけて華々しいのは邱永漢で、同い年の王育徳が受験に失敗した、主に日本人が通う南門小学校や、難関中の難関だった台北高等学校尋常科に難なく合格した。また邱と王兄弟の三人は、いずれも東京帝国大学で学んだが、邱永漢は経済学部、王育徳は文学部に入った。王によれば、「私は一年浪人しても経済学部に入れず、文学部に鞍替えした」(「兄の死と私」[51])。邱永漢は一九九五年、岡崎郁子のインタビューに応えて、「王君は一生わたしにコンプレックスをもちつづけていた」と語ったという。[52]王が邱に対し、実際に「一生」コンプレックスを抱いたかどうかはわからない。しかし少なくとも、長きにわたり目標とし、ライバル視したことは事実だろう。

邱永漢と王育徳の間に見られるこの関係は、王育徳と葉石濤の間にも当てはまる。王は主に日本人の通う台南一中の出身だが、葉は主に台湾人が通う二中の出身で、本人いわく、勉強嫌いの落ちこぼれだった。王は旧制高校時代、文芸部の雑誌に長文の小説や評論を書いて活躍し、卒業後は東京帝大に進学した。邱永漢ほど順風満帆でなかったにせよ、充分すぎるほどのエリートである。

一方葉石濤は、台南二中を卒業する際、『文芸台湾』に投稿した小説「林からの手紙」を気に入ってくれた西川満から、「書生に来ないか」と誘われた。葉は「僕は台北高等学校に受験に行くから。もし受かったら勉強に行き、受からなかったらあなたのところに行く」と返事をしたものの、結局数学が全くできず落第して、『文芸台湾』の編集を一年間手伝った。[53]進学こそ失敗したが、旧制中学時代、四〇年代を代表する雑誌の一つ、『文芸台湾』に「林からの手紙」（第五巻第六号、一九四三年四月）、及び「春怨　我が師に」（第六巻第三号、一九四三年七月）の二篇を発表したことで、創作の技量については自信をつけつつあった。

戦後になって故郷台南に帰った王育徳は、東京帝大生だった学歴を背景に、台南一中、つまり戦前の台南二中、葉石濤の母校で教鞭を執りつつ、演劇活動に励んだ。『中華日報』日本語版を舞台に、二人は戦後の活動を開始したが、葉石濤が岡崎郁子に語ったところでは、葉も王同様、演劇の脚本を書いたという。その脚本を王に見てもらったが、採用されないどころか、相手にもしてもらえず、稽古場をのぞきたくても許可が下りなかった。「王育徳からすれば「まだ若僧のくせに…」との気持ちが葉石濤に対してあったのではないか」と葉は語ったという。[54]「若僧」といっても、差はわずか一歳にすぎない。葉石濤が王育徳に対しコンプレックスや対抗意識を覚えずにいられなかっただろうエピソードである。

日本へと亡命した王育徳の、戦後の台湾語研究や独立運動について、葉石濤は一九七〇年代には承知していた。『台湾文学史綱』では、戦後すぐの台南における王と黄昆彬の演劇活動に触れる際の参考文献として、王育徳『台湾海峡』（日中出版、一九八三年）を挙げている。[55]葉は『台湾海峡』の出版を聞いて、ぜひ入手したいと、若い台湾人にこっそり持ち帰ってもらったのだった。葉はさらに王と連絡をとろうと試み、住所を聞いて、かつて王が『中華日報』に書いた日本語記事のコピーを送ったという（「我所知道的王育徳」前掲[56]）。

葉石濤が王育徳を華々しく活躍する先行者と見ていた一方で、しかし王育徳も、ある時期から葉石濤の文学活動に注目するようになったはずである。一九六五年、長い沈黙を破って再び筆を執るようになってから、葉は郷土文学論争などにおいて主導的な評論家の一人として活躍した。王の台湾文学研究、「戦後台湾文学略説」(『明治大学教養論集』第百二十六号、一九七九年三月)では、「郷土文学論争」を紹介した箇所で、葉の「台湾郷土文学史導論」(『夏潮』第十四期、一九七七年五月)を引用している。また、呉濁流を紹介した箇所では、『呉濁流選集　小説』(台北:広鴻文出版社、一九六六年)の巻末に収録された、葉の二篇の呉濁流論に触れ、「おもしろい」と評している(注十四)。葉の二篇とは、「論呉濁流〈幕後的支配者〉」及び「呉濁流論　瘡疤、瘡疤、掲不尽的瘡疤!」で、初出は『台湾文芸』の第二巻第九期及び第三巻第十二期(一九六五年十月/六六年七月)、葉が再起してすぐに書かれた評論である。戦前から呉濁流と面識のあった葉石濤は、呉が一九六四年に創刊した『台湾文芸』から刺激を受けて執筆を再開したのだった。葉の二篇について、王は『台湾海峡』(日中出版、一九八三年)の第三章「台湾人の身分をかくさねばならぬのか　呉濁流論」でも言及している(ただし、「戦後台湾文学略説」の、『中華日報』日本語版を紹介した箇所では、葉石濤に触れてはいない)。

王育徳も葉石濤も、古都台南という土地に生まれたことを一身に体現しながら、文学や研究活動を展開した。王の場合、書房での台湾語による教育、歌仔冊や歌仔戯への関心などが、その後の台湾語研究や台湾独立運動へとつながった。しかし、王育徳の思い描く「台湾」は、あくまで本島人の台湾、漢族の台湾である。台湾の歴史を語る『台湾　苦悩するその歴史』(弘文堂、一九六四年。増補改訂版、七〇年）で、先行研究にもとづき、植民主義について、「征服者の文明と、被征服者の社会組織の懸隔が余りに大きすぎて、両者を結びつける手がかりがなく、結局被征服者が衰滅していくか、隔離された保留地で、惨めな散在敗存者として生きゆくタイプ」に分類した上で、「台湾の高砂族も気の毒ではあるが、この部類に属した」とする。[57] 先住民族に関する記述は少なく、オランダ統治と関係して平埔族のシラヤ族に触れてはいるが、淡い関心にとどまる。

一方葉石濤は、同じく台南に生まれ育っても、考古学少年だった経歴を糧に、台南の歴史の地層をより深く掘り進み、平埔族を含む先住民族の歴史を、「台湾人」の物語として引き受けた。研究の広さや深さは一概に評せるものでないが、葉石濤の仕事が台湾という土地の歴史の長さ、複雑さを、王育徳以上に表現したとはいえるだろう。

葉石濤は談話「台湾文学的点灯人」で、自身の文学について次のように語った。

私が鍾肇政（しょうちょうせい）〔一九二五生まれ、葉と同世代の北部を代表する作家〕と異なる最大の点は、小説を書く前に先に理論的な基礎を作り上げていたことです。台湾は多民族の国で、台湾には台湾特有の歴史的な要因があり、発展してきた生活様式や風土民情は中国大陸と明らかな違いがあります。多民族の相貌を持つ台湾文学を明らかにするために、私は八十年代に『台湾文学史綱』を完成させたのち、小説の筆を再び執って、続々と『西拉雅族的末裔』や『馘首』、『異族的婚礼』などの作品を書きました。これらの小説は、私の作り上げた台湾文学理論の実践です。[58] 〔原文は中国語〕

葉石濤のいう「多民族の相貌を持つ台湾文学」には、山地や平地の先住民族、中国の福建省や広東省から台湾海峡を渡ってきた本省人、国民党とともに来た外省人が含まれ、そこに日本など台湾を統治した外来政権の要素が加わる。この台湾の多民族の相貌を体現する存在といえるのが、オランダ統治期にその文化に触れ、やがて侵入する漢族の前に、ときに内陸へと移動しときに同化していった、多元的な存在としての平埔族である。

葉石濤は「台湾文学の多民族性」で次のように述べる。

戦後五十余年にわたって、政府は台湾人の中国化につとめて、台湾語の使用を禁じ、強圧的な手段でひとり中国語のみを存在させてきた。台湾の民衆は母語を忘れ、台湾人としての誇りを失った。しかしながら、五十余年にわたる台湾のそれぞれのエスニックグループは、通婚によって次第に新しい台湾人を形成し、すでに中国と異なった人種に変わっている。あとから来た外省人を例にとると、彼らは河洛人（＝閩南人）、客家人、南島語族（＝先住民族）、平埔族と通婚して多民族の台湾移民社会にとけ込み、次第に土着化した。（中略）民族融合の滔々たる波は彼らをのみ込み、彼らが望むと望まないにかかわらず、彼らの子孫はまた新台湾人の一部分となるであろう。[59]

葉石濤は葉家の祖先を語った「童年生活」で、詳細はよくわからないと断りながら、祖先にシラヤ族が関わっているのではないかと推測している。葉家の出身地である旧台南県龍崎郷苦苓湖地方は、シラヤ族の集落で、のちに漢族が侵入したという。葉自身若いころ訪ねたことがあるが、祖先がシラヤ族の集落に足を留めた漢族なのか、あるいはもしかすると客家人なのか、それとも家譜を捏造したシラヤ族なのかわからない、「葉家が漢族でないならシラヤ族との混血というのがおおよそ事実に近いだろう」と推測する。[60] この推測にどの程度根拠があるのか不明だが、葉が台湾人としての自身を認識する上で、平埔族の存在を積極的に受け入れていることはわかる。

このようなシラヤ族に対する認識が、『西拉雅末裔潘銀花』の主人公潘銀花の造型につながった。葉はこの作品について講演で、「今や消失しつつあるシラヤ族の若い女性を描きました。大地の母であるこの女性は、また幾世代の異民族の移民を暖かく抱きしめた台湾大地のシンボルでした」と語った。[61]

葉石濤が台湾社会の多民族な性質に対し関心を抱くに至った出発点には、一九三〇年代から四〇年代の前半にかけて、台南で教員をしながら歴史学・民俗学・考古学・民族学・生物学・文学などの領域で活動した、前嶋信次・國分直一・金子壽衛男らの存在があった。彼らの研究活動は、台南という土地を対象としながら、台南に積み重なった歴史的な地層を掘り進むことで、台湾の文化的な多元性を明らかにしていくものだった。[62] 葉はこの日本人学者たちから受けとった、台湾という土地の性質を考える上での刺激の種を、台北での台湾人作家たちとの交流、台南や高雄での長い小学教師生活、三年間の獄中生活、沈黙を経て再びの執筆活動と経歴を重ねる中で、水をやり、肥料を与え、やがて花開かせた。日本統治期に日本人が開拓した研究が、戦後の台湾研究の基礎となった分野は数多いが、台南という植民地地方都市の日曜研究家たちのひそやかな実地調査もその一つで、やがて葉石濤という作家において実を結んだのだった。

終章

台南文学の発掘

——一九八〇年代以降の台南における日本統治期台南文学の発掘

一　台南文学の地層を掘る

筆者はかつて『台南文学　日本統治期台湾・台南の日本人作家群像』（関西学院大学出版会、二〇一五年）において、台南に旅行・滞在・居住経験のある六人の日本人、佐藤春夫・前嶋信次・庄司総一・西川満・國分直一・新垣宏一の文学活動について研究を行った。本書ではこれにつづいて、日本統治期の台南における、台湾人の文学活動について、五章にわたり記した。対象としたのは、台南市内もしくは近郊に生まれた、呉新榮・楊熾昌・荘松林・王育徳・葉石濤の五名、及び彼らと活動をともにした文学者たちである。

戦前の台湾文学は、一九八〇年代以来、台湾や日本などの数多くの研究者や文学愛好家によって掘り起こされてきた。台南の文学活動もそうで、本書を書くことができたのは、台南の台湾人作家に関する、先行する研究の蓄積のおかげである。終章では、台南文学がどのように発掘されてきたのか、主な先行研究を振り返る作業をしてみたい。

台南は台湾の歴史を通じて長く政治・経済・文化の中心だった。十九世紀末に首府の座を台北に譲ったとはいえ、台南市の人口は日本統治期を通じて、台北市に次ぐ第二の規模で、一九三九年末で十三万だった（台北市が三十万、高雄市が十一万、嘉義市が九万）。台南市を含む台南州の人口でいえば、約百五十万人と、全島人口の約四分の一を占め、台北州よりも大きかった。植民地の地方都市ではあったが、台南は日本統治期を通じて台北と並ぶ主要都市でありつづけた。

もちろん日本統治期に台北が中心都市だったことは間違いない。また南部では港湾都市高雄が勃興しつつあった。中部の台中や彰化は、一九二〇年代の台湾人による新文学の重要な拠点となった。しかし古都台南においても、規模こそ小さいが、個性ある文学活動が展開された。

戦前の台南は文学活動を支える複数のインフラに恵まれていた。新聞では、南部で最大の『台南新報』（一九三七年に『台湾日報』へと改称）があった。台北の『台湾日日新報』・『台湾新民報』、台中の『台湾新聞』と並んで、四大新聞の一角を占めた。『台南新報』には学芸欄が設けられ、一九三〇年代半ばと三〇年代末には、それぞれ楊熾昌・岸東人という優れた編集者を得て、二度の黄金時代を迎えた。

市内には、台北のような高等教育機関こそなかったが、稠密な人口を反映して、中等教育機関は充実していた。旧制中学としては、台南州立台南第一中学校（一九一四年創設、戦後は台南第二高級中学に改称）、第二中学校（二二年、戦後は一中に改称）があった。高等女学校としては、第一高等女学校（一七年、戦後は台南女子高級中学に改称）、第二高等女学校（二七年、戦後は一高女と合併）があった。さらに台湾総督府台南師範学校（一八九九年創設、のち廃止も一九一九年再開、現在は国立台南大学）が設けられ、一九三〇年代には台南高等工業学校（三一年、現在は国立成功大学）が加わる。他に、私立で長い教育の歴史を誇る、台南長老教中学（一八八五年）・台南長老教女学校（八七年）があった。

台南には豊かな家庭が多く、教育熱心だったので、これらの学校には優秀な人材が集まった。また一中・二中・一高女・二高女には、歴史・民俗研究や文学活動に熱意を注いだ日本人教師、前嶋信次・金子壽衛男・國分直一・新垣宏一らがいて、教壇から生徒たちを啓発するのみならず、小さな学術のグループを作り、『台南新報』の学芸欄で活躍した。黄天横・陳邦雄・王育徳・葉石濤・何耀坤らの台湾人生徒たちは、「台南学派」と呼ばれるこれらの教員たちから大きな刺激を受けた。

本書の研究が可能となったのは、一九八〇年代以降の台湾における台湾文学研究の進展のおかげであり、また台南における、日本統治期台南文学の発掘に多くを負っている。[1] 台南を含む、日本統治期台湾文学の史料発掘について、早くは呂興昌「台湾文学史料的蒐集整理与翻訳」(『台湾詩人研究論文集』南台湾文学作品集一、台南市作家作品集、台南：台南市立文化中心、一九九五年)に概括がある。日本でも八〇年代以降、台湾研究・台湾文学研究が盛んになった。台湾における研究の進展を時にリードし、時に補い合う形で展開した日本の研究からも、本書は多くの恩恵を受けている。[2]

終章では、一九八〇年代以降の台南において、日本統治期の台南文学に関し、どのような史料発掘がなされてきたのか、これまでの章との重複を承知で、研究案内を兼ねて概括したい。

二 発掘の功労者たち

日本統治期の台湾における文学活動は、戦後の二・二八事件を経て、戒厳令や白色テロにより言論が抑圧されたため、長く顧みられることがなかった。日本統治期に活動した文学者たちは、『台湾文献』や『台湾風物』、『台北文物』、『台南文化』（台南市）や『南瀛文献』（台南県）など、郷土研究の雑誌に貴重な回想を残した。中でも、『台北文物』第三巻第二号（一九五四年八月）の「北部新文学新劇運動専号」、及び第三巻第三号（同年十二月）の「新文学・新劇運動続集」には、呉新榮も書いており、量・質ともに充実していた。これら証言の数々はのちの発掘につながったが、日本統治期の台湾文学が本格的に発掘されるには、台湾で民主化が進む一九八〇年代を待たねばならなかった。

党外人士による民主化の運動を経て、一九八七年に戒厳令が解除され、言論や結社の自由が保障されると、台湾の民主化は一気に進んだ。八八年蔣経国が死去し、副総統であった李登輝が総統に就任すると、民主化のみならず、いわゆる「本土化」も加速した。一九九四年の台北市長選挙につづき、九六年、中華民国史上初の国民の直接選挙による総統選が実施され、「台湾人意識」はいっそう強まった。筆者は、一九九九年から二〇〇一年まで台湾に滞在した。二〇〇〇年の民選による二度目の総統選に際会し、空前の盛り上がりを目にした。

一九八〇年代以降の台湾民主化の過程で、台湾語の復権や、日本語・中国語・台湾語を用いた、日本統治期から戦後にかけての台湾文学の見直しが進められた。台湾文学の再構築が進んだのである。台南出身の作家・評論家、葉石濤の画期的な文学史、『台湾文学史綱』（高雄：文学界雑誌社、一九八七年。邦訳は中島利郎・澤井律之訳『台湾文学史』研文出版、二〇〇〇年）以来、いくつもの台湾文学史が書かれた。近年の代表的な文学史には、陳芳明『台湾新文学史』上・下（台北：聯経出版事業公司、二〇一一年。

邦訳は下村作次郎・野間信幸・三木直大・垂水千恵・池上貞子訳、東方書店、二〇一五年）がある。

台湾文学の資料集の整備も進んだ。一九七九年に刊行された、戦前の中国語文学を収録する、李南衡編『日拠下台湾新文学』全五巻（台北：明潭出版社）、及び中国語へ翻訳された日本語作品を収録する、葉石濤・鍾肇政編『光復前台湾文学全集』全十巻（台北：遠景出版社。ただし第九、十巻は羊子喬・陳千武編、一九八二年）には、台南出身の文学者の作品も収録されている。基礎資料という点では、日本統治期の主要雑誌の復刻を収める、『台湾新文学雑誌叢刊』全十七巻（台北：東方文化書局、一九八一年）の刊行は極めて大きかった。

一九九〇年代に台湾文学研究の必要が提唱され、九七年以降は各地の大学に、台湾文学系や台湾語文学系、台湾文学研究所が開設された[3]。台湾文学が組織的に研究されるようになり、資料の整備が進んだ。九〇年代以降、台湾各地で文学館が開設されたことも、台湾文学の発掘に拍車をかけた。現在では全島に数多くの文学館がある[4]。その集大成と呼ぶべき総合的な文学館が、台南の国立台湾文学館である。

台湾の各都市や地域を対象とする文学史も続々と書かれた。陳明台『台中市文学史初編』（台中：台中市立文化中心、一九九九年）、廖振富・楊翠『台中文学史』（台中：台中市政府文化局、二〇一五年）、林明徳編『親近彰化文学作家』（晨星、二〇一一年）、古恆綺他『高雄文学小百科』（高雄：高雄市政府文化局、二〇〇六年）、彭瑞金『高雄市文学史』（高雄：春暉出版社、二〇一〇年）などがある。各地の文学を風土と関係させて紹介する書籍も、汪淑珍・孫丕聖・馮翠珍編著『台湾印象　台湾文学中的地区風采』（中和：新文京開発、二〇〇八年）、丁明蘭他『我在我不在的地方　文学現場踏査記』（台南：国立台湾文学館、二〇一〇年）などが出ている。

台南の文学についても文学史が出つつある。二〇一〇年に旧台南市と旧台南県が合併して新しい台南市が生まれる前の、旧台南市の文学については、台南の国立台湾文学館での展示を経て、『文学台南　台南文学特展図誌』（林佩蓉主編、台南：国立台湾文学館、二〇一二年）が刊行された。主に台湾人作家を対象とするが、現在のところ唯一の台南文学論集である。安平については早くに、概括的な、龔顕宗「区域文学研究　安平文学史」（『台湾文学研究』台北：五南図書、一九九八年）の試みがある。旧台南県（二〇一〇年までの行政区画、現在は新しい台南市の一部）については、旧文学のみを対象とした、龔顕宗『台南県文学史』上編（新営：台南県文化局、二〇〇六年）がある。許献平による下編では、日本統治期及び国民党統治期の文学をあつかうとの予告があるが、残念ながら未刊である。

日本統治期台南の文学活動が発掘されるのも、一九八〇年代に入ってからだった。複数の研究者が、台南文学の発掘において重要な功績を残した。大きな貢献をした研究者を挙げると、葉笛・張良澤・呂興昌・林瑞明・羊子喬らである。以下、順に紹介する。

葉笛（ようてき）（一九三一—二〇〇六年）は著名な研究者・詩人である。『台湾早期現代詩人論』（高雄：春暉出版社、二〇〇三年）や『葉笛全集』全十八巻（戴文鋒主編、新詩二巻・散文一巻・評論四巻・翻訳九巻・資料二巻、台南：国家台湾文学館籌備処、二〇〇七年）がある。呉新榮・林芳年・楊熾昌など、日本統治期の日本語文学を数多く翻訳・紹介した。現在では葉笛自身が研究の対象であり、『葉笛文学学術研討会論文集』

（戴文鋒主編、台南：国家台湾文学館籌備処、二〇〇七年）、資料集『台湾現当代作家研究資料彙編　葉笛』（葉蓁蓁編選、台南：国立台湾文学館、二〇一六年）が刊行された。

日本統治期に日本語で書かれた作品の中国語訳においては、葉笛と並び、日本統治期に出征も経験した詩人、陳千武（一九二二―二〇一二年）による貢献も大きい。

台南文学研究にもっとも早く着手したのは、張良澤（ちょうりょうたく）（一九三九年―）である。彰化に生まれ、台南高等師範に学び、日本に留学して関西大学で修士号を取得し、成功大学中国文学系・筑波大学・共立女子大学で教えた。日本統治期台湾文学の発掘整理において、大きな功績を残した学者の一人である。筑波大の教員として再来日後には、「苦悩の台湾文学」（『朝日新聞』一九七九年十一月五日夕刊）を発表するなど、戦前戦後の台湾文学を日本の広い読者に紹介した。先駆的な王育徳を除けば、日本で台湾文学を研究した、実質的に最初の台湾人学者である。一九九七年に最初の台湾文学系を真理大学が開設した際に主任となり、のち同校の麻豆キャンパスに台湾文学資料館を開設した。半生の自伝『四十五自述　我的文学歴程』（台湾出版社、一九八八年）は、張良澤自身のみならず、台湾社会の発展、そして台湾文学研究の進展を知ることのできる貴重な一冊である。[5] 同書からは台南との縁の深さも知れる。鍾理和・呉濁流・王詩琅などの全集を編集したが、台南文学については、呉新榮の遺族に協力して発掘に力を尽くし、『呉新榮全集』や『呉新榮日記全集』を編集し、中国語に訳した。

呂興昌（一九四五年―）は彰化出身で、台湾大学に学び、成功大学や清華大学で教鞭を執り、成功大学台湾文学系の主任となった。台南の古典文学や、楊熾昌・許丙丁などの台南文学の発掘において、多大な貢献をした。『台湾詩人研究論文集』（南台湾文学作品集一、台南市作家作品集、台南：台南市立文化中心、一九九五年）は大きな成果の一つである。

林瑞明（りんずいめい）（一九五〇—二〇一八年）は台南出身で、成功大学で長く教えた。台南一中や台北建国中学・成功大学・台湾大学大学院で学び、成功大学で教鞭を執った。日本統治期台湾文学研究の第一人者であり、『頼和全集』や『光復前台湾文学全集』の編集という、大きな仕事をした。後者は張恆豪・羊子喬との共編である。林梵という筆名の詩人でもある。

台南県佳里出身の詩人、羊子喬（ようしきょう）（一九五一年—）は、同じく佳里出身の台湾語詩人、黄勁連（こうけいれん）（一九四六年—）らとともに、塩分地帯の文学活動の復活に尽力した。張良澤からの刺激で、日本統治期の台湾文学に関心を持つようになり、資料の発掘を進めた。

近年では、『文学台南　台南文学特展図誌』（前掲）の執筆者の一人、荘永清の貢献が大きい。「台南市日治時代新文学社団与新文学作家初探」（『文史薈刊』復刊第八輯、台南市文史協会、二〇〇六年十二月）は、日本統治期台南の文学団体、及び台湾人・日本人文学者を網羅的に紹介した労作である。この論文には、数多くの作家たちを紹介した「台南市日治時代新文学作家簡介」も収める。「日治時代台南新文学史料的歴史考察」（『文学台南　台南文学特展図誌』前掲所収）と併せて読めば、台南における中国語・日本語による新文学の団体や作家について、全体像を手に入れることができる。また、呉新榮らによる塩分地帯の文学活動の全体像を論じた、「塩分地帯文学精神系譜初探」（林朝成主編『2011 塩分地帯文学学術研討会論文集』台南：国立台湾文学館、二〇一一年）や、荘松林ら台南芸術倶楽部に拠った文学者たちの活動を論じた、「以文学介入社会 「台南芸術倶楽部」作家群初探」(『文史薈刊』復刊第十輯、二〇〇九年十二月)は、いずれも一次資料を綿密に検討した、台南の文学を研究する上でまず読まれるべき論文である。

二〇一〇年代に入り、台南の国立台湾文学館は大型の作家別資料集、「台湾現当代作家研究資料彙編」を編集刊行した(封徳屏総策画)。対象となった作家には、呉新榮・郭水潭・楊熾昌・葉石濤が含まれている。[6]

以下、台南文学の主要な文学者・団体に関する研究について、個別に紹介する。

三 塩分地帯の文学者たちに関する研究

日本統治期の台南文学の研究で、最初に発掘されたのは、呉新榮(一九〇七―六七年)と塩分地帯の文学者たちである。まず中心人物の呉新榮について見てみよう。

台南北郊の塩分地帯、将軍庄の豊かな家に生まれた呉新榮は、地元の公学校を卒業後、一九二一年台南の総督府商業専門学校予科に入学するが、二五年から岡山の金川中学校に学び、創作を開始した。二八年東京医学専門学校に入学し、左翼運動に関わる一方で、台湾人学生らと文芸雑誌を創刊し、詩や散文、評論などを発表した。卒業後は日本無産者医療同盟の五反田病院に勤めるも、三二年九月に帰台する。故郷に近い佳里庄で医院を開業するとともに、三三年十月地元の文学青年らと文化団体「佳里青風会」を結成する。官憲の圧力で解散させられるが、三四年台湾人作家を中心に「台湾文芸聯盟」が設立されたのを受けて、三五年六月には「佳里支部」を設立した。台湾人を中心に三五年に創刊された『台湾新文学』や、四一年創刊の『台湾文学』、金関丈夫や池田敏雄らにより同年創刊された、台湾の漢族の民俗を研究する『民俗台湾』にも協力した。[7]

急逝した妻を悼む「亡妻記」（『台湾文学』第二巻第三／四号、一九四二年七／十月）など、日本統治期の創作は多く日本語によるが、商専予科時代に中国語を自力で習得し、[8]日記の一部は中国語で記された。戦後は、一九五三年創刊の『南瀛文献』（台南県文献委員会）を編集するなど、台南の郷土研究を進めつつ、中国語で創作した。生前の出版は『震瀛随想録』（台南：瑺琅山房、一九六六年）のみだが、死後自伝『震瀛回憶録』（台南：瑺琅山房、一九七七年）などが刊行された。

呉新榮の文学活動を広く世に知らしめたのは、張良澤が編集した全集である。一九八一年、主要な著作を収めた、『呉新榮全集』全八巻（張良澤主編、台北：遠景出版事業公司）が刊行された。日本統治期の文学者の全集で、もっとも早い時期のものである。一九九七年には台南県文化局から、『南瀛文学家　呉新榮選集』全三巻（呂興昌・黄勁連総編輯、南瀛文化叢書57、台南県：台南県文化局）が刊行された。二〇〇七―八年には、台南の国立台湾文学館から、一九三三年から六七年までの日記を翻刻し、日文には中訳を施した、『呉新榮日記全集』全十一巻（張良澤総編撰）が刊行された。[9]全集、選集、日記がそろうことで、呉新榮の文業の全体を見渡すことができるようになった。中でも日記は、日本統治期の台南における文学者の交流を知る上で、極めて貴重な材料である。

全集等の編集が進むと同時に、呉新榮に関する研究も進んだ。単著だけでも、施懿琳『呉新榮伝』（南投：台湾省文献委員会、一九九九年）、林慧姃『呉新榮研究　一個台湾知識份子的精神歴程』（台南：台南県政府、二〇〇五年）が出ている。また雑誌の特集には、『台江台語文学』第二期（二〇一二年五月）の特集「故郷的輓歌　呉新榮文学専題」がある。日本では、河原功による呉新榮旧蔵雑誌に関する貴重な研究がある。[10]

塩分地帯の詩人たちを発掘する上で、張良澤と並んで大きく貢献したのは、羊子喬である。羊子喬は塩分地帯の佳里出身である。一九七〇年代後半から地元の詩人たちに注目し、郭水潭（一九〇七—九五年）を訪問するなどして、塩分地帯の詩人たちの発掘を進めた。羊子喬たちの編集した、『塩分地帯文学選』（林佛児・羊子喬・杜文靖合編、台北：林白出版社有限公司、一九七九年）は先駆的な業績で、呉新榮だけでなく、塩分地帯の重要な詩人たちである、郭水潭・徐清吉（一九〇七—八二年）・王登山（一九一三—八二年）・林芳年（一九一四—八九年）・荘培初（一九一六—二〇〇九年）らの詩や小説・評論を収録する。

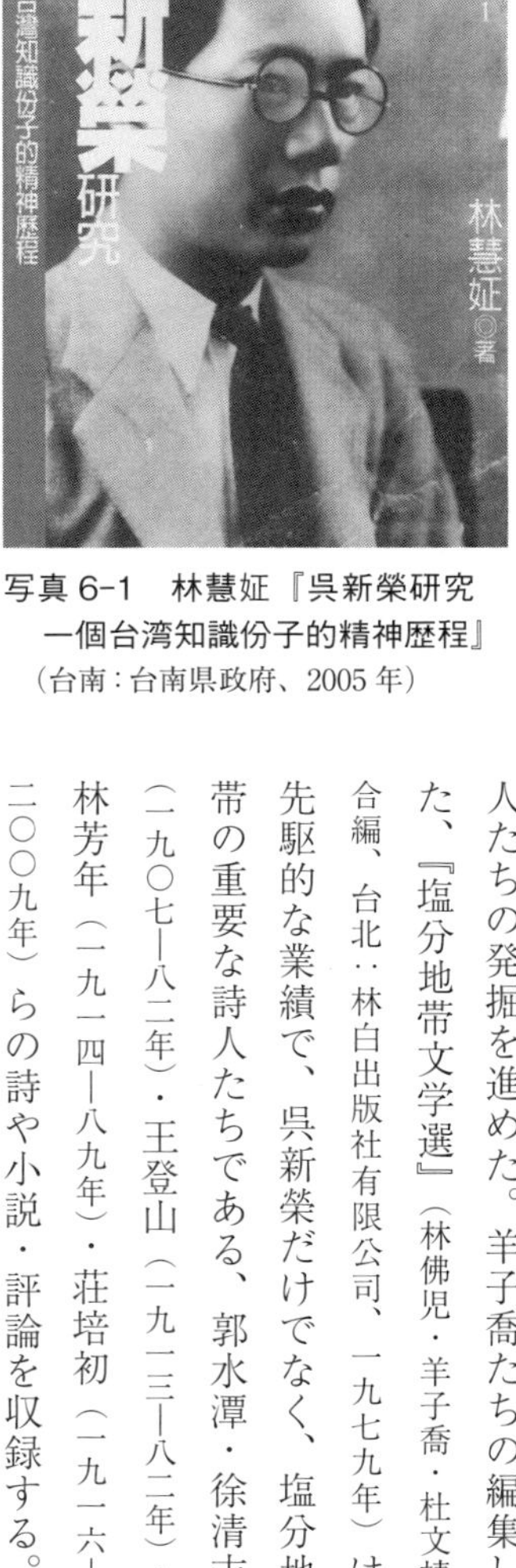

写真 6-1　林慧姃『呉新榮研究　一個台湾知識份子的精神歴程』（台南：台南県政府、2005 年）

羊子喬・陳千武主編『広潤的海』（『光復前台湾文学全集』第十巻、新詩、台北：遠景出版社、一九八二年）がこれにつづき、上記六名の詩を翻訳収録した。

個別の作品集もある。郭水潭について、羊子喬は『南瀛文学家　郭水潭集』（南瀛文化叢書33、台南県文化局、一九九四年）を編集した。郭は詩・小説・評論などで広く活動した。交遊広く、忘れられていた数多くの文学者たちについて貴重な証言を提供した。呉新榮・郭水潭と並ぶ重要な詩人だった、林芳年は、生前自ら『台湾塩分地帯文学鉅著　林芳年選集』（台北：中華日報社、一九八三年）を編んだ。没後には葉笛の訳で『南瀛文学家　曠野裏看得見煙窗　林芳年日文作品選訳集』（南瀛文化叢書142、台南県文化局、二〇〇六年）が刊行された。

このようにして、塩分地帯の文学者たちの資料が整備され、現在も研究が進められている。林朝成主編『2011 塩分地帯文学学術研討会論文集』（台南：国立台湾文学館、二〇一一年）は、呉新榮や郭水潭らについての論文集で、中でも荘永清「塩分地帯文学精神系譜初探」は、戦前の塩分地帯の文学活動の全体像を実証的に検討した労作である。塩分地帯を含む、旧台南県出身の傑出した人物たちについては数多くの著作が出ている。[11]

塩分地帯の中心都市だった佳里は、南部の典型的な地方都市であり、町の中心に位置する廟「金唐殿」やその近くの市場は、現在も多くの人出で賑わっている。街を歩くと、かつて塩分地帯の詩人仲間が集まり、文学を談じたことが、はるかに思いやられる。

四　風車詩社の詩人たちに関する研究

呉新榮と塩分地帯の文学者につづいて、日本統治期の台南文学として発掘が進められたのは、楊熾昌と風車詩社の詩人たちである。塩分地帯の郭水潭は、日本統治期に風車詩社の楊熾昌や李張瑞と交流があった。彼らを塩分地帯のリーダーだった呉新榮に引き合わせたのは、郭水潭だった。戦後に楊熾昌の存在を羊子喬に教えたのも、郭である。

塩分地帯や風車詩社の詩人が、中国語で読めるようになったのは、羊子喬・陳千武主編の『広闊的海』（『光復前台湾文学全集』第十巻、新詩、台北：遠景出版社、一九八二年）が刊行されてのちのことである。ここには、日本統治期の台湾人詩人による日本詩が、陳千武らによって中国語に訳されて収められた。アンソロジー詩集には、呉新榮や郭水潭、楊熾昌や李張瑞のみならず、数多くの台南の詩人たちの詩が、数は少ないとはいえ収録された。

これら塩分地帯や風車詩社の詩人たちについて研究を進めたのは、呂興昌である。『台湾詩人研究論文集』（南台湾文学作品集一、台南市作家作品集、台南：台南市立文化中心、一九九五年）は、呉新榮・郭水潭・楊熾昌に関する先駆的な研究論文を収める。

風車詩社の中心人物は、楊熾昌（筆名は水蔭萍・柳原喬・南潤・森村千二郎など、一九〇八―一九九四年）である[12]。台南市出身で、台南第二公学校から転学して台南第一尋常高等小学校を卒業後、一九二四年台南第二中学校に入学、文学活動を始め、のちに盟友となる李張瑞と知り合う。二九年に二中を卒業した楊熾昌は、三〇年日本へ留学、東京の文化学院で学んだ。三一年中に台南へ戻り、三三年から『台南新報』の学芸欄を担当する。同年、詩人仲間の李張瑞（利野蒼）、林永修（林修二）、張良典（丘英二）、及び日本人の詩人三名と、「風車詩社」を結成した。三五年末に『台湾日日新報』記者となり台北へ移るが、翌年から台南文社に勤務する。戦後は台南で『公論報』に記者として勤め、五三年に台南ロータリークラブから『赤嵌』を創刊、編集を担当した。

楊熾昌は日本統治期台湾の日本語モダニズム詩を代表する詩人として、近年評価を高めている。戦前に刊行された単行本は残念ながら残っていないが、[13]『台南新報』や『台湾日日新報』に掲載された詩は、現在でも読むことができる。また戦前の詩を収めた戦後刊行の詩集『燃える頬』（台南：河童茅舎、一九七九年）や、戦前・戦後のエッセイを集めた『紙の魚』（台南：河童書房、一九八五年）も見ることができる。『燃える頬』の「あとがき」には、台湾の詩誌『風車』『媽祖』『華麗島』『文芸台湾』や、日刊紙『台湾日日新報』『台湾新聞』『台南新報』の文芸欄、日本の詩誌『椎の木』『詩学』『神戸詩人』に発表した詩を集めた

写真6-2　林淇瀁編選『台湾現当代作家研究資料彙編05　楊熾昌』（台南:国立台湾文学館、2011年）

とあるが、日本の詩誌については詳細不明である。

一九七〇年代末から、楊熾昌自身の手で戦前のものも含む自身の著作が刊行されたとはいえ、日本統治期の台湾では極めて稀な、シュルレアリスム詩人の楊熾昌が、台湾文壇によって認識されるには、葉笛による中国語訳の作品集、『水蔭萍作品集』（呂興昌編訂、台南市作家作品集、台南市立文化中心、一九九五年）の刊行を待たねばならなかった。現在ではこの翻訳を用いた研究が盛んに進められている。研究書には、黄建銘『日治時期楊熾昌及其文学研究』（台南市作家作品集、台南市立図書館、二〇〇五年）がある。伝記や交友関係、西脇順三郎ら日本のシュルレアリスム詩人から受けた影響などを考証した、実証的で優れた研究である。

風車詩社には、楊熾昌以外に、李張瑞・林永修といった優れた詩人がいた。林永修については、陳千武による翻訳、『南瀛文学家　林修二集』（呂興昌編訂、陳千武訳、南瀛文化叢書81、台南県文化局、二〇〇〇年）が刊行されている。

二〇一五年、黄亞歴監督のドキュメンタリー映画、『日曜日式散歩者』が製作された。シュルレアリスム映画の製作に関わる過程で、林永修の詩に触れた黄亞歴監督は、家族を含む関係者への取材と、楊熾昌や風車詩社に関する先行研究にもとづき、シュルレアリスムの手法で、風車詩社の四人の詩人、楊熾昌・李張瑞・林永修・張良典の人生を、彼らの作った詩や評論を引用しつつ再現する、ドキュメンタリー映画を製作した。映画の製作と併せて、陳允元・黄亞歴主編『日曜日式散歩者　風車詩社及其時代』（行人文化実験室・台南市政府文化局、二〇一六年）が刊行された。[14] ここには風車詩社の詩や、風車詩社に関する研究を収める。編者の陳允元は、現在風車詩社研究の最前線に立ち、博士論文「殖民地前衛　現代主義詩学在戦前台湾的伝播与再生産」（国立政治大学台湾文学研究所、二〇一七年七月）を執筆した。

映画『日曜日式散歩者』は二〇一七年、『日曜日の散歩者　わすれられた台湾詩人たち』として、日本でも配給された。日本統治期の台湾南部の古都台南における、シュルレアリスムを含むモダニズムの詩が、今、日本でもよみがえる。[15]

五　台南芸術倶楽部の文学者たちに関する研究

塩分地帯、及び風車詩社の詩人たちは、一九三〇年代、主に日本語を用いて創作した。台南には当然ながら、中国語を主に用いて創作した文学者たちもいた。日本統治期の台南における、中国語による文学活動の中心人物に、荘松林（筆名に朱鋒など、一九一〇―七四年）がいる。[16]

荘松林は台南出身で、台南第二公学校、台南商業補習学校を卒業したが、一九二〇年代の台湾人による民族運動や、中国大陸の五四新文化運動の影響を受け、中国語を学び、中国語書籍を読んだ。一九二七年には台湾海峡を渡って厦門に赴き、集美中学で学ぶ。厦門では新文学の息吹に触れた。帰台後は台湾民衆党指導下の民族運動に加わるとともに、中国語書籍を通して中国大陸の文学から影響を受けながら、文学活動を開始した。

しかし一九二〇年代末、日本内地で左翼運動に対する弾圧が強まると、台湾本島でも民族運動に対する圧迫が強化される。荘松林も二十度余りの逮捕を経験した。台南の文学仲間、趙櫪馬らと三一年に「赤道報社」を設立し、中文雑誌『赤道』を創刊、小説を発表したが、雑誌は二度発禁となった。三二年には当局から厳しい戒告を受けて、政治運動から遠ざかる。その一方で、文学やエスペラント・台南の民俗研究などに没頭した。

一九三五年十二月に台中で楊逵が『台湾新文学』を創刊すると、これに賛同して、三六年七月までに市内の仲間で「台湾新文学台南支社」を作り、中国語で小説などを書いて盛んに寄稿した。『台湾新文学』に対しては、塩分地帯の呉新榮らも賛同を表明し、呉と郭水潭の連名で、「台湾新文学社に対する希望」(『台湾新文学』創刊号、一九三五年十二月)を発表し、日本語による作品を数多く寄せた。呉新榮らと荘松林らは、文学活動に用いた言語は異なり、文学的な刺激においても、日本と中国大陸のどちらから影響を受けたかにおいて異なっていたが、同じくプロレタリア文学を信奉していた。三六年四月十五日には台南市内で、荘松林らが中心になり、呉新榮らも加わって、「第一回文芸座談会」を開催した。同年十月には、趙櫪馬や張慶堂らと「台南芸術倶楽部」を組織する。しかし一九三〇年代末以降は文学活動から遠ざかり、民俗研究に没頭する。

戦後の荘松林は、一九五八年、石暘睢・許丙丁・黃天横・連景初らと「台南市文史協会」を創設し、雑誌『台南文化』や『文史薈刊』を創刊した。また台南県で呉新榮らが創刊した『南瀛文献』にも積極的に関わった。台南市と台南県は行政区分において異なるが、日本統治期は台南州に属した。台南県の人々にとって台南市は戦前戦後と中心都市であり、台南市内の人々にとって台南県は市と連続する郊外だった。

長く刊行された『台南文化』や『南瀛文献』の一方で、一九五九年創刊の『文史薈刊』は、わずか二号で休刊した。しかし一九九六年、『文史薈刊』復刊第一輯（五月）が出て、その後も刊行がつづいている。前嶋信次の教え子である黄天横や陳邦雄、金子壽衛男の教え子何耀坤らが筆を振るい、師についての文章も残した。『文史薈刊』復刊第七輯（台南市文史協会、二〇〇五年六月）は「荘松林先生台南専輯」で、ここで荘松林の民俗研究の成果を読むことができる。『台南文化』と『南瀛文献』は、二〇一〇年十二月に旧台南市と台南県が合併して大台南市が成立したため、二〇一一年に『台南文化・南瀛文献合輯』を刊行し、現在では『台南文献』と誌名を改めて刊行されている。

写真 6-3 『文史薈刊』復刊第七輯「荘松林先生台南専輯」（葉瓊霞・蔡銘山総編集、2005 年 6 月）

荘松林の人と業績については、没した当時の、「悼念民俗学家荘松林先生特輯」（『台湾風物』第二十五巻第二期、一九七五年六月）に詳しいが、近年さらに研究が進められている。朱子文「荘松林先生生平事績」（『文史薈刊』復刊第六輯、

二〇〇三年十二月)、王美恵「荘松林的文学歴程及其精神(1930–1937)」(『文史薈刊』復刊第八輯、二〇〇六年十二月)、荘永清「以文学介入社会 「台南芸術倶楽部」作家群初探」(『文史薈刊』復刊第十輯、二〇〇九年十二月)などがある。

六 伝統文学・台湾語文学に関する研究

これまで紹介した台南の文学は、日本語・中国語のいずれを用いていても、新文学に属する。古都台南は伝統文学の栄えた土地でもある。一九三〇年九月九日、台南の伝統文学の結社である、「南社」及び「春鶯吟社」の文人らによって、中国語娯楽新聞『三六九小報』が創刊された。三五年九月六日までの五年間、計四百七十九号を刊行した。現在は成文出版社の復刻によって容易に目にすることができる。

『三六九小報』で活躍したのが、許丙丁(一九〇〇―七七年)である。台南市内に生まれた許丙丁は、幼時から廟で説書芸人が語る物語に耳を傾けて育った。旧文学から通俗文学・演劇活動・台南研究まで、幅広く活躍した。戦前は警察官をしながら南社に加わって漢詩などの旧文学作品を発表し、『三六九小報』刊行に及んで、台湾語の散りばめられた白話文の小説『小封神』(一九三〇―三一年)を連載した。台湾語を部分的ながら用いた小説である。戦後には、民間歌謡・南社・演劇・説書芸人・

黄檗寺・質屋・救済院など、台南と関わる歴史や民俗・芸能・宗教・施設について、数多くの考証を残した。

許丙丁研究で大きな貢献をしたのは、呂興昌である。呂興昌編校の『許丙丁作品集』上・下（南台湾文学作品集、台南：台南市立文化中心、一九九六年）は、代表作『小封神』を含む、文学作品や随筆、考証などを収録する。この一冊のおかげで、許丙丁研究は大きく進み、現在では数多くの論文が書かれるに至っている。二〇一二年三月、台南市政府文化局から台湾語雑誌『台江台語文学』が刊行された際には、創刊号で「菅芒風華　許丙丁文学専題」の特集が組まれた。

許丙丁の『小封神』が厳密な意味で台湾語文学なのかどうかについては議論がある。各種の台湾語文学史、例えば、張春凰・江永進・沈冬青合著『台語文学概論』（台北：前衛出版社、二〇〇一年）、林央敏『台語小説史及作品総評』（台北：INK印刻文学生活雑誌出版有限公司、二〇一二年）、施俊州『台語文学導論』（台南：国立台湾文学館、二〇一二年）などは、台湾語小説かどうかの検討を含め、一定の言及を行っている。

許丙丁は日本語でも創作を行った。警察官だった許丙丁は、『台湾警察時報』に数多くの漫画や短文を発表した。また一九四四年には嘉義の蘭記書局から『実話偵探秘帖』を刊行した。台南州で起きた殺人事件などを記録した実録小説で、坂井徳章（湯徳章）が序文を書いている。こうした活動はまだ研究されておらず、多彩な才人の全貌解明が待たれる。

台南の伝統文学研究については、石暘睢から教えを受けた、盧嘉興（一九一八―九二年）に先駆的な研究がある。呂興昌編校『台湾古典文学作家論集』上中下（南台湾文学六―台南市作家作品集、台南：台南市立芸術中心、二〇〇〇年）には、許南英（一八五五―一九一七年）・連横（連雅堂、一八七八―一九三六年）・謝星楼（一八八七―一九三八年）らについての詳しい論考を収める。盧につづいては、龔顕宗（一九四三年―）の貢献が大きい。龔の『台湾文学家列伝』（南台湾文学作品集三、台南市作家作品集、台南：台南市立文化中心、一九九七年）には、石中英（一八八九―一九八〇年）・陳逢源（一八九三―一九八二年）・許丙丁（一九〇〇―七七年）・林秋梧（一九〇三―三四年）らについての紹介を収める。龔顕宗には『台南県文学史』上編（南瀛文化叢書143、台南：台南県文化局、二〇〇六年）もあり、旧台南県の旧文学を詳細に紹介している。

「南社」については、成員の一人だった許丙丁が記録「五十年来南社的社員与詩」（『台南文化』第三巻第一期、一九五三年六月。のち呂興昌編校『許丙丁作品集』に収録）を残した。また専著に、呉毓琪『南社研究』（南台湾文学―台南市作家作品集第五輯、台南：台南市立文化中心、一九九九年）がある。

中国現代文学の著名作家、許地山（一八九四―一九四一年）は、旧文学の大家である許南英の子で、台南の街中、延平郡王祠や馬公廟の近くで生まれた。幼時に台湾を離れたが、のち台南を再訪したことがある。[17]

七　王育徳に関する研究

ここまで紹介した、許丙丁（一九〇〇—七七年）、呉新榮（一九〇七—六七年）、楊熾昌（一九〇八—九四年）、莊松林（一九一〇—七四年）らは、一九〇〇年代の前後に生まれた文学者達である。彼らは中国語もしくは日本語を用いて、日本統治期の一九三〇年代から四〇年代前半の台南で活躍した。

その一方で、台南では一九二〇年代に生まれ、三〇年代に教育を受けた世代が育ちつつあり、四〇年代前半に日本語で創作活動を行った。王育霖（一九一九—四七年）・王育徳（一九二四—八五年）・邱永漢（一九二四—二〇一二年）・葉石濤（一九二五—二〇〇八年）らである。彼らは台湾人文学者との関係はなかったが、台南学派の日本人文学者とは関係があった。王育霖・王育徳は一中で前嶋信次に学び、新垣宏一と交流があった。邱永漢も新垣と交流があった。葉石濤は金子壽衛男に学び、國分直一と交流があった。

王育徳（一九二四—八五年）は台南出身の文学者・台湾語研究者・台湾独立運動家である。[18] 市内の豊かな家に生まれた王は、末広公学校を卒業後、地元の名門台南第一中学校を経て、一九四〇年台北高等学校に進学した。旧制高校時代は文芸部に所属し、若くして創作活動を開始した。四三年東京帝国大学支那哲文学科に入学するも、厳しさを増す戦況を受けて翌四四年台湾へ戻り、嘉義市役所に勤める中で敗戦を迎えた。四五年から戦前の台南二中が改称した台南一中に教員として勤めながら、演劇活動を開始する。

一九四九年、国民党政府による弾圧の恐れを察した王育徳は、日本へと亡命する。五〇年東京大学文学部中国文学語学科へ再入学し、さらに大学院へ進学、台湾語の研究に従事した。五八年から明治大学で教鞭を執り、六七年専任講師となり、六九年には東大から博士の学位を授与された。研究や教育活動の一方で、一九六〇年「台湾青年社」を創設し、雑誌『台湾青年』を発刊、日本で台湾独立運動を展開した。王育徳の著書には、『台湾語入門』（風林書房、一九七二年）など教科書の他に、台湾通史『台湾　苦悩するその歴史』（弘文堂、一九六四年）、戦後から同時代の文学を論じた『台湾海峡』（日中出版、一九八三年）などがある。

写真6-4　王育徳『「昭和」を生きた台湾青年　日本に亡命した台湾独立運動者の回想1924-1949』（草思社、2011年）

台湾では一九九〇年代以降、台湾人意識の高まりと民主化の進展の中で、王育徳の台湾語研究や独立運動の意義が再評価され、中国語訳の『王育徳全集』全十五巻（台北：前衛出版社、二〇〇二年）が刊行された。王育徳に関する研究としては、『台江台語文学』第四期（二〇一二年十一月）で特集「王育徳語言文学専題」が組まれ、また施俊州主編『王育徳紀念講座文集』（台南：台南市政府文化局、二〇一四年）が刊行された。最近も呂美親編訳『漂泊的民族　王育徳選集』（台南文学叢書74、台南作家作品集34、台南市政府文化局、二〇〇七年）が出た。日本でも、自伝『「昭和」を生きた台湾青年　日本に亡命した台湾独立運動者の回想 1924-1949』（草思社、二〇一一年）や、『台湾青年』連載の「台湾語講座」を復刻した、『王育徳の台湾語講座』（中川仁解説、東方書店、二〇一二年）が刊行された。

八　葉石濤に関する研究

台南出身の作家で、現在もっとも知られているのは、葉石濤（一九二五―二〇〇八年）だと思われる。[19]日本統治期に台南市白金町の豊かな家に生まれた葉石濤は、私塾で学んだ後、一九三二年、台湾人が通う末広公学校に入学し、三八年、主に台湾人が通う台南州立第二中学校（戦後は一中と改称）に進んだ。同校の卒業生には、詩人の楊熾昌（一九〇八―九四年）・李張瑞（一九一一―五二年）らがおり、中途退学には作家の楊逵（一九〇六―八五年）がいる。早くから文学を愛好し、日本文学や海外文学の翻訳を濫読、創作を始める。四三年、台南二中卒業後は、台北で西川満（一九〇八―九九年）主宰の『文芸台湾』の編集を約一年間手伝い、龍瑛宗（一九一一―九九年）・呉濁流（一九〇〇―七六年）・楊逵ら数多くの台湾人作家と面識を得た。四四年台南に戻り、市内の宝国民学校の教師となるが、徴兵され日本兵として終戦を迎えた。

戦後も台南市で小学教師として勤めながら、日本語での創作を継続していたが、一九五一年逮捕され、三年間の獄中生活を送る。出獄後は、嘉義県・台南県・宜蘭県・高雄県の小学校などに勤めつつ、長い沈黙を経て、一九六五年から中国語での創作を開始し、短篇や評論を倦まず書きつづけた。

代表作に、短篇集『葫蘆巷春夢』（台北：蘭開書局、一九六八年）、『紅鞋子』（台北：自立晩報社文化出版部、一九八九年）、『西拉雅族的末裔』（台北：前衛出版社、一九九〇年）、『台湾男子簡阿淘』（台北：前衛出版社、一九九〇年）、『異族的婚礼』（台北：皇冠出版社、一九九四年）などがある。評論には、『葉石濤評論集』（鍾肇政編、台北：蘭開書局、一九六八年）、『台湾郷土作家論集』（台北：遠景出版公司、一九七九年）、『台湾文学史綱』（高雄：文学界雑誌社、一九八七年）などがある。著作は『葉石濤全集』全二十三巻（小説五巻、随筆七巻、評論七巻、資料一巻、翻訳三巻、台南：国立台湾文学館・高雄：高雄市政府文化局、二〇〇六―九年）に収められた。

写真6-5　彭瑞金『葉石濤評伝』（高雄：春暉出版社、1999年）

伝記に、彭瑞金『葉石濤評伝』（高雄：春暉出版社、一九九九年）、陳明柔『我的労働是写作　葉石濤伝』（台北：時報文化出版、二〇〇四年）、論文集に、鄭烱明編『越浪前行的一代　葉石濤及其同時代作家文学国際学術研討会論文集』（高雄：春暉出版社、二〇〇二年）、彭瑞金編『文学暗夜的領航者　葉石濤先生紀念文集』（高雄：春暉出版社、二〇〇九年）などがある。

九　台南文学をさらに掘り進む

以上見てきたように、一九八〇年代以降、日本統治期の台南文学について、資料発掘が営々となされてきた。その中には、呂興昌による、風車詩社の同人雑誌『風車』第三号の発見など、極めて貴重な発掘があった。ガリ版刷りで発行部数の少なかった『風車』を、もし呂興昌が楊熾昌家の片隅に発見していなかったらと思うと、まさに「発掘」による「出土」であった。

日本統治期台南文学の研究が進展する上で、続々刊行された、日本統治期の新聞雑誌の復刻は、大きな効果を持った。新聞については、『台湾日日新報』以外に、『台南新報』（のち『台湾日報』と改称）の復刻版（呉青霞総編輯、国立台湾歴史博物館・台南市立図書館、二〇〇九／一二年）が刊行された。これで、風車詩社の活動の主要舞台であった学芸欄が簡単に見られるようになった。それまでは、文字の極めて判別しづらいマイクロフィルムか、台南市立図書館に足を運び、紙が劣化した原版を傷めないよう細心の注意を払いながら読むほかなかったのである。伝統文学の新聞、『三六九小報』も、成文出版社からの復刻がある。雑誌については、早い時期に日本統治期の主要な雑誌の復刻を収めた、『台湾新文学雑誌叢刊』全十七巻（台北：東方文化書局、一九八一年）が出たことで、研究の進展を後押しした。報告者は一九九九年に始まる二年間の台南滞在中、運よく『叢刊』のコピーを手に入れることができた。そのおかげで研究を進めることができたといえる。

その一方で、呂興昌が「台湾文学史料的蒐集整理与翻訳」（『台湾詩人研究論文集』前掲）で嘆いたように、いまだに目睹のかなわない資料がある。例えば、塩分地帯の詩人たちや風車詩社の李張瑞は、一九三〇年代、台中の『台湾新聞』に数多くの記事を投稿した。しかし『台湾新聞』は現在に至るも、残存する一部しか見ることができない。

日本では、雑誌新聞に掲載された作品の復刻を収める、作家たちの作品選集が、続々刊行された。中島利郎・河原功・下村作次郎・黄英哲諸氏による一連の資料の復刻、「日本統治期台湾文学　日本人作家作品集」全五巻別巻一（中島・河原編、緑蔭書房、一九九八年）、「日本統治期台湾文学　台湾人作家作品集」全五巻別巻一（中島・河原・下村・黄編、同、一九九九年）、「日本統治期台湾文学　文芸評論集」全五巻（中島・河原・下村編、同、二〇〇一年）、「日本統治期台湾文学集成」全三十巻（中島・河原・下村編、同、二〇〇二―〇七年）などがそうである。単行本についても、「日本植民地文学精選集　台湾編」全八巻（河原監修、ゆまに書房、二〇〇〇年）、「同第Ⅱ期　台湾編」全六巻（同監修、同、二〇〇一年）などが刊行された。『台湾新文学雑誌叢刊』に収録されていないものも多く、これらの復刻が研究の進展に果たした貢献は極めて大きい。

日本統治期の台南文学が発掘され、研究される過程で、旧台南市・旧台南県・現台南市の文化局、台南市立図書館、国立台湾文学館、国立台湾歴史博物館、南瀛国際人文社会科学研究中心の貢献は大きい。郷土愛の強い土地柄、市や県から叢書の形で、戦前戦後を問わず数多くの作家の、作品集・評論集・研究書・伝記が出された。

まず、台南県立文化中心から『南瀛文学選』全七巻（黄勁連主編、一九九一―九二年）が出た。戦前戦後の旧台南県出身の代表的な作家の作品を、詩・散文・小説・評論に分類して収める。その後、台南市からは、現在もつづく「南台湾文学　台南市作家作品集叢書」（第一～六輯は台南市立文化中心、第七輯から台南市立図書館、一九九五年―）が出た。一方県からは、文学関係の著作を含む、百五十巻を超える膨大な叢書「南瀛文化叢書」（台南県文化局、のち台南県政府、一九九四―二〇一〇年）や、全百巻の「南瀛文化研究叢書」（名称は「南瀛文化研究系列」など一定せず、同前）が出た。ここに、これまで紹介した、台南と関わる作家たちの作品集が収められた。

塩分地帯では、赤松美和子『台湾文学と文学キャンプ』（東方書店、二〇一二年）に紹介のある、文学キャンプが開かれ、文芸雑誌『塩分地帯』が刊行されてきた。塩分地帯に設けられた、南瀛国際人文社会科学研究中心は、これまで四回の国際会議を開いた。筆者も二〇〇八年開催の第二回と二〇一四年の第四回「南瀛国際学術研討会」に参加したことがあり、戴文鋒主編『南瀛歴史、社会与文化』Ⅱ（台南県政府、二〇一〇年）と『南瀛歴史、社会与文化』Ⅳ（台南市政府文化局文創科、二〇一六年）に執筆の機会を与えられた。

台南文学の発掘は、学者による研究だけではない。近年、地元の名門、国立台南第一高級中学（戦前の台南二中）の生徒たちが、台南一中105級科学班『府城文学地図』二冊（旧城区・大台南区、台北：遠流出版、二〇一五年）を刊行した（同『府城文学地図』国立台南第一高級中学、二〇一四年の新版）。許丙丁・楊熾昌・葉石濤・許達然・李安（映画監督）・沈光文（十七世紀の古典詩人）・楊逵・呉新榮・陳秀喜・阿盛・蔡素芬の、台南における足跡をたどる文学散歩で、完成度高く、非常に楽しめる書籍となっている。

日本統治期の台南文学は、本稿で紹介した作家たちにとどまらない。台南出身の著名な作家には他にも、楊逵や劉吶鴎・邱永漢・黄霊芝らがいる。

楊逵（一九〇五―八五年）は台南州新化郡新化街（大目降）出身で、新化公学校を経て、一九二二年台南第二中学校に学ぶも、退学して二四年に日本内地へ渡った。日本大学専門部文学芸術科夜間部で学ぶなどしながら創作に励み、代表作「新聞配達夫」は『文学評論』（一九三四年十月）に入選第二席として掲載された。三五年十二月に『台湾新文学』を創刊し、台湾文壇における牽引役の一人として活躍した。『楊逵全集』全十四巻（彭小妍主編、台南：国立文化資産保存研究中心籌備処、一九九八―二〇〇一年）があり、また資料集に陳芳明編『楊逵的文学生涯　先駆先覚的台湾良心』（新台灣文庫7、台北：前衛出版社、一九八八年）、黄恵禎編選『台湾現当代作家研究資料彙編04　楊逵』（台南：国立台湾文学館、二〇一一年）、研究書に呉素芬『楊逵及其小説作品研究』（南瀛重要作家研究文集2、台南：台南県政府、二〇〇五年）などがある。

劉吶鷗（一九〇五―四〇年）は台南州新栄郡柳営庄（当時は塩水港庁）に生まれた。塩水港公学校を経て長老教中学に入るが、中退して日本内地に渡り、一九二〇年青山学院中等学部に編入した。青山学院高等学部を卒業後、二六年中国へ渡って、上海の震旦大学で学ぶ。戴望舒や施蟄存と知り合い、のちに中国モダニズム文学の旗手の一人となった。全集は台南から『劉吶鷗全集』全六巻（康来新・許秦蓁編、南瀛文化叢書91、台南県文化局、二〇〇一年）、増補集（同、台南・国立台湾文学館・台南県政府、二〇一〇年）が刊行されている。資料集に康来新・許秦蓁編選『台湾現当代作家研究資料彙編53　劉吶鷗』（台南：国立台湾文学館、二〇一四年）、研究書には彭小妍『海上説情慾　従張資平到劉吶鷗』（台北：中央研究院中国文哲研究所籌備処、二〇〇一年）、許秦蓁『摩登・上海・新感覚　劉吶鷗（1905-1940）』（秀威資訊科技、二〇〇八年）があり、また国際シンポジウムの論文集、国立中央大学中国文学系企画編輯『劉吶鷗国際研討会論文集』（台南：国立台湾文学館、二〇〇五年）がある。日本でも斎藤敏康・張新民・城山拓也らによって研究が進められ、また映画人としての劉吶鷗を対象とした、三澤真美恵『「帝国」と「祖国」のはざま　植民地期台湾映画人の交渉と越境』（岩波書店、二〇一〇年）がある。

台南の生んだ作家として、日本でもっとも著名なのは、何といっても「金儲けの神様」、邱永漢（一九二四―二〇一二年）だろう。財テクや実業などの経済評論や入門、中国関係・旅行記など、書き手としての腕前は非常に高く、小説家としても一家をなした。直木賞受賞作「香港」を収録する『香港・濁水渓』（中公文庫、一九八〇年）や、王育霖をモデルとした「検察官」、及び王育徳をモデルとした「密入国者の手記」を収録する『邱永漢短篇小説傑作選　見えない国境線』（新潮社、一九九四年）には、台南の街を描いた作品を含む。自伝『わが青春の台湾　わが青春の香港』（中央公論社、一九九四年）の冒頭は、生まれ故郷の台南を舞台とする。食に関するエッセイ、『食は広州に在り』（龍星閣、一九五七年。中公文庫、一九七五年）、『象牙の箸』（中央公論社、一九六〇年。中公文庫、一九七五年）、『食前食後　漢方の話』（婦人画報社、一九六二年。中公文庫、一九八〇年）も面白く読め、台南の生んだ多能の才人である。日本では岡崎郁子『台湾文学　異端の系譜』（田畑書店、一九九六年）や、垂水千恵『台湾の日本語文学　日本統治時代の作家たち』（五柳書院、一九九五年）に研究論文が収められており、また近年は、和泉司が「邱永漢「濁水渓」から「香港」へ　直木賞が開いたものと閉ざしたもの」（『日本近代文学』第九十集、二〇一四年五月）等で研究を進めている。

黄霊芝（一九二八―二〇一六年）も台南出身で、戦後も日本語で創作をつづけた作家である。日本で短篇の選集が、岡崎郁子編『宋王之印』（著者名は国江春菁、慶友社、二〇〇二年）、下岡友加編『黄霊芝小説選　戦後台湾の日本語文学』二巻（溪水社、二〇一二／一五年）と計三冊出ている。俳句については『台湾俳句歳時記』（言叢社、二〇〇三年）がある。研究書には、岡崎郁子『黄霊芝物語　ある日文台湾作家の軌跡』（研文出版、二〇〇四年）がある。

ただし、楊逵や劉吶鷗、黄霊芝は台南出身だが、台南を描いた文学作品はなく、邱永漢の場合も、台南を描いた作品が部分的にあるとはいえ、台南という土地が決定的な影響を持ったとは思えない。よって本書では研究の対象から外している。

戦前の台南を描いた書籍には、他にも多くの回想などが存在する。韓石泉（一八九七―一九六三年）の自伝『六十回憶』（私家版、一九五九年。第三版、韓良俊編注、台北：望春風文化出版社、二〇〇九年。邦訳に、第三版にもとづく『韓石泉回想録　医師のみた台湾近現代史』杉本公子・洪郁如編訳、あるむ、二〇一七年）、呉三連（一八九九―一九八八年）の口述自伝『呉三連回憶録』（呉豊山撰記、台北：自立晩報社文化出版部、一九九一年）、黄武東（一九〇九―九四年）の自伝『黄武東回憶録　台湾長老教会発展史』（新台灣文庫6、台北：前衛出版社、一九八八年）、蔡胡夢麟（一九一〇年―）の自伝的小説『岳帝廟前　臺南郷土回憶録』（南台湾文学四、台南市作家作品集、一九九八年）などは、戦前の台南を知る好材料だが、今回は韓石泉を除き、行文に組み込めなかった。戦前の台南の生活を知る上で、辛永清『安閑園の食卓　私の台南物語』（文藝春秋、一九八六年。集英社文庫、二〇一〇年）のすばらしさはいうまでもない。

　また本書は、戦後の台南文学には一切触れることができなかった。台南は戦後も数多くの作家を生んだ。著名作家には、蘇偉貞（一九五四年―）や頼香吟（一九六九年―）などがおり、旧台南県出身では、郷土文学の楊青矗（一九四〇年―）や推理小説の林佛児（一九四一年―）などがいる。馬森（一九三二年―）のように長期滞在した文学者となると、数知れないほど存在する。戦後に中国から台湾に渡ってきた外省人で、台南を経験した作家については、張俐璇の労作「外省作家在台南」（李瑞騰編『經眼・辨析・苦行』台湾文学史料集刊第三輯、台南：国立台湾文学館、二〇一三年）に網羅的な紹介がある。

　日本統治期の台南文学は、まだその全貌を見せるには至っていない。台湾の歴史が地層のように刻まれた、台南という土地の魅力は、まだまだ十分に発掘されたとはいえない。今後も発掘はつづき、それは台南のみならず、台湾という土地を掘り下げることにもつながる。筆者もその一端を担っていきたいと考えている。

付録

台南の詩人たち

——植民地の地方都市で詩を作る

台湾の古都、台南の文学を読むようになったのは、二〇〇一年、二年間の滞在を終えて帰国後のことだった。日本統治期の台南で、旧制中学や高等女学校の教師をしつつ創作した、前嶋信次、國分直一、新垣宏一ら、著名あるいは無名の人々。私が台南に住む六、七十年前、才気あふれる文学愛好家がいて、台南を描くすばらしい文章を残したと知ったとき、心底驚いた。台南と縁のある日本人六人の文学活動について調べ始め、二〇一五年『台南文学　日本統治期台湾・台南の日本人作家群像』(関西学院大学出版会)にまとめた。

本を書く過程で、台湾人の文学活動についても調べる必要があると考えた。前嶋、國分、新垣らは、日本人だけの世界に閉じこもって文学に向かったのではない。台湾人が人口の圧倒的多数を占める台南では、台湾という土地と向き合い、台湾人と対話せずに書くことは不可能だった。台湾人の文学活動についても考えなければ、台南文学は見えてこない。

ただし、台湾人による中国語・日本語を用いた文学運動は、北・中部の都市、あるいは留学先の東京で展開された。伝統文学の拠点の一つは台南にあったとはいえ、私が世紀の変わり目の台南で感じた、現代的な刺激がないゆえの退屈や寂寞は、六、七十年前も同様だった。何といっても台南は、寺廟の線香の煙絶えず、古い習慣が今も息づく古都なのである。

だが台南に、文学を愛好する台湾人がいなかったわけではない。農業社会だった日本統治期、平野の広がる台南周辺は人口稠密で、人口規模で台北に次いだ。教育熱心でもあり、数多くの文学者を生んだ。愛郷心の強い土地柄で、その文学の多くは土地と深いきずなで結ばれていた。伝統社会が残るゆえの特色が文学にもあらわれた。

台南の詩人として最初に知ったのは、台南市内から北へ車で一時間ほど、北郊の佳里周辺、いわゆる「塩分地帯」の詩人たちである。中心人物の呉新榮（一九〇七―六七年）は、東京で医学を学び、一九三二年故郷に帰って医院を営みながら文化活動を開始した。盟友の郭水潭（一九〇七―九五年）ら地元の文学青年と、「台湾文芸聯盟」の佳里支部などを作り、台中の雑誌『台湾文芸』や新聞『台湾新聞』を舞台に活動した。海沿いの瘠せた土地ゆえに「塩分地帯」と称される田舎町から、左翼思想と民族主義の色彩濃い詩を作って、全島に向けて発信した。

台湾という土地に対する凝視は、彼らの文学に熱気をもたらした。郭水潭の書かれなかった長篇『フォルモサ』の「序文」は、次のように始まる（『台湾文芸』第二巻第二号、一九三五年二月）。

古風な歴史の塔――その塔は三百年の過去を誇り、その塔の壁は無数の黴によつてよごされ、その壁の割目から笠のむした青草が昔を偲ぶ顔に生ひ茂つてゐる。恐らく誰も知らなかつたであらう。昔青龍刀に喰込まれた凶暴な男の血がその壁に残つてゐたことを――。

そこからひそかに過去を探らうとして、幾多の人はあらゆる文献の中を渡り歩いて来たに違ひない。が、結局はどの人も古風な歴史の塔の、その壁に、昔掲げてゐたであらう略奪の地図を発見することは出来なかつた。

そこでだ、歯を喰ひしばつてくやしんだのは島人達ではなかつたか。一体歴史の巨人に向つて私達はどう頭を下げればいゝんだらう？　誰だつて感激を持たない島の歴史をそのまま受入れて、満足することは出来ないんだから。

検閲を避けて抽象度の高い表現となった断片的な序文には、台湾の歴史を台湾人の手へと取り戻そうとする意図がうかがえる。日本統治が始まってすでに四十年が経過した。「高砂」「蓬莱」「常夏」といった、日本から与えられた美称のもと、「いくつもの民族が、せゝこましいながらも一種デリケートな雰囲気の中で、（中略）表現上極めておだやかな、つゝましい共同生活を楽しんでゐる」現状に対し、郭水潭らの文学は違和の声を上げた。「島の若人は過去の歴史に対して勢ひ疑ひを抱かなければならない」という主張のもと、古風な歴史の塔に残る、台湾人の血の痕跡を、若い台湾人たちはたどろうとしていた。

とはいえ、塩分地帯の詩人たちの詩作や小説は、芸術的には成熟しているといいがたい。『台湾文芸』第三巻第三号（一九三六年三月）に掲載された、「塩分地帯の人々　文聯佳里支部作品集」の冒頭には、呉新榮（筆名は呉史民）の「思想」なる詩が掲載されている。

思想から逃避する詩人達よ
夢みることは君達の一切なら

もつと夢みる方がよい
だが最後に君達は醒める時があらう
その時君たちは驚駭に戦くであらう
何んと君達の書いた美しい詩の屍を

郭水潭は「写在牆上」（原文日本語、『台湾新聞』一九三四年四月二十一日）で、近年台湾文壇に登場した、唯美的作風の「薔薇の詩人」たちを攻撃した。呉新榮も郭同様、芸術のための芸術を唾棄していた。呉にとって詩という形式は、自らの郷土に対する感情と、思想的立場を表明する道具だった。「詩の本質」について、「熱き血流ほとばしるこの肉塊が／地上に産み落した瞬間から已に詩だから」と語るとき、文学の意味があまりに民族主義の文脈に持ち込まれすぎていると感じられるだろう。それが彼らの文学に生命を与えていたにしても、「美しい詩」も文学の一つだったはずである。

塩分地帯の詩人たちと異なる立場から、台南の街中を散歩しつつ詩を作ったのが、「風車詩社」のモダニズム詩人、楊熾昌（一九〇八―九四年）や李張瑞（一九一一―五二年）である。呉新榮の詩で皮肉られた、「思想から逃避する詩人達」とは、直接には彼らを指すと思われ、一九三六年二月五日、李張瑞と楊熾昌が佳里を訪ねた日、呉は日記に、「この二人はいわゆる「薔薇の詩人」」と記した。

台南市内に生まれた楊熾昌は、台南第二中学校を卒業後、東京で二年間学び、一九三一年に故郷へ戻り、三三年から地元紙『台南新報』学芸欄の編集を担当した。詩人仲間の李張瑞や林永修（一九一四―四四年）らと「風車詩社」を結成し、ガリ版刷りの同人雑誌『風車』を計四号刊行した（現存するのは第三号のみ）。

風車詩社の詩人たちの文学観は、李張瑞の批評「詩人の貧血　この島の文学」（『台湾新聞』一九三五年二月二十日）に端的にうかがえる。郭水潭の長篇序文が掲載された号の『台湾文芸』を読んだという李張瑞は、プロレタリア文学の信奉者が多かった従来の台湾文学を痛烈に批判する。文学はあくまで独立した芸術だと主張する李は、「プロ文学の形式に倣つて、台湾の農民、又は植民地で賓あるが故の種々の不平などを、痛切な文字で——彼等は好んで痛切悲凄な文字を使用したがる——愚痴つぽく書き列べた、たゞそれだけだと言つても決して過言ではない」と辛辣にこき下ろした。旧知の郭水潭に対しては、「郭水潭君が長篇を書き出したが早く君の努力の成果が見たいものだ」と軽くいなすにとどめたが、凡百の台湾詩人たちには我慢ならなかったようだ。

この島の詩人の貧血はどうか。
「台湾文芸」の詩篇にしろ新聞の文芸欄にしろ、センチメンタリズムを脱しない詩の観念に促された詩で埋つてゐる。泣きごとやら淋しいやら、恋やらが堂々と涙をつらねてゐる様、おゝ神よこれ等の人々の涙を涸（か）らせ給へ！
取扱ふ対象が感傷的であるなと言ふのではない。それを表現する手法が感傷的でない事が要求されてゐるのである。

「ポエジイとは記号である」とまでに詩は進展してゐる。

ただし、李張瑞や楊熾昌は、植民地としての台湾の現実から遠く離れた芸術の世界を逍遙していたわけではない。一九三六年二月五日、塩分地帯と風車詩社の詩人たちは顔を合わせ、交流が始まる。そもそも李張瑞は郭水潭に『風車』第三号を寄贈していたし、李の批評「詩人の貧血」は、郭や呉新榮の主な寄稿先である『台湾文学』に掲載された。

水蔭の詩なり、僕の詩は、郷の人々からはエトランゼ扱ひにされてゐる。その人々に僕はこゝではつきり答へておく。

僕達はそこら辺の人々が書くやうな不平なり反抗心なりが無いのではない。あへてそれを書かないまでの事だ。それがいゝ事なのか悪い事なのか今の所僕にも分らない。大きな文学と云ふものゝ見地から考へたら僕達の文学態度も受け容られると思ふ。

植民地を生きる詩人たちの「不平なり反抗心」を、一方は詩に載せ、一方は詩の背後に秘めて、台南の市内と近郊で詩を作った。台湾人による台南の文学を読み解くときには、芸術的な完成度、民族の自負、検閲との戦い、言語と地域の複層性など、複数の物差しを用意しなければならない。台湾人の文学を読めば読むほど、当たり前に思っていた「文学」の意味が解体される。それが、台南の文学を読むことの意味だと思わされるのである。

注

〔序　章〕

1　本書では、引用文中の注は〔　〕を用いる。ただし、『呉新榮日記全集』（張良澤総編撰、台南：国立台湾文学館、二〇〇七―八年）のみ、〔　〕は原注である。

2　広津和郎「あの時代　芥川と宇野」（『小説同時代の作家たち』文藝春秋新社、一九五一年、四二―四三頁）。

3　台南地方の行政区画の変遷について簡単に記すと、日本統治期には、台南市を含んで台南州が置かれていた。一九四九年の「光復」後、旧台南州は台南市・台南県・嘉義市・嘉義県・雲林県に分けられた。二〇一〇年に至り、旧台南市と旧台南県が合併して、新しい台南市が生まれた。本書でいう「台南出身」とは、この新台南市（旧台南市・県）出身者を指す。また本書では、行政区画について、台南州に二市（台南・嘉義）、十郡（新豊・新化・曾文・北門・新営・嘉義・東石・斗六・虎尾・北港）が置かれた、日本統治期後半、一九二〇年以降の呼称を主に用いる。

4　個々の作家の経歴については、全集・著作集や資料集・研究書等に付された年譜、及び中島利郎編著『日本統治期台湾文学小事典』（緑蔭書房、二〇〇五年）を参照した。

5　松尾直太の労作「『台湾日報』の「学芸欄」について　含『台湾日報』夕刊第四面主要執筆者別掲載目録」（『天理台湾学報』第十五号、二〇〇六年七月）を参照。

6　台南の中国語文学については、荘永清「台南市日治時代新文学社団与新文学作家初探」（『文史薈刊』復刊第八輯、台南：台南市文史協会、二〇〇六年十二月）、林佩蓉主編『文学台南　台南文学特展図誌』（台南：国立台湾文学館、二〇一二年）など研究が進みつつある。

7　陳逢源については、張炎憲「陳逢源　浪漫之情与財経之才」（張炎憲・李筱峰・荘永明編『台湾近代名人誌』第一冊、台北：自立晩報、一九八七年）、龔顕宗「陳逢源福慧双修」（『台湾文学家列伝』南台湾文学作品集三、台南市作家作品集、台南：台南市立文化中心、一九九七年）を参照。

8 陳逢源『感想集　雨窓墨滴』（台北：台湾芸術社、一九四二年八月）。ただし引用は中島利郎・下村作次郎編『日本統治期台湾文学集成16　台湾随筆集二』（緑蔭書房、二〇〇三年、四三／四四／四六頁）に拠る。

9 呉新榮は一九三五年六月一日の台湾文芸聯盟佳里支部発会式に関する記録、「佳里支部発会式通信」（『台湾文芸』第二巻第八・九合併号、一九三五年八月）に、「台南から水蔭萍」が来会した、と記している。これが事実なら、楊熾昌とすでに面識を得ており、一九三六年二月四日は二回目以降だったはずだが、記録には出席者としての氏名以外に記述はない。会話を実質的に交わしたのは、やはりこの三六年二月四日ではないかと思われる。同じく三五年六月一日の佳里支部発会式について記した、呉新榮の日記（『呉新榮日記全集』第一巻、張良澤総編撰、台南：国立台湾文学館、二〇〇七年、一一四頁）や、郭水潭の日記（『南瀛文学家　郭水潭集』、羊子喬主編、南瀛文化叢書33、台南：台南県文化局、一九九四年、二〇一頁）には、参加者中に楊熾昌（水蔭萍）の名前は見当たらない。ついでに記すと、呉と楊の父親、呉萱草と楊宜緑は、ともに南社の成員だった。双方の父を通して、二人が早くから互いの名を知っていた可能性はある。

10 郭水潭「従「塩分地帯」追憶呉新榮」（『台湾風物』第十七巻第三期、一九六七年六月）。ただし参照したのは『郭水潭集』（前掲、二四九頁）。

11 「佳里青風会」や「台湾文芸聯盟佳里支部」のメンバーなど、塩分地帯の文学者については、荘永清「塩分地帯文学精神系譜初探」（林朝成主編『2011塩分地帯文学学術研討会論文集』台南：国立台湾文学館、二〇一一年）に詳しい。

12 呉新榮『震瀛回憶録』（台南：琑琅山房、一九七七年）。ただし引用は『呉新榮選集』第三巻（黄勁連総編輯、台南：台南県文化局、一九九七年）所収の『震瀛回憶録』（九六頁）の拙訳に拠る。

13 楊熾昌の年譜としては、『水蔭萍作品集』（台南市作家作品集、台南：台南市立文化中心、一九九五年）所収の呂興昌「楊熾昌生平著作年表初稿」、及び黄建銘『日治時期楊熾昌及其文学研究』（台南：台南市立図書館、二〇〇五年）所収の「作家生平年表補編」を参照した。

14 最近の成果としては、陳允元の博士論文「殖民地前衛　現代主義詩学在戦前台湾的伝播与再生産」（国立政治大学台湾文学研究所、二〇一七年七月）。

15 呉新榮旧蔵雑誌に関しては、河原功の労作「呉新榮の左翼意識　「呉新栄旧蔵雑誌抜粋集（合本）」からの考察」（『成蹊論叢』第四十五号、二〇〇八年三月。出典一覧以外は、『翻弄された台湾文学　検閲と抵抗の系譜』研文出版、二〇〇九年所収）を参照。

16 「薔薇の詩人」の呼称は、郭水潭の評論「写在牆上」（『台湾新聞』一九三四年四月二十一日）の「薔薇詩人們」との言葉に由来する（『郭水潭集』前掲に、月中泉による中国語訳を収録。日本語原文は参照できず）。

17 王詩琅「従文学到民俗」（『台湾風物』第二十五巻第二期、一九七五年六月）。

18 郭水潭の同日の日記にも、ほぼ同様の記述がある（『郭水潭集』前掲、二〇四頁）。

19 荘松林の経歴については、『台湾風物』（第二十五巻第二期、一九七五年六月）の「悼念民俗学家荘松林先生特輯」所収の鄭喜夫編「荘松林先生年譜」を参照した。他に、王美恵「荘松林的文学歴程及其精神（1930-1937）」（『文史薈刊』復刊第八輯、二〇〇六年十二月）を参照。

20 荘松林「不堪回首話当年」（『台北文物』第三巻第三期、一九五四年十二月）。ただし引用は李南衡主編『日拠下台湾新文学・明集5　文献資料選集』（台北：明潭出版社、一九七九年、三九四頁）の拙訳に拠る。

21 荘松林ら台南芸術倶楽部に集まった作家たちについては、荘永清「以文学介入社会　「台南芸術倶楽部」作家群初探」（『文史薈刊』復刊第十輯、二〇〇九年十二月）を参照。

22 王詩琅「従文学到民俗」（『台湾風物』前掲）。

23 郁達夫における日本文学受容については、拙著『郁達夫と大正文学　〈自己表現〉から〈自己実現〉の時代へ』（東京大学出版会、二〇一二年）を参照。

24 郁達夫の台湾訪問については、武継平「「支那」新文学者と日本統治下の台湾　郁達夫の台湾訪問に関する一考察」（『国際社会研究　福岡女子大学国際文理学部紀要』創刊号、二〇一二年二月）に詳細な検討がある。

25　池田敏雄「朱鋒的回憶」（王詩琅訳、『台湾風物』第二十五巻第二期、一九七五年六月）。

26　荘松林「不堪回首話当年」（『台北文物』前掲）。ただし引用は李南衡主編『日拠下台湾新文学・明集5』（前掲、三九四頁）の拙訳に拠る。

27　南社については、許丙丁「五十年来南社的社員与詩」（『台南文化』第三巻第一期、一九五三年六月。のち呂興昌編校『許丙丁作品集』上・下、南台湾文学作品集、台南：台南市立文化中心、一九九六年に収録）、呉毓琪『南社研究』（南台湾文学―台南市作家作品集第五輯、台南：台南市立文化中心、一九九九年）を参照。

28　呉新榮の反論は「象牙塔之鬼　主駁新垣氏」として中国語訳され、『呉新榮選集』第一巻（呂興昌総編輯、台南：台南県文化局、一九九七年）に収録されている。

29　前嶋信次「哀悼朱鋒荘松林先生」（『台湾風物』第二十五巻第二期「悼念民俗学家荘松林先生特輯」、一九七五年六月）の拙訳に拠る。

30　池田敏雄「朱鋒的回憶」（王詩琅訳、『台湾風物』前掲）。

31　邱永漢の自伝としては、『わが青春の台湾　わが青春の香港』（中央公論社、一九九四年）を参照した。邱に関する研究としては、岡崎郁子『台湾文学　異端の系譜』（田畑書店、一九九六年）の第二章「邱永漢　戦後台湾文学の原点」等、垂水千恵『台湾の日本語文学　日本統治時代の作家たち』（五柳書院、一九九五年）の第二章「若き日本語詩人台北高等学校時代の邱永漢」等、和泉司「邱永漢「濁水渓」から「香港」へ　直木賞が開いたものと閉ざしたもの」（『日本近代文学』第九十集、二〇一四年五月）等を参照。

32　王育徳『「昭和」を生きた台湾青年　日本に亡命した台湾独立運動者の回想1924-1949』（草思社、二〇一一年、一一七頁）。

33　王育徳の戦後初期の活動については、岡崎郁子「王育徳の戦後初期思想と文芸」（『吉備国際大学社会学部研究紀要』第十二号、二〇〇二年）を参照。

34　王育徳『「昭和」を生きた台湾青年』（前掲、二五二頁）。

35　新垣宏一『華麗島歳月』（台北：前衛出版社、二〇〇二年、五二頁）を参照。

36　葉石濤「我的先輩作家們」（『台湾新生報』一九九一年四月五―八日）。ただし引用は『葉石濤全集』第八巻（台南：国立台湾文学館・高雄：高雄市政府文化局、二〇〇八年、三七一―二頁）の拙訳に拠る。

37　王育徳「兄の死と私」（『台湾青年』第二十七号、一九六三年二月）。

38　陳逢源『雨窓墨滴』（前掲）。ただし引用は『日本統治期台湾文学集成16　台湾随筆集二』（前掲、四八頁）に拠る。

〔第一章〕

1　本書では、引用文中の注は〔　〕を用いる。ただし、『呉新榮日記全集』（張良澤総編撰、台南：国立台湾文学館、二〇〇七―八年）のみ、〔　〕は原注である。

2　加藤光貴『台南市読本』（台湾教育研究会、一九三九年。復刻は台北：成文出版社、一九八五年。中国語訳は『昨日府城・明星台南　発現日治下的老台南』黄秉珩訳、台南：台南市文化資産保護協会、二〇〇七年、一二四頁）。日本統治下の台南については他に、周菊香『府城今昔』（台南：台南市政府、一九九三年）、何培齊主編『日治時期的台南』（台北：国家図書館、二〇〇七年）、詹翹他『台境之南　府城地名的故事』（台南：台南文化資産保護協会、二〇一〇年）などを参照。

3　当時台湾からの留学生を数多く受け入れていた金川中学校、及び呉新榮の在学時の文学活動については、藤澤太郎「金川中学校から見える「都市」、岡山と東京と　張文環・岡山時期の学籍問題を出発点とした台湾人内地地方留学生の意識をめぐる論考」（『桜美林世界文学』第六号、二〇一〇年三月）を参照。

4　呉新榮の経歴については、中島利郎編著『日本統治期台湾文学小事典』（緑蔭書房、二〇〇五年）の「呉新栄」の項目、河原功編「略年譜　呉新栄」（中島利郎他編『日本統治期台湾文学　台湾人作家作品集』第五巻、緑蔭書房、一九九九年）を参照した。また年譜としては、鄭喜夫原撰・張良澤刪補「呉新榮先生事略年譜」（『呉新榮全集』第八巻、張良澤主編、台北：遠景出版事業公司、一九八一年）、張良林慧姃編「呉新榮先生年表（1907-1967）」（同『呉新榮研究』台南：台南県政府、二〇〇五年）、著作

目録としては柳書琴「呉新榮戦前作品年表初編　一九二七〜一九四五年」（『南瀛文学家　呉新榮選集』第二巻、呂興昌総編輯、南瀛文化叢書57、台南：台南県文化局、一九九七年）を参照した。以下、諸作家の経歴や新聞雑誌など台湾文学に関する項目は、主に『日本統治期台湾文学小事典』を参照した。

5　呂興昌「呉新栄『震瀛詩集』初探」（成瀬千枝子訳、下村作次郎他編『よみがえる台湾文学　日本統治期の作家と作品』東方書店、一九九五年、五〇三頁）。

6　呉新榮の自伝はその後版を改めて刊行された、『此時此地』（『呉新榮全集』第三巻、張良澤主編、台北：遠景出版事業公司、一九八一年）、『呉新榮回憶録　清白交代的台湾人家族史』（台北：前衛出版社、一九八九年）、『震瀛回憶録』（『南瀛文学家　呉新榮選集』第三巻、黄勁連総編輯、台南：台南県文化局、一九九七年）。呉新榮自伝については、拙稿「呉新榮『呉新榮回憶録　清白交代的台湾人家族史』（前衛出版社、一九八九年）」（『中国文芸研究会会報』第四百二十六号、二〇一七年四月）を参照。

7　呉新榮の日記は他に、『呉新榮全集』第六・七巻（戦前及び戦後の日記の抄録、一九三八年から四五年までは主編者による中訳、張良澤主編、台北：遠景出版事業公司、一九八一年）、『呉新榮選集』第二巻（抄録、葉笛・張良澤中訳、前掲）にも収録されている。

8　資料集には、施懿琳編選『台湾現当代作家研究資料彙編55　呉新榮』（台南：国立台湾文学館、二〇一四年）、雑誌の特集には、『台江台語文学』第二期（二〇一二年五月）の特集「故郷的輓歌　呉新榮文学専題」がある。

9　河原功「呉新栄の左翼意識　「呉新栄旧蔵雑誌抜粋集（合本）」からの考察」（『成蹊論叢』第四十五号、二〇〇八年三月）。出典一覧以外は、『翻弄された台湾文学　検閲と抵抗の系譜』（研文出版、二〇〇九年）に収録。

10　水野直樹「戦時期植民地の具体的様相」（坂本悠一編『朝日新聞外地版』ゆまに書房、二〇〇七―一五年）の第I期カタログ。

11　柳書琴「呉新榮戦前作品年表初編」（『呉新榮選集』第二巻、前掲）を参照。

12　呉新榮『震瀛回憶録』（前掲）。ただし引用は『呉新榮選集』第三巻（前掲）所収の『震瀛回憶録』（九六頁）の拙訳に拠る。

13　永嶺重敏『雑誌と読者の近代』（日本エディタースクール出版部、一九九七年）の第四章「『中央公論』の受容過程」（一四七―一五二頁）、及び第六章「初期『キング』の読者層」（二三六頁）。

14　河原功「呉新栄の左翼意識　「呉新栄旧蔵雑誌抜粋集（合本）」からの考察」（前掲）。

15　いずれも復刻版が出ている。『労働者』第一巻第一号―第二巻第十四号、一九二六年十二月―二八年三月（復刻は法政大学出版局、一九八七―八八年）、『インタナショナル』第一巻第一号―第五巻第五号、一九二七年二月―三一年三月（刀江書院、一九七三年）、『政治批判』第一―十三号、一九二七年二月―二九年二月（法政大学出版局、一九八八―九〇年）。

16　いずれも復刻版がある、『文学評論』第一巻第一号―第三巻第八号、一九三四年三月―三六年八月（ナウカ、一九八四年）、『文学案内』第一巻第一号―第三巻第四号、一九三五年七月―三七年四月（不二出版、二〇〇五年）、『詩人』第三巻第一―十号、一九三六年一月―十月（戦旗復刻版刊行会、一九七九年）。

17　渡辺順三『烈風の中を』（東邦出版社、一九七二年、一五九／六〇頁）。

18　河原功「呉新栄の左翼意識」（前掲）。引用は『翻弄された台湾文学』（前掲、七五頁）。

19　河原功「呉新栄の左翼意識」（前掲）。引用は『翻弄された台湾文学』（前掲、七四頁）。

20　郭水潭については雑誌『文学台湾』の「郭水潭特輯」（第十期、一九九四年四月）もある。

21　呉新榮による「青風会宣言」（葉笛訳、『南瀛文学家呉新榮選集』第一巻、呂興昌総編輯、南瀛文化叢書57、台南：台南県文化局、一九九七年）参照。

22　「塩分地帯」の名称の由来を含め、戦前における塩分地帯の文学活動の全体像については、荘永清「塩分地帯文学精神系譜初探」（林朝成主編『2011塩分地帯文学学術研討会論文集』台南：台湾文学館、二〇一一年）に、実証的かつ詳細な検討がある。塩分地帯の文学活動は現在に至るまで盛んである、その紹介に、謝玲玉『南瀛塩分地帯芸文人物誌』（南瀛文化研究叢書51、台南：台南県政府、二〇〇六年）がある。

23 呉新榮「塩分地帯的回顧」（『台北文物』第三巻第二期、一九五四年八月）。ただし引用は『呉新榮選集』第一巻（前掲、四五五頁）に拠る。

24 謝國興『台南幇　ある台湾土着企業グループの興隆』（石田浩監訳、交流協会、二〇〇五年、六八頁）。

25 葉石濤「呉新榮文学的特色及其貢献」（『呉新榮選集』第三巻、前掲、六頁）。

26 呉新榮『震瀛回憶録』（前掲）。ただし引用は『呉新榮選集』第三巻（前掲）所収の『震瀛回憶録』（九六頁）の拙訳に拠る。

27 國分の台南周辺における平埔族研究については、拙著『台南文学　日本統治期台湾・台南の日本人作家群像』（関西学院大学出版会、二〇一五年）の第五章「國分直一の壺神巡礼　ハイブリッドな台湾の発見」を参照。

28 前嶋の台南歴史研究については、拙著『台南文学』（前掲）の第二章「前嶋信次の台南行脚　一九三〇年代の台南における歴史散歩」、新垣宏一の台南を舞台とした小説については、同書第六章「新垣宏一と本島人の台南　台湾の二世として台南で文学と向き合う」を参照。

29 下村作次郎は「フォルモサは僕らの夢だった　台湾人作家の私信から垣間見る日本語文学観とその苦悩」（『中国文化研究』第二十九号、二〇一三年）では、一九三三年七月に東京で台湾人留学生たちによって創刊された、日本語の文芸雑誌『フォルモサ』における「創作言語」の問題を論じて、この雑誌の最大の特色は、「日本語を台湾文学の書写言語として採用することを大胆に宣言した点にある」とする。使用言語の問題については他に、李承機「植民地期台湾人の「知」的体系　日本語に「横領」された「知」の回路」（古川ちかし他編著『台湾・韓国・沖縄で日本語は何をしたのか　言語支配のもたらすもの』三元社、二〇〇七年）、垂水千恵「1930年代台湾文学における言語問題について　郷土文学論争から『台湾文芸』へ」（『横浜国立大学留学生センター教育研究論集』第十五号、二〇〇八年）を参照。

30 呉新榮「新詩与我」（『笠詩刊』第五期、一九六五年二月）。引用は『呉新榮選集』第一巻（前掲、四三四頁）の拙訳に拠る。

31 新垣宏一『華麗島歳月』（張良澤編・中訳、台北：前衛出版社、二〇〇二年、六／二六頁）。

32 呉新榮「象牙塔之鬼　主駁新垣氏」（『台湾新聞』一九三五年、掲載月日は未詳）。引用は『呉新榮選集』第一巻（前掲、四三四頁）の拙訳に拠る。

33 新垣宏一『華麗島歳月』（前掲、四五頁）。

34 新垣の台南経験については、拙著『台南文学』（前掲）の第六章「新垣宏一と本島人の台南」を参照。

35 郭水潭「談「塩分地帯」追憶呉新榮」（『台湾風物』第十七巻第三期、一九六七年六月）。ただし引用は『呉新榮選集』第三巻（前掲、三一四頁）に拠る。

36 呉新榮『震瀛回憶録』（前掲）。ただし引用は『呉新榮選集』第三巻（前掲）所収の『震瀛回憶録』（九七頁）の拙訳に拠る。

37 呉新榮『震瀛回憶録』（前掲）。ただし引用は『呉新榮選集』第三巻（前掲）所収の『震瀛回憶録』（一〇二頁）の拙訳に拠る。

38 池田敏雄「張文環「『台湾文学』の誕生」後記」（『台湾近現代史研究』第二号、一九七九年八月）。

〔第二章〕

1 楊熾昌の年譜としては、『水蔭萍作品集』（呂興昌編訂、葉笛訳、台南：台南市立文化中心、一九九五年）所収の呂興昌「楊熾昌生平著作年表初稿」、及び黄建銘『日治時期楊熾昌及其文学研究』（台南：台南市立図書館、二〇〇五年）所収の「作家生平年表補編」を利用した。林淇瀁編選『台湾現当代作家研究資料彙編05　楊熾昌』（台南：国立台湾文学館、二〇一一年）にも黄氏の年譜を参照した「文学年表」が収録されているが、著作目録などは黄氏の年譜が正確である。

2 楊熾昌の戦後のエッセイ集『紙の魚』（台南：河童書房、一九八五年）の巻末には著書目録が付され、戦前の刊行として、詩集『熱帯魚』（ボン書店、一九三一年）、詩集『樹蘭』（自家版、一九三一年）、小説集『貿易風』（金魚書房、一九三三年）、評論集『洋燈の思惟』（同前、一九三七年）、小説集『薔薇の皮膚』（同前、一九三八年）が記されているが、いずれも現存しない。

3 筆者の閲覧した『燃える頬』は松浦恆雄氏に資料提供を賜った、記してお礼申し上げる。

4　楊熾昌の詩が『椎の木』に掲載されたかどうかについて、松浦恆雄は、陳明台著・松浦恆雄訳「楊熾昌・風車詩社・日本詩潮　戦前台湾におけるモダニズム詩について」（下村作次郎・中島利郎・藤井省三・黄英哲編『よみがえる台湾文学　日本統治期の作家と作品』（東方書店、一九九五年）の訳注で、日本近代文学館所蔵『椎の木』に楊の作品は発見できなかった、としている（四九四頁）。筆者も『現代詩誌総覧4　レスプリ・ヌーボーの展開』（現代詩誌総覧編集委員会編、日外アソシエーツ、一九九六年）所収の『椎の木』（第三次）の総目次を見たが、楊らしき詩人の作品は確認できなかった。また『神戸詩人』についても、足立巻一「「神戸詩人」書誌」（『文学』第五十三号、一九八五年一月）所収の総目次（現存する第一―四冊のみ、第五冊は不明）、及び『現代詩誌総覧7　十五年戦争下の詩学』（現代詩誌総覧編集委員会編、日外アソシエーツ、一九九八年）所収の『神戸詩人』総目次を見たが、確認できなかった。
　一方、ボン書店刊行の『詩学』（第一―三冊は『L'ESPRIT NOUVEAU』、第四冊から『詩学』と改題）については、杉浦静編『コレクション・都市モダニズム詩誌10　レスプリ・ヌーボーの展開』（ゆまに書房、二〇一〇年）所収の第五冊までの総目次では確認できないが、第七号以降に掲載のあることが確認されている、「風邪の唇」（第七号、一九三五年十一月）、「瑕ある夢」（第八号、一九三五年十二月）、「亜麻色の祭歌」（第九号、一九三六年二月）。『文芸汎論』には、藤本寿彦『周辺としてのモダニズム　日本現代詩の底流』（双文社出版、二〇〇九年所収）の「台湾のモダニズム　西川満と水蔭萍」の指摘によれば、「祭歌」（第七巻第二号、一九三七年二月）が掲載されており、また他にも「青の郷愁」（第五巻第十二号、一九三五年十二月）、「匂のない季節」（第六巻第五号、一九三六年五月）、「菜の花と蝶風」（第七巻第八号、一九三七年八月）の掲載が確認できる。

5　最近の成果には、陳允元の博士論文「殖民地前衛現代主義詩学在戦前台湾的伝播与再生産」（国立政治大学台湾文学研究所、二〇一七年七月）がある。

6　日本語で書かれた論文に、唐顥芸（とうこううん）「日本統治期台湾の詩におけるモダニズムの受容　林修二を例に」

(緒形康編『一九三〇年代と接触空間　ディアスポラの思想と文学』双文社出版、二〇〇八年)がある。

7 楊熾昌「残燭の焔　焼失した作品の回想と女性とのロマン」(『紙の魚』前掲、五九九頁)。執筆は一九八四年九月。

8 黄建銘は、楊の日本留学は一九三〇年十月末以降ではないか、と考証している、『日治時期楊熾昌及其文学研究』(前掲、四一頁)。

9 楊熾昌「残燭の焔」(『紙の魚』前掲、六〇二―三頁)。

10 野口冨士男『私のなかの東京　わが文学散策』(文藝春秋、一九七八年)。ただし引用は中公文庫(一九八九年、六八―六九頁)に拠る。「コロンバン」は文士が出入りして駄弁る名店だった、林哲夫『喫茶店の時代　あのときこんな店があった』(編集工房ノア、二〇〇二年)の「コロンバン」参照。

11 呂興昌「楊熾昌生平著作年表初稿」(『水蔭萍作品集』前掲、三八一頁)。

12 龍胆寺雄『人生遊戯派』(昭和書院、一九七九年、三一一頁)。

13 高見順『昭和文学盛衰史』(文藝春秋新社、一九五八年)。ただし引用は文春文庫(一九八七年、二五六頁)に拠る。

14 高見順『対談現代文壇史』(中央公論社、一九五七年)の「新興芸術派のころ」における舟橋の発言。ただし引用は筑摩書房(一九七六年、一九九頁)に拠る。

15 水島治男『改造社の時代　戦前編』(図書出版社、一九七六年、一八三頁)。

16 黄建銘『日治時期楊熾昌及其文学研究』(前掲、四四頁)。

17 野口冨士男『かくてありけり』(講談社、一九七八年)。ただし講談社文芸文庫『しあわせ・かくてありけり』(一九九二年、一五五頁)を参照した。

18 野口冨士男編『座談会昭和文壇史』(講談社、一九七六年)の「新興芸術派のころ」における野口の発言(四八頁)。

19 野口冨士男「二十歳前後」(『文学とその周辺』筑摩書房、一九八二年、四一一頁)。

20 楊雲萍の経歴については、中島利郎編著『日本統治期台湾文学小事典』(緑蔭書房、二〇〇五年)を参照した。

21 西川満「「鬼哭」について」(『アンドロメダ』第百九十七号、一九八六年一月)。

22 山田清三郎『プロレタリア文学風土記』(青木書店、一九五四年、一三七―八頁)。

23 河原功「呉新栄の左翼意識 「呉新栄旧蔵雑誌抜粋集(合本)」からの考察」(『成蹊論叢』第四十五号、二〇〇八年三月)を参照。

24 壺井繁治『激流の魚 壺井繁治自伝』(光和堂、一九六六年)。ただし引用は立風書房(一九七四年、二三二頁)に拠る。

25 服部伸六「回想の『詩と詩論』」(澤正宏・和田博文編『都市モダニズムの奔流 「詩と詩論」のエスプリ・ヌーボー』翰林書房、一九九六年、二七四頁)。

26 春山行夫「「詩と詩論」まで 私の編集歴」(『本の本』一九七六年四月)。ただし引用は『都市モダニズムの奔流』(前掲、二六〇頁)に拠る。

27 天野隆一「回想の『詩と詩論』」(『都市モダニズムの奔流』前掲、二七四頁)。

28 中野嘉一『前衛詩運動史の研究 モダニズム詩の系譜』(大原新生社、一九七五年)。ただし引用は沖積舎(二〇〇三年、一三四頁)に拠る。

29 楊熾昌「残燭の焔」(『紙の魚』前掲、五九七―八頁)。

30 戸田房子が台湾で発表した作品には、詩「遠い国」(『華麗島』創刊号、一九三九年十二月)、詩「弟をおくる歌」(『文芸台湾』第五巻第二号、一九四二年十一月)、随筆「名人縁起」(『文芸台湾』第六巻第四号、一九四三年八月)などがある。

31 戸田房子が『文芸汎論』に発表した作品には、「山」(第九巻第四号、一九三九年五月)、「ヴァイオレットの眼鏡」(第九巻第八号、一九三九年八月)、「白い喪章」(第九巻第九号、一九三九年九月)、「南方の町」(第十巻第二号、一九四〇年二月)がある。

32 戸田房子が『文藝首都』に発表した作品には、「遠い娘」(第十巻第七号、一九四二年七月。『新進小説選集 昭和17年後期版』赤坂書房、一九四三年にも収録)、「波のなか」(『文藝首都』第十七巻第一号、一九四九年一月)、「火のない季節」(第十九巻第四号、一九五一年四月)、「モンテローザの夢」(第二十四巻第十号、一九五五年十二月)、「重い物体」(第二十六巻第七号、一九五七年七月)などがある。

33 戸田房子の経歴については、『文藝首都』第十九巻第四号（一九五〇年二月）掲載の「創作・詩欄執筆者紹介　戸田房子」、及び『燃えて生きよ　平林たい子の生涯』（新潮社、一九八二年）の「著者略歴」を参照した。

34　北川原幸朋が『媽祖』に発表した詩には、「凍花」（第五冊、一九三五年七月）、「春雨」（第八冊、一九三六年一月）、「初雪」（第九冊、一九三六年四月）などがあり、『文芸台湾』に寄せた詩には、「花の宿」（第五巻第五号、一九四三年三月）、「旅情」「廃港の花」（第六巻第一号、一九四三年五月）などがある。

35　呂興昌「楊熾昌生平著作年表初稿」（『水蔭萍作品集』前掲、三八三頁）。

36　林修二「北海道紀行」（『南瀛文学家　林修二集』呂興昌編訂、陳千武訳、南瀛文化叢書81、台南県文化局、二〇〇〇年、四七〇頁）。

37　呂興昌「林修二生平著作年表」（『南瀛文学家　林修二集』前掲、五六九頁）を参照。

38　引用は張良澤総編撰『呉新榮日記全集』第一巻（国立台湾文学館、二〇〇七年、一八八頁）の拙訳に拠る。

39　呉新榮「象牙塔之鬼　主駁新垣氏」（呂興昌編訂『南瀛文学家　呉新榮選集』第一巻（南瀛文化叢書55、台南県文化局、一九九七年）を参照。

40　河原功「呉新栄の左翼意識」（前掲）を参照。

41　竹松良明「都市モダニズムの光と影Ⅱ　『文芸汎論』とその時代」（現代詩誌総覧編集委員会編『現代詩誌総覧6　都市モダニズムの光と影Ⅱ』日外アソシエーツ、一九九八年、一一頁）。

42　杉浦静「解題」（同編『コレクション・都市モダニズム詩誌10』前掲）を参照。

43　注4を参照。

44　季村敏夫『窓の微風　モダニズム詩断層』（みずのわ出版、二〇一〇年、四一七頁）を参照。

45　和田博文監修『現代詩 1920-1944　モダニズム詩誌作品要覧』（日外アソシエーツ、二〇〇六年）の「詩村映二」の項目（一五一頁）を参照した。

46　張良澤総編撰『呉新榮日記全集』第五巻（国立台湾文学館、二〇〇八年、九四―九五頁）。

47　黄建銘『日治時期楊熾昌及其文学研究』（前掲、九九―一〇七頁）。

48　杜國清・三木直大「台湾現代詩のモダニズムとその

周辺」（『現代詩手帖』二〇〇六年八月）。

49 塚原史『言葉のアヴァンギャルド　ダダと未来派の二〇世紀』（講談社現代新書、一九九四年、一八頁）。シュルレアリスムについては他に、巌谷國士『シュルレアリスムとは何か　超現実的講義』（ちくま学芸文庫、二〇〇二年）、酒井健『シュルレアリスム　終わりなき革命』（中公新書、二〇一一年）を参照した。

50 楊熾昌「残燭の焔」（『紙の魚』、前掲、六一一―六一四頁）。

51 呂興昌「楊熾昌生平著作年表初稿」（『水蔭萍作品集』前掲、三七八頁）。

52 松浦恆雄「台湾の蝶　あとがきに代えて」（同他編『越境するテクスト　東アジア文化・文学の新しい試み』研文出版、二〇〇八年、四二六頁）。

53 楊熾昌「あとがき」『紙の魚』（前掲、六三五―六三六頁）。

54 許丙丁「五十年来南社的社員与詩」（『台南文化』第三巻第一期、一九五三年六月）。ただし引用は、呂興昌編校『許丙丁作品集』上（南台湾文学作品集、台南：台南市立文化中心、一九九六年、二九〇頁）の拙訳に拠る。

55 盧嘉興「民初台南抗日詩人楊宜緑」（呂興昌編校『台湾古典文学作家論集』下、南台湾文学六―台南市作家作品集、台南：台南市立芸術中心、二〇〇〇年、七六五頁）。他に、呉毓琪『南社研究』（南台湾文学―台南市作家作品集第五輯、台南：台南市立文化中心、一九九九年、一八一頁）も参照。

56 楊熾昌「記者生活余談」（『紙の魚』前掲、三八六―三八七頁）。

57 杜國清・三木直大「台湾現代詩のモダニズムとその周辺」（『現代詩手帖』前掲）。

〔第三章〕

1 荘松林の年譜・著作目録としては、鄭喜夫編「荘松林先生年譜」・黄天横編「荘松林先生著作目録」（『台湾風物』第二十五巻第二期、一九七五年六月三十日）、王美恵編「荘松林年表（1910-37）」（同「荘松林的文学歴程及其精神（1930-1937）」『文史薈刊』復刊第八輯、二〇〇六年十二月）、回想としては、「不堪回首話当年」（『台北文物』第三巻第三期、一九五四年十二月二十日。李南衡主編『日拠下台湾新文学・明集5　文献資料選集』台北：明潭出版社、一九七九年に収録）、「懐念石暘睢先生」（『南瀛文献』第十巻、一九六五年六月）、「憶旧　追念韓石泉先生」（韓石泉先生逝世三周年紀念専輯編印委員会編『韓石泉先生逝世三周年紀念専輯』同会刊行、一九六六年）などを参照した。

2　生前の著作集には、『南台湾民俗』（作者名は朱鋒、婁子匡編、台北：東方文化書局、一九七一年）がある。また『台湾風物』は、「荘松林（朱鋒）先生文選」正続（第二十巻第二／三期、一九七〇年五月／七一年八月）を組んで荘の文章を収め、死去の際には「悼念民俗学家荘松林先生特輯」（第二十五巻第二期、一九七五年六月）の特集を組んで数多くの追想を掲載した。

3　荘松林に関する文章としては他に、李筱峰「荘松林従「無産青年」到民俗学家」（張炎憲・李筱峰・荘永明編『台湾近代名人誌』第四冊、台北：自立晩報、一九八七年）、朱子文「荘松林先生生平事蹟」（『台南文化』新第五十五号、二〇〇三年九月）、黄天横「文献導師荘松林与我」（『文史薈刊』復刊第八輯、二〇〇六年十二月）など。『台湾近代名人誌』全四冊は、本章で触れる台南の民族運動家、王受禄・韓石泉・林秋梧や、荘松林と同じく台南の民俗研究を行った、呉新榮・許丙丁の紹介も収録する。

4　台湾の抗日民族運動については、林柏維『台湾文化協会滄桑』（台北：台原出版社、一九九三年）等、台南については、蔣朝根『飛揚的年代　「文化協会在台南」特展専刊』（台北：台北市政府文化局、二〇〇八年）等を参照した。

5　韓石泉については、自伝『六十回憶』（私家版、一九五九年。第三版、韓良俊編注、台北：望春風文化出版社、二〇〇九年）を参照。邦訳に、第三版にもとづく『韓石泉回想録　医師のみた台湾近現代史』（杉本公子・洪郁如編訳、あるむ、二〇一七年）がある。

6　韓石泉『六十回憶』（前掲）の邦訳『韓石泉回想録』（前掲）の第五章注十一（七九頁）を参照。

7　韓石泉『六十回憶』（前掲）。ただし引用は邦訳『韓石泉回想録』（杉本公子・洪郁如訳、前掲、七六頁）に拠る。

8　総目次に、中島利郎編『「台湾民報・台湾新民報」総合目録　付台湾青年・台湾』（緑蔭書房、

二〇〇〇年）がある。また、『台湾青年』創刊時のメンバーで、大阪毎日新聞社の記者を経て、一九三二年から『台湾新民報』の記者となった、呉三連の口述自伝『呉三連回憶録』（呉豊山撰記、台北：自立晩報社文化出版部、一九九一年）が参考になる。

9 鄭喜夫編「荘松林先生年譜」（『台湾風物』前掲）によれば、荘松林の二弟荘錦は台南二中、三弟荘茂林は台南工業専門学校（旧台南高等工業学校）を卒業しており、荘松林のみが中国語の中等教育を受けた。

10 巫靚「日本統治期における台湾人の移動　日中戦争前に中国大陸に留学する台湾人を中心に」（『人間・環境学』第二十五巻、二〇一六年十二月）を参照。

11 巫靚「日本統治期における台湾人の移動」（『人間・環境学』前掲）を参照。

12 頼和の厦門体験については、陳建忠『書写台湾・台湾書写　頼和的文学与思想研究』（高雄：春暉出版社、二〇〇四年）の第三章第三節「新中国経験　論頼和厦門時期漢詩」を参照した。博愛会医院については、中村孝志「厦門及び福州博愛会医院の成立　台湾総督府の文化工作」（『南方文化』第十五輯、一九八八年十一月）に詳しい。

13 張我軍の経歴については、張光正編『張我軍全集』（台北：人間出版社、二〇〇二年）の「張我軍年表」を参照した。

14 郭秋生の経歴については、中島利郎編著『日本統治期台湾文学小事典』（緑蔭書房、二〇〇五年）を参照した。

15 林占鰲については、夏文学「従台湾甘地到現代武訓林占鰲長老」（『新使者』第二十一期、一九九三年四月）を参照した。

16 林秋梧については、李筱峰編『革命的和尚　抗日社会運動者林秋梧』（台北：八十年代出版社、一九八九年）、李筱峰『台湾革命僧林秋梧』（台北：自立晩報社文化出版部、一九九一年）を参照した。

17 厦門における台湾人文学者の活動については、徐学『厦門新文学』（厦門文化叢書、厦門：鷺江出版社、一九九八年）の第五章「剪不断的紐帯　台湾作家与厦門文学」や、朱水涌・周英雄主編『閩南文学』（閩南文化叢書、福州：福建人民出版社、二〇〇八年）の第一章第三節「閩南文学与台湾文学的親縁」に、頼和・張我軍の厦門体験など、台湾の作家と厦門の関係についてごく簡単な概括がある。

18 鍾淑敏「日治時期台湾人在廈門的活動及其相関問題(1895-1938)」(走向近代編輯小組編『走向近代　国史発展与区域動向』台北：台湾東華書局、二〇〇四年)を参照。

19 春丞(黄春成)「日據時期之中文書局」上(『台北文物』第三巻第二期、一九五四年八月、原文中国語、拙訳)。

20 李楊玲秋『思い出すままに』(東京：泰山文物社、二〇〇三年、一八頁)。この私家版の回想は、李楊氏と交流のあった豊田周子氏のご厚意で閲覧できた、記して感謝したい。

21 荘松林「憶旧　追念韓石泉先生」(『韓石泉先生逝世三周年紀念專輯』前掲)。

22 李筱峰「荘松林　従「無産青年」到民俗学家」(張炎憲・李筱峰・荘永明編『台湾近代名人誌』第四冊、前掲、二九四頁)。

23 雪村「憶故友思往事」(「悼念民俗学家荘松林先生特輯」、『台湾風物』第二十五巻第二期、一九七五年六月、原文中国語、拙訳)。

24 台南芸術倶楽部については、荘永清「以文学介入社会「台南芸術倶楽部」作家群初探」(『文史薈刊』復刊第十輯、二〇〇九年十二月)に詳しい。

25 荘松林「不堪回首話当年」(『台北文物』前掲)。

26 復刻に中川仁編『李献璋の台湾民間文学集』(東方書店、二〇一六年)がある。

27 荘松林「不堪回首話当年」(『台北文物』前掲)。ただし引用は李南衡主編『日拠下台湾新文学・明集5』(前掲、三九五頁)の拙訳に拠る。

28 豊田周子「『台湾民間文学集』故事篇にみる1930年代台湾新知識人の文化創造」(『日本台湾学会報』第十三号、二〇一一年五月)。

29 王詩琅述、下村作次郎編「王詩琅回顧　文学的側面を中心として」(『南方文化』第九輯、一九八二年十一月)。

30 王詩琅「従文学到民俗」(『台湾風物』第二十五巻第二期、一九七五年六月)。

31 一九三〇年代の荘松林には、エスペラント運動との関わりという側面もある。一九三一年に台南でエスペラントの講習会に参加した荘は、エスペラント会の会員となり、台南で刊行された刊行物『La Verda Inaulo』に、エスペラントで童話を創作して掲載した。詳しくは、呂美親の博士論文『日本統治下における台湾エスペラント運動研究』（一橋大学大学院言語社会研究科、二〇一六年三月）を参照。

32　荘松林「憶旧　追念韓石泉先生」（『韓石泉先生逝世三周年紀念専輯』前掲）。

33　荘松林「敬悼陳紹馨博士」（『台湾風物』第十六巻第六期、一九六六年十二月）。

34　前嶋信次の台南歴史散歩については、拙著『台南文学』（関西学院大学出版会、二〇一五年）の第二章「前嶋信次の台南行脚　一九三〇年代の台南における歴史散歩」を参照。

35　荘松林「台南与胡適」（『台南文化』第二巻第四期、一九五三年一月）。ただし引用は『文史薈刊』復刊第七輯（二〇〇五年六月、一〇三頁）の拙訳に拠る。

36　荘松林「懐念石暘睢先生」（『南瀛文献』前掲）。

37　荘松林「懐念石暘睢先生」（『南瀛文献』前掲）。

38　戦前に出た『壺を祀る村』の旧版に誤字が多かったことについては、著者の國分自身悔いていた、新版『壺を祀る村　台湾民俗誌』（法政大学出版局、一九八一年）の「あとがき」（四三九頁）。

39　謝雲声については、妻子匡「悼念謝雲声先生」（謝雲声編『台湾情歌集』広州：国立中山大学語言歴史学研究所、一九二八年の台湾における復刻版、台北：東方文化供応社、一九七〇年に収録）を参照。

40　顧頡剛と鍾敬文の序文は、謝雲声編の『台湾情歌集』と『閩歌甲集』のみならず、『民俗週刊』誌上にも掲載された、鍾敬文「「台湾情歌集」序」（『民俗週刊』第三期、一九二八年四月四日）、顧頡剛「序閩歌甲集」（『民俗週刊』第二十三・二十四期合刊、一九二八年九月五日）。

41　台南の興文齋と同じく、中国語の書籍をあつかっていた嘉義の蘭記書局については、文訊雑誌社編『記憶裡的幽香　嘉義蘭記書局史料論文集』（台北：文訊雑誌社、二〇〇七年）に詳しい。

42　荘松林「不堪回首話当年」（『台北文物』前掲）。ただし引用は李南衡主編『日拠下台湾新文学・明集5』（前掲、三九四頁）の拙訳に拠る。

43　普度については、植野弘子「鬼月　年中行事」（笠原政治・植野弘子編『アジア読本　台湾』河出書房新社、一九九五年）、都通憲三朗「福建・台湾の普度節について」（『仏教経済研究』第三十一号、二〇〇二年五月）、同「台南の中元普度節について

「輪普」の形成をめぐって」(『宗教学論集』第三十二号、二〇一三年)を参照。

44 荘松林「我們的反普運動」(署名は「CH」、『反普特刊』一九三〇年)。ただし引用は李筱峰「荘松林従「無産青年」到民俗学家」(張炎憲・李筱峰・荘永明編『台湾近代名人誌』第四冊、前掲、二九四頁)の拙訳に拠る。

45 台南で現在も道士が行う儀礼については、松本浩一『中国の呪術』(あじあブックス、大修館書店、二〇〇一年)、浅野春二『飛翔天界　道士の技法』(シリーズ道教の世界4、春秋社、二〇〇三年)に詳しい。

46 王育徳『「昭和」を生きた台湾青年　日本に亡命した台湾独立運動者の回想 1924-1949』(草思社、二〇一一年、一二八頁)。

47 廟については、郭中端・堀込憲二『中国人の街づくり』(相模書房、一九八〇年)の第二章「廟市」を参照。

48 荘千慧は池田の民俗研究を検討して、「池田のように、台湾育ちで積極的に台湾人と触れ合った在台日本人は、台湾の風土を自身の郷里として関心を抱き、彼らは日常生活から日台文化の複雑な交渉に直に接触していた」と論じている、「一九四〇年代の在台日本人の郷土意識　池田敏雄の台湾民話を例として」(『日本文学』第六十四巻第九号、二〇一五年九月)。

49 王育徳「台湾語講座」第七回「台湾語の語彙(1)」(『台湾青年』第八号、一九六一年六月)。

50 王育徳「同情と理解の隔たり　尾崎秀樹著《近代文学の傷痕》」(『台湾青年』第二十八号、一九六三年三月)。

51 王育徳『台湾語入門』(風林書房、一九七二年)。ただし引用は増補新装版(日中出版、一九八七年、六三頁)に拠る。

52 池田敏雄「朱鋒的回憶」(王詩琅による中国語訳、原文は不明、『台湾風物』第二十五巻第二期、一九七五年六月、拙訳)。

53 李楊玲秋『思い出すままに』(前掲、二〇頁)。

54 李楊玲秋『思い出すままに』(前掲、二〇頁)。

55 張良澤総編撰『呉新榮日記全集』第六巻(台南:国立台湾文学館、二〇〇八年、三五頁)。

56 張良澤総編撰『呉新榮日記全集』第七巻(前掲、

三六一頁）。

57 蔡銘山「台南市文史協会之成立」（『文史薈刊』復刊第二輯、一九九七年八月）。

58 窪徳忠「荘松林先生的追憶」（王詩琅訳、『台湾風物』第二十五巻第二期、一九七五年六月。のち『台南市文献半世紀』台南市文献委員会、二〇〇三年に収録）。

〔第四章〕

1 王育徳の年譜・著作目録としては、「王育徳年譜」「王育徳著作目録」（『王育徳全集』第十一巻、台北：前衛出版社、二〇〇二年）、回想としては主に、『「昭和」を生きた台湾青年　日本に亡命した台湾独立運動者の回想　1924-1949』（草思社、二〇一一年）を参照した。回想については拙稿「王育徳『「昭和」を生きた台湾青年　日本に亡命した台湾独立運動者の回想 1924-1949』（草思社、二〇一一年）」（『中国文芸研究会会報』第三百九十四号、二〇一四年八月）を参照。

2 王耀徳「日本統治期台湾人入学制限のメカニズム」（『天理台湾学報』第十八号、二〇〇九年七月）を参照。

3 兄王育霖の死について、王育徳は「兄王育霖の死」（『台湾青年』第六号、一九六一年二月）や「兄の死と私」（『台湾青年』第二十七号、一九六三年二月）などで回想している。

4 王育徳に関する研究としては、『台江台語文学』第四期（二〇一二年十一月）で特集「王育徳語言文学専題」が組まれ、また施俊州主編『王育徳紀念講座文集』（台南：台南市政府文化局、二〇一四年）が刊行されている。

5 中川仁『戦後台湾の言語政策　北京語同化政策と多言語主義』（東方書店、二〇〇九年）の第五章「二・二八事件と王育徳の台湾語研究」。

6 岡崎郁子「王育徳の戦後初期思想と文芸」（『吉備国際大学社会学部研究紀要』第十二号、二〇〇二年三月）。

7 連載の復刻が近年、『王育徳の台湾語講座』（中川仁解説、東方書店、二〇一二年）として出版された。

8 台湾語については、王育徳「台湾語の記述的研究はどこまで進んだか」（『明治大学教養論集』第百八十四号、一九八五年三月）、張良澤「台湾語とは？　台湾語著作書誌を兼ねて」（『外国語教育論集』第六号、一九八四年七月）を参照。

9 王育霖・育徳兄弟の家庭環境については、王育徳『「昭和」を生きた台湾青年』（前掲）を参照。

10 王育徳『「昭和」を生きた台湾青年』（前掲、一六〇頁）。

11 邱永漢が王育霖をモデルとして書いた小説に、「検察官」（『文学界』一九五五年八月）があり、育徳をモデルとした小説には、「密入国者の手記」（『大衆文芸』一九五四年一月）がある、いずれも『邱永漢短篇小説傑作選　見えない国境線』（新潮社、一九九四年）に収録。邱の描き方に対し、育徳は不満を持っていた、「兄王育霖の死」（『台湾青年』前掲）参照。葉石濤は王育徳の弟育彬と親しく、王家にしばしば出入りしていた、「我所知道的王育徳」（『民衆日報』一九九八年四月二十九―三十日。『葉石濤全集』第十巻、台南：国立台湾文学館・高雄：高雄市政府文化局、二〇〇八年、六九―七〇頁）。

12 邱永漢の出した雑誌『月来香』については、邱「時代の証言者　金儲けの神様　邱永漢7　文学にかぶれ雑誌発行」（『讀賣新聞』二〇一一年六月二十八日）を参照。

13 王育徳は『「昭和」を生きた台湾青年』（前掲）で、生母は高雄州の田舎の貧しい農家に生まれ、幼くして養女に出された先で実の子どものように育てられた後、王家に第二夫人として嫁いだ、とする（二六頁）。葉石濤は「我所知道的王育徳」（『民衆日報』前掲）で、王の母は幼時に養家へと売られた女中で、出身地も親もよく知らないほどだった、とする（『葉石濤全集』第十巻、前掲、七〇頁）。いずれにせよ王兄弟の実母は、王家において決して恵まれた地位にはなかった。

14 ただし、王育徳の「処女小説」は「過渡期」ではなく、日台間の恋愛と悲劇を描いた小説だった。掲載の可否について文芸部で意見が紛糾し、教授会まで波及して、結局没と決定されたという、『「昭和」を生きた台湾青年』（前掲、一七九―八〇頁）。

15 王育徳『「昭和」を生きた台湾青年』（前掲、一六〇頁）。

16 葉石濤『一個台湾老朽作家的五〇年代』（台北：前衛出版社、一九九一年、七頁。原文中国語、拙訳）。

17 書房については、王順隆「台湾の植民地時代における「漢文教育」の時代的意義」(『文教大学文学部紀要』第十二巻第二号、一九九九年三月)、片野英一「台湾における「書房」その教育内容と書房教師に関する一考察」(『桜美林国際学論集』第四号、一九九九年)、呉宏明『日本統治下台湾の教育認識書房・公学校を中心に』(春風社、二〇一六年)を参照した。

18 許丙丁「五十年来南社的社員与詩」(『台南文化』第三巻第一期、一九五三年六月)。ただし引用は、呂興昌編校『許丙丁作品集』上(南台湾文学作品集、台南:台南市立文化中心、一九九六年、二八八頁)の拙訳に拠る。趙雲石については、盧嘉興「記台南府城詩壇領袖趙雲石喬梓」(呂興昌編校『台湾古典文学作家論集』下、南台湾文学六―台南市作家作品集、台南:台南市立芸術中心、二〇〇〇年)に詳しい。

19 書房の数の変遷については、呉宏明『日本統治下台湾の教育認識』(前掲)の表「書房と公学校」を用いた(三五頁)。

20 呉宏明『日本統治下台湾の教育認識』(前掲)の第一章「台湾における書房教育」(三四―四一頁)を参照。

21 呉宏明『日本統治下台湾の教育認識』(前掲)の第一章「台湾における書房教育」(三一―三頁)を参照。

22 王育徳『「昭和」を生きた台湾青年』(前掲、一九頁)。

23 「歌仔冊」については、施炳華註釈念読『台湾歌仔冊欣賞』(台南:開朗雑誌事業有限公司、二〇〇八年)、『台江台語文学』第七期(二〇一三年八月)の特集「唸歌佮歌仔冊文学専題」、同第八期(二〇一三年十一月)の特集「歌仔冊文学専題」、同第十七期(二〇一六年三月)の特集「歌仔冊e文学趣味」を参照。「歌仔冊」の出版については、王順隆「談台閩「歌仔冊」的出版概況」(『台湾風物』第四十三巻第三期、一九九三年)、陳兆南「歌仔冊的版本与体式」上・下(『台江台語文学』第七/八期、前掲)を参照した。

24 葉石濤「我所知道的王育徳」(『民衆日報』前掲)によれば、東京帝大生の王育徳が夏休みに帰省した際に習った、南社の許子文(一八七六―一九五七年)には、自身も習ったことがあるが、古文を台湾語で読むのに関心が持てず、すぐにやめたという（『葉石濤全集』第十巻、前掲、七一頁）。

25 王育徳旧蔵の「歌仔冊」は、現在東京外国語大学に所蔵されている、王順隆「「歌仔冊」書目補遺」（『台湾文献』第四十七巻第一期、一九九六年）、中嶋幹起編『王育徳文庫目録』（東京外国語大学アジア・アフリカ言語文化研究所、一九九九年）を参照。

26 樋口靖「台湾語文の標準化と台湾語教育問題」（『筑波中国文化論叢』第十号、一九九一年）を参照。台湾語の表記の問題については、他に、樋口靖「台湾語文字化運動について　大正から昭和へ」（『外国語教育論集』第十号、一九八八年）、村上嘉英「台湾語文学とその表記」（『中国文化研究』第二十三号、二〇〇七年）、松永正義『台湾を考えるむずかしさ』（研文出版、二〇〇八年）の「台湾語運動覚書」「台湾語の表記問題」を参照した。現在の台湾語表記では、漢字とローマ字を併用するのが一般的である。

27 吉野信之編著『大正十年生まれの戦時体験　台南一中二十一回生の記録から』（文藝春秋企画出版部、二〇一八年、三二頁）。

28 中村忠行「書かでもの記」（『山辺道』第二十号、一九七六年三月）。

29 王順隆「「台湾「歌仔戯」と台湾俗曲「歌仔」の名称について」（『中国芸能通信』第三十二号、一九九七年十一月）。

30 謝雲声については、婁子匡「悼念謝雲声先生」（謝雲声編『台湾情歌集』広州：国立中山大学語言歴史学研究所、一九二八年の、台湾における復刻版、台北：東方文化供応社、一九七〇年に収録）を参照。

31 鍾敬文「鍾序」（謝雲声編『台湾情歌集』前掲）。

32 李楊玲秋『思い出すままに』（東京：泰山文物社、二〇〇三年、二〇頁）。

33 李楊玲秋『思い出すままに』（前掲、一一〇頁）。

34 戦後の王育徳の台湾語研究では、李献璋『台湾民間文学集』に言及している、「台湾語講座」第十三回「文言音と白話音と訓読と（3）」（『台湾青年』第十九号、一九六二年六月）など。

35 拙著『台南文学　日本統治期台湾・台南の日本人作家群像』（関西学院大学出版会、二〇一五年）の第六章「新垣宏一と本島人の台南　台湾の二世として台南で文学と向き合う」を参照。

36 拙著『台南文学』（前掲）の第三章「前嶋信次の台

南行脚　一九三〇年代の台南における歴史散歩」を参照。

37 王育徳「私はいかにして『台湾』を書いたか」(『台湾　苦悶するその歴史』増補改訂版、弘文堂、一九七〇年、二一七頁)。

38 王育徳『「昭和」を生きた台湾青年』(前掲、一二四頁)。

39 黄天横「文献導師荘松林与我」(『文史薈刊』復刊第八輯、二〇〇六年十二月、拙訳)。

40 上原和「上原和「ゼーランジャ城回想」(『探訪大航海時代の日本8　回想と発見』小学館、一九七九年、九九―一〇〇頁)。のち「回想のゼーランジャ城」と改題して『トロイア幻想　わが古代散歩』(PHP研究所、一九八一年)に収録。

41 中村忠行「書かでもの記」(『山辺道』前掲)。

42 前嶋信次は、妻敦子の回想によれば、台南で北京官話(中国語)を習いに通っていたことがあるという、「夫・前嶋信次の足跡」(『碧榕』南中二一会、一九九〇年、八五―七頁)。

43 邱永漢『わが青春の台湾　わが青春の香港』(中央公論社、一九九四年、一五頁)。

44 今林作夫『鳳凰木の花散りぬ　なつかしき故郷、台湾・古都台南』(海鳥社、二〇一一年、一〇〇頁)。

45 推測の域を出ないが、『第一線』第二号(『先発部隊』の改題、一九三五年一月)発表の、民謡を社会科学の見地から分類して論じた、「民謡に就いての管見」(署名は「台北　茉莉」)は、もしかすると陳紹馨の筆になる一文かもしれない。

46 王育徳「私はいかにして『台湾』を書いたか」(『台湾　苦悶するその歴史』前掲、二一八頁)。

47 黄昆彬の戦後すぐの文芸活動については、星名宏修『植民地を読む　「贋」日本人たちの肖像』(法政大学出版局、二〇一六年)の第一章「「植民地は天国だった」のか　沖縄人の台湾体験」第三節「引き揚げ　「琉球的孩子們」をめぐって」に検討がある。

48 王育徳『「昭和」を生きた台湾青年』(前掲、二三八―九頁)。

49 王育徳『「昭和」を生きた台湾青年』(前掲、二四一頁)。

50 王育徳「台湾光復後的話劇運動」(『華僑文化』第五十七号、一九五四年四月)。王の戦後の演劇活動については、岡崎郁子「王育徳の戦後初期思想と文

芸」(『吉備国際大学社会学部研究紀要』前掲)、間ふさ子『中国南方話劇運動研究 1889-1949』(九州大学出版会、二〇一〇年)の第八章「「言語の解放」台湾語演劇の復権」を参照。

51 王育徳『台湾語入門』(風林書房、一九七二年)。ただし引用は増補新装版(日中出版、一九八七年、七一頁)に拠る。

52 「大舞台」については、林永昌『台南市歌仔戲的発展与変遷』(第十二届南台湾文学―台南市作家作品集、台南:台南市立図書館、二〇〇六年)の第一章第三節「台南市在地戲院的興建 大舞台」を参照。

53 歌仔戯については、石婉舜著、近藤光雄訳「植民地における演劇と観衆 台湾語通俗演劇の興起を中心に」(『言語社会』第七号、二〇一三年三月)、楊馥菱『台湾歌仔戲史』(曾永義校閲、台中:晨星出版、二〇〇二年)を参照した。

54 王育徳『「昭和」を生きた台湾青年』(前掲、三六頁)。

55 王育徳『「昭和」を生きた台湾青年』(前掲、一八六頁)。

56 庄司総一『陳夫人』については、拙著『台南文学』(前掲)の第三章「庄司総一『陳夫人』にいたる道」を参照。

57 庄司野々実(=妻貞子)の回想的伝記『鳳凰木 作家・庄司総一の生涯』(中央書院、一九七六年、一四六頁)を参照。

58 王育徳『「昭和」を生きた台湾青年』(前掲、二二三頁)。

59 王育徳『「昭和」を生きた台湾青年』(前掲、一八七頁)。

60 石婉舜著、近藤光雄訳「植民地における演劇と観衆」(『言語社会』前掲)を参照。

61 丹桂社については、林永昌『台南市歌仔戲的発展与変遷』(前掲)の第二章「日治後半期(1925-1945)台南市歌仔戲的興起与変遷」に詳しい。

62 王育徳『「昭和」を生きた台湾青年』(前掲、一八七―一八八頁)。

63 許丙丁「台南地方戲劇的変遷」全三回(『台南文化』第四巻第一/三期/第五巻第一期、一九五四年九月/五五年四月/五六年二月)。ただし参照したのは、呂興昌編校『許丙丁作品集』下(南台湾文学作品集、台南:台南市立文化中心、一九九六年、三五六頁)。

64　王育徳『台湾語初級』(日中出版、一九八三年)。ただし引用は新装版(同、一九八七年、三三頁)に拠る。

65　王育徳「同情と理解の隔たり　尾崎秀樹著《近代文学の傷痕》」(『台湾青年』第二十八号、一九六三年三月)。

66　王育徳は台湾語の表記法として、従来広く用いられた「教会ローマ字」の欠点を補うため、「王第1式」や「王第2式」を考案した。しかし台湾語のテキストでは、教会ローマ字を用いた文字資料が蓄積されてきたことを重視し、これを用いた、王育徳『台湾語初級』(日中出版、一九八三年。新装版、同、八七年、六〇頁)。

67　平山久雄「閩語音韻答問箋釈　服部四郎博士と王育徳博士の書簡」(『北東アジア研究』第三号、二〇〇二年三月)所載の王育徳から服部四郎宛、一九八三年九月十五日付の書簡。

〔第5章〕

1　葉石濤の年譜としては、「文学年表」(彭瑞金編選『台湾現当代作家研究資料彙編15　葉石濤』台南：国立台湾文学館、二〇一一年)、自伝としては、『一個台湾老朽作家的五〇年代』(台北：前衛出版社、一九九一年)など数多くの散文を参照した。人生を回顧した談話に、『口述歴史　台湾文学耆碩　葉石濤先生訪問記録』(張守真主訪・臧紫麒記録、高雄：高雄市文献委員会、二〇〇二年)がある。伝記に、彭瑞金『葉石濤評伝』(高雄：春暉出版社、一九九九年)、陳明柔『我的労働是写作　葉石濤伝』(台北：時報文化出版、二〇〇四年)、論文集に、鄭烱明編『越浪前行的一代　葉石濤及其同時代作家文学国際学術研討会論文集』(高雄：春暉出版社、二〇〇二年)、彭瑞金編『文学暗夜的領航者　葉石濤先生紀念文集』(高雄：春暉出版社、二〇〇九年)などがある。

2　葉石濤「私の台湾文学六〇年」(『新潮』第九十九巻第九号、二〇〇二年九月)。

3　『葉石濤先生訪問記録』(前掲、六五頁)によれば、他に巫永福・張文環・呂赫若らの面識も得たという。

4　葉石濤の著作の引用は、注記のない限り『葉石濤全集』全二十三巻(台南：国立台湾文学館・高雄：高雄市政府文化局、二〇〇六―九年）の拙訳に拠る。

5 涂淑玲・劉恵平編輯『没有土地哪有文学　葉石濤文学地景踏査手冊』（台南：台南市政府文化局、二〇一三年）、「葉石濤文学地図」（台南一中105級科学班『府城文学地図』国立台南第一高級中学、二〇一四年）など。

6 陳正雄「葉石濤文学之旅」（涂淑玲・劉恵平編輯『没有土地哪有文学』前掲、一九頁）。

7 陳秀卿・林玲玲「発現平埔　葉石濤与西拉雅族書写初探」（『黄埔学報』第六十四期、二〇一三年）。

8 中島利郎訳『シラヤ族の末裔・潘銀花　葉石濤短篇集』（台湾郷土文学選集Ⅳ、研文出版、二〇一四年）。

9 葉石濤『西拉雅末裔潘銀花』（台北：草根出版、二〇〇〇年）。ただし引用は『葉石濤全集』第四巻（前掲、二一七頁）の拙訳に拠る。

10 葉石濤「台湾小説裡的平埔族」（『聯合文学』第百五十二期、一九九七年六月。『葉石濤全集』第九巻所収、前掲、四二四頁）。王幼華の著書には翻訳がある、石其琳訳『土地と霊魂』（中国書店、二〇一四年）。

11 葉石濤「我的客家経験　戴國煇『台湾与台湾人』読後」（『台湾文芸』第百五期、一九八七年五月）。ただし引用は『葉石濤全集』第八巻（前掲、五頁）の拙訳に拠る。

12 葉石濤『一個台湾老朽作家的五〇年代』（前掲、一一一頁。原文中国語、拙訳に拠る、以下同じ）。

13 葉石濤「私の台湾文学六〇年」（『新潮』前掲）。

14 葉石濤の読書経験については、『一個台湾老朽作家的五〇年代』（前掲）、「私の台湾文学六〇年」（『新潮』前掲）、「私の台湾文学六〇年」（『植民地文化研究』第五号、二〇〇六年七月）、「葉石濤氏インタヴュー　二〇〇二年六月一五日東京」（山口守編、『ユリイカ』第三十四巻第十一号、二〇〇二年九月）を参照した。

15 葉石濤『一個台湾老朽作家的五〇年代』（前掲、一五頁）。

16 葉石濤『葉石濤先生訪問記録』（前掲、四三頁）。

17 葉石濤「光復前後的小学教師」（『自立晩報』一九八五年九月二十八日）や自伝『一個台湾老朽作家的五〇年代』（前掲）の「幼、少年時代」にも、金子から受けた影響や考古学への愛着についての記述がある。

18 葉石濤「考古夢」(『民衆日報』一九九八年一月十八日)。ただし引用は『葉石濤全集』第十巻(前掲、二五—六頁)の拙訳に拠る。

19 金子壽衛男については、岡本正豊「金子壽衛男先生と貝の思い出」(『ちりぼたん』第三十二巻第三・四号、二〇〇二年八月)、何耀坤「金子壽衛男対台南自然文化史的貢献」(『台南文化』第五十四期、二〇〇三年三月)を参照。

20 葉石濤「考古夢」(『民衆日報』前掲)。ただし引用は『葉石濤全集』第十巻(前掲、二六頁)の拙訳に拠る。

21 拙著『台南文学 日本統治期台湾・台南の日本人作家群像』(関西学院大学出版会、二〇一五年)の第二章「前嶋信次の台南行脚 一九三〇年代の台南における歴史散歩」を参照。

22 何耀坤「金子壽衛男対台南自然文化史的貢献」(『台南文化』前掲)。

23 葉石濤「考古夢」(『民衆日報』前掲)。ただし引用は『葉石濤全集』第十巻(前掲、三二頁)の拙訳に拠る。

24 葉石濤「考古夢」(『民衆日報』前掲)。ただし引用は『葉石濤全集』第十巻(前掲、三五頁)の拙訳に拠る。

25 旧台南県の遺跡を紹介した、許清保『南瀛遺址誌』(南投:行政院文化建設委員会、二〇〇三年)を見ると、戦前の主要な遺跡の発見者としては、金子壽衛男が群を抜いて多く(蔦松遺跡等)、他に萩原直哉(牛稠子遺跡)や國分直一以外に、前嶋信次の教え子陳邦雄(鹿陶遺跡)、金子の愛弟子江金培(番子塭遺跡)、葉石濤を博物同好会に誘った白坂勝(国母山遺跡)らの名前が見える。残念ながら葉石濤の名はない。

26 葉石濤「西拉雅族的末裔」(『民衆日報』一九八二年三月七日)。ただし引用は『葉石濤全集』第六巻(前掲、二九一頁)の拙訳に拠る。また「彩陶」(『自立晩報』一九八三年四月六日。『葉石濤全集』第六巻所収、前掲)には、思う存分発掘に行く時間を持てない憾みが書かれている。

27 葉石濤「考古夢」(『民衆日報』前掲)。ただし引用は『葉石濤全集』第十巻(前掲、三七頁)の拙訳に拠る。

28 葉石濤『台湾文学史綱』(高雄:文学界雑誌社、

一九八七年）の「序」。ただし引用は中島利郎・澤井律之訳『台湾文学史』（研文出版、二〇〇〇年）の「原序」に拠る。

29　平埔族については、張耀錡「台湾の平埔族　序説」一・二（『南方文化』第六／七号、一九七九／八〇年）、清水純「平埔族」（日本順益台湾原住民研究会編『台湾原住民研究への招待』風響社、一九九八年）、森口恒一・清水純「平埔族の研究」（日本順益台湾原住民研究会編『台湾原住民研究概覧　日本からの視点』風響社、二〇〇一年）、潘英編著『台湾平埔族史』（台北：南天書局、一九九六年）、潘朝成・劉益昌・施正鋒合編『台湾平埔族』（台北：前衛出版社、二〇〇三年）、陳玉苹他『看見平埔　台湾平埔族群歴史与文化特展専刊』（台南：国立台湾歴史博物館、二〇一三年）を参照した。

30　シラヤ族については、清水純「平埔族　シラヤ（西拉雅族）」（日本順益台湾原住民研究会編『台湾原住民研究概覧』前掲）、劉斌雄「台湾南部地区平埔族的阿立祖信仰」（『台湾風物』第三十七巻第三期、一九八七年）、劉還月『南瀛平埔誌』（台南：台南県文化局、一九九四年）、同『尋訪台湾平埔族』（台北：常民文化、一九九五年）、涂順従『南瀛公廨誌』（台南：台南県文化局、二〇〇二年）、楊森富『台南県平埔地名誌』（台南：台南県文化局、二〇〇三年）、謝仕淵・陳静寛主編『行脚西拉雅』（台南：国立台湾歴史博物館、二〇一一年）を参照した。

31　平埔族の言語については、小川尚義「台湾の蕃語に就て」（『台湾時報』第四十九号、一九二三年）、小川尚義・浅井恵倫『原語による高砂族伝説集』（刀江書院、一九三五年）、小川尚義「インドネシア語に於ける台湾高砂語の位置」（太平洋協会編『太平洋圏　民族と文化』上、河出書房、一九四四年）、土田滋「オーストロネシア語族」「高砂族諸語」「平埔族諸語」（『言語学大辞典』第一―三巻、三省堂、一九八八―九二年）、同「平埔族諸語研究雑記」（『東京大学言語学論集』第十二号、一九九一年）を参照した。

32　村上直次郎「蘭人の蕃社教化」（『台湾文化史説』台北：台湾文化三百年記念会、一九三〇年）。

33　平埔族の漢化については、山路勝彦「文明との邂逅と平埔族の漢化」（『台湾原住民研究』第一号、一九九六年五月）を参照。

34　シラヤ語の資料については、小川尚義「蕃語文書ノ断片」(『台湾教育会雑誌』第三十九号、一九〇五年)、村上直次郎「台湾蕃語文書」(『台湾文化史説』台北：台湾文化三百年記念会、一九三〇年)、浅井恵倫「和蘭と蕃語資料」(『愛書』第十輯、一九三八年)、土田滋「シラヤ語」(『言語学大辞典』第二巻、三省堂、一九八九年)、同「平埔族諸語研究雑記」(『東京大学言語学論集』前掲)、李壬癸編著『新港文書研究』(台北：中央研究院語言学研究所、二〇一〇年)を参照した。

35　小川尚義「蕃語文書ノ断片」(『台湾教育会雑誌』前掲)。

36　村上直次郎「台湾蕃語文書」(『台湾文化史説』前掲、一二四頁)。

37　日本統治期の日本人による平埔族研究については、翁佳音「日治時代平埔族的調査研究史」(『台湾風物』第三十七巻第二期、一九八七年)、シラヤ族研究については、石萬壽『台湾的拝壺民族』(台北：台原出版社、一九九〇年)の第一章「台湾南部平埔族研究的回顧与展望」を参照。

38　日本による統治が始まる前から、清末から台南に住んで布教活動を行っていた、キャンベル牧師は、キリスト教徒に続々改宗した平埔族について、オランダ語を用いた研究を進めており、前嶋信次はこの研究も参照した。*Formosa under the Dutch : Described from Contemporary Records, with Explanatory Notes and a Bibliography of the Island.* London : Kegan Paul, 1903.

39　拙著『台南文学』(前掲)の第二章「前嶋信次の台南行脚」を参照。

40　浅井の台湾諸語研究については、土田滋「人と学問　浅井恵倫」(『社会人類学年報』第十号、一九八四年五月)、笠原政治「画像資料　概説」(三尾裕子・豊島正之編『小川尚義浅井恵倫台湾資料研究』東京外国語大学アジア・アフリカ言語文化研究所、二〇〇五年)を参照。

41　國分直一による平埔族・シラヤ族調査については、拙著『台南文学』(前掲)の第五章「國分直一の壺神巡礼　ハイブリッドな台湾の発見」を参照。

42　平埔族の壺を祀る習慣については、劉斌雄「台湾南部地区平埔族的阿立祖信仰」(『台湾風物』第三十七巻第三期、一九八七年)、石萬壽『台湾的拝壺民族』

（台北：台原出版社、一九九〇年）、段洪坤『阿立祖信仰研究』（台南：台南市文化局、二〇一三年）、小林栄「シラヤ族における宗教的変容　阿立祖崇拝をめぐって」（『神学研究』第二十四号、一九七六年二月）を参照。

43　葉石濤「発現平埔族　我為什麼写『西拉雅末裔潘銀花』」（『文訊』第百七十八期、二〇〇〇年八月）。ただし引用は『葉石濤全集』第十巻（前掲、二七一頁）の拙訳に拠る。

44　葉石濤「発現平埔族　我為什麼写『西拉雅末裔潘銀花』」（『文訊』前掲）。ただし引用は『葉石濤全集』第十巻（前掲、二七一頁）の拙訳に拠る。

45　葉石濤「従考古学到文学」（楊宗翰主編『文学経典与台湾文学』台北：富春文化、二〇〇二年）。ただし引用は『葉石濤全集』第十二巻（前掲、三八三―四頁）の拙訳に拠る。

46　葉石濤「従考古学到文学」（『文学経典与台湾文学』前掲）。ただし引用は『葉石濤全集』第十二巻（前掲、三八三―四頁）に拠る。

47　戦後すぐから一九五〇年代前半の白色テロの時代を描いた、葉石濤の自伝的小説に、「紅鞋子」（『紅鞋子』、台北：自立晩報社文化出版部、一九八九年）がある（邦訳に豊田周子訳「赤い靴」『植民地文化研究』第八号、二〇〇九年七月）。ここには『中興日報』を編集する「劉栄宗」や、台南二中の同窓「許尚智」、その上の兄弟二人が登場する。彼らは主人公「簡阿陶」の家の内情も承知しており、若い簡が怪気炎を上げても親切にしてくれたという。

48　葉石濤「我所知道的王育徳」（『民衆日報』一九九八年四月二十九―三十日。『葉石濤全集』第十巻、台南：国立台湾文学館・高雄：高雄市政府文化局、二〇〇八年、七一―二頁）。

49　葉石濤『一個台湾老朽作家的五〇年代』（前掲、二一―二頁）。

50　葉石濤『台湾文学史綱』（高雄：文学界雑誌社、一九八七年。註解版、高雄：春暉出版社、二〇一〇年）。ただし引用は中島利郎・澤井律之訳『台湾文学史』前掲、八〇―一頁）に拠る。

51　王育徳「兄の死と私」（『台湾青年』第二十七号、一九六三年二月）。

52　岡崎郁子『台湾文学　異端の系譜』（田畑書店、一九九六年）の第二章「邱永漢　戦後台湾文学の原点」（一三八頁）。

53 葉石濤「私の台湾文学六〇年」（『新潮』前掲）。

54 岡崎郁子「王育徳の戦後初期思想と文芸」（『吉備国際大学社会学部研究紀要』第十二号、二〇〇二年三月）。

55 葉石濤『台湾文学史綱』（前掲、註解版、一三九頁）。

56 葉石濤「我所知道的王育徳」（『民衆日報』前掲。『葉石濤全集』第十巻、前掲、七五頁）。

57 王育徳『台湾　苦悩するその歴史』（弘文堂、一九六四年）。ただし引用は増補改訂版（一九七〇年、二〇頁）に拠る。

58 葉石濤「台湾文学的点灯人」（『国文天地』第十八巻第二／三期、二〇〇二年七／八月）。ただし引用は『葉石濤全集』第十二巻（前掲、四二〇頁）の拙訳に拠る。

59 葉石濤「台湾文学の多民族性」（下村作次郎訳、台湾文学論集刊行委員会編『台湾文学研究の現在』緑蔭書房、一九九九年、四一頁）。

60 葉石濤「童年生活」（『文学台湾』第四十八期、二〇〇三年十月）。ただし引用は『葉石濤全集』第十巻（前掲、二九七頁）の拙訳に拠る。

61 葉石濤「私の台湾文学六〇年」（『植民地文化研究』前掲）。

62 前嶋信次・國分直一・新垣宏一ら「台南学派」の活動については、拙著『台南文学』（前掲）を参照。

〔終　章〕

1 日本における台湾文学研究を先導してきた研究者の一人、下村作次郎は、台湾文学の「本格的な研究は八十年代をまたなければならない」とする、「日本における台湾文学研究」（『天理大学学報』第四十三巻第二号、一九九二年三月）。

2 日本の台湾文学研究史については、以下を参照。下村作次郎「日本における台湾文学研究」（『天理大学学報』第四十三巻第二号、一九九二年三月）、同「台湾文学在日本」（『中国文化研究』第十八号、二〇〇一年十月）、同「台湾文学研究の手引き」（山田敬三編『境外の文化　環太平洋圏の華人文学』汲古書院、二〇〇四年）、同「1990年以後の日本における台湾文学論述のいくつかの特徴」（『中国文化研究』第二十三号、二〇〇七年三月）、同「台湾研究、この10年、これからの10年　関西地域における台湾研究」（『日本台湾学会設立10周年記念　第10回学術大会報告者論文集』日本台湾学会、二〇〇八年五月三十一日／六月一日）、松永正義「日本における台湾文学の研究について」（『言語文化』第三十号、一九九三年十二月。のち『台湾を考えるむずかしさ』研文出版、二〇〇八年所収）、塚本照和「日本時代の「台湾文学」について　中・台・日刊「台湾文学史」を題材として」（台湾文学論集刊行委員会編『台湾文学研究の現在』緑蔭書房、一九九九年）、河原功「台湾文学理解のための参考文献」（藤井省三・垂水千恵・河原功・山口守『講座台湾文学』国書刊行会、二〇〇三年）、同「台湾文学研究のおもしろさ、むずかしさ、そして今日的意味」（『天理台湾学報』第十五号、二〇〇六年七月）、同『台湾文学研究への道』（藤澤太郎編輯、村里社、二〇一一年。のち『台湾渡航記　霧社事件調査から台湾文学研究へ』村里社、二〇一六年所収）、山口守「私の台湾文学研究クロニクル」（『東京大学中国語中国文学研究室紀要』第十一号、二〇〇八年九月）、同「台湾文学研究の現在　歴史・言語・共同性をめぐって（現状と課題）」（『中国　社会と文化』第二十四号、二〇〇九年七月）、星名宏修「現代中国文学研究における台湾文学研究」（『立命館言語文化研究』第十三巻第三号、二〇〇一年十二月）、同「日本統治期台湾文学研究の現状　一九九〇年代をふりかえって」（『朱夏』第十七号、せらび書房、二〇〇二年九月）、同「台湾文学研究、この10年、これからの10年」（『日本台湾学会設立10周年記念　第10回学術大会報告者論文集』日本台湾学会、二〇〇八年五月三十一日／六月一日）、和泉司「研究動向　台湾」（『昭和文学研究』第六十六集、二〇一三年三月）。

3 羊子喬編『台湾主体的建構　台湾文学系所誕生』（高雄：春暉出版社、二〇一一年）は台湾文学専攻の学部や大学院開設に関わる評論を収める。

4 台湾各地の文学館については、台湾文学博物館採訪小組著『遇見文学美麗島　25座台湾文学博物館軽旅行』（台北：前衛出版・台南：台湾文学館、二〇一五年）を参照。

5 張良澤『四十五自述　我的文学歴程』については、拙稿「張良澤『四十五自述　我的文学歴程』（台湾出版社、一九八八年）」（『中国文芸研究会会報』第四百三十号、二〇一七年八月）を参照。

6 施懿琳編選『台湾現当代作家研究資料彙編　呉新栄』（台南：国立台湾文学館、二〇一四年）、林淇瀁編選『台湾現当代作家研究資料彙編56　郭水潭』（台南：国立台湾文学館、二〇一四年）、林淇瀁編選『台湾現当代作家研究資料彙編05　楊熾昌』（台南：国立台湾文学館、二〇一一年）、彭瑞金編選『台湾現当代作家研究資料彙編　葉石濤』（台南：国立台湾文学館、二〇一一年）。

7 中島利郎編著『日本統治期台湾文学小事典』（緑蔭書房、二〇〇五年）の「呉新栄」の項目、河原功編「略年譜　呉新栄」（中島利郎他編『日本統治期台湾文学　台湾人作家作品集』第五巻、緑蔭書房、一九九九年）を参照した。また年譜としては、鄭喜夫原撰・張良澤刪補「呉新榮先生事略年譜」（『呉新榮全集8』前掲）、林慧姃編「呉新榮先生年表(1907-1967)」（同『呉新榮研究』台南：台南県政府、二〇〇五年）、著作目録としては柳書琴「呉新榮戦前作品年表初編　一九二七～一九四五年」（『呉新榮選集』第二巻、呂興昌総編輯、南瀛文化叢書57、台南：台南県文化局、一九九七年）を参照した。以下、諸作家の経歴や新聞雑誌など台湾文学に関する項目は、主に『小事典』を参照した。

8 呂興昌「呉新栄『震瀛詩集』初探」（成瀬千枝子訳、下村作次郎他編『よみがえる台湾文学　日本統治期の作家と作品』東方書店、一九九五年、五〇三頁）。

9 呉新榮の日記は他に、『呉新榮全集』第六・七巻（戦前及び戦後の日記の抄録、一九三八年から四五年までは主編者による中訳、張良澤主編、台北：遠景出版事業公司、一九八一年）、『呉新榮選集』第二巻（抄録、葉笛・張良澤中訳、前掲）にも収録されている。

10 河原功「呉新栄の左翼意識　「呉新栄旧蔵雑誌抜粋集（合本）」からの考察」（『成蹊論叢』第四十五号、二〇〇八年三月）。出典一覧以外は、『翻弄された台湾文学　検閲と抵抗の系譜』（研文出版、二〇〇九年）所収。

11 旧台南県出身の著名人たちについては、陳益裕『南瀛人物誌』（南瀛常民生活叢書5、台南：台南県立文化中心、一九九四年）、同『文化的豊采　人物的風華』（南瀛作家作品集85、台南：台南県政府、二〇〇三年）、謝玲玉『南瀛郷賢誌』（南瀛庶民生態叢書14、台南：台南県立文化中心、一九九七年）などがあり、戦後を中心とした塩分地帯出身の人物たちについては、謝玲玉『南瀛塩分地帯芸文人物誌』（南瀛文化研究叢書51、台南：台南県政府、二〇〇六年）がある。

12 楊熾昌の年譜としては、『水蔭萍作品集』（呂興昌編訂、葉笛訳、台南市作家作品集、台南：台南市立文化中心、一九九五年）所収の呂興昌「楊熾昌生平著作年表初稿」、及び黄建銘『日治時期楊熾昌及其文学研究』（台南：台南市立図書館、二〇〇五年）所収の「作家生平年表補編」を利用した。林淇瀁編選『台湾現当代作家研究資料彙編05　楊熾昌』（台南：国立台湾文学館、二〇一一年）にも黄氏の年譜を参照した「文学年表」が収録されているが、著作目録などは黄氏の年譜が正確である。

13 エッセイ集『紙の魚』（台南：河童書房、一九八五年）の巻末には著書目録が付され、戦前の刊行として詩集『熱帯魚』（ボン書店、一九三一年）、詩集『樹蘭』（自家版、一九三二年）、小説集『貿易風』（金魚書房、一九三二年）、評論集『洋燈の思惟』（同前、一九三七年）、小説集『薔薇の皮膚』（同前、一九三八年）が記されているが、いずれも現存しない。

14 陳允元・黄亞歷主編『日曜日式散步者　風車詩社及其時代』（行人文化実験室・台南市政府文化局、二〇一六年）には、拙稿「古都で芸術の風車を廻す日本統治下の台南における楊熾昌と李張瑞の文学活動」（『中国学志』第二十八号、二〇一三年十二月）の第三節を、編者の陳允元が訳した、「在古都転動芸術的風車　在日本統治下台南楊熾昌与李張瑞的文学活動」を収録する。

15 映画のパンフレットには、拙稿「詩人たちの風車がふたたび廻る　古都・台南の新しい文学運動」以外に、映画の紹介、監督へのインタビュー、風車詩社年表なども収録する、『映画「日曜日の散歩者　わすれられた台湾詩人たち」パンフレット』（大東和重監修・福士織絵製作、太秦株式会社、二〇一七年八月）。

16 荘松林の経歴については、『台湾風物』（第二十五巻第二期、一九七五年六月）の「悼念民俗学家荘松林先生特輯」所収の「荘松林先生事略」（治葬委員

会編）に拠る。他に、王美恵「荘松林的文学歴程及其精神（1930-1937）」（『文史薈刊』復刊第八輯、二〇〇六年十二月）を参照。

17 許地山と台南の関係については、松岡純子「松岡許地山と台湾について」（『長崎県立大学論集』第二十七巻第四号、一九九四年三月）がある。

18 王育徳の年譜・著作目録については、「王育徳年譜」「王育徳著作目録」（『王育徳全集』第十一巻、台北：前衛出版社、二〇〇二年）、回想としては、『「昭和」を生きた台湾青年　日本に亡命した台湾独立運動者の回想 1924-1949』（草思社、二〇一一年）を参照した。

19 葉石濤の年譜としては、「文学年表」（彭瑞金編選『台湾現当代作家研究資料彙編15　葉石濤』台南：国立台湾文学館、二〇一一年）、自伝としては、『一個台湾老朽作家的五〇年代』（台北：前衛出版社、一九九一年）など、数多くの散文を参照した。人生を回顧した談話に、『口述歴史　台湾文学耆碩　葉石濤先生訪問記録』（張守真主訪・臧紫麒記録、高雄：高雄市文献委員会、二〇〇二年）がある。

あとがき

本書は私の四冊目の著書である。本を出すたび、喜びとともに、こんな本が世の中にあって意味があるかな、と不安になる。四冊目も同じくだが、今回の不安は過去の三冊とやや異なる。

こんな本に存在する意味があるだろうか、との不安は、著者の信念とは別である。主観的に価値があると思っていても、客観的な価値の保証にはならない。不安はそこから来る。だが少なくとも過去の三冊については、私にしか書けない本を書く、自身がこれまで本を読んできた、つまりは生きてきた意味を、少なくとも自らに対して問い、答える本を書く、との思いがあった。

しかし本書の場合、私でなくても書けるものを書いたのではないか、あるいは、私には書けないものを書いたのではないか、という不安が残る。

三冊目の『台南文学　日本統治期台湾・台南の日本人作家群像』（関西学院大学出版会、二〇一五年）では、日本統治期の台南で活動した日本人について、作家ごとに論点を設定するとともに、彼らの文学は台南でなければ書かれなかった、というテーマに挑んだつもりだった。私なりに、植民地の地方都市で、日本人が台南という土地とどのように向き合ったのか、そこにどのような文学の孤独があったのかについて書いた。

実際にはそれは、一冊目の『文学の誕生　藤村から漱石へ』（講談社選書メチエ、二〇〇六年）、二冊目の『郁達夫と大正文学　〈自己表現〉から〈自己実現〉の時代へ』（東京大学出版会、二〇一二年）の場合と同じく、対象となる作家たちに自らを投影するものだった。だから、客観的価値はともかく、自分でなければ書けない一冊を書いた、という感覚を持つことができた。

残念ながら、本書を書く過程ではその感覚はなかった。いくつか理由がある。

日本統治期の台南で活動した、台湾人の作家たちを描く本書は、終章で述べたように、過去の台湾や日本における資料の発掘や研究に大きく依拠している。『台南新報』や『台湾文芸』、『民俗台湾』のような一次資料はともかく、本書であつかった呉新榮や王育徳、葉石濤には全集があり、楊熾昌や荘松林には著作集がある。引用に際しできるだけ一次資料や復刻に拠り、ことに原文が日本語の場合、失われたケースを除き、元の日本語を利用したが、原文が中国語の場合、全集や著作集に収録されていれば、ありがたく利用させていただいた。全集や著作集で、文業の全体を一覧できる効果は大きい。

そういう意味で、日本人作家を論じたときのように、新聞や雑誌に掲載されたまま、顧みられることもなかった記事を丹念に集めてまわる必要はなかった。パズルのピースを収集する地点から始めた前著には、時間と労力がかかったが、それだけに、画の全体が浮かんできたとき、大きな喜びがあったことも事実である。一方本書は、資料に比較的容易に接近できる以上、書こうと思えば私以外の人にも書ける。また、人物によっては台湾で優れた研究が生み出されてきたり、生み出されつつある。少なくとも日本人作家篇のように、日本でも台湾でも陽の当たること少ない作家たちではない。私の書いたものがどれだけそれらの作家たちの研究に貢献するか、心もとなく思っている。

本書を書きながら感じた不安には、もっと根本的な理由もある。日本統治期の台南における、台湾人の文学活動を、本当に自分は理解できているのか、という疑問が、いつまでも拭えなかった。もちろん、そもそも何かを十分に理解するということ自体、困難である。とはいえ文学研究とは、他人の書いたものを、自分ひとりがわかったように論じるものである。他人のことは所詮よくわからないなどとあきらめなければ、日本人作家の場合、自分を重ねあわせることで、ある程度理解できたような気持ちになることはできる。

しかし台湾人作家の場合、自己を投影することでわかったような感覚になることは、到底できなかった。彼らが向き合っていたものに、私が十分に向き合うことはできなかった。そもそも、彼らがどういうものと向き合っていたのかさえも、十分把握できたと思えない。隔靴搔痒のもどかしさがつきまとい、無理に書くことに意味があるかどうか、自らに問わざるをえなかった。

もう一つ、一冊を書いたことへの満足感に欠ける理由に、あと一章がどうしても書けなかった、ということもある。当初、台湾語を用いた小説『小封神』を書いた許丙丁について、一章を予定していた。しかし許丙丁を論じるには、今の私には力が全く及ばなかった。及ばないなりに何か書こうと思ったが、最低限の台湾語の知識もない私には、いくら考えても無理だった。

台湾語ができれば台湾人の気持ちがわかると短絡的にはいえないだろう。しかし彼らが日常的に話していた言葉を理解しないことは、やはり大きな壁として意識された。許丙丁について書けなかっただけでなく、荘松林や王育徳についても、台湾語の知識がないと、見当違いな頓珍漢になっているのではないか、という恐れがつきまとった。

ただし、日本人作家篇を書いたときから、台湾人作家篇を必ず書くのだ、と決めていた。私はまがりなりにも比較文学を専門とし、比較文学は往還の学問だと信じている。台南を見た日本人の、一方的な視線だけを描いて事足れり、としたくない。わかったかどうかはともかく、台湾人が台南をどのように見つめていたのか書くことで、日本人の視点を相対化しなければ、自己陶酔的なノスタルジーに終わりかねない。少なくとも台南という土地を十分に描くことはできないし、日本人作家篇を書いた意味も損なわれる、と考えた。

不安や不満があっても、台湾人作家篇は必ず書かねばならないし、書くなら日本人作家篇を書いてすぐの、今をおいてはない。より準備が整う万全の日など来ない、と決意した。決めた以上、全力を尽くしたつもりだが、本書の出来がどの程度かは、過去の三冊同様、読者の皆さんの判断を待つしかない。

本書が完成するまでの過程に簡単に触れておく。

本書の、第三章、第四章、終章は書き下ろしである。序章、第一、二、五章、付録については以下の論文がもとになっている。

序　章「植民地の地方都市における「文壇」と「文学」　日本統治期台湾・台南の台湾人作家たち」（『文学』第十七巻第三号、岩波書店、二〇一六年五月）

第一章「植民地の地方都市で、読書し、文学を語り、郷土を描く　日本統治下台南の塩分地帯における呉新榮の文学」（『日本文学』第六十一巻第十一号、日本文学協会、二〇一二年十一月）

第二章「古都で芸術の風車を廻す　日本統治下の台南における楊熾昌と李張瑞の文学活動」（『中国学志』第二十八号、大阪市立大学中国学会、二〇一三年十二月）

＊第三節の中国語訳は、陳允元・黄亞歴主編『日曜日式散歩者　風車詩社及其時代』（行人文化実験室・台南市政府文化局、二〇一六年）に陳允元訳にて収録

第五章「平地先住民族の失われた声を求めて　日本統治下の台南における葉石濤の考古学・民族学・文学」（『外国語外国文化研究』第十七号、関西学院大学法学部外国語研究室、二〇一七年三月）

付　録「台南の詩人たち　植民地の地方都市で詩を作る」（『詩と思想』第三巻第三百七十号、土曜美術社、二〇一八年三月）

既発表の論文を収録するに際しては、大幅に加筆し、修正を加えた。

写真は前著同様、古い絵はがきなどを、収録した書籍から引用したが、表紙を飾る二人の人物、呉新榮と楊熾昌については、ご家族から写真を提供いただいた。手配をしてくれた陳允元さんにお礼申し上げる。（前著の日本人作家篇の表紙には、前嶋信次と國分直一の写真を使用したが、これもご家族から快く提供いただいたことを記しておきたい）

論文として発表する以前に、各種の研究会やシンポジウムで発表する機会をいただいた。日本語で発表した場合も中国語の場合もあったが、これらの機会がなければ、論文や本書にまとめることはできなかった。機会を与えてくださった方々に感謝したい。

「植民地の地方都市で、読書し、文学を語り、郷土を描く　日本統治下台南の塩分地帯における呉新榮の文学活動」（中国文芸研究会例会、同志社大学、二〇一二年十月二十八日）

「平地先住民の失われた声を求めて　日本統治下の台南における葉石濤の考古学・民族学・文学」（輔仁大学日本語文学科国際シンポジウム「文化翻訳／翻訳文化」東アジアと同時代日本語文学フォーラム、台湾新北市・輔仁大学、二〇一五年十一月十四日）

「王育徳の台湾語事始め「歌仔冊」と「歌仔戯」」（台日「文学与歌謡」国際学術研討会、国立台湾文学館、台湾台南市・国立台湾文学館、二〇一六年六月四日）

「書写在遠離中央文壇的辺陲　殖民統治下台南写作者的処境」

（第二届文化流動与知識伝播‐台湾文学与亜太人文的多元関係国際学術研討会、国立台湾大学台湾文学研究所、台湾台北市・国立台湾大学、二〇一六年六月二十五日）
「日本統治期の台南における台湾人作家の文学活動　王育徳と葉石濤、台南文学の継承と展開」
（中国文芸研究会例会、同志社大学、二〇一七年三月二十六日）
「一九八〇年代以降の台南における日本統治期台南文学の発掘」
（国際シンポジウム「台湾人が歩んだ民主化・本土化の道　台湾民主化運動の40年」台湾文化光点計画、大阪大学、二〇一七年六月二十五日）

また、本書に収めた研究を進める過程で、以下の研究助成金をいただいた。これらの助成金のおかげで、必要な資料を集めることができたのみならず、毎年年末には台南へ調査に行って不足を補い、本書を刊行することができた。

「台南文学の研究　日本統治期の台湾人作家を中心に」
（日本学術振興会・科学研究費補助金・基盤研究（C）、二〇一五年四月―一七年三月）
「台南文学の研究　日本統治期の中国語文学を中心に」
（日本学術振興会・科学研究費補助金・基盤研究（C）、二〇一八年四月―）
「台南文学　日本統治期台湾・台南の台湾人作家群像」

（関西学院大学・個人特別研究費A・科研費研究成果公開助成、二〇一八年四月―一九年三月）

過去の三冊と同様、本書ができるまでに、数多くの方々のお世話になった。研究面で物理的に助けていただいただけでなく、精神面で励ましになったことは数知れない。研究の世界は小さなもので、台湾文学の研究をしている人は限られている。直接間接の恩恵なしに本書を書くことはできなかったし、もっと書くよう励ましてくださる方々の存在、そもそも台湾文学を研究する人たちが存在すること自体に励まされた。前著の書評を書いてくださった方々、本が出てからあちこちで話題にしてくださった方々にも感謝するばかりである。

台南、台湾へ行くたび、現地の友人たちと交流した。台南には今も、台湾人はもちろん、日本人のすばらしい研究者たちがいる。台南と関わって、こんなに多くの知友に恵まれるのは、研究以上の喜びかもしれない。ことに、昔の教え子たちは、私が研究などしていようがいまいが、かつての新米教師をいまだに大事にしてくれる。それだけに、彼らの顔を見るたび、台湾人作家篇は必ず書かねばならない、との決意を強くした。にもかかわらず、内容に不安があるのは、情けない。本書が結果として、台湾に住む人々と、私がこれまでどのように向き合い、対話してきたか、という経験の記録になっているとしたら、なおさらである。

一九九九年九月に初めて台湾・台南に行った。それから二十年近くが経った。奉職した大学の学生たち、同僚たち、台南の街に住む人々、台湾各地で知り合った人々、台湾につながる縁で知り合った台湾人や日本人、台湾・日本以外の人々。多くの人々の声に十分耳を傾けてこなかったゆえに、台湾を知って二十年近くが経過しても、不安が残るのだろう。知らないこと、理解の行き届かないことばかりで、私を知る人たちには、感謝とともに、とりあえずできるだけのことをしてみましたと、お詫びしながら差し出すしかない。

本書の編集は、前著同様、関西学院大学出版会の田中直哉さん、戸坂美果さんのお世話になった。続篇の刊行を助けてくださったお二方はじめ、関学出版会の皆さんに感謝申し上げたい。

台南に生まれた台湾人作家たちを読み進めて、私自身がもっとも目の覚めるような気持ちになったのは、風車詩社の詩人、楊熾昌の盟友、李張瑞の詩や評論を読んだときだった。

前著で日本人文学者を論じていて、親近感を覚えずにいられなかったのは、新垣宏一である。その新垣が、辛口の批判を並べた時評「新文学三月号評」(『台湾新文学』第一巻第四号、一九三六年五月)で、わずかに李張瑞についてのみ、口を極めて絶讃した。「李張瑞氏の詩、この人の詩こそ、台湾新文学の最優秀である。この人の詩は昔から信用して読んでゐる。この人の詩を悪くいふ者がゐたらいつでも一矢をむくいるつもりだ」。

台南の高等女学校へ赴任する前は、台北帝国大学生で、生粋の文学青年、台湾や台湾人に関心の薄かった当時の新垣宏一が、李張瑞の詩に対し、文学作品として鑑賞する以上に、どの程度共感を持っていたのかはわからない。しかし新垣の文学を見る目を私は信用している。李張瑞の詩についての、新垣の讃辞を読んだときは、そうその通りと共感の握手をしに行きたくなった。
　本書の最後に、新垣宏一が讃えた李張瑞の詩を引いてみたい。端正な相貌の詩の背後には、台湾人が日本語を用いて詩を作ることへの躊躇があり、また台湾という土地への深い思いがある。

　　この家

それは幾代か経た煉瓦の色でした。
秋の斜陽にむせんで、
庭のザボンの樹の下に思出が死んでゐた。
古いこの家の伝統が積み重つて、
枝の青い疲れよ。やがて、
裏門にも新しい門聯が粘(ママ)られるのに、
深く眠に落ちた言葉のない重荷……。
血は文字で結ばれてゐないのだ。

——ザボンの樹の下に何が埋つてゐるのか。
長衫の娘は、さすがに、明朗な額を僅かに曇らせるが。

（そんな事、知らないわよ。）
すぐにも祖先の知らない言葉が。
ルーヂユで色彩つた口許に浮んでくる。

親友の楊熾昌が梶井基次郎の愛読者だった（「秋窓随筆　読んだものから」『台湾日日新報』一九三五年十月三日）ことからすると、楊からよく本を借りていた李張瑞が、『檸檬』（武蔵野書院、一九三一年）に収められた梶井の、「桜の樹の下には」を読んでいてもおかしくない。

しかしこの詩は、梶井の詩を換骨奪胎して、台湾と台湾で話される言葉を題材にしている。伝統の積み重なった、煉瓦の古い家、今や秋の斜陽に照らされ、青い枝にも疲れの見える家。この家の庭に植わったザボンの樹の下で、思い出は死んでいる。言葉は深く眠りに落ち、もはや伝統や思い出、血をつなぐ文字は変わり、祖先の知らない言葉が話されている。そんな祖先の知らない言葉で詩を作ることの意味を、李張瑞は問いかけている。

私には、日本統治期の台湾人が、日本語で文学活動したことの意味を、やはり十分に理解できずにいる。そこを問わなければ、日本人である私がこのような本を書く意味はないことを承知しながら、やはりよく理解できない。そんな状態で書いた本に価値があるのか、自身としても釈然としない。

しかし、台南に生まれ、台南という街と向き合って、自らの創作に励んだ台湾人の詩人や作家たちの書いたものに、私なりに耳を傾け、その声を聴きとってみたいと願った。李張瑞の書いたものは、残念ながら現在目にできるものが多くないが、その一つ一つが、彼らの創作活動がどういうものだったか、語ってくれるように思う。本書で彼らと、小さな対話ができていたら、と願うばかりである。

二〇一九年二月

大東和重

日本統治期の台南市街図

＊ 作成に際し、周菊香『府城今昔』（台南市政府、一九九二年）所収の各種地図、「大日本職業別明細図　台南市」（東京交通社、一九二九／三六年）の複製（政大書城／南天書局）、王育徳『「昭和」を生きた台湾青年』（草思社、二〇一一年）所収の地図などを参照した。

＊ 街の見取り図であり、縮尺等厳密を期していない。街歩きを楽しむ方には、台湾の出版社「戸外生活」のガイドブックをお薦めしたい（『台南府城　吃逛遊楽』二〇一一年など）。

＊ 作成に際し関西学院大学法学部卒業生・西村幸一朗君の協力を得た。

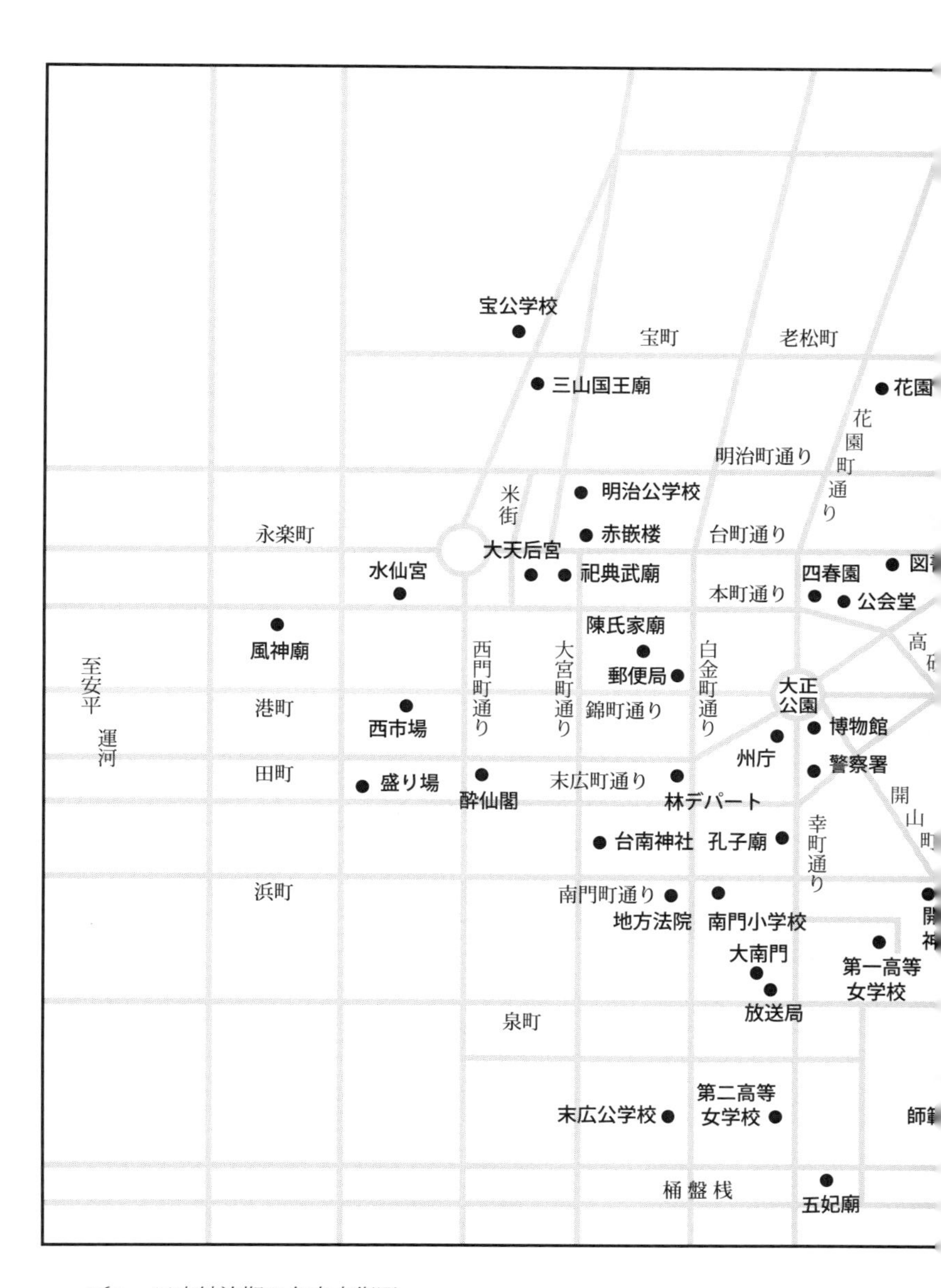

 日本統治期の台南市街図

れ

ろ

ら

り

の

は

ひ

ふ

へ

ほ

つ

て

と

な

に

さ

し

す

人名索引

〈著者略歴〉

大東和重（おおひがし・かずしげ）

1973年　兵庫県生まれ
1996年　早稲田大学第一文学部中国文学専修卒業
2005年　東京大学大学院総合文化研究科比較文学比較文化コース博士課程修了、博士（学術）
台湾南台科技大学応用日語系専任講師、近畿大学語学教育部准教授、同文芸学部准教授を経て
現　在　関西学院大学法学部・言語コミュニケーション文化研究科教授
専　門　日中比較文学・台湾文学

〈主要著訳書〉

『文学の誕生　藤村から漱石へ』（講談社選書メチエ、2006年）
『郁達夫と大正文学　〈自己表現〉から〈自己実現〉の時代へ』（東京大学出版会、2012年、日本比較文学会賞）
『台南文学　日本統治期台湾・台南の日本人作家群像』（関西学院大学出版会、2015年、島田謹二記念学藝賞）
『ドラゴン解剖学・登竜門の巻　中国現代文化14講』
『ドラゴン解剖学・竜の子孫の巻　中華文化スター列伝』
『ドラゴン解剖学・竜の生態の巻　中華生活文化誌』（共著、関西学院大学出版会、2014/16/18年）
『欧州航路の文化誌　寄港地を読み解く』（共著、青弓社、2017年）
『台湾熱帯文学3　夢と豚と黎明　黄錦樹作品集』（共訳、人文書院、2011年）
『中国現代文学傑作セレクション　1910-40年代のモダン・通俗・戦争』（共編訳、勉誠出版、2018年）

台南文学の地層を掘る
日本統治期台湾・台南の台湾人作家群像

2019年3月25日初版第一刷発行

著　者　大東和重

発行者　田村和彦
発行所　関西学院大学出版会
所在地　〒662-0891
兵庫県西宮市上ケ原一番町1-155
電　話　0798-53-7002

印　刷　株式会社クイックス

Printed in Japan by Kwansei Gakuin University Press
ISBN 978-4-86283-273-3